世君臣

乾隆
和他的文臣武将

【 第二卷 】

棹夫　呈瑞　著

中国青年出版社

图书在版编目（CIP）数据

盛世君臣：乾隆和他的文臣武将. 第二卷 / 棹夫，
呈瑞著. — 北京：中国青年出版社，2025.5. — ISBN
978-7-5153-7836-7

I. I247.5

中国国家版本馆 CIP 数据核字第 2025DC0102 号

责任编辑：彭岩
出版发行：中国青年出版社
社　　址：北京市东城区东四十二条 21 号
网　　址：www.cyp.com.cn
编辑中心：010－57350407
营销中心：010－57350370
经　　销：新华书店
印　　刷：北京盛通印刷股份有限公司
规　　格：710mm×1000mm　1/16
印　　张：23
字　　数：294 千字
版　　次：2025 年 5 月北京第 1 版
印　　次：2025 年 5 月北京第 1 次印刷
定　　价：58.00 元

如有印装质量问题，请凭购书发票与质检部联系调换
联系电话：010－57350337

帝制中国的盛世余晖

——乾隆朝权力运行全景解码

当历史的长镜头扫过 18 世纪的东方帝国，乾隆朝君臣的身影已不再是史书中的泛黄剪影，而是嵌刻在专制政体基因链上的遗传密码，有些仍在清代中后期的治理血脉中隐秘流淌。这段历史留给后世的，不是英雄史诗或权谋传奇，而是一组关于权力、人性、制度与文明的启示录。乾隆朝的君臣互动，既是中国两千年帝制的集大成者，亦是专制政体在现代文明冲击前的完整预演，是中国历史传统政治中"皇权与能臣"共舞的经典样本。乾隆作为中国历史上实际统治最久的君主，以其深邃的政治智慧驾驭着庞大的官僚机器，他的文臣武将，则在皇权框架下施展出卓越的治理能力，共同构建了多民族国家整合与传统文明巅峰的强大治理引擎。这部著作以文明解剖刀的冷峻，切入盛世的肌理，揭示其权力运行的深层逻辑，在帝国的鼎盛与隐忧之间，在君臣的协作与博弈之下，隐藏着理解中国历史传统政治的核心密钥。

一、传统政治文明的巅峰建构

乾隆朝的历史功绩，在于完成了农业文明时代国家治理的理想型建构。君主以"大一统"为核心理念，通过军事经略与制度创新，将草原、雪域、农耕三大文明板块整合为超稳定政治共同体。边疆治理中"因俗而治"的智慧，使中央集权与地方自治达成微妙平衡；官僚体系内"礼法合治"的设计，将道德伦理与行政效能熔铸为治理共同体。科举制的成熟、典籍整理的系统化、疆域控制的精细化，共同构成传统政治文明的"黄金三角"，使帝国在人口突破三亿、疆域达 1300 万平方公里的规模下，维持了 60 余年的基本稳定。这种治理成就，不仅是技术层面的制度优化，更是中华文明在农业时代的生存智慧结晶。

二、君臣共生的权力运化

君臣之道，是传统政治秩序的核心。君主垂拱而治的权威如太阳，以"天命靡常"的合法性叙事构建治理坐标；臣僚燮理阴阳的智慧如行星，在"君为臣纲"的伦理框架内运化四海，共同构成了政治权力运行的基本理念。君主的乾纲独断需借臣僚的执行效能落地，文臣的治术谋略需凭君主的权威背书，武将的疆场征伐需靠中央的调度维系。乾隆朝将这种理念推向极致。君主以"天命龙驭"的恢弘气度统摄四海，文臣以"修齐治平"的治世理想经纬天下，武将以"拓土开疆"的赫赫武功界定权力版图。这种权力架构的精妙处，在于将君主权威升华为制度性自觉，使千万人的协作成为可能，让广袤疆域的治理具备了现实基础。密折往返间的君臣互商，经筵讲论中的治道探讨，边疆奏报中的临机决断，皆在证明君臣互动的精妙处，在于刚柔相济的动态共生，终致"君明臣贤、政通人和"的治理胜境。

三、君臣关系的人性博弈

乾隆朝的君臣故事，恰似一幅双面绣，正面是专制政体的精美构图，背面是人性追求的杂乱线头。君主对文治武功的极致追求，臣僚对功名事业的热切向往，共同交织成一幅斑驳陆离的人性图谱。乾隆朝的君臣互动，是专制权力借制度建构与权术实践，对人性进行深度规训、锻造的历史剧场，是人性欲望与生存智慧在权力熔炉中淬炼的生存叙事。君主以"天命"构建合法性，以"恩威"驾驭官僚群体。文臣武将在制度框架内发展出复杂的生存策略，他们既要以施政能力证明价值，又要以道德姿态维系认同，更要在皇权猜忌中保全自身。乾隆朝的臣僚既有张廷玉们"万言立就"的默契，也有和珅们"善体圣心"的逢迎；既有傅恒们"决胜疆场"的担当，也有胡中藻们"因言获罪"的惶恐。军机处的高效运转建立在"跪受笔录"的人格矮化之上，科举制的公平表象掩盖了"八股取士"的思想驯化，密折制的信息畅通伴随着"人人自危"的监控恐慌。人性的多面性呈现，让权力场成为观察人性欲望的绝佳实验室。庙堂上宦海沉浮的个体命运，交织着荣耀与血泪，既是人性弱点的显影剂，也是制度弹性的试金石，谱写出传统政治博弈场中波谲云诡的人性史诗。

四、权力架构的精密与脆弱

盛世的表象下，是权力架构的精密耦合与内在张力。君主通过垂直管理体系将决策权收归中枢，使官僚体系成为皇权的延伸臂膊。军机处的设立标志着传统集权模式的极致化，信息的高速流转与决策的高度集中，在平定边疆、赈济灾荒等重大事务中展现出高效的动员能力。但这种"乾纲独断"的模式，是将治理效能绑定于君主个人智慧，其成效仰赖于"圣君—能臣"的偶然组合，却难以规避制度性风险。当传统治理惯性抑制变革动能，当"循吏"传统取代创新精神，盛世便在制度的自我复制中埋下衰变的种子。

五、文明转型的历史宿命

乾隆朝的历史价值，在于其作为传统文明的"临界样本"，它既展现了农业帝国的治理极限，亦预示了现代转型的历史必然。当君主与臣僚在"天朝上国"的幻象中强化既有秩序，全球范围内的工业革命已重塑文明竞争规则。传统政治的超稳定结构，在技术变革与全球互联趋势面前，暴露出封闭性与滞后性的致命缺陷。盛世的黄昏中，制度的惯性与认知的茧房，使帝国错失了与现代文明对话的窗口期，这种历史宿命，实则是所有农业文明在工业浪潮前的共同挑战。

结语：在历史中照见未来，在余晖中看到永恒

这部著作的终极使命，在于将历史叙事从帝国兴衰升维至文明演进，乾隆朝是传统政治的"理想型"标本，亦是现代治理的"反思性"镜像。愿读者在盛世的光谱中，既见传统治理的智慧光芒，亦察文明转型的历史暗流，从而在古今对话中，获得照亮未来治理之路的思想启示。任何文明的存续，皆取决于能否在稳定与变革、封闭与开放之间保持动态平衡；任何治理体系的生命力，皆源于对人性多样性的包容与对创新动能的培育。乾隆朝留给后世的是一把解读权力的钥匙。它让我们看见，所有伟大的时代都需要权威来凝聚共识，却也需要规范来校准正轨；需要制度来维系秩序，却也需要创新来突破惯性；需要精英来启明征途，却也需要包容来守护多元。权力运用的真谛，不在权柄势能轻重，而在价值取向所在，是以价值主导势能，而非让势能凌驾价值。权力应成为开拓文明的风帆，应化作滋养发展的活水，应擎起领航时代的火炬，应点亮指引征程的灯塔。真正的盛世智慧，在于深谙权力谦抑之道，既要葆有构建秩序的勇毅，亦要持守敬畏人性的谦卑；既要秉持守护传统的自觉，亦要兼具拥抱变革的胸襟。

封建盛世皆成过往，繁华旧梦终化泡影，难脱治乱兴衰的宿命轮回；今之盛世正昌明，固人民至上之基，砺自我革命之刃，弘守正创新之魂，筑命运与共之舟；吾辈躬逢旷古未有之治世盛景，当擎真理之炬，承时代之任，共铸民族复兴之千秋伟业。

棹夫

2025 年 6 月

目 录

尹继善

简在帝心的满洲才子 / 〇〇二

雍正朝的殊遇 / 〇〇五

成为鄂党新贵 / 〇一二

小心翼翼事新君 / 〇一四

金川之战的罪与罚 / 〇一九

回任两江总督 / 〇二三

知音陈宏谋 / 〇三一

推动苏皖分省 / 〇三五

卷入文字狱 / 〇三八

长袖善舞的大臣 / 〇四七

屡遭君谴 / 〇五四

白头拜相 / 〇六一

执掌军机处 / 〇六五

双星陨落 / 〇七二

汪由敦

出身商贾之家 /〇七六

第二故乡——杭州 /〇七八

恩师伯乐徐元梦 /〇八〇

参与编纂《明史》/〇八四

另一位恩师张廷玉 /〇八五

乾隆登基带来的机遇 /〇八八

忠谨事君 /〇九一

成为军机大臣 /〇九六

乾隆被逼到墙角 /一〇〇

一失足成千古恨 /一〇五

戴罪效力 /一〇九

傅恒的好搭档 /一一一

暗流涌动 /一一五

史上唯一的六部尚书 /一一九

魂断圆明园 /一二二

盛世君臣

阿 桂

名臣之子 / 一三〇

初出茅庐 / 一三五

卷入金川旋涡 / 一三七

西征准部的幕后英雄 / 一四二

砸开金锁走蛟龙 / 一四七

成为伊犁将军 / 一五四

乾隆朝的命运之战 / 一五七

再战大金川 / 一六三

出任定西将军 / 一六六

平定大小金川 / 一六九

于桂秉政 / 一七四

和珅崛起 / 一八四

治水名臣 / 一九〇

鞠躬尽瘁 / 一九七

刘　墉

刘统勋的爱子 / 二一〇

擅长书法的翰林 / 二一二

出任江苏学政 / 二一六

制造文字狱 / 二一八

山西翻船记 / 二二二

刘统勋去世 / 二二五

初识和珅 / 二二八

《一柱楼诗集》案 / 二三一

实心任事的湖南巡抚 / 二三八

铲除巨贪国泰 / 二四〇

屡遭打击 / 二四九

风云变幻 / 二五四

乾隆内禅 / 二五六

入阁拜相 / 二五九

擒和珅 / 二六一

辅政重臣 / 二六二

纪晓岚

才子出河间 / 二六六

乾隆的文学侍从 / 二六七

流放伊犁 / 二七○

致命的缺陷 / 二七五

主持编纂《四库全书》/ 二七八

群英荟萃的四库馆 / 二八二

历尽艰辛编《四库》/ 二八四

与和珅虚与委蛇 / 二八七

战战兢兢的"宠臣" / 二九三

撰写《阅微草堂笔记》/ 二九六

成为朝廷文化重臣 / 三○一

老年乾隆的心思 / 三○四

禅位大典 / 三○八

嘉庆朝的元老 / 三一四

英 廉

和珅的贵人 / 三二○

出身内府的干吏 / 三二一

仕途遇挫 / 三二三

青云直上 / 三二六

觅得"佳婿" / 三二九

勉力当差 / 三三二

军机大臣战和珅 / 三三六

老来荣景 / 三四二

再送和珅一程 / 三四七

尹继善

简在帝心的满洲才子

康熙三十五年（1696年），一个男婴在国子监祭酒尹泰家中出生，这就是雍正、乾隆两朝重臣尹继善。

尹泰、尹继善名字像汉人，却是满洲镶黄旗人，章佳氏，属于八旗中地位最高的一旗。尹泰虽是满人，却以笔帖式起家，走的是文学事君的路线。康熙虽然不喜欢满人学文，但也明白要治理好国家，非得精通文事不可，因而对精通文墨的满人也青睐有加。如果完全依靠汉人治国，大权迟早得落入汉人手中，这个道理康熙怎么会不懂？这么一来，尹泰等满洲文士，就有了广阔的上升空间。

尹泰成为笔帖式以后，很快被康熙选为内阁侍读。内阁侍读看上去是陪伴皇帝读书的官员，但在康熙朝颇为重要。康熙时期，内阁还掌握着很大的实权，内阁侍读正六品，例以内阁典籍、中书升任，承担内阁所存本章的保管，以及对票拟的检验、校对之责，这是很大的权力。除了掌握内阁机密，内阁侍读还拥有检查圣旨草稿错误并进行纠正的权力。

正因为内阁侍读权力如此巨大，因此在人员设置上，清廷就花了很多心思。按清制，内阁侍读共十六人，其中满洲十人，蒙古、汉军、汉人各二人。通过这种设置，清廷将内阁机密权力牢牢地抓在了自己手里。这也是清廷苦心孤诣所在。其他重要部门，比如户部、吏部，虽然尚书、侍郎等重要官员满汉各半，但这些部门的中低级官员尤其是外聘的胥吏，却以旗人居多，甚至有世袭的现象。

康熙二十七年（1688年），尹泰被升为翰林院侍讲，充日讲起居注官，后来又被任命为国子监祭酒，负责管理国子监这一清朝的"中央大学"。雍正即位后，以为旗人读书人难得，任命尹泰为左都御史，并于雍正七年（1729 年）封尹泰为东阁大学士兼兵部尚书。这要搁明朝后期，已经是位极人臣了。但由于军机处的创立，尹泰作为内阁大学士不得与闻机密，还是属于二线重臣之列。

出身于这样的家庭，尹继善当然从小熟悉文事，对旗人擅长的弓马骑射则相对生疏。尹继善是尹泰第五子，而且是小妾生的儿子，按理说在尹府应该没有那么得宠。但尹继善生性聪颖，读书过目不忘，让尹泰大喜过望。

老于宦海的尹泰明白，随着天下逐渐进入和平时期，文官在朝廷的发言权越来越大。康熙在借助汉人文士们治国理政、共谋大略的时候，却经常感觉到这些人不够贴心。真正贴心的旗人大员，很多因文化素养不足，提出的方略经常不能够让皇帝满意。此后的旗人上进之道，要在文事而非武事。生性聪慧、出口成章，更对四书五经过目不忘的尹继善，让尹泰看到了家族美好的未来。

尹泰虽说是笔帖式出身，但肚子里如果没点墨水，是很难被康熙看上并任命为国子监祭酒的。在翰林院和国子监，尹泰见过全国最优秀的士子，在对人才的品鉴上积累了许多宝贵的经验，看人的眼光也是极其毒辣的。尹继善出口成章，文采风流，即使拿到翰林院也让人顿生啧啧称奇之感。尹泰看到这种情形，怎能不老怀大慰？

说来也巧，尹家阶层的进一步跃升，与一件看似寻常的小事密切相关。康熙六十年（1721 年），雍亲王胤禛受康熙命，前往盛京祭三陵，途中遇雨，于是就近借宿在尹泰家中。

此时正值九龙夺嫡面临摊牌的关键时刻，雍亲王心中的紧张、孤寂可想而知。尹泰只不过是个小小的国子监祭酒，九龙夺嫡这等大事还轮不着他去关心。尹泰也乐得清闲，生活倒也悠闲自在。眼见得雍亲王大驾光临，尹泰不敢怠慢，全心全意侍奉雍亲王，让雍亲王大为欢喜。

看到尹泰如此殷勤懂事，雍亲王心中已经把他当成半个自己人来看。京中八旗大员，各个身后都有庞大复杂的势力，雍亲王平时也不敢与他们过于交心。尹泰只是个国子监祭酒，经历简单，身份清贵，又非常懂得分寸，说几句体己话就无妨了。雍亲王与尹泰说得入港，便问家中可有子嗣入仕为官？尹泰回答："第五子举京兆。"意思就是第五子尹继善已经在京城的乡试考中举人。雍亲王一听，不由得喜上眉梢。

原来清廷入关日久，渐渐注重文事，满蒙贵胄也开始如汉人一般，视科举为入仕正途。满洲官员通过科举进入仕途的，面对通过恩荫入仕的满蒙官员，都觉得腰杆子更硬一筹。皇帝、亲王遇到八旗子弟科举入仕的，往往也是高看一眼。雍亲王听到尹继善居然能高中举人，即将参加会试，顿时觉得此子为旗人中的英才，迫不及待地要见尹继善。可惜尹继善当日外出，没来得及与雍亲王相见，让雍亲王颇为遗憾。但"尹继善"这个名字，却牢牢镌刻在雍亲王的心上。

一年多以后，雍亲王就成了雍正皇帝，许多人的命运开始发生根本性的转变。正因为有那一晚的经历，尹泰被雍正提拔为左都御史，尹家逐步成为旗人新贵家庭。不过让雍正念兹在兹的，不是年事已高的尹泰，而是年轻俊秀的尹继善。

为了庆祝自己登基，更为了选拔一批人才作为自己的亲信，雍正在登基的当年就开了恩科，赐恩于天下士子。经过激烈的竞争，于振成为此次恩科的状元。说来也巧，乾隆继位时的恩科状元，是于振的堂弟于敏中。

尹继善虽然未能高中三甲，但成为63名进士之一，让尹泰不由得老泪纵横。发榜之后，雍正看着进士名单，果然看到了早就在心中默念多年的"尹继善"三个字。按照惯例，进士只需由状元领衔，集体上表谢恩。雍正因为此前与尹家的一段渊源，特许尹泰带着尹继善当面谢恩。

　　雍正一见尹继善，果然是唇红齿白，文采风流，和想象中的几乎一模一样，不由得心下大喜。雍正本身文化素养也很高，交谈之下，发现尹继善不仅精通四书五经，而且于汉赋、唐诗、宋词无所不通，文采风流直追当年的纳兰性德。雍正喜爱读书人，对八旗的读书之风非但不反感，反而多有鼓励，这一点和乾隆形成鲜明的对比。乾隆是自己文采风流，冠绝天下，却不喜欢八旗子弟学自己的样。雍正眼见尹家麒麟儿果然是难得的读书种子，放在汉人中也不逊色的那种，连连称许尹继善为国之大器。如果说乾隆登基的恩科，于敏中作为状元得到乾隆青睐有加的照拂，在雍正登基的恩科，则是尹继善享受了状元于振应得的待遇。由此可见，在对待汉人士子方面，乾隆的态度相对更加亲切而公正一些。

　　用一句老话来说，从此尹继善"简在帝心"。雍正本是性情中人，对于喜欢的人是格外的好，对待憎恶的人是格外的坏。这与雍亲王早年多受兄弟压抑算计，为了争储又必须长期自我压抑的经历有很大关系。年羹尧就是搞不清雍正的这种性格，以为皇帝还是当年那个喜欢生闷气的雍亲王，结果吃了大亏。从此满朝文武看清了雍正的性情，都对雍正俯首帖耳，雍正也没有过分为难大家。

雍正朝的殊遇

　　遇到这样一个有着"侠气"，喜欢快意恩仇的皇帝，加上又给皇帝留下极其良好的第一印象，尹继善就像坐上了直升机，开始了让人瞠目结舌的宦途。

　　雍正元年（1723 年），尹继善受命担任日讲起居注官，随侍雍正左右，记录皇帝的一言一行，并为皇帝的临时需求而查阅典籍。这是很重要的官职，如果没有皇帝的信任和卓越的才华学识，是很难出任这个官职的。雍正五年（1727年），雍正将尹继善升为侍讲，这是翰林院清贵之官，与其父所担任的内阁侍读不同，那个是不用翰林的行政职务。没有多久，尹继善被任命为户部郎中，掌管天下土地、田赋、户籍等重要事务。由此可见，雍正在有意培养尹继善的行政能力，以备大用。

让人惊讶的是，仅仅在担任户部郎中第二年，尹继善就被雍正任命为署理江苏巡抚。虽然加了"署理"二字，但这个时候尹继善只有32岁，也足以让人瞠目结舌。不过考虑到这个时候雍正正是用人之际，康熙朝的老臣正在加速靠边站，就是可以理解的了。雍正让尹继善在身边六七年，就是为了让他熟悉政务流程，培养行政能力，对他的重用已经是迫不及待了。

尹继善的受宠，还惠及他老爹尹泰。在被升为左都御史之后，尹泰连连被授予重任，被任命为《大清会典》编纂总裁。雍正七年（1729年），尹泰正式入阁，成为东阁大学士，这是天下读书人梦寐以求的职务。从此尹泰就被人恭维成"相国"，尽管这个时候内阁的诸多权力已经被军机处剥夺，但瘦死的骆驼比马大，内阁数百年的积威，还是让百官抬不起头的。

雍正八年（1730年），尹继善出任河道总督，负责治理京杭大运河、黄河、京师永定河等要道水患，确保漕运畅通。清代非常重视治水，历代清帝都将治水视为国家日常大政之一，但治水的首要目的在于确保京杭大运河的畅通。为了达到这个目的，清廷专设河道总督负责治水。河道总督手握每年数百万两银子的预算，能够跨越数省调度人力、物力，非但位高权重，而且对综合素质的要求极高。成功的河道总督，在政坛上的后续发展一般都不错。

雍正让尹继善担任河道总督，显然也是对他的培养和考验。尹继善毕竟年轻，又是词臣出身，对于行政工作和诸多地方事务肯定不算熟悉。雍正让他担任这一职务，也是要看看尹继善的能力、节操到底如何，是否值得托付大事。如果尹继善不能够适应地方上繁巨的行政工作，或者存在着贪财好货的个人节操问题，雍正肯定要重新考虑如何任用尹继善。不过，尹继善在担任河道总督之后，不但两袖清风，而且兢兢业业，任劳任怨，确保了漕运的正常运作秩序，圆满地向雍正交出了一份优秀的答卷。

雍正看到尹继善的出色表现，不由得大为欣慰。此时的雍正已经清除了康熙老臣和其他兄弟们的势力，开始让自己的门生故旧登上权力的舞台。雍正培养人才的思路和乾隆不一样。乾隆很喜欢让人才从事中枢政务特别是军务的历练，雍正则喜欢让人才在督抚位置上历练政务和地方治理能力。雍正亲手提拔培养的名相鄂尔泰，就是在地方督抚任上辗转十年，才出任军机处领班大臣。雍正决定让尹继善继续担任地方督抚，显然是把他当成鄂尔泰的接班人来培养的。

雍正九年（1731年），尹继善被任命为两江总督，成为一方封疆大吏。两江是天下财赋重地，历来受到清廷特别重视，非能吏、干才、近臣不得总督两江。尹继善年纪轻轻就成了两江总督，让天下人都啧啧称奇。江南人看到这位年轻儒雅、文采风流，又善于为江南百姓谋福利的总督，不由得亲切地称他为"小尹"。

雍正将尹继善送到两江担任总督，也有自己的考虑。两江的财赋对清廷至关重要，因此顺康以来，两江总督基本上是由满洲和汉军出身的人担任。一直到雍正八年（1730年），才由于敏中的"外公"、汉人史贻直担任两江总督，但时间很短，不到一年。两江是康熙经营多年的地盘，各种势力盘根错节，雍正当然想把这个财赋重地抓在自己手中。史贻直虽然是雍正亲信，但毕竟是汉人，镇不住两江地盘上盘根错节的旗人势力，更何况史贻直是江苏人，按照清廷制度需要回避自身籍贯，以免落人口实。因此雍正很快就将史贻直调回京城。不久后，雍正选中尹继善担任两江总督。

雍正让尹继善担任两江总督还有一层考虑。江南文人在明清鼎革的过程中与清廷结怨甚深，因此清廷在防范的同时，也很注重争取江南士大夫，希望得到他们的支持。尹继善文采风流，在京城的时候就与汉族士大夫相处甚欢，因此雍正希望利用尹继善的这个长处，去争取江南汉族士子，缓和江南地区的反清情绪。这也是雍正的见识高于常人的地方。

尹继善也很喜欢到江南任职。对于有文化的八旗子弟来说，"江南"是一个美好的词汇，可以调动起他们全部的文化神经。曹雪芹好友、宗室诗人敦诚就一生向往江南，可惜作为罪臣阿济格后代，敦诚终身没有得到好差事，也只能怀着江南梦抱憾终生。尹继善家族世居北国，心中也有一个瑰丽的江南梦。只不过让尹继善甚至雍正始料不及的是，尹继善此后的人生，都深深地嵌入了江南的山河。

江南人对尹继善有着不错的印象，起于尹继善管理漕运的时候。漕运从来都有很多弊端，让江南百姓苦不堪言。漕运旧例，征收漕粮的时候需要加征"脚钱"，征收一斗米粮大概只能算六七升，按照这种折算法，实际征收的漕粮至少比定额多三分之一。

尹继善担任江苏巡抚以后，得知了这种陋规，深为江南民众不平。在经过仔细核算后，尹继善规定，从此后民众缴纳漕粮，每石漕粮只需额外再缴纳52个铜钱作为"脚钱"，大大减轻了民众的负担。民众在缴纳漕粮的时候，不再由官府人员将粮食倒在斗、斛等量器内，而是由民众自己倾倒，这就避免了小吏们将粮食在斗、斛内堆尖，进一步减轻了对民众的盘剥。如果有米粒在斗、斛的铁边上遗漏出来，尹继善将这些米叫作"花边"，允许民众将花边捡起来带走。尹继善的这些政策让江南人民深受其惠，迅速地收拢了江南民心，也让雍正大为满意。这些善政，也被后任者继承下来。

正因为尹继善施惠于江南民众，所以当尹继善担任总督以后，江南民众欢呼雀跃，翘首以盼。毕竟从某种意义上来说，这是清廷进一步尊重江南地区民情和传统、向江南人民表示善意的姿态。尹继善本人也不负上下之望，在江南施政以清静无为、除弊兴利为要，能吏贤才的名声传遍四方。

雍正一直关注尹继善的成长，尹继善的表现也让雍正倍感欣慰。雍正培养人才有他深沉的考虑，喜欢让人才在地方长久历练，通过在地方的施政判断此人的资质是否能够承担更大的职责。鄂尔泰就是在办理西南军务民政的过程中表现出杰出的才能，才被雍正调到中枢担任首席军机大臣的。

雍正对尹继善极其宠爱，甚至有些拔苗助长的意思。这也难怪，雍正骨子里宠爱读书人，八旗中的读书人更让雍正视为掌上明珠。雍正觉得尹继善虽然声名远播，但生怕他为人处世过于君子，将来会吃亏，因此让尹继善向田文镜、李卫等雍正朝著名督抚好好学习。

雍正对尹继善的期望和爱重，甚至已经有点越过君臣之间的界限，有一些父子之爱的含义在里面了。为了给尹继善出头，雍正甚至做出了让人瞠目结舌的事情，留下一段千古佳话。

原来尹继善是尹泰第五子，是小妾徐氏所生。尹泰家规极严，糅合了满人的主奴制和汉人的礼法制，家人不敢有丝毫违背。尹泰对此相当自得，自以为家规取法古圣贤遗教，常常在同僚中自夸。即使徐氏为尹泰生下尹继善这么一个麒麟儿，她在尹家的地位也没有任何变化，依旧要像以往那样，伺候尹泰和正室夫人起居。

此时的尹继善已经贵为封疆大吏，但每次回京拜见父母的时候，却总是遇到生母伺候尹泰夫妻生活起居的尴尬场面。人非草木，岂能无情，尹继善自从幼年起就非常怜惜自己的生母，并没有因为尹泰和正室夫人的宠爱就把生母置之脑后。尹继善自幼发愤读书，很大原因也是希望通过自己的努力，改善母亲徐氏在尹家的待遇。现在看到母亲仍然穿着仆妇的衣服在尹家忙前忙后，怎么能不让尹继善心如刀割。

雍正信息何其灵通，决心帮尹继善完成这个心愿。雍正十年（1732年）冬，尹继善被召回京师，雍正任命他为云贵总督，云贵之地自从三藩之乱以来，治理状况不尽如人意。雍正希望尹继善能够运用在江南的成功治理经验治理云贵，抚平战争给云贵带来的创痛。

在入觐的时候，雍正开口问尹继善："汝母受封乎？"尹继善免冠叩头，泪流满面，却又一个字都说不出来。雍正微微一笑："你的心意朕都明白，今日朕就让你完成心愿。"尹继善一听，感激的泪水更是喷流四溅，为君效死之心顿生。

雍正当即传旨，封尹继善生母徐氏为诰命夫人，择日将诰命夫人服饰送往尹泰家中。尹继善十分激动，连连叩谢天恩，欢天喜地地离宫回家。

尹继善满心欢喜地回到家中，正想向徐氏报告好消息，没想到迎头撞见满面怒容的尹泰。拄着拐杖的尹泰一见儿子回来，不由得破口大骂："你想让你的生母受封，不和我打个招呼就直接启禀主子，是想用主子来压老爹吗？"他举起拐杖便痛打尹继善，把官帽上的花翎都打坏了。尹泰还不罢休，要继续痛殴尹继善，幸亏徐氏跪在一边苦苦哀求，方才作罢。

雍正虽目送尹继善离宫，却还是放心不下，暗中遣人监视尹府动静，很快就知道了尹府发生的一切。雍正听说尹泰居然敢在家痛殴尹继善，不由大怒：一门双诰命，是你尹家的非常福分，这份厚重的君恩对尹家来说是祖坟冒青烟！现在尹泰居然敢痛打尹继善，这是将自己的父亲权威置于皇帝的君主权威之上！无论按照满人的规矩还是汉人的礼法，尹泰这么搞都是大不敬！

看着尹继善的分儿上，雍正决定就不治尹泰的大不敬之罪，只不过还是要羞辱这老匹夫一番，让他知道知道什么叫天威难测，弄明白自己奴才和臣子的身份。

第二天，四名太监、宫女手捧盛装来到尹府，让尹府上下大惊失色。尹泰听说皇帝派来使者，心里不由得大为惊慌。毕竟尹泰在官场混了这么多年，知道自己昨天痛打尹继善的表现，其实就是在拒绝君恩。这事情放下无四两，提起来却有千斤重。尹泰战战兢兢地带领全家老小跪下，等待着命运的裁决。

太监打开圣旨，一字一句地宣读内容："大学士尹泰非籍其子继善之贤，不得入相，非侧室徐氏，继善何由生？著敕封徐氏为一品夫人，尹泰先肃谢夫人，再如诏行礼。"

太监宣读完圣旨，宫女们扶起徐氏，让徐氏坐到上座；四位太监又带着尹泰到徐氏面前，摁着尹泰对徐氏下跪行礼。徐氏大惊，想要站起来躲避，却被四位宫女牢牢按住。太监们摁着尹泰，让尹泰对徐氏行了大礼。

这个时候雍正安排的八旗贵妇已经群起上门，纷纷向徐氏道贺。宫里的使者们开始布置礼堂，给徐氏换上诰命夫人的服装，也给尹泰换上新郎官的衣服，牵着二人拜堂。雍正的意思很明白，从此以后徐氏就是你尹泰明媒正娶的夫人，看你还敢不敢藐视君恩？

尹泰满脸通红，却又哭笑不得，显得十分狼狈。不过尹泰也明白，雍正这么做已经是在给尹家脸面，再不消停就是敬酒不吃吃罚酒。事已至此，尹泰只得叩谢君恩，默认了徐氏在家中的夫人地位。

对于雍正的成全，尹继善自然是感恩戴德，更加对雍正死心塌地。生母徐氏已成诰命夫人，而且有雍正看着尹泰，尹泰也不敢再给徐氏穿小鞋，让尹继善心情大为舒缓。君命殷殷，尹继善怀着对母亲和雍正的眷恋，踏上了远赴云贵之旅。

成为鄂党新贵

云贵是南疆要地，贵重金属储量丰富，在军事上和经济上都有重要意义。自从吴三桂叛乱以来，清廷对云南政务十分重视，特地取消了云南封王镇守制度，将其作为一个重要的边疆省份来看待。康熙不断迁移汉民充实云南，积极开发云南的资源，让云南经济得到了较大的发展。雍正上台以后，逐步在云南推行"改土归流"政策，云南出现了流官和土司并重的局面。

尹继善接手云贵总督后，就遇上云南诸多麻烦事。尹继善深知，云贵不比江南，民情复杂，为政既不可一味妥协，也不可一味刚猛。云南由于推行"改土归流"，流官和土司关系紧张，时常发生冲突。雍正十年（1732年），就是尹继善被任命为云贵总督的那年，云南土千户刀兴国不堪流官欺压，揭竿起义，被清兵残酷镇压。不过，尹继善的前任高其倬也自知理亏，严惩了几个压迫百姓的流官，以安百姓之心。

尹继善一上任，就遇到如何处理刀兴国起义的善后问题。尹继善饱读诗书，当然会以仁心对待云南百姓。尹继善了解到，原来云南出产的茶叶味美耐泡，深受西藏欢迎，甚至远销蒙古，对藏茶叶贸易有大利可图。云南的地方官垂涎于这种贸易利益，每年二三月间就派兵丁进山，依仗武力低价买茶，惹得天怒人怨。尹继善知道这种情况后，上奏雍正，废除了鄂尔泰在云贵推行的茶叶官府专卖制，发给民间商人"茶引"，允许民间商人凭"茶引"向茶农购买茶叶，并向西藏销售。通过让利于民，尹继善消除了云南产茶地区的不稳定因素，也让云南经济获得了一项稳定的收入来源。

尹继善这么做，显然会得罪曾经担任云贵总督，在云南大力推行"改土归流"的鄂尔泰。更何况云南茶叶官府专卖的条例，是鄂尔泰亲手制定的。这个时候鄂尔泰正担任首席军机大臣，圣眷正隆，连张廷玉都要退让三分。尹继善将云南茶法弊端上奏雍正，并提出允许民间茶商进入的新法，是要有相当的勇气的。

但鄂尔泰对此并不以为意。鄂尔泰初还京师，面对张廷玉在中枢盘根错节的势力，急需强有力的后援。尹继善是雍正宠臣，与雍正感情深厚，鄂尔泰岂能不知？尹继善修改茶法，本来出自公心，如果鄂尔泰怀恨、构陷尹继善，不但雍正那里过不了关，也等于是把这么一颗政治新星推到张廷玉一边，鄂尔泰又怎能干出这种傻事？

此外，鄂尔泰也是喜欢吟风弄月的人，看到同为八旗读书种子的尹继善，有着天然的亲切感。因此，鄂尔泰并不生尹继善的气，反而对尹继善的计划大加支持。这或许就是尹继善后来成为鄂党重要人物的原因。

有了皇帝和首辅的支持，尹继善更加放手大干。除了在云南发展水利、重立茶法、兴利除弊，并且积极发展云南银矿冶炼和食盐生产，尹继善还尤为注重发展云南的文化事业。明代云南由于其特殊的管理体制，文教事业发展与内地差距明显，特别是少数民族地区文教发展滞后。尹继善到任后，非常重视发展云南文教尤其是少数民族地区文教事业。尹继善专门建造了五华书院，用于培育人才，并专门筹集发展基金，购置学田，每年有 240 石大米和 1560 多两银子的收入，有力地保障了五华书院的运行。

非但如此，尹继善还花了很多精力劝学。他认为，"夷人慕学，则夷可进而为汉；汉人失学，则汉亦将变而为夷"，鼓励云南民众学习儒学，并支持其中俊秀子弟参加科举考试。在尹继善的大力弘扬下，云南文教事业开始走出战争的阴霾，走向春天。

正当尹继善在云南干得热火朝天、渐入佳境的时候，突然传来一个晴天霹雳：对自己像父亲一样的君王雍正去世了！

尹继善大为伤心：自从相识以来，雍正帝对尹继善青睐有加，全力培养，不吝拔擢，六年间被雍正连升九级，年纪轻轻就当上了两江总督。更重要的是，雍正对尹继善的成长倾注了大量心血，尹继善仕途的每一步都受到雍正的提点和关爱，甚至对尹继善的一些冲撞言语也不以为意。譬如有一次雍正让尹继善学习李卫、田文镜和鄂尔泰三位政绩卓著的督抚，尹继善居然这样回答：

"李卫，臣学其勇，不学其粗；田文镜，臣学其勤，不学其刻；鄂尔泰，宜学处多，然臣亦不学其愎。"

尹继善的意思是，李卫的勇敢值得学习，但不学他的粗鲁；田文镜的勤勉值得学习，但不学他的刻薄；鄂尔泰可学之处甚多，但他的刚愎自用的毛病不可效法。

尹继善真是大胆！当着皇帝的面公开指出三位宠臣的短处，不仅得罪了三位大臣，而且等于是变相指责皇帝缺乏识人、用人之明。如果对面的是朱元璋，很可能尹继善当即就人头落地了。但雍正不仅不以为忤，反而对尹继善大加赞赏，认为尹继善有识人之明。这种恩遇，放在整个中国历史上都是不多见的。想起这些，怎能不让尹继善悲痛欲绝？

小心翼翼事新君

让尹继善心中无底的是，新君乾隆虽然是老熟人，但自从自己出京任职以后，已经多年未曾谋面。乾隆自从当四阿哥的时候，就以理性聪慧著称，对待身边人不冷不热，很注意保持距离感。尹继善早就隐隐约约地感觉到，这位四阿哥，是个主意很大的人。即使是雍正本尊，也很难影响到他的思想。或许这就是王者之风吧。

让尹继善，甚至包括鄂尔泰、张廷玉都万万没有想到的是，四阿哥居然这么快就成了他们的新君。鄂尔泰、张廷玉都非常清楚，雍正在尹继善身上寄托了太多的希望，甚至在雍正眼中，尹继善是鄂尔泰和张廷玉的新一代合体。如果雍正再多活十年，尹继善入阁拜相，只是早晚的事情。但现在……

乾隆当然要任用自己的亲信，不会对老爹雍正的人马照单全收。如果说乾隆对鄂尔泰、张廷玉这二位老相国还是比较倚重，不会轻易废黜他们权位的话，对于尹继善就没有这么客气了。一朝天子一朝臣，这个"一朝臣"，首先就在李卫、尹继善等人身上体现出来。再说，乾隆幼年与雍正之间的关系比较微妙，对于深受圣宠的尹继善，乾隆也是别有一番滋味在心头。

尹继善决定采取行动，不能眼睁睁地看着乾隆将自己扔在南疆不闻不问，让自己在政坛上慢慢消失。乾隆二年（1737 年），尹继善回京觐见乾隆时上奏朝廷，以父亲尹泰年老多病为由，请求赴京任职。

尹继善这么做，在乾隆面前的印象分不会太好。乾隆刚刚即位，很多事情一团乱麻，当然不希望边疆再生事端。尹继善治滇成绩斐然，正是为君分忧的时刻。如果将云南治理得井井有条，乾隆当然会对尹继善生出感激的心理，尹继善仍然是前途可期。

但尹继善也有自己的苦衷。雍正在的时候，生母徐氏有皇帝这么大的一个保护伞，日子当然好过。现在对自己和母亲恩重如山的雍正去世，徐氏在尹家的日子能好过吗？每想到这一点，生性纯孝的尹继善就恨不能插上翅膀，飞回京城。再说，大行皇帝对自己恩重如山，情比父子，回到京城，也能够离雍正近一点，等于就是替大行皇帝守孝吧。

乾隆收到尹继善的奏疏，一眼就看穿了尹继善的小九九，心里当然没有好气。乾隆刚刚即位，正是用人之际，需要尹继善这样得力的满人大臣坐镇云南，安定边疆。现在尹继善居然撂挑子，这是什么意思？欺负自己年轻？老爹雍正在的话，他尹继善敢这么做吗？尹继善显然是触动了乾隆心中那一根敏感的神经，他将为此付出代价。

但鄂尔泰极力劝说乾隆，让尹继善留京任职。此时的鄂尔泰位高权重，正在四处搜罗人马，与张廷玉对抗。雍正的去世让鄂尔泰和张廷玉都少了很多顾忌，开始放心大胆地结起党来。在鄂尔泰的努力下，史贻直、张广泗等重臣纷纷加入鄂尔泰阵营，成为鄂党大将，其中史贻直更是成为鄂尔泰去世后的鄂党首领。尹继善文采风流，行政能力出色，又是满人，当然成为鄂尔泰的重要争取对象。

有鄂尔泰在一旁为尹继善说项，乾隆虽然心中老大不快，也不好不给鄂尔泰这个面子。但在乾隆和张廷玉的心里，已经把尹继善归为鄂尔泰一党。

经过鄂尔泰的争取，加上尹继善在两江、云贵与河道总督任上的骄人政绩，乾隆决定授予尹继善刑部尚书之职，兼管兵部事务。

尹继善在刑部尚书任上，兢兢业业，认真学习刑部业务，很快就适应了刑部的工作环境。尹继善本来就是仁厚之人，当了刑部尚书后主张慎杀慎刑，很多重案要案都是再三斟酌后才定下刑罚，生怕其中有冤情。尹继善的仁厚和能干让朝野赞许，鄂尔泰当然觉得脸上有光，乾隆和张廷玉看了也不能说上什么。

乾隆三年（1738 年），尹泰病卒。尹继善按照清朝规矩，为父亲守孝百日。这么一来，尹继善成为家中的栋梁，再也没有谁敢对徐氏不敬，也为乾隆和张廷玉将他外放出京提供了口实和条件。

　　此时的鄂党收编了各路人马，甚至包括被逼出政坛的王爷们的人马，党羽遍布朝野，势力炙手可热，让乾隆和张廷玉戒心大起。乾隆除了扶植张党与之对抗，也在谋划对鄂党重要人物进行限制。

　　史贻直和尹继善都是乾隆的防范重点。鄂党兵强马壮，鄂尔泰本人又是首辅，在军机处几乎是一言九鼎。幸亏有张廷玉全力抵制，否则乾隆恐怕都控制不住军机处。在这种情况下，乾隆宁愿让张廷玉的门生进入军机处，也不会让其他鄂党大将，比如史贻直和尹继善进入军机处。相比于史贻直，尹继善更年轻，又是满人才子，如果一直留京熬资历，到时候就是乾隆也很难挡住各方面的压力不让他进入军机处。为了预防出现这种局面，乾隆决心让尹继善继续担任地方督抚。

　　乾隆五年（1740年），尹继善被乾隆任命为川陕总督，负责大清西疆的军政事务。川陕此时由川陕总督治理，原因就是明末清初四川人口大量损失，缺乏统辖西南的力量。因此清廷设川陕总督，将四川军政事务交由陕西的总督打理。随着四川人口和经济实力的恢复，川陕总督手握这两个经济、军事实力强大的省份，不利于清廷对王朝西部的统治，因此后来川陕总督被乾隆拆分成陕甘总督和四川总督，同时取消四川巡抚，由四川总督担负起巡抚之责。将这么一个重要的位置交给尹继善，也是凸显了乾隆对尹继善的期望。

　　康熙中晚期以来，清廷的军事活动主要矛头逐渐由北部转向西部。尽管在雍正时期曾经与准噶尔在北疆有过激烈的争夺，但西部地区的安定是清廷能够在北疆用兵的先决条件。康熙晚年，清廷安定了西藏，将准部势力驱逐出去，为乾隆最终解决准噶尔问题打下坚实基础。雍正初年，青海罗卜藏丹津叛乱，被年羹尧、岳钟琪率领清军一举讨平。此后，青海地界被纳入清廷管理范围，但仍然有一些不安定因素，危及清廷在西陲的统治。

尹继善到任以后，就遇上了棘手的果洛地区"夹坝"问题。果洛位于青海东南部，控扼清廷入藏要道，往来商旅众多。而且清廷治理青藏地区一些政务活动，往往也经过果洛。这么一来，就被很多人给惦记上了。一些部落开始抢劫过往行人、商旅，规模越来越大，成了地方一害，更阻碍了内地和西藏的文化和经济交流。

康熙晚年，果洛地方的抢劫活动已经到了让朝廷都不堪忍受的地步。康熙六十年（1721年），四川提督岳钟琪领兵由松潘出击，向长期"夹坝"的郭罗克诸部落发动进攻。在岳钟琪的凌厉攻势下，郭罗克部落连连败退，不得不俯首称臣。在雍正年间，"夹坝"的事情消停了许多。

到了乾隆即位以后，一时间顾不上青藏事务，加上名将岳钟琪又身陷囹圄，"夹坝"活动开始死灰复燃。尹继善刚刚就任川陕总督，就面临着处理"夹坝"这么一个烫手山芋。

尹继善虽是文人出身，但在云南任职期间，已经有较为丰富的处理军务的经验，因此对此胸有成竹。针对果洛地方盗贼蜂起的情况，尹继善正确判断出岳钟琪当年进剿的余威仍在，事情尚属可控，因此传谕郭罗克诸部头人、寨主，要求他们将"夹坝"的盗贼抓捕归案，献给朝廷。慑于清军的兵威，郭罗克的头人、寨主只能捆绑了一干"人犯"，献给尹继善处罚。不管这些"人犯"是真是假，总算是遏制了"夹坝"的歪风，震慑了心怀不轨的势力，果洛地方再次安定下来。

尹继善不仅顺利地平息了日益猖獗的"夹坝"活动，而且高度重视善后工作，防止"夹坝"事件死灰复燃。尹继善向乾隆奏称，"夹坝"事件虽然可恶，但没有伤及清廷统治的根本，因此对地方支持"夹坝"的势力要网开一面，许其改过自新。尹继善建议，在有条件地宽恕郭罗克地方势力支持"夹坝"活动的同时，要将原有的部落细分打散，由朝廷重新封赏头人、寨主，建立新的易于控制的统治秩序。尹继善同时建议，果洛地方土地肥沃，应当鼓励郭罗克部落从事农耕，提高社会生产力，改变他们以劫掠为生的生活方式。对于实在需要在外打猎的部落，颁给一定配额的"号片"，打猎者凭借"号片"就可以在外行猎。没有"号片"还整天在外游荡者，一经发现，严惩不贷。这些措施思虑周详，处置得当，得到了乾隆的赞许和批准。经过尹继善的苦心运筹，果洛地区重新安定下来，并为后来彻底解决"夹坝"问题打下坚实基础。

金川之战的罪与罚

尹继善在川陕总督任上，政绩斐然，充分地展示了他身上能吏的一面。虽然尹继善骑射较差，文士风流范十足，不太像满人，但云贵总督和川陕总督的经历，充分锻炼了他的军事才华，也让他成为地方事务的多面手。

尹继善的才华和政绩，不但没有让乾隆大为激赏，反而引起了他的猜忌。雍正的想法比较有古意，还是相信"宰相必起于州郡"这一套，因此大力培养地方督抚进入中枢，甚至让张廷玉将首辅之位让给了鄂尔泰。相比于雍正，乾隆更加清醒地认识到，军机大臣在地方势力过大，将有尾大不掉的危险，鄂党的咄咄逼人，让乾隆对尹继善更加憎恶。

此时的鄂党已经正式成型。鄂党不仅包含了朝中多数满洲大臣，而且有不少汉人文臣，比如史贻直、仲永檀等厕身其间。尹继善作为川陕总督，又与鄂尔泰关系匪浅，自然被列为鄂党中仅次于鄂尔泰、史贻直等人的头面人物。鄂党势力如此强大，当然会引起乾隆的不满与警惕。乾隆在扶植张党势力与鄂党斗法的同时，对尹继善没啥好脸色，就是很自然的了。

按照雍正和鄂尔泰的想法，尹继善在多个督抚任上历练过后，就可以入阁拜相，进入军机处当差，但乾隆和张廷玉又怎会同意？乾隆宁可把机会给张廷玉的门生汪由敦，也不会给尹继善，至少在鄂尔泰势力没有瓦解之前是如此。

乾隆七年（1742年），尹继善生母徐氏去世，尹继善按孝道必须离职守孝百日。徐氏一生辛劳，晚年能看到麒麟儿尹继善不仅光宗耀祖，而且给自己争得诰命夫人的待遇，实在是好人有好报。尹继善失去生母，自然是悲痛欲绝。他将职权交给暂时署理川陕总督的马尔泰，自己匆匆回京守孝。

守孝期满，尹继善就面临一个起复的问题。按照鄂尔泰的想法，尹继善最好入值军机，起码也是担任大学士兼户部尚书，为正式拜相做准备。但乾隆和张廷玉是无论如何都不会同意的！经过一番争执，乾隆、张廷玉最后与鄂尔泰达成妥协，任命尹继善署理两江总督。

接到新的任命，尹继善自然是百感交集。尹继善也是希望能够留京任职的，毕竟入阁拜相、入值军机是人臣尤其是文人出身大臣的梦想。但尹继善明白，胳膊毕竟拧不过大腿，这个安排已经是鄂尔泰所能争取到的最好结果了。更何况，江南是自己的第二故乡，江南的山水和草木，十年来常常在尹继善的梦中出现，让他长久怀念。现在能重新回到两江署理总督，也让尹继善欣喜。尹继善连忙打点行装，匆匆到金陵上任。

两江总督掌管天下钱粮之半，位高责重，非能员干吏不能为之。尹继善一到任，就遇上了如何治水，确保漕运畅通的问题。尹继善担任过河道总督，但河道总督开展治水工作，相当部分的操作都在两江总督辖区完成，因此乾隆也让尹继善参与漕运河道的治水工作。尹继善经过实地勘探，认为毛城铺天然坝和高邮三坝事关漕运全局，未可轻动。乾隆九年（1744年），尹继善收到圣旨，让他打开天然坝泄洪。尹继善冒险上奏乾隆，认为天然坝一开，黄河水灌入运河，黄河泥沙会沉积在河道，阻碍漕运，而且会对周边民众产生影响。虽然泄了洪，却是得不偿失，因此尹继善建议不要打开天然坝泄洪。乾隆从善如流，批准了尹继善的奏疏，运河沿岸的民众躲过了一次灾难，漕运也没有受到影响。

经此一事，乾隆对尹继善的看法有所改观，开始逐步将其与其他鄂党中坚，比如史贻直、张广泗等区别对待。乾隆十年（1745 年），尹继善被正式任命为两江总督，意味着乾隆开始将尹继善作为"天下第一督抚"看待，尹继善在乾隆朝终于能够靠自己的能力和清廉安身立命。

尹继善自知得到了乾隆的信任，非常感激。正好在这个时候鄂尔泰也去世了，鄂党中人除了尹继善，前途都不太妙。尹继善对此心知肚明，更加勤勉卖力地打理两江事务，冀图取得乾隆的欢心。在随后的两三年间，尹继善认真治理两江，抚慰民众，并花了不少心思在整顿漕运和治水方面，减轻了民众负担，两江政通人和，风清气正，赢得了乾隆的赞许。

尹继善的政绩得到了回报。乾隆十三年（1748 年），尹继善入京朝觐乾隆，被乾隆任命为两广总督。但此时京城政局发生了重大变化。

直接的原因出在大小金川之战。第一次大小金川之战爆发后，由于张广泗作战不力，乾隆命首席军机大臣讷亲为经略大学士，率八旗精兵进攻大小金川。讷亲文官出身，对于打仗是外行，又和张广泗不和，结果连战连败。在这种情况下，乾隆只得派傅恒取代讷亲为经略大学士，率兵出征大小金川。

尹继善此时到京述职，让乾隆不由得眼前一亮。此时的乾隆已经筹划让傅恒出京，军机处眼看就要落入张党之手。尹继善此时到京师觐见乾隆，让乾隆感觉到尹继善是一张可以用来对付张党控制军机处的好牌。毕竟当年鄂党只有鄂尔泰一人在军机处，就能闹出那么大动静，何况现在军机处有张廷玉、汪由敦两位张党大臣！乾隆经过仔细考虑，决定不让尹继善去两广任职，而是任命他为户部尚书、协办大学士兼军机处行走，兼任正蓝旗都统。

尹继善如愿以偿地进了军机处，实现了多年来入阁拜相的心愿。此时的军机处弥漫着诡异的气氛。讷亲的拙劣表现，让乾隆当着张廷玉的面出乖露丑，不然乾隆也不会发了狠杀了讷亲。乾隆当然不能承认战败的结局，否则以后在张廷玉和张党、鄂党面前抬不起头。乾隆决定将最后一张王牌傅恒打出，希望傅恒能够扭转战局，更扭转乾隆在政治上窘迫的处境。

为了傅恒的出征，乾隆做了精心的准备。除了派遣压箱底的精兵出战和紧紧看住张廷玉，防止他作妖外，乾隆还决定派遣得力大臣到川陕为傅恒准备后勤工作。乾隆经过一番斟酌，选择了在川陕地区任职多年，且卓有政绩的尹继善。

乾隆此时的难处也是一言难尽。金川战役重创乾隆嫡系和鄂党，鄂党大将张广泗被乾隆处死。乾隆本来还想留张广泗一命，给了张广泗申诉的机会。只要张广泗乖乖认罪，乾隆未尝不可以考虑看在张广泗以往的功劳分儿上，饶张广泗一命。但张广泗这个时候犯了和四十年后柴大纪一般的毛病，大肆为自己喊冤叫屈。你不认错承担责任，难道要乾隆自己承担责任吗？乾隆一怒之下，将张广泗斩首，清军上下大震。

乾隆杀了鄂党重要人物张广泗，朝局进一步向张党倾斜。如果傅恒再马失前蹄，乾隆就只能将大政交给张廷玉，后事就不可预知了。乾隆无奈之下，只能孤注一掷，在派遣傅恒挂帅出征的同时，起用鄂党大将尹继善为傅恒办理后方军务。尹继善于是离开只待了几个月的军机处，署理川陕总督。随后乾隆觉得川陕总督权力太大，辖区太广，决定专设四川总督，让尹继善担任陕甘总督。尹继善也由此成为清朝首任陕甘总督。到这个时候，乾隆已经和尹继善坐在了一条船上。

在名将岳钟琪的辅佐下，傅恒终于迫使大金川土司莎罗奔出降，第一次金川战役终于以清军的惨胜而告终。清军能战胜大小金川，物质上的优势起了很大作用。尹继善作为陕甘总督，在确保物资供应和后勤畅通方面，起到了很大的作用，也由此得到了乾隆的嘉奖。

第一次金川之战堪称乾隆皇帝在政治上的"成人礼"。乾隆通过这次胜利，彻底摆脱了强臣势力对自己的钳制，成为真正的乾纲独断的君主。此战过后，张廷玉就上疏乞休，从此基本上退出处理军国大事的一线行列。志得意满的乾隆在打击、收编张党的同时，对鄂党的警惕、防范又重新浮上心头。

出于这种心态，乾隆并不打算将立下大功的尹继善调回军机处当值。乾隆决心利用此次胜利，好好树立傅恒在朝野的威望，培养傅恒成为名相和自己得心应手的权力工具，怎么会将尹继善送回军机处给傅恒找个对手？尹继善各方面条件都不弱于傅恒，甚至有过之而无不及。尹继善身后又有史贻直等鄂党重臣支持，重回军机处的话，是送走一个张廷玉，又来一个更年轻的张廷玉。乾隆当然不会干这样的傻事，将从张党手上收回的权力，再度交给鄂党。

回任两江总督

不过这么一来，弓马骑射粗疏的尹继善在乾隆那里得了个"知兵"的印象。乾隆当然不会浪费这样的人才。虽然乾隆短时间内不打算让尹继善重入军机，但还是愿意让尹继善成为西北一柱，替自己和傅恒看住西北的。乾隆十四年（1749年），乾隆命尹继善参赞军务，加太子太保衔。次年，西藏发生战事，乾隆命四川总督策楞率兵入藏弹压。四川总督一职，由陕甘总督尹继善署理。

正因为多次在西部尤其是陕甘任职，尹继善对于西北地区的军政民情极为熟稔，让乾隆、傅恒大为赏识。在西北军务上，乾隆、傅恒也非常注重发挥尹继善的作用。乾隆十八年正月至九月（1753年2月—1753年10月），尹继善再任陕甘总督，负责西北防务。

此时准噶尔汗国内部逐渐有不稳的态势，引发乾隆与傅恒的高度关注。调尹继善担任陕甘总督，就是要借助尹继善的战略眼光和运筹能力，为可能发生的大战做好准备。

尹继善到了兰州，立即密切关注准部内情，评估准部局势，认为目前有可能是清廷统一新疆的良机。乾隆十八年（1753年）六月，尹继善上奏乾隆，指出准噶尔贵族们为了争夺汗位，内部爆发残酷厮杀，为清廷出兵平准提供了良机。在这个节骨眼上，清廷应该做好周密准备，不但能够防范准部内乱向陕甘一带外溢，还有可能利用这个良机，一举灭掉准部这个大敌。

为了达到这个目的，尹继善提出十条防范措施：

一、安西将军宜慎选得人；二、备战官兵应挑选精锐；三、奋战驼马应加意喂养以归实用；四、口外路径宜先勘明水草；五、派往哈密官兵应携带鸟枪以资御侮；六、哈密防所铅药应多为预备；七、哈密兵粮应预为筹酌；八、分贮银两立宜就近酌备；九、哈密一带城垣宜修理坚固；十、哈密牧畜种地宜在附近处所。

尹继善提出的措施非常周密，为清王朝有效应对西北军情提供了充裕的空间。清廷之所以能够快速平定准噶尔，与尹继善的建议和采取的有效备战措施有极大关系。

不过尹继善在陕甘总督任上没有多长时间，就重新被调任江南，组织大军征准的军需后勤事务就由汉军旗人黄廷桂负责办理。但尹继善为征准胜利所付出的努力，乾隆心中是有数的。大军得胜之后，乾隆在热河宴请归降的诸位准噶尔台吉、宰桑，专门让尹继善到热河参加，并大肆表彰了尹继善的功劳。

正当尹继善为西北军务忙得热火朝天，西北边防也渐趋充实的时候，尹继善突然接到圣旨，任命尹继善为江南河道总督，统管两江与河道诸事宜。尹继善一接圣旨，心下透亮：皇帝还是对自己和鄂党不放心，既怕自己和其他鄂党成员在背后扯后腿，又怕打了胜仗后自己凭着军功再度入阁入值军机，威胁傅恒的地位。不过尹继善还是能够感觉到皇帝的另一层用心：大战在即，军粮供应是天大的事体。乾隆调自己回任两江总督，同时兼管河道，就是怕粮食和军需供应出问题。这也算皇帝重视自己，还是老老实实打点行装回金陵好了。

江南是尹继善的心灵故乡，是尹继善多年来魂牵梦萦的地方。乾隆深知尹继善这一心理，因此授予他江南河道总督之职，等于是把两江地面上重要的权力一股脑儿打包给他，除了调动八旗旗兵的权力。尹继善也深知乾隆对自己既倚重又防范的心理，更明白皇帝已经是在可容忍的最大限度内给予自己相应的权力和信任，因此对乾隆也滋生了感恩和畏惧的双重心态。

莺歌燕舞的江南处处都是勃发的生机，冲淡了尹继善心中诸多的愁绪。尹继善文采风流，很像康熙朝的徐元梦，属于满人中文人化程度最深的一类。初次到江南为官时，尹继善风华正茂，雍正又春秋正盛，尹继善心中充满了入朝拜相的梦想。但随着雍正的去世，尹继善与乾隆关系微妙，拜相之日遥遥无期，也就不再刻意压抑自身，开始追求心中的志趣和理想中的生活。

金陵是江南文化胜地，早在两汉时期就在中国文化史上占据重要地位。东吴在金陵建都，曾经被诸葛亮大为艳羡。诸葛亮途经金陵的时候，曾感慨金陵"钟山龙盘，石头虎踞，此乃帝王之宅也"。从此金陵龙盘虎踞的美誉就永远载入了史册。

到了明朝，金陵在江南文化中的地位更趋稳固，成为名副其实的江南文化中心。朱棣将首都从南京迁到北京，某种意义上反而更加有利于江南文化的发展。南京不仅经济发达，云锦等精美手工艺品驰名天下，文化尤其是消费文化也异常繁荣。康熙时期，著名才子李渔迁居金陵，在南京开始了他创作生涯的黄金期，并在金陵完成了中国历史上关于戏剧的理论巨著《闲情偶寄》，比西方最早的狄德罗的戏剧理论体系还要早一百年。李渔在金陵期间，与金陵名流广泛交往，互相唱和，在中国文化史上留下不朽的篇章。

尹继善出任江南河道总督的时候，金陵和整个江南文化更趋丰富多彩。除了金陵，扬州、苏州等地也汇聚了大量文人骚客，各擅胜场，将自身的才华和特长发挥得淋漓尽致。典型的人物就是所谓的"扬州八怪"。"扬州八怪"多来自苏中地区，其代表人物郑板桥、金农等，具有杰出的艺术才华，汇聚在扬州这座繁华的商业城市，为江南文化的繁荣做出杰出贡献。乾隆中期经济的逐渐繁荣，也为文化的繁盛创造了条件。

仕途失意的尹继善回到金陵，也算是想开了：乾隆已经打定主意将自己控制使用，再怎么卖力表现，恐怕效果只是适得其反。既然这样，还不如在处理好政务的同时，寄情于江南的山水和文化，好好享受普通旗人享受不到的人生。

乾隆中期，随着经济和文化的不断发展，许多优秀的文人学士都聚集在金陵，为金陵文坛增添了别样的景色。其中袁枚尤为突出。

　　袁枚是杭州人，自幼天资聪颖，十二岁就成为秀才，十九岁被破例补为廪生。雍正十三年（1735年），袁枚参加科举考试，成绩名列前茅，获得了参加乡试的资格。

　　袁枚的才华引起广西巡抚、汉军镶白旗人金鉷的关注。金鉷为人颇具侠气，曾在山西大同买到一个处子美妾，盘问之下才知这美妾原来是官宦人家女子，因家道中落才卖身为妾。金鉷同情这女子的可怜遭遇，将其以完璧之身遣送回家，也没有索要卖身银两。金鉷惊叹于袁枚的文采，当即推荐袁枚参加乾隆元年（1736年）十月举行的"博学鸿词科"考试，成为广西推荐的主要人选之一。

　　"博学鸿词科"是一种特殊的科举考试，始创于唐玄宗开元年间，为的是选拔文辞优美的文士为朝廷所用。在唐朝，博学鸿词科的地位相当重要，但随着唐朝的灭亡而中断。宋高宗南渡后，为罗致南方人才，重新开设博学鸿词科。元明两代，博学鸿词科基本停止。康熙时期，康熙帝为了争取明代遗民认同清朝，特地模仿唐宋制度，开设博学鸿词科，以嘉惠士林，消除明朝遗老的对抗心理。康熙时期开设的博学鸿词科取得了较好的效果，雍正模仿康熙，决定再次开设博学鸿词科。

　　博学鸿词科的特色是采取荐举制确定考试人选，不一定非要有相对应的功名才能参加。雍正晚年下诏，让大臣推荐博学鸿词科人选，但大臣们都各怀私心，不愿意出力推荐，以致人选太少而不能开考。乾隆登基以后，采取强硬态度，逼迫三品以上大员推荐博学鸿词科人选，这才有了清代第二次也是最后一次博学鸿词科考试。

　　乾隆元年（1736年）九月，各地保举的一百七十余名老、中、青士子在保和殿参与了博学鸿词科考试。经过紧张激烈的考试，由大学士鄂尔泰、张廷玉确定，报乾隆御批，确定了十五人的录取名单。其中，刘纶考中头名，以廪生身份授翰林院编修。刘纶此后受到乾隆赏识，先后升为侍讲、内阁学士，入值南书房，又授礼部侍郎，后调工部。乾隆十五年（1750年），刘纶入值军机处，成为乾隆中期重要的汉军机大臣。刘纶仕途进步之速，甚至在于敏中之上，就是没有能做首席军机大臣。在刘统勋崛起之前，刘纶是汉大臣在军机处的主要代表。

袁枚参加了博学鸿词科考试，但由于此科高手如林，袁枚又过于年轻，因此没能金榜题名。不过袁枚参加此次考试本来就带有玩票性质，目的是见世面长见识，为将来的科考积累经验，因此也不太当回事。

乾隆三年（1738年）秋，袁枚中举，并于次年考取进士，被授予庶吉士，成为庶常馆最年轻的学员之一。

乾隆四年（1739年），年方24岁的袁枚参加科举考试。由于袁枚文辞华美，在京城已经小有名气，很快就遇到了贵人，这位贵人正是当时在朝廷任刑部尚书的尹继善。

尹继善文采风流，最喜欢与天南海北的风流才子相识相交。袁枚的才名早就在京华传播，尹继善与其相识后，不由得为袁枚的才华所倾倒，结下了二人一生的师生情谊。

袁枚平时性情比较散漫，在殿试的时候犯了一个不大不小的错误。原来殿试有一道试题是作诗，题目是"因风想玉珂"，出自杜甫《春宿左省》。袁枚才子性情发作，大笔一挥，写下"声疑来禁院，人似隔天河"两句，自以为精妙非常，得意扬扬地交了卷。

袁枚本以为有了这两句诗，此次一定能中举，未曾想到阅卷的兵部尚书甘汝来认为这两句诗语含轻佻，用在殿试这种端庄场合尤其不应该，决定不予录取袁枚。没想到一旁的尹继善笑容可掬地向甘汝来求起了情。

尹继善对甘汝来说："这个年轻人才思非常，只是因为不懂殿试的格式才犯了错误，但殿试的目的不就是取天下英才吗？我觉得这个年轻人是可造之才，还是给他一个机会。如果皇上怪罪下来，我来承担责任，与甘尚书无关。"

尹继善话说到这个分儿上，近乎哀求的语气让甘汝来也不好坚持，只得卖了尹继善这个人情。在尹继善的庇护下，袁枚顺利通过殿试，二甲第五名中进士。袁枚得知内情后，对尹继善感恩戴德，终身以弟子礼事尹继善。

或许是尹继善的帮忙让袁枚没有意识到世事艰难，袁枚中进士后入翰林院学习，终日沉迷于诗酒唱和之中，逐渐荒废了学业。三年后的散馆考试，袁枚其他学业都优秀，唯有满文不过关。这下子尹继善也没有办法帮他了，更何况尹继善已经被调往外地任职，袁枚只得打点行装，按规矩到外地担任知县，入值南书房、入阁拜相等好事，就不要再想了。

袁枚离京后，先后在沭阳、江宁、上元、溧水等地担任知县，幸亏尹继善这段时间也在金陵任职，对他多有照顾。不过尹继善作为督抚中的"救火队长"，短期内被乾隆调到多地办理各种复杂事务，尹继善没有来得及在仕途上帮助袁枚。西北战事一触即发的时候，尹继善在处理了前期事务后又被调走。如果尹继善长期担任陕甘总督办理西北军务，是很有可能让袁枚到军前协助自己的，也好为袁枚挣个前程。

当尹继善怀着既兴奋又落寞的心情回到金陵的时候，袁枚已经辞官归隐金陵。袁枚在江宁购置前织造府废园"隋园"，改名为"随园"，自号"随园主人"，开始了怡然自得的生活。随园很快就成了金陵的文化中心，江南文人如过江之鲫一般前来拜访袁枚，袁枚也来者不拒，日日与这些诗人置酒高会，互相唱和，好不快活。

尹继善也是喜爱诗酒风流的人，此番看到门生袁枚在金陵办起了如此高雅的文化沙龙，不由得满心欢喜。西部多年的宦途和征程，已经让尹继善倍感疲惫，也迫切希望在江南的温柔富贵乡中进行心灵治疗。袁枚的文化沙龙让尹继善眼前一亮：这儿不仅能够让自己的爱好和天性充分释放，还可以接触到大量江南高级人才，让其成为协助自己治理江南的智囊库！

尹继善很快代替袁枚成了随园高级文化沙龙的主人。在这个文化沙龙里，尹继善和袁枚时常宴请江南名士，与他们共同饮酒、吟诗和作赋。名士们来自江南各地，还有不少是苏北、皖北名士，通晓各地风土人情。在诗文唱和与酒酣耳热之际，尹继善经常向名士们了解各地情况，以作为自己的施政参考。名士们通过与总督交往，也获得不少帮助，增强了江南各地对于朝廷的好感和向心力。

尹继善和袁枚不仅擅长诗文，而且也是美食家。乾隆中期，随着经济的繁荣，全国尤其是江南地区的饮食文化得到很大发展。官员、盐商和文人在公务和工作之余，都愿意享受美食，而繁荣的经济也让两江美食不断迭代更新，甚至成为一种文化。袁枚也是非常喜爱美食，不过在尹继善到来之前，袁枚在美食的消费上还是比较克制，因为经济状况不允许他将太多的钱财用在满足口腹之欲上。但随着尹继善总督两江，一切都起了变化。

尹继善家族是关外出身，入关时间相对于那些老满洲世家要晚一些，因此在口味上有明显的关外色彩。比如鹿尾是尹继善的最爱，而很多入关年久的八旗贵族已经不太爱吃鹿尾。满洲菜重烧煮，尹继善在江南日久，也染上了江南人爱吃鱼的习惯，不过口味却有明显的满洲特色。尹继善曾当众夸奖自家府上烹制的煮鲟鳇鱼绝对美味、无与伦比，但袁枚不客气地指出，尹府的煮鲟鳇鱼虽然味道不俗，但烧煮时间太长，火候太过，颇有重浊之嫌。这就是江南人和八旗贵族特别是出身于关外的八旗贵族在口味上的差别。

不过尹府的风肉却让口味刁钻的袁枚赞不绝口。猪肉是满洲人的主要肉食，满洲人尤其是贵族对于烹肉有着独特的心得体会，尹继善家族当然更不例外。尹府擅长制作风肉，从选肉、腌制、晾晒到煮肉乃至于削肉片，都有独特的秘诀，削出的肉片晶莹剔透，香气扑鼻，让人垂涎欲滴。

口味刁钻的袁枚品尝后，不由得连连称赞，隔三岔五到尹府解馋。尹继善还将自家风肉作为礼物送给金陵城大小官员，官员们品尝后都称赞不已。有了袁枚这样顶级老饕的称赞，尹继善信心大增，将自家制作的风肉作为贡品进献给乾隆。乾隆品尝后也连连称赞，更加让尹府风肉名扬千里。

尹府火腿也是一绝，同样引得袁枚馋虫大动，隔三岔五到尹府去"打秋风"。据袁枚回忆，尹府的火腿烹饪好上桌时，"其香隔户便至，甘鲜异常"。品尝之下，袁枚认为尹府火腿滋味远在金华火腿之上。袁枚多次向尹继善索要火腿制作和烹饪配方，没想到尹继善肯给袁枚功名和官位，却不肯给自家一个区区火腿制作和烹饪的配方，只是答应袁枚火腿管够。尹继善回京后，袁枚思念尹府火腿，还专门跑到京师上门品尝。尹继善去世后，袁枚再也吃不到这样的佳味，不由得慨然长叹，更加思念自己的恩师兼知音。

知音陈宏谋

尹继善在江南与名士和同僚们多有交往，与陈宏谋的交往令人感慨尤深。陈宏谋是广西临桂人，雍正元年恩科进士，与尹继善是"同年"。不过，尹继善是第二甲第二十四名，而陈宏谋则是第三甲第十二名。两人中进士后，在翰林院相识，逐步结为好友。

陈宏谋才气不及尹继善，又是汉人，仕途当然不如尹继善通达，但这并没有影响他们的友情。雍正七年（1729 年），陈宏谋担任扬州知府，顶头上司就是江苏巡抚尹继善。陈宏谋与尹继善本来就私交甚好，陈宏谋精明强干，两袖清风，更赢得了尹继善的倾心敬重。尹继善视陈宏谋为得力助手，陈宏谋两次遇父母丁忧，都是尹继善上奏雍正，免去陈宏谋丁忧，许其在职守孝。这对于汉族文臣来说是很不容易的。

雍正十一年（1733 年），尹继善调任云贵总督，陈宏谋调任云南布政使，两人再度合作，配合甚是亲密。不过与爱好风雅和精致文学的尹继善相比，陈宏谋性情严肃，很讨厌舞文弄墨的风雅之士，反而显得比尹继善更像满人。

相比于尹继善，性情严肃、办事认真的陈宏谋要更对乾隆胃口。因此进入乾隆年间，陈宏谋的仕途比在雍正年间通达许多。从乾隆八年（1743 年）开始，陈宏谋先后担任江西巡抚、陕西巡抚、河南巡抚与湖南巡抚，成为乾隆朝中前期重要的封疆大吏。后人谈起乾隆朝中前期著名的封疆重臣，也多将陈宏谋与尹继善并列。当然，在这个过程中他们也多有合作，比如尹继善担任陕甘总督的时候，陈宏谋就是陕西巡抚，彼此配合十分默契。

值得一提的是，尹继善与陈宏谋还共同提携过一位重要人物，就是乾隆朝晚期著名的状元宰相王杰。王杰在寒微的时候被陈宏谋发现并收揽为心腹幕僚。尹继善很快就发现陈宏谋得到这么一个人才，不由大为艳羡，亲自向陈宏谋索要王杰。陈宏谋也知道王杰跟着尹继善会有更大的前途，便忍痛割爱让王杰去做了尹继善的幕僚。

尹继善一见王杰，虽然没有江南文士那种风流倜傥的气质，却有三秦书生那种踏实沉稳的风度，不由得大为喜欢。经过交谈，尹继善发现王杰不仅才学出众，对于政事更有自己独特的见解，不由得大为心折。很快尹继善就把起草给乾隆奏折的重要任务交给王杰，每次尹继善都是与王杰细加斟酌后，由王杰拟成草稿，尹继善过目并略加修改之后，再亲自誊写成正式文本，上呈乾隆。每次乾隆有所回音，尹继善都会将王杰叫来，一起参悟乾隆的旨意，并制定出让乾隆满意的对策和章程，并落实到实践层面。

对于王杰来说，这是非常宝贵的政治历练。王杰从中不仅了解到总督一级大员治理民政的思路、流程和效果，而且得以观察到乾隆的性情、思路和行事风格，这是最为宝贵的财富。王杰从此对乾隆有深刻了解，而且比和珅要早十几年。王杰后来与和珅多番交手不落下风，与尹继善给予的历练机会有极大的关系。

尹继善到底是厚道人。尽管王杰他用得是得心应手，让他帮助自己解决了很多棘手问题，特别是在了解和分析乾隆的想法和意图方面，王杰对尹继善的价值更大，但尹继善并不想耽误王杰的前程。尹继善敏锐地发现，王杰身怀宰辅之才，应该让他到更大的天地去施展，而不是仅仅滞留在自己身边做一个两江总督幕僚。尹继善打定主意，送王杰赴京赶考，并用自己的人脉向朝中重臣大力推荐王杰。

王杰果然不负尹继善与陈宏谋厚望，殿试高中一甲第三，摘得探花。探花一般只授予相貌英俊又年轻潇洒的士子，因此在封建时代，探花的荣光不亚于状元。由此可见，王杰一定是个帅哥，否则不能被选为探花。乾隆因为陕西在大清开国以来还没有出过状元，而且此时正是西北用兵之际，需要抚慰三秦父老之心，特地将王杰由探花拔为状元。

尹继善和陈宏谋的善意和提携，成就了乾嘉时期一代名臣，更对乾隆晚年政局的发展产生了重要的影响。如果没有王杰的鼎力支持，阿桂在面对和珅、福长安的时候，将会更加窘迫，嘉庆帝也很可能不会那么轻易地从和珅手中拿回权力。后人回顾这段历史，也不得不对尹继善、陈宏谋的宽广胸怀赞许有加。

尹继善与陈宏谋通力合作，认真治理两江尤其是江苏这一块大清的财赋之地。乾隆二十二年（1757年）七月，陈宏谋刚刚就任江苏巡抚，就遇到江淮洪水泛滥成灾，不仅影响到漕运安全，更对江苏百姓造成严重的生命财产威胁。陈宏谋于治水本有心得，上司兼好友尹继善更是这方面的大行家，对陈宏谋勇于承担治水赈灾责任自然是大为激赏和支持。在尹继善的支持下，陈宏谋不辞辛劳，顶着江苏七八月的烈日奔走于苏北各个县乡、闸口和漕运要道，察看灾情，制定治水和赈灾方案。经过陈宏谋的努力，特别是尹继善的鼎力支持，这波灾情渐渐平息，不但漕运畅通无阻，百姓们更是迅速恢复了正常的生产生活。

乾隆于两江也一直是另眼相看，愿意为江南投入更多的资源。每逢江南有灾情，乾隆总是不惜巨资赈灾，并没有因为江南经济富足而将赈灾的责任都推卸给地方。江南每有灾情，乾隆总是下诏拨出大量库银救灾，有时甚至下令截留部分运往京师的漕粮救济灾民。据乾隆十八年（1753年）户部陈奏，整个雍正年间，江南赈灾款项共支出白银一百四十三万两，已创历朝之最。而乾隆登基以来十七年间，江南赈灾款项开支为白银二千四百八十余万两，粮食二千多万石，又远远超过雍正时期。漕运官员也在乾隆二十年（1755年）提醒乾隆，康熙在位六十一年间用来救济灾民的漕粮大约为二百四十万石，雍正在位的十三年间，这个数字是二百九十万石。乾隆在位不过二十年时间，截留救灾的漕粮就达到一千三百二十多万石。由此可见乾隆对民生尤其是两江民生的重视程度。

乾隆将他最喜爱的地方疆臣陈宏谋调任江苏巡抚，与不是那么受他待见，却素有能臣干吏之名的尹继善搭档，充分表明了乾隆对于两江尤其是江苏的重视。但是，其中也隐隐地包含了一层对尹继善不信任的含义。尹继善对此心领神会，自然是大力支持皇帝宠臣陈宏谋的工作，以解圣虑。尹继善知道，皇帝最重视两江治理效果，如果做好两江尤其是江苏的治理工作，不但会缓解乾隆的疑虑和不信任，而且会有入阁拜相的机遇。想明白了这一点，尹继善自然是大力支持陈宏谋的工作，哪怕是得罪一些人也在所不惜。

尹继善和陈宏谋明白，要达到乾隆对江南治理的预期，就要大力整顿江南吏治，减少官员上下其手，才能够让江南百姓得到休息，夯实江南经济发展的基础。毕竟江南财赋地对于明清王朝来说非常重要，明朝就曾禁止在江南封建藩王，也禁止太监在江南置办产业。当然，整顿吏治靠陈宏谋一个人是不行的，甚至仅仅靠尹继善一个人也是不行的，必须督抚同心，一致协力，才能够完成整顿江南吏治这个重任。

在尹继善的支持下，陈宏谋开始对江苏吏治进行大刀阔斧的整顿。漕运是清廷命脉，漕粮除了浙江承担部分，其余主要依靠苏南地区提供。清廷规定每年漕粮征收定额为 400 万石，其中江苏定额大约为 160 万石。但在征收和运输漕粮的过程中，各个环节都有损耗，这些损耗一般都加在了民众头上。一些官员和胥吏看有空子可钻，就相互勾结，上下其手，提高损耗征收数额，私下瓜分漕粮，甚至夹带各种物品走私到京城牟取暴利。陈宏谋在尹继善的支持下，大力打击各种不法行径，让漕粮征收、运输秩序为之一新，贪腐现象大为减少。整个江苏的吏治也为之一新。

陈宏谋为官刚正不阿，尹继善为官圆熟老到，二者一刚一柔，互相配合，在整顿江苏吏治上取得很大成绩。在整个清代，总督和巡抚不和是常态，清廷也常常借助裁决督抚矛盾来实现对地方的控制。但尹继善和陈宏谋精诚合作，排除各种干扰，把江苏吏治整顿一新，在整个清史上都是不多见的。尹继善身段柔软，八面玲珑，常常能将各种矛盾和不满化解于无形，不但为陈宏谋创造了良好的整顿条件，甚至在一定程度上保护了陈宏谋的个人安全。

推动苏皖分省

尹继善在两江总督任上，还办了一件对今天有很大影响的大事，就是苏皖分省。明太祖朱元璋为了拱卫当时是首都的南京金陵，特意设置了幅员广阔、囊括金陵周边军事要地的南直隶。南直隶包括今天的江苏、安徽和上海，还有浙江和江西部分地区，经济发达，人口稠密，在大明两京十三省中属于巨无霸的存在。清廷入关以后，金陵已经失去了南京的地位，多尔衮改南直隶为江南省。

江南省地区广大，人口众多，又是全国经济最为发达的地区。考虑到京师文武百官、八旗子弟均仰仗江南漕粮为生，如果江南省尾大不掉，出现一个强有力的人物武力割据，对清廷的打击可想而知。因此，清廷从改南直隶为江南省以后，就一直在考虑江南分省的问题。

平心而论，江南省辖地过于广阔，各地风俗民情相差较大，管理起来确实不易。尽管清廷在拆分江南省上包含了有利于自身的政治考虑，但在行政管理上也不能说完全没有道理。由于江南省地域广大，清廷不得不设置两个巡抚进行管理。其中江南巡抚驻苏州，管辖江宁、苏州、镇江、松江、常州、安庆等较为富庶的江南府地；凤庐巡抚则驻淮安，掌管江北各府事务。但这么一来，又造成江南巡抚属地过于富裕，凤庐巡抚属地则相对贫瘠，引发许多矛盾。同时这种沿长江为界进行的行政区划，还让江南江北在科举考试上出现苦乐不均。江南巡抚辖地虽然经济发达，但科举名额少，"内卷"更加严重；凤庐巡抚辖地经济虽然一般，但科举名额相对富余，地方甚至有消化不掉的感觉。从拉拢江南士子的角度考虑，清廷也觉得有必要完全彻底推动江南分省。

顺治十八年（1661年），江南省按东西分治而不是南北分治的原则被清廷一分为二，东称"江南右布政使司"，西称"江南左布政使司"。康熙六年（1667年），鳌拜等辅政大臣改江南右布政使司为江苏布政使司，江南左布政使司为安徽布政使司。江苏、安徽分立局面大抵形成。

但这次分省留下了一个大尾巴。江苏巡抚常驻苏州，而安徽巡抚则常驻金陵，与两江总督同城办公。安徽巡抚常驻金陵，给两江总督和江苏巡抚处理公务带来很大不便，造成两省中高级官员关系紧张。但由于种种困难，安徽巡抚也很难一下子搬走，只能在金陵办公，这一待就是九十三年。

乾隆登基之后，决心解决这个问题，但由于各种因素的掣肘，一直到乾隆二十五年（1760 年），乾隆才下定决心最终解决这个老大难问题。当年，乾隆专门下诏给两江总督尹继善、江苏巡抚陈宏谋和安徽巡抚高晋，指出江苏、安徽两省事务繁杂，而安徽布政使兼管江苏江北部分的日常行政事务，导致很多公务不能及时办理，大大降低了行政效率。因此乾隆决定增设江宁布政使一名，专心办理江苏江北部分的日常行政事务；原两省布政使则迁移到安庆办公，专门办理安徽日常行政工作。这样一弄，江苏就成为全国唯一的有两个布政使的省，驻江宁的叫作"江南江淮扬徐海通等处承宣布政使司"，驻苏州的叫作"江南苏松常镇太等处承宣布政使司"。

尹继善等接到乾隆诏书，自然不敢怠慢，开始紧锣密鼓地商议增设江宁布政使的工作。尹继善、陈宏谋尤其是高晋明白，乾隆的意志不容违抗，他们所要做的，不是讨论江宁布政使该不该设置，而是拿出具体方案。

尹继善和陈宏谋当然无所谓，毕竟苏皖两省因为省城重叠带来的各种不便，让他们也很头疼，当然乐见其成，压力就全转到高晋头上。

高晋当然也不敢反对，他是高贵妃的堂兄，早就见识过自己堂妹夫的厉害。当着尹继善和陈宏谋的面，高晋拍着胸脯表示支持苏皖分省工作，并且积极与尹继善、陈宏谋商议具体实施方案。

经过三人的谋划，以及与一些官员、幕僚的商议，尹继善很快拿出了分省的具体方案：新设江宁布政使模仿苏州布政使的成例，下设理问、库官各一员，并裁撤常州府阅历、江宁府都税大使二职；安徽布政使从金陵移驻安庆，其属官亦随布政使迁往安庆；由于安徽地区仓库均在金陵一带，因此安徽的库大使暂时仍由江宁布政使管理。这么一来，安徽巡抚的属官都去了安庆，安徽巡抚成了光杆司令，自然也不好意思再待在金陵，只得乖乖地一起去了安庆。乾隆办事思虑周详，善于抓牛鼻子，由此可见一斑。

经过乾隆安排，尹继善等周密布置，江苏、安徽分省工作终于大体完成，尽管还留了一些小尾巴，但已无关大局。虽然完成分省是乾隆推动，但尹继善作为具体的执行者，也是立下了很大功劳。此项功绩，是乾隆、尹继善、陈宏谋、高晋君臣通力完成，对中国的区域行政管理产生了重大的影响。

除了热心于文化事业、举荐人才和地方治理，尹继善对于江南经济的发展也非常上心。尹继善在江南宽和为政，整顿江南多项弊政，减轻江南百姓负担。尹继善深知，乾隆对江南百姓怀有复杂的感情，既防范又非常看重，尤其是想得到江南百姓的认同。尹继善利用乾隆的这个心理，不遗余力为江南地区争取利益，特别是在税收和赈灾方面。尹继善利用一切机会，为江南争取赋税上的优惠，并争取赈灾款项。在尹继善的一再争取下，江南百姓的负担较以往大为减轻。特别是在漕务方面，尹继善在当年自己规定的章程基础上，再度下大力气整顿漕务，打击各种贪腐活动，降低江南人民的负担，让江南人民称赞不已。

卷入文字狱

清廷入关以来，江南地区一直是反清活动较为频繁的地区。清廷为打击江南地区民众尤其是知识分子的反清情绪，制造多起大案特别是文字狱，打击江南士绅，对江南地区的文化和社会发展产生了不良影响。尹继善任两江总督尤其是最后一任两江总督的时候，很注意安抚士林，保护江南知识分子，并为他们进行文化活动提供一定的空间。当然，在这个方面，尹继善不可能完全干净，毕竟乾隆本人是文字狱爱好者，有的时候甚至将文字狱作为 KPI（关键绩效指标）进行考核，逼着地方督抚主动制造文字狱，让地方督抚如临大敌，左右为难，不得不制造多起大案。

当然，作为资深汉文化爱好者，乾隆很明白文字狱不是啥给人脸上增光添彩的勾当，包括自己。因此对于自己喜爱和信任的大臣，比如傅恒、刘统勋、阿桂和陈宏谋等人，乾隆是不会让他们牵涉进文字狱的办理，损害他们的千秋令名的。对于自己一直不太满意的各位大臣，特别是尹继善，乾隆就没有这么客气了。

由于种种原因，尹继善被牵涉进好几起文字狱案件，不得不处理这些烫手山芋。彭家屏是李卫举荐的大臣，曾任江西、江苏、云南等省的布政使，在乾隆对付鄂党的斗争中出力不小，由此被鄂党嫉恨。尹继善是鄂党重镇，堪称鄂党继鄂尔泰和史贻直后的第三代鄂党领袖，对彭家屏当然满怀愤恨。彭家屏担任江苏布政使的时候，尹继善正好担任两江总督，当然不会给彭家屏什么好脸色。彭家屏在遭到尹继善多次打击和弹劾后，只得挂冠而去，结束了仕途生涯。

彭家屏离开政坛后，本以为能够颐养天年，却没有意识到自己已经悄悄陷入致命的政治危机。乾隆二十年（1755 年），鄂党文人胡中藻被乾隆罗织进文字狱处斩，史贻直被罢官遣送回乡，鄂尔泰侄子鄂昌被赐自尽，鄂党势力遭到重大打击。

乾隆如此作为，当然引起了鄂党成员的很大不满。为了平息鄂党的愤怒，乾隆需要一只替罪羊献祭，但这只替罪羊当然不能从乾隆私党——张党里出，只能从其他非主流派系里挑选一只了。彭家屏做梦也没有想到，自己居然就成了这只被挑选的替罪羊。

乾隆二十二年（1757年），乾隆于南巡途中召见了赋闲在家的彭家屏。彭家屏向乾隆诉说了家乡河南夏邑一带去年所受的严重水灾，让乾隆大惊，乾隆赶紧派遣侍卫乔装探访灾区。回銮时，乾隆在徐州、邹县两地被民众拦下告御状，让乾隆大为不满，下令严查。

审讯结果很快就呈送到乾隆面前，告御状的都是夏邑百姓，向乾隆诉说夏邑等四县水灾，请求乾隆惩办隐瞒灾情的官员并实施赈济。此时前去夏邑探访的侍卫也向乾隆呈报了夏邑水灾的惨状，证实夏邑水灾和当地官员瞒报的情况属实。愤怒的乾隆当即下诏，将河南巡抚图勒炳阿革职，发往乌里雅苏台军前效力；布政使刘慥交吏部严加查办；其余县、府、道官长革职查办、交部议处不等。

处理完一干官员并对灾区进行赈济后，乾隆开始反攻倒算了。乾隆一直不喜欢百姓告御状，特别警惕告御状是否有地方豪强主使，不但扰乱封建统治秩序，而且还会影响皇帝人身安全。正是出于这种考虑，乾隆下令，严查是否有当地豪强光棍指使百姓拦御驾告状，对告御状的百姓严加审讯。

告御状的百姓都是很少出远门的良民，哪里见过这种阵势？严讯逼供之下，乡民们纷纷竹筒倒豆子，将内情和盘托出。果然不出乾隆所料，乡民们后面有人指使。指使者正是夏邑豪强：生员段昌绪和武生刘东震。

乾隆大怒，下令查抄段昌绪和刘东震的家产，尤其要注意有文字的材料。乾隆堪称神机妙算，在段昌绪家中果然抄出一件宝贝，原来是吴三桂当初起兵反清时所发布的讨清檄文。

这份檄文很快就被呈送到乾隆御前，给乾隆极大的震撼。俗话说百闻不如一见，虽然吴三桂造反的事情已经过去了七八十年，虽然乾隆对吴三桂的事迹耳熟能详，但当他真的看到这篇檄文的时候，还是受到了极大的震撼。乾隆马上联想到，作为夏邑士绅领袖，彭家屏与段昌绪等二人肯定有不浅的交情，甚至共享反书也有可能！乾隆一面下令对二人严刑拷打，一面下诏让彭家屏速来行营陛见。

彭家屏接到圣旨，还以为遇到了什么好事，满怀兴奋地启程，一路风风火火、跋山涉水到了御前。让彭家屏万万想不到的是，乾隆居然甩出一份吴三桂造反檄文，告诉他是在段昌绪家里搜到，质问他是否是段昌绪策划告御状的主谋？家中可藏有反书？这些质问是如此严厉，吓得彭家屏魂飞魄散，不能自已。

彭家屏情绪稳定下来，当然不会承认家中藏有反书。没想到乾隆心意已决，一定要拿彭家屏这只替罪羊去平息鄂党因为胡中藻案而熊熊燃烧的怒火。乾隆再三逼问，彭家屏只得承认家中藏有《豫变纪略》《日本乞师记》《酌中志》《南迁录》等几部明末野史。

乾隆如获至宝，连忙派人到彭家查抄这几部"逆书"。没想到派去抄家的人挖地三尺，都没能找到那几本"逆书"，让乾隆狼狈不堪。乾隆大怒之下，下令再对彭家所藏书籍进行仔细检查，结果发现一本《大彭统记》。

本来乾隆怒火已稍平息，准备给彭家屏判处斩监候，秋后处决。按照清朝的规矩，斩监候一般不会真正处以死刑，而是在拖上一段时间后再行赦免。这本《大彭统记》一呈送到乾隆面前，乾隆认为此书虽然是彭家屏所修的家谱，但在此书中，彭家屏"以《大彭统记》命名，尤属悖谬，不几与累朝国号同一称谓乎？至阅其谱刻于乾隆甲子年，而凡遇明神宗年号与朕御名，皆不阙笔……足见目无君上，为人类中所不可容……"，怒斥彭家屏以历朝国号命名家谱，目无国家和君上，而且不知道回避乾隆私名，实属悖逆。乾隆下诏，赐死彭家屏，家产充公。

乾隆如此蛮横地对待彭家屏，就是为了给鄂党残余一个交代，将彭家屏作为替罪羊，来平息鄂党对乾隆的不满。鄂党势力盘根错节，让乾隆寝食难安，势必要铲除而后快。当然，鄂党成员多为老满洲世家出身，真正要彻底铲除，肯定会让大清伤筋动骨。乾隆对此也大为头疼，只得徐徐图之，走到哪里算哪里。因此，乾隆对傅恒、刘统勋等嫡系更加依赖，生怕鄂党找机会翻了天。

乾隆拿彭家屏开刀，还有一个重要原因是彭家屏深受尹继善和鄂容安嫉恨，是鄂党仇恨的焦点。特别是尹继善多次弹劾和打压彭家屏，是迫使彭家屏退出官场的主因。乾隆借助文字狱将彭家屏赐死，也是间接地让尹继善欠下一笔血债，打击尹继善在汉族士林的名望，让尹继善与文字狱产生不可分割的关系。这对素来重视自己清望和声誉的尹继善来说，是非常沉重的打击。毕竟尹继善给彭家屏罗织的罪名都是事关地方治理，并没有卑劣到搜罗文字证据来迫害彭家屏。从此，尹继善这个名字，与彭家屏及其冤案牢牢地连接在一起，不可分割。

尹继善被牵扯进文字狱，已经不是头一回了。早在乾隆十六年（1751年），云南总督硕色发现民间流传一份假托雍乾名臣、工部尚书、翰林院掌院学士孙嘉淦名义的奏折。这份奏折不仅公然指责朝廷施政存在着种种不当，还将矛头直接对准乾隆，言辞激烈地指责乾隆存在"五不解和十大过"。特别重要的是，伪奏折直接为张广泗鸣不平，认为张广泗被杀一案纯属乾隆针对鄂党搞政治报复，内容劲爆无比。

乾隆接到这份奏折，不由得惊怒非常。这份奏折的每个字都像一把尖刀，深深地戳进了乾隆的心房。就在这个时候，各省都发现了民间传抄的这份"奏折"，内容各不相同。各省督抚都知道其中的利害关系，不敢怠慢，纷纷战战兢兢地上报乾隆，并将"奏折"的原文送到了乾隆御前。

到了这个时候，乾隆反而冷静下来。乾隆意识到，这份"奏折"极有可能是鄂党的政治挑衅，目的是把乾隆带到沟里，从而做出不理智的事情，最终搅乱朝局。想通了这一点，乾隆当即召见吓得魂飞魄散的孙嘉淦，对其好言安慰，并升任孙嘉淦为吏部尚书、协办大学士。

乾隆明白，孙嘉淦虽然性格刚正，疾恶如仇，但对君父的忠诚之心同样是可昭日月，万万不会做出这种欺君悖逆之事。乾隆对照各省上报的不同版本的"奏折"，发现里面除了为张广泗鸣不平，还指责乾隆不应该频繁南巡，特别是不应该借孝贤皇后去世的时机用"大不敬"罪大肆迫害满汉大臣。乾隆看着这一份份"奏折"，明显是在传抄的过程中，不断有人添油加醋，为"奏折"添加新的内容，才将这件事越闹越大，不由得龙颜大怒，发誓一定要查清此案。

乾隆十六年（1751 年）八月初五，乾隆发出口气严厉的上谕，命步军统领舒赫德、直隶总督方观承、河南巡抚鄂容安、山东巡抚准泰、山西巡抚阿思哈、湖北巡抚恒文、湖南巡抚杨锡绂、贵州巡抚开泰等派出干练人员，全力追查此案，务必缉拿幕后真凶伏法。

方观承等督抚接到乾隆上谕，不敢怠慢，连忙全力布置追查。各省衙役捕快倾巢而出，挨家挨户追查线索，搜捕可疑人员。结果人是抓了一堆，不过是小猫几十只，根本没有抓到乾隆想象中的幕后黑手和真凶。各省督抚将追查情况上报乾隆，乾隆大失所望。

不过督抚们的努力也没有完全白费，他们终于还是找到了一些线索。各条线索都指向两江地区，硕色、恒文等督抚发现，诸多查看、传播伪奏稿的人员，都是江苏、安徽、江西人士，不少还是旗人。这一下，所有的压力都集中到了两江总督尹继善身上。

尹继善当然十分不爽。乾隆对尹继善本来就有看法，这个案子的线索又都集中在两江，涉案人员不少还是汉军旗人，考虑到张广泗的汉军旗人背景，不由得让人浮想联翩。尹继善明白，这案子稍有不慎，就会给自己带来灭顶之灾，毕竟乾隆已经怀疑此案是不是鄂党的杰作。作为鄂党领袖之一的尹继善，当然随时会被乾隆拉过来开刀。

想明白了这一点，尹继善不敢怠慢，连忙开始审讯一干人犯。没想到这些人犯颇为狡诈，招供后又多次翻供，让尹继善狼狈不堪。乾隆极为不满，为此专门申斥了尹继善。

尹继善急得团团转，不过好在天无绝人之路，尹继善从传抄奏稿的贡生施奕度口中审讯到，他手中的奏稿来自在京城会试的堂弟施奕学。这施奕学在京城不好好读书会试，反而参与抄写伪奏稿，并将这份伪奏稿寄给了施奕度。尹继善得到这条线索后精神大振，连忙发出海捕文书，通缉施奕学。

让尹继善始料不及的是，这施奕学像是人间蒸发了一般，怎么也抓捕不到，反而是京城舒赫德抓住了施家老二施奕源。

舒赫德如获至宝，立即对施奕源进行审讯。不曾料施奕源也是个老油条，更是汉军旗人，见过大世面的。面对舒赫德的审讯，施奕源毫不慌张，而且反复翻供，供出的人犯又在江南，让舒赫德大为头疼。

就在这个时候，施奕学被江西方面抓捕并解送到金陵尹继善处。尹继善不敢怠慢，连夜审讯施奕学，结果施奕学又供出了伪奏稿是从堂弟施皂保手中获得。尹继善不敢怠慢，连忙将这个情况上奏乾隆。

乾隆接到尹继善的奏折，当即下令拘捕施皂保和其父施廷皋。这些人都是京旗汉军，在京城关系错综复杂，乾隆凭借直觉，意识到施家父子身上可能藏着解开谜底的钥匙。乾隆命舒赫德等人对施家父子严加审讯，希望从中打开缺口。

没想到多番严刑逼供之下，施家父子仍是不松口，矢口否认曾经传播伪奏稿，更不用说将伪奏稿透露给江南亲戚。案情一下子陷入僵局。

乾隆无奈，在与傅恒等商议后，决定让尹继善等押解人犯到京，命军机处与尹继善等督抚一同会审涉案人犯。

到了这个时候，案情似乎要水落石出，但意想不到的事情发生了。尹继善与舒赫德等人的会审，以及施家和其他一干人犯的对质结果，不但没有得出任何有用的结果，反而被乾隆认为是一起冤案。乾隆为此专门颁发上谕，指责尹继善心存成见，这才铸下这起冤案。乾隆并下令，施家众人悉数释放，江西巡抚鄂昌、按察使丁廷让等被解职，伪奏稿案草草结案，从此不再提起。

这起案件，一般公认是乾隆朝文字狱的开端，然而却有一个让人异常震惊的结尾。清朝的文字狱，很少有案犯被洗白冤情，并悉数释放的情形，这起案件却有这样一个不近情理的结尾，不由得令人疑窦丛生。

此案经过全国范围内排查，最后各条线索都集中到京师—金陵一系的汉军旗人施家，应该说整个侦办过程还是相当靠谱的。从以上线索来看，施家只是水面上的冰山，在京城传抄伪奏稿的另有一个圈子。这个圈子目前只看到施家众人，其他人的情况，档案里几乎是一点风都没有。

不管怎么样，尹继善还是在乾隆这里过了关。尹继善在办理此案的时候，全心全力，不因为施家是汉军旗人，而且很有可能是与鄂党有关系的汉军旗人而手软，坚决一查到底，取得了乾隆的信任。不过，档案里没有此案的具体审讯记录，不等于乾隆心里面没有一本账。此案极有可能牵涉到鄂党，而且这份伪奏稿之所以能够传播到全国，也都是利用鄂党的资源和渠道。

由于此案牵涉过广，直接查办影响太大，乾隆不得不轻轻放过施家满门。不过，施家能够被释放，而不是被当成替罪羊而满门抄斩，极有可能是施家对乾隆供出了极有价值的线索。权衡之下，乾隆放过了施家，选择了草草结案，但主要案情应该是通盘掌握了。

这件大案对乾隆朝的政治产生了深远影响。在这个案子中，文字被作为政争工具，登上了乾隆朝的政治舞台。乾隆有样学样，数年后炮制出胡中藻案，对鄂党进行了无情的清洗，由此可见本案内情的一斑。值得注意的是，炮制胡中藻案的，正是张党成员，由此可以排除张党是伪奏稿案幕后黑手的可能。本案真正牵涉到哪些人，也就呼之欲出了。

尹继善作为两江总督，并没有为了逢迎乾隆，而在两江大肆株连，只是精准办案，查处的核心人物都是旗人，有效地维护了两江的社会安定和发展环境，让正在复苏的江南文风没有再次遭到摧残。尹继善如此作为，对江南的贡献可谓巨大。

尹继善为人清正，素来不喜欢以文字罪人，更不会大肆株连，以文字狱讨好乾隆，作为进身之阶。袁枚担任溧水县令时，就遇到过一桩民间文字狱，由尹继善兜底摆平。原来一个乡间老儒程木生给邻居兼同学易振公写悼文的时候，声称易振公生前经常做好事，多次"赦"免佃户利息和历年的欠租。要命就要命在这个"赦"字上。

在封建社会，"赦"这个字只有皇帝才能用。这个事情如果有人告发，那将会引起巨大的风波。一般的官员遇到这种事情，为了保住自己的项上人头和乌纱，都会选择重判。怕什么来什么，果然有意图陷害易、程二家的小人前去官衙告发了。

幸运的是，这两家人遇到的是袁枚和尹继善。袁枚接过状纸和悼文仔细阅读，认为这个案件虽属用词不当，但似乎并无"谋逆"之情。为了慎重起见，袁枚专门提审了程木生。程木生供述，《四书》里有"赦小过"，因此为了炫耀文采，就稀里糊涂地用了，根本没有想到这是皇帝专用的字。

袁枚听了，感到哭笑不得，也懒得和这种乡野老儒废话，下令将其带进监狱。袁枚下令，查抄易、程两家，尤其是要注意有文字的材料。这些材料呈上来后，袁枚细细搜检，发现其中并无"悖逆"文字。袁枚由此断定，本案并不具备"谋逆"性质，只需按照"僭越"治罪即可。

考虑到《大清律》中并没有关于"僭越"罪的具体条文，袁枚比照"违禁"之罪对本案进行了处理：程木生作为本案主犯，杖一百，服劳役三年；易家儿子年幼无知，从宽训诫后释放；印刷悼文的雕版予以收缴、销毁。

此案判决后，袁枚心里不踏实，亲自到金陵向恩师尹继善进行汇报。面对自己得意门生给自己找来的这个"麻烦"，尹继善并不以为意，而是对袁枚的处理大为赞许，允诺为袁枚兜底。随后，尹继善上奏朝廷汇报此案，极力为袁枚辩解，让朝廷同意了关于此案的判决。

可以设想，如果没有袁枚和尹继善的回护，此案极有可能以重判收场。尤为重要的是，如果从重办理此案，势必在民间掀起一股罗织文字狱的风气，届时文化发达的江南会是最大受害者。尹继善深知这一点，因此冒着个人政治前途受挫的风险，毅然支持了袁枚，让江南一场大祸消弭于无形。功德可谓巨大。

长袖善舞的大臣

尹继善虽然在江南官声卓著，大得民心，却让乾隆心里有些不是滋味。尹继善是雍正一手栽培的官员，本来是雍正留给乾隆的宰相苗子，但乾隆长时间不让尹继善进入中枢，除了乾隆十三年（1748 年）一个短暂时期，尹继善都在京外担任督抚职务，这对尹继善这么一个重臣来说是很不寻常的。

乾隆对尹继善的忌惮有多方面的原因，党附鄂尔泰、史贻直应是首要原因。鄂党势力庞大，党羽遍布朝野、囊括满汉，对乾隆形成强大威胁。鄂尔泰去世之后，鄂党的实力仍然不容低估，对乾隆的威胁仍在张党之上。但是，鄂党有一个缺陷，就是在鄂尔泰去世之后，缺乏一个强有力的中心人物当领头羊，因此给乾隆提供了分化瓦解、各个击破的契机。数年之内，史贻直、鄂容安等纷纷被贬斥，有的人甚至被赐死或者处死。乾隆对鄂党的严厉，震惊朝野。

在这种情况下，乾隆当然要防止鄂党再出一只领头羊，带领鄂党重振旗鼓。尹继善作为鄂党大将，在鄂党中的地位可以说仅次于史贻直，而与鄂容安相仿佛，当然是乾隆的重点防范对象。

除了这一点，尹继善身上浓厚的汉族官僚气息也让乾隆深深反感。尹继善虽然是满人，但骑射功夫实在是平常。据说乾隆曾让尹继善射箭，结果三射而不中，让乾隆颇为生气。在乾隆看来，骑射是满人的根本，万万不可以废弃。倘若满洲人人都像尹继善一样，只会读书吟诗，精通翰墨功夫，骑射功夫肯定生疏，大清的天下还如何维持？出于这种考虑，乾隆对尹继善就不可能有太好的脸色。

尹继善身上的一些不良官僚习气也让乾隆心中多有不满。尹继善长期在江南任职，又是鄂党中坚，朝堂上波谲云诡的斗争，时常让尹继善"躺枪"。比如上文提到的伪孙嘉淦奏稿案和彭家屏案，就是尹继善生生被牵扯进旋涡的例子。在这种情况下，尹继善为了自保，不得不学习许多油滑的官僚技巧，才能够一次又一次地从旋涡中脱身。时间一长，尹继善为人圆滑，熟悉人情世故，善于趋利避害，就成了远近皆知的事情。

袁枚曾经写过一首诗，其中有这么两句："身如雨点村村到，心似玲球面面通。"这两句诗被史贻直读到，不由得抚掌大笑："画出一个尹元长。"看来尹继善油滑刁钻、面面俱到的为官风格，连身为鄂党领袖的史贻直都心有不满，故出此语讥讽。

尹继善为官风格确实刁滑，但这也是险恶的政治环境使然。张广泗等鄂党中坚的下场，不能不让尹继善胆战心惊。尹继善不得不开动脑筋，想方设法讨好乾隆。在与其他鄂党人物保持距离的同时，尹继善想方设法打听乾隆的爱好，并百般逢迎乾隆。

乾隆喜爱文物字画，藏品堪称历朝皇帝之冠。乾隆的私人收藏，有相当部分来自臣子的奉献，这也是乾隆朝的一大弊政。但在乾隆登基初期，乾隆还是知道收敛，命令臣子不得进献古玩珍宝。这个规矩一直执行了十多年。

但在乾隆十七年（1752 年）万寿节，陕甘总督尹继善向乾隆进贡韩滉的《五牛图》。韩滉的《五牛图》是中国绘画史上的名作，乾隆对此珍品早有耳闻，却一直无缘得见。看到尹继善进献此宝，不由得两眼放光，欣喜不已。

乾隆本来以清正自居，看到这件宝物后久久不能释手，于是就笑纳了。为了表示自己并不贪图宝物，乾隆专门赏赐了几件珍玩给尹继善。不过这么一来，尹继善开了一个很不好的口子，从此乾隆开始放开手脚，接受臣子进献的各种奇珍异宝，甚至为此闹出过王亶望、陈廷赞大案的案中案，对乾隆朝晚期的政治产生了很大的不良影响。

尹继善进献《五牛图》以后，乾隆果然龙心大悦，开始有意无意将尹继善与其他鄂党成员区别对待，当然也引起了其他鄂党成员的不满，或许这就是两年多以后尹继善不遗余力打击彭家屏，迫使其离开官场的主要原因。尹继善需要通过打击彭家屏来获得其他鄂党中人的理解和信任，因此不惜违背多年遵循的喜欢读书人和清官的为人准则，对彭家屏下了重手。在进献《五牛图》获得乾隆有限的信任以后，尹继善决心再接再厉，继续在逢迎乾隆的道路上一往无前。

乾隆非常仰慕祖父康熙，很喜欢模仿康熙的行为，对父亲雍正的感情却很微妙，这也是深受雍正宠爱的尹继善在乾隆朝一直不是很顺心的重要原因。康熙曾六下江南，乾隆也决心按照康熙的先例，下江南安抚民众，表达与民众共享太平的善意。

　　乾隆二十二年（1757 年），乾隆发出上谕，要到江南巡游。乾隆要下江南，地方上当然要做好接待工作，作为两江总督的尹继善当然责无旁贷。尹继善明白，乾隆对江南的精致文化、秀丽山水和美食都情有独钟，要做好接待工作，就要从这三个方面入手。尹继善绞尽脑汁，终于有了主意。

　　乾隆二十二年（1757 年）正月，乾隆正式开始南巡。乾隆一行一路风尘仆仆，用了不到一个月的时间来到了扬州。扬州是清代中前期全国第一大商贸城市，在两淮盐业和漕运等优质资源的滋养下，扬州的繁华富庶甲于海内，也一直令乾隆神往。

　　扬州虽然位处江北，但由于文化上与江南高度相近，又有发达的经济和文化，因此历来被视为江南的门户。扬州美食天下闻名，著名的"满汉全席"就诞生在扬州。乾隆一路风尘仆仆而来，对扬州的美食当然充满了向往，尹继善早就做好了充分的准备。

　　尹继善对于迎驾早有经验，乾隆第一次下江南就是他负责迎驾的。那一次乾隆品尝到了大量江南美食和菜品，口味上甚至出现了江南化的趋势。乾隆吃得开心，大笔一挥，豁免江南历年所欠积税共 200 余万两白银。

　　为了迎接乾隆此次南巡，尹继善早就开始做各项准备工作。扬州盐商财力雄厚，天下闻名，尹继善便与他们商议，在扬州天宁寺建造了一所行宫。这座行宫设施十分豪华，又巧妙地融入了佛教元素，专门抓住了笃信佛法的乾隆的心思。果然，乾隆看到这座行宫非常开心，狠狠地夸奖了尹继善几句，让尹继善欣喜非常。

　　尹继善自己就是满人，尤其喜欢吃猪肉和鹿肉，在准备款待乾隆的菜单上自然有这两味满人最喜欢的美食。满人喜欢烧烤和糕点，对精致糕点和粥品情有独钟，尹继善对此也做了充分的准备。清帝都喜欢吃鸭子，乾隆尤其喜欢吃肥鸭，鸭子甚至成为乾隆的主要蛋白质来源，乾隆堪称日日不可无此君。这些饮食习惯，尹继善摸得可是清清楚楚。

　　乾隆到了扬州，发现尹继善不但安排了豪华的充满佛教元素的行宫，更准备了花样繁多、食材昂贵的美食，不由得龙心大悦。尹继善针对乾隆的口味，精心地准备了大量满洲口味菜肴，比如水煮猪肉、烧烤牛羊肉、炙鹿肉等，都是地道满人风味。当然，乾隆远来是客，想品尝的可不只是自家风味，更想尝尝江南菜肴。尹继善对此也毫不慌张。

　　尹继善本身就是美食家，更有袁枚这个精通美食的好学生，对于江南风味那是了如指掌。尹继善在与幕僚商议后，决定用江南各地的菜肴和精美食材招待乾隆，在扬州主要就吃淮扬风味。

　　扬州菜和其他江南菜一样，非常讲究食用新鲜蔬菜，康熙就非常喜爱江南出产的冬笋。尹继善知道乾隆处处喜欢以康熙的正统继承人自居，饮食方面也一定会模仿康熙，因而特地献上用冬笋精心制作的菜肴，果然让乾隆龙颜大悦。乾隆是如此喜爱冬笋，以至于第四次南巡的时候，专门为冬笋的生长时期制定了行程，匆匆忙忙地出发，为的就是赶在第一批冬笋上市前到达扬州尝鲜。其他的江南特产，如鲥鱼、芦蒿、鳜鱼等，精于饮食之道的尹继善也让扬州名厨制作成精美可口的菜肴，进献乾隆御前，赢得乾隆的满口称赞。

　　尹继善为了接待乾隆，可谓是绞尽脑汁。江南虽然没有太多的名山大川，但胜在文化发达。历代文人利用各朝代的高端艺术理念，在江南秀丽山水的基础上，设计出大量名园胜地，让游人流连忘返。典型的园林有苏州的沧浪亭、狮子林、拙政园和留园，扬州的瘦西湖、个园等。尹继善为了接待乾隆，还设计、建造了新的园林，典型的就是石湖行馆。

　　乾隆第一次下江南的时候，就对苏州石湖的景色非常喜爱，久久不愿离去。乾隆为石湖专门做了一首《石湖霁景》："吴中多雨难逢霁，霁则江山益佳丽。佳丽江山到处同，惟有石湖乃称最。楞伽山半泮烟径，行春桥下春波媚。南宋诗人数范家，孝宗御笔留岩翠。"吟罢此诗，乾隆又让著名画家张宗苍绘制石湖美景，带回京城细细观赏回味。

这些情形早被尹继善得知，因此尹继善在乾隆二下江南之前就开始在明代旧址基础上营建石湖行馆，作为乾隆在苏州的居住之所。行馆位于治平寺内，治平寺为苏州名胜，明代著名江南才子文徵明、唐伯虎等曾在此结社并聚会。乾隆看到尹继善为自己营建的这处行宫，不但位于自己非常喜爱的石湖，而且更是位于名寺之内，不由得感叹尹继善的苦心。

让乾隆非常感兴趣的是"治平寺"这个寺名。"治平"的意思是治国平天下，是儒家的典型理念，用于命名寺庙，却在一定程度上反映了江南文人既出世又留恋红尘的矛盾心理。未曾想到的是，这种文化心理居然与乾隆本人的心思发生了奇妙的共振。

作为一名满洲君主，乾隆自幼受到严格的儒家教育，对儒家"修齐治平"的学说颇为向往。但乾隆毕竟出身于满洲贵胄家庭，彼时离清朝入关不算太远，很多满洲上层贵族还信仰佛教特别是藏传佛教，乾隆也不可避免地受到很深影响。在乾隆的精神世界中，既有对儒家学说和汉族精英文化的真挚认同和由衷喜爱，也有对佛教的虔诚信仰。这种精神世界上的分歧，也曲折地反映了满汉两种文化的对立，时不时让乾隆感到苦恼。

由于汉族传统政治文化对君主信仰佛教和道教颇不以为然，这对乾隆本人就形成了很大的心理压力。元朝诸帝尤其是元顺帝信仰佛教的往事，也让乾隆心生警惕，不敢轻易向臣民尤其是汉族臣民表达自己的信仰。父亲雍正笃信道教的往事，也使得对雍正心有看法的乾隆不愿意让天下臣民将自己与雍正等量齐观，因此更是对自己的佛教信仰讳莫如深。

当时常苦恼于如何在两种信仰和文化之间取得平衡的乾隆看到"治平寺"这个名字的时候，不由得精神大振，深深感到遇到了知音：原来苦恼于如何调和儒、佛两种信仰和文化的，不仅仅是自己，还有文徵明、唐伯虎这些大才子，而且这些大才子也找好了如何协调儒、佛信仰的路径。乾隆多年来的困惑，很有可能在这一刻豁然开朗，对明代汉人风流才子，更是多了几分喜爱和认同。江南从此被乾隆视为精神故乡，和自己的另一个基本盘。乾隆在征发兵饷的时候，很注意对江南经济的保护，也尽量不在江南发动大规模的文字狱，与乾隆在江南的文化经历有很大的关系。

　　乾隆此次南来，还想到一个景点去小住一番，这个景点就是尹继善好学生袁枚的私人园林随园。尹继善得知这个消息后也是异常高兴，袁枚的前程，尹继善一直放在心上，希望找一个机会向乾隆大力推荐，让自己的这个得意弟子直升云端。在尹继善看来，袁枚才华横溢，除了满蒙文不甚熟悉，各方面条件都不在于敏中之下，应该获得更好的发展。尹继善为此多次向乾隆推荐袁枚，乾隆对袁枚的才华也早有耳闻。此次乾隆南下指定要住随园，也是对袁枚进行考察。如果满意的话，乾隆肯定要把袁枚带回京城伺候，日后一个协办大学士是跑不掉的。

　　接到乾隆指明要住随园的消息后，尹继善满心欢喜地跑到随园，一进门就嚷嚷给袁枚找了个天大的喜事，袁枚一定要请恩师多喝几杯。没想到袁枚听到这个消息反应却很冷淡，告诉恩师已经决心离开官场，退隐随园。接待皇帝是个苦差事，弄不好就要杀头，而且装修随园的钱总不能走公款，这对恩师也不利，自己也拿不出这笔巨款。袁枚声称，自己只想安安稳稳地过日子，不想再掺和朝廷的事情，恳请恩师向皇上表明推辞之意。尹继善乘兴而来，败兴而归，不过袁枚还是留了饭，与恩师痛饮一番，表达对恩师提携之情的谢意。

　　乾隆得知袁枚居然敢拒绝自己的好意，不由得老大不高兴，怒火直上脑门。尹继善看了，连忙下跪叩头，恳请皇上原谅袁枚的不敬之罪。尹继善告诉乾隆，袁枚不过是一介乡野匹夫，只不过略识得几个字，会写几首歪诗，实在不值得和他一般见识。既然袁枚不肯接待皇上，皇上干脆不要与这种小人计较，就此轻轻放过即可。江南士林人物看在眼里，定会感念皇上的大恩大德，日后史书上也会就此事歌颂"圣德"。这个买卖真是太划算了。

乾隆知道袁枚和尹继善的关系，这番话听了也算入耳，看在尹继善的面子上，就饶了袁枚这一次。事情传播开来，人们对乾隆也有了新的认识，对尹继善回护袁枚的义举和智慧更是赞不绝口，尹继善在江南的名声和形象也更好了。

屡遭君谴

尹继善在江南民望高涨，乾隆心里可就不是滋味了。乾隆对尹继善本来就心存成见，这下子更认定尹继善喜欢沽名钓誉，邀买人心。皇上有了这个想法，那尹继善的日子，就不是那么好过了。

早在鄂尔泰和张廷玉还活着的时候，乾隆就斥责过尹继善。乾隆对尹继善斥责的语句，非常严厉，甚至曾言："近日督抚办事，有所谓上和下睦，两面见好之秘匙。貌为勇往任事，以求取信，而阴市私惠，谓有旋乾转坤之力，使属员心感，尹继善惯用此术，方观承及巡抚中一二能事者趋而效之。……诸臣心术才具日熟复于朕胸中，任术取巧者皆洞见肺腑，大臣中有以取巧得利益者乎？"如果搁在普通督抚身上，这段上谕足以断送政治前途。但在鄂尔泰的极力周旋之下，尹继善还是涉险过关。

乾隆对尹继善有着深深的成见，不仅是因为尹继善身为鄂党大将，属于半个政敌，更与前文所述的雍正封尹继善生母徐夫人为诰命有关。雍正本是性情中人，对于喜欢的人恨不能一手捧上天，对于不喜欢的人又恨不能一脚踩入地。十三爷胤祥属于前一种，年羹尧很不幸地属于后一种。这样一个颇具侠气的皇帝，对于封建礼教虽然推崇，并竭力让满人学习封建礼教，自己对封建礼教却不甚遵守，时常做出逾越规矩的事情，有点"东邪"黄药师的味道。

正因为如此，雍正对封建礼教中的上下有序的参悟，是远不如乾隆的。也由于这个原因，雍正才干出亲手编撰《大义觉迷录》，让案犯曾静全国宣讲的昏招。同样的逻辑，雍正不顾礼教，不但封尹继善生母徐氏为诰命夫人，还当众出言羞辱尹泰，更让尹泰当着众人向徐夫人下跪，实在是不成体统。虽然雍正是一片好心，但这个事情办得实在是过了。

当时还是四阿哥的乾隆看在眼里，记在心头。乾隆刚刚继位，就下令收回全部《大义觉迷录》，并全部销毁，又将曾静凌迟处死。对于尹继善这样的半个政敌，乾隆当然不会轻轻放过。雍正羞辱尹泰一事，在乾隆眼里的严重程度，不比《大义觉迷录》事件轻多少。

有了这个思想基础，乾隆当然要好好修理尹继善，就像他修理张廷玉一样。在乾隆眼里，尹继善依仗君父之宠，唆使君父修理亲父，又让身为妾侍的汉族生母骑在满人嫡母头上，实在不是个东西！不仅颠倒人伦，而且给世人树了一个极坏的榜样，鼓励世人不尊重生父嫡母。今日能不尊重生父嫡母，异日就能不尊重君父！这个账乾隆算得要比雍正清楚得多。在乾隆看来，像尹继善这样的混账东西，所犯错误之严重程度远过于张廷玉。张廷玉晚年享受过的套餐，也要让他享受一遍！

正如乾隆不能轻易剥夺张廷玉配享太庙的资格一样，他也不能轻易剥夺徐氏作为诰命夫人的资格，至少在政治上扳倒尹继善之前是这样。乾隆只能找其他的由头，来修理修理尹继善。

乾隆十三年（1748 年），孝贤皇后去世，河道总督周学健违制剃头，被乾隆下令赐死。尹继善虽然并未违制剃头，对于周学健剃头的事情却是一清二楚，也没有起到提醒作用，更没有参劾周学健，被乾隆下旨痛加申斥。

尹继善吃了挂落后，居然突发奇想，要将河工佐杂中的违制剃头的旗人都找出来，造册上奏，请求对这些人严加处理。乾隆大怒，认为尹继善是在玩弄手段，要把事情扩大化，让皇帝得罪尽可能多的旗人，又将尹继善痛斥一通，将其革职留任，并将相关奏折和乾隆的回复上谕发中外，让天下人都知道尹继善所犯的错误和所受的惩罚。

乾隆十六年（1751年），尹继善再度出任两江总督，没想到乾隆发来一份冷冷的上谕，半是提点半是警告："此处系向来得名之地，亦即失实之地，应如何奋勉，卿其自筹。"尹继善捧着这份上谕，不由得战战兢兢，不能自已。毕竟这个时候张廷玉已经告老还乡，乾隆与鄂党的矛盾再度升级为朝堂上的主要矛盾。尹继善颇负才名，精明干练，不但是鄂党新一代领军人物，更是傅恒争夺相位有力的竞争对手。此时傅恒威望还不像后来那么巨大，乾隆在任用尹继善之长的时候，更要对其进行敲打，防止尹继善依仗地方治理政绩，生出对相位的觊觎之心，从而挑战傅恒的地位。

乾隆十八年（1753年），陕西发生延安营兵丁聚众鼓噪案，震惊朝野。署理陕甘总督的尹继善对此案涉案人员判罚过轻，引发乾隆的极大不满。乾隆在尹继善的折子上作出这样的批语："此事又生好名之心，奈何？"随后乾隆为此事专门降旨，口气严厉非常："尹继善所审拟延安营兵丁聚众不法一案，是该督好名市恩之念并未悛改，不止失之宽纵而已……尹继善系屡次获咎之人，经朕加恩宽宥，每事谆切训诲，以为伊必感激奋勉，涤除积习，而不谓其仍然故态也……若不亟思痛加悛改，则伊将来获罪之处，朕不能料其作如何究竟矣。"尹继善跪接圣旨的时候，战战兢兢，几乎晕厥在地。无奈之下，尹继善只得上表谢罪，声称自己"限于才识，遇事每多错误"。乾隆批道："汝非无才，正以才识为累耳。"对尹继善极尽讥讽之能事。随后，乾隆很快将其调离陕甘，以免尹继善再立军功，尾大不掉。尹继善也异常识趣，从此对自己在平定准部中所立的功勋闭口不提。

乾隆十九年（1754年），钦差策楞、刘统勋查出南河河工亏空钱粮案，让乾隆龙颜大怒。但乾隆也深知，河工亏空钱粮亦非一日，板子全打到当时的负责人高斌、张师载身上也不全然合适。斟酌之下，乾隆担心如果将此事轻轻放过，以后各省大小官员有样学样，后患无穷，遂痛下决心严办此案。

乾隆下旨，将高斌、张师载俱革职，留工效力赎罪，其余涉案官员革职拿问，免于查抄家产，但必须在规定的时间内补足亏空钱粮。乾隆认为，尹继善担任河督有年，对这些亏空钱粮的情况绝不会一无所知，却三缄其口，不肯上奏实情，实在是可恶。乾隆为此案专门下发上谕，又将尹继善拖出来修理一番。

已经成为惊弓之鸟的尹继善再也不敢自专，想方设法地表达自身的谦卑和服从。此案中扬州府下河通判周冕亏空钱粮数额巨大，被乾隆限时半年内补完亏空，其他人只需一年。周冕补完亏空后，按照常规做法，最终处理结果只需两江总督尹继善作出并上报乾隆即可。尹继善为表忠心，故意不作出裁决，将判决周冕的权力上交给了乾隆。

乾隆何等精明，一眼就看穿了尹继善的小把戏，毫不客气地出语批驳："（尹继善）明知其罪不至正法，而姑为此奏以见其执法……此等伎俩展施无益，亦何必乎？"这几句话把尹继善吓得屁滚尿流，但还是不得不硬着头皮按照乾隆的指示对周冕进行判决。尹继善下令，将周冕"杖一百，流三千里"，并上报乾隆，这才了结这场风波。

乾隆二十一年（1756年），江苏巡抚、治水名臣庄有恭回乡守孝，临行前奏报乾隆，江苏泰兴县捐职州同朱呻涉嫌殴死人命，按律处绞。现朱呻愿以白银三万两赎罪，庄有恭业已批准。朱呻已交白银一万六千两，呈请皇上同意结案。没想到这么一个简简单单的奏报，却掀起了轩然大波。

原来朱呷也是一方富豪，家大业大。某日朱呷家的雇工顾五因强奸未遂，被朱呷下令棍罚。没想到动手的家丁下手过重，居然将顾五给打死了。顾五的家人当然不肯罢休，一纸诉状将朱呷告上了公堂。

这个案子是由庄有恭查办的。案情并不复杂，甚至可以说是一眼看到底。庄有恭很快就查清案情，判朱呷绞监候。

朱呷当然不甘心就这么送命，于是让家人四处活动。这个案子确实也有误伤成分，很快庄有恭就同意朱呷以白银三万两赎死罪的请求。这么做也是当时的惯例，并不存在徇私枉法的成分。

庄有恭是个清官，乾隆四年（1739年）己未科状元，和袁枚是同年，货真价实的天子门生，深受乾隆器重。那次科考，尹继善是阅卷官，不但力荐袁枚上马，更是大力向乾隆推荐庄有恭。庄有恭能够点状元，尹继善出了大力。如果说庄有恭是尹继善的门生，那也未尝不可。

庄有恭之所以要朱呷出三万两白银赎罪，是因为泰兴县地处里下河地区，自然灾害频繁，时常需要资金赈济。朝廷虽然经常会拨下赈济款项，但常常是远水救不了近渴，而且款项数量也有限，不敷使用的情况也比较多见。庄有恭知道朱呷是只肥羊，就想狠狠敲他一笔，用这三万两银子作为当地的赈灾基金。

朱呷也很狡猾，虽然同意了这个数目，但提出先付一万六千两白银，剩下的款项等出狱后再支付。庄有恭毕竟是一介书生，哪里知道社会上的各种弯弯绕，轻易就同意了朱呷的要求。谁知道朱呷出狱以后，马上就变了脸，拒不支付剩下的一万四千两白银。这个案子就拖了下来，一直没有结案，一拖就是九年。庄有恭丁忧的时候，就想把这案子上奏乾隆，了结此案。

乾隆看到此案，不由大惊：这庄有恭胆儿真肥，居然敢不上报君父，就私自同意罪犯以金钱赎罪！乾隆感觉到自己的司法权受到了侵犯，再一看是自己的好学生庄有恭所为，一时间震怒非常，下旨查办庄有恭，由两江总督尹继善主审此案。

朱呻这个案子，庄有恭早就向上司兼老师尹继善做了汇报，尹继善也默认了此事。现在东窗事发，乾隆明显不想轻易放过此事，这可急坏了尹继善。不过尹继善是护犊子的人，并不想把庄有恭抛出来当替罪羊，而是决定营救庄有恭。

尹继善拿出圆熟的官场功夫，拼命地替庄有恭打马虎眼，并且查明了朱呻这个案子的实情，指出庄有恭的确把所收的一万六千两银子用于救灾，自己分文未取，而这笔钱在地方应对灾情上的确起了重大作用。尹继善把这些情况写成奏折，请求乾隆看在庄有恭是个清官，又精明干练的分儿上，从轻发落。

乾隆看到尹继善这份东拉西扯、避重就轻的奏折，不由得大怒：好你个尹继善，这事你明明知情，却故意不在奏折里提，是欺负朕是三岁小儿任你拨弄吗？庄有恭和你的关系，天下皆知，没有你的默认，他姓庄的敢隐瞒不报朱呻案的处理结果吗？再说这个案子的上报流程，本来就是巡抚上报总督，总督再上报军机处认可备案，你尹继善在这个案子里有直接责任！让你审理此案是给你面子！再说，本案的要害不在于庄有恭是否贪赃，而在于庄有恭，连你尹继善，侵犯了君父的司法权力！

乾隆当即下旨，痛斥尹继善，并将庄有恭押送到南巡接驾处审讯。尹继善恐惧非常，只得上表为自己辩解，声称因为案子还没查清，所以自己才"未敢草率具奏"。乾隆看了更加愤怒，直接发出灵魂质问："孰谓生杀之权可操之臣下之手乎？"

这么一顶大帽子砸下来，强如尹继善也撑不住了，只得乖乖向乾隆请罪。乾隆在亲自审讯庄有恭，弄清楚整个案情后，命军机处拟定如何给尹继善、庄有恭二人定罪。很快傅恒主掌的军机处拿出了处理办法：以"应请旨而不请旨律"判尹继善、庄有恭二人绞刑。

能给强有力的竞争对手尹继善定这么个罪名和判决，对于傅恒来说当然是快意之事。不过傅恒也明白，尹继善是国之柱石，庄有恭更是天子门生，皇帝不会真拿他们怎么样的。自己只管往死里判就是，具体如何法外开恩那是乾隆的事。

乾隆当然不会让自己的两个得力干将就这么去死，特别是自己的门生庄有恭。庄有恭于治水颇有心得，经验丰富。刘统勋自从担任军机大臣后，很多治水工作就需要庄有恭这样的能臣干吏去完成。更何况庄有恭是状元，真的将状元处以死刑，放在哪个朝代都是不光彩的事。傅恒等草拟的处理方式呈送到乾隆御前，乾隆果然提笔改为"革职、发配军台效力"。没多久庄有恭就被戴罪、戴孝授予湖北巡抚，尹继善更因为数月后的接驾有功而免去一切处罚。

此案涉及尹继善、庄有恭两位以清正闻名的督抚，并且判处重刑，在全国督抚中都产生了很大的震慑作用。毕竟各位督抚掂量掂量自己，没几个有尹继善的威望、资历和政绩，也没几个是天子的状元门生。但对于尹继善来说，被乾隆找出毛病，又被狠狠修理一通，心里当然是充满了畏惧，从此更加小心谨慎，玩命地逢迎乾隆。

尹继善屡遭乾隆斥责，有时候乾隆看到官员中的油滑、矫饰等不良气息，也顺便把尹继善拿来说事，说这些官员颇有尹继善的习气。这一点可能是从雍正那里学来的。雍正斥责八旗内部各种不良风气的时候，经常将这些不良风气归咎于八旗汉军的坏榜样，大力抨击"汉军习气"。乾隆有样学样，把这种话语风格用在了雍正的心肝宝贝尹继善身上。乾隆说这话的时候，可能也间接发泄了对父亲的不满。这些话语虽然有伤尹继善的颜面，但缓解了乾隆对他的不满，更向天下人表明，尹继善的处事风格尤其是为生母逼辱父亲的风格尤不可取，让天下人以尹继善为戒。

胡中藻案后，乾隆对尹继善的看法逐渐缓和，但尹继善此时已经名利大灰，行事更加战战兢兢，唯恐触怒乾隆，小命难保。乾隆二十年（1755年）正月，乾隆斥责尹继善喜欢沽名钓誉，四月尹继善就上奏乾隆，声称自己的长子庆云先前在户部学习行走，但性情暴戾，甚至殴伤人以致骨折。不仅于此，庆云四弟庆桂要结婚，庆云妒忌庆桂的才华，不但不愿意帮他料理事务，反而暴打要帮忙的妻子，差点将妻子暴殴致死。尹继善向乾隆请求，庆云性情顽劣，屡教不改，请求将庆云送到辽东老家，看守祖先坟墓。乾隆看后，准了尹继善的奏请。数年后，富尼汉被乾隆任命为安徽按察使，结果尹继善上奏乾隆，声称富尼汉是自己兄长的女婿，在自己手下做官有碍观瞻，请求乾隆将富尼汉调往他省。实际上，按照清朝的规定，这种间接的亲戚关系是无须回避的。但尹继善生怕招来乾隆的猜忌，还是从严请求，连袁枚都觉得不可思议。

白头拜相

正当尹继善在为自己的命运而感叹的时候，新的机遇已经悄悄向他走来。准噶尔故地一系列征战结束以后，傅恒的威望急剧增长，尹继善的影响力则相对被压缩。同时，鄂容安在平准之战中殉国，鄂党中坚人物被自动清除，而史贻直早已被乾隆赶回家乡闭门思过，鄂党对乾隆的威胁大减。在这个时候，傅恒巨大的威望开始让乾隆有些担忧。

中枢的情况也不容乾隆对自己的掌控力过分乐观。史贻直、鄂容安出局以后，由乾隆亲手提拔的大臣在军机处和内阁占据了主导地位。但让乾隆担忧的是，除了傅恒，其他军机大臣在军机处待的时间并不太长，军机处人员变动过快，让傅恒在军机处的影响日益变得难以抑制。一直到乾隆二十二年（1757年），军机处形成了傅恒、来保、汪由敦三驾马车的局面。三人都是老资格的军机大臣，其中汪由敦是张廷玉门生，身后有张党势力的支持，能够有效地制约傅恒在军机处的影响。但在乾隆二十三年（1758年）正月，汪由敦不幸去世，让军机处的平衡局面被一下子打破。

汪由敦的去世，让乾隆缺少有力大臣对傅恒进行制约。虽然刘统勋堪称能臣，但在政治实力上与张党领袖汪由敦显然不可同日而语。政治是讲究实力的，乾隆要让刘统勋有效制约傅恒，显然还需时日。

权衡之下，乾隆让当年博学鸿词科第一的刘纶再度进入军机处，与刘统勋合力制衡傅恒。但就影响力来讲，此时的刘统勋和刘纶加起来也比不上一个汪由敦。有鉴于此，乾隆决心再在军机处狠狠地掺上一回沙子。

乾隆二十五年（1760年），乾隆命富德、兆惠、阿里衮和于敏中进入军机处，一下子冲淡了傅恒、来保等人的权力。其中，兆惠挟平准的巨大军功，在军机处形成了一股新的巨大势力，有效地填补了汪由敦去世留下的权力空白。傅恒的影响力被大为压缩，军机处出现了傅恒、兆惠、刘统勋新三头并驾齐驱的局面。

军机处激烈的人事变动，让远在金陵的尹继善感慨不已。论能力、资历，尹继善绝不亚于傅恒、兆惠、刘统勋、阿里衮等人，更不用说鄂党小字辈于敏中了。但由于乾隆刻意的打压，尹继善只能在金陵做他的两江总督。好在乾隆可能是自觉理亏，一直没有将尹继善调往他省，让尹继善一直在金陵吟风弄月，也算是对他的补偿。

尹继善非常明白，倘若军机处"傅恒—兆惠—刘统勋"这三驾马车一直运转良好的话，自己这辈子入京拜相也基本无望了。这三位大臣都是乾隆一手栽培，能够对鄂党和张党形成有效压制，鄂党人员特别是自己的上升空间基本被封死。当然，史贻直的"外孙"于敏中可能是一个例外，但于敏中毕竟是乾隆手上点的第一个状元，在乾隆身边伺候多年，乾隆对他知根知底。其他的鄂党成员，特别是自己，就不会有这份幸运了。

不过尹继善治理江南的政绩，特别是乾隆下江南的时候尹继善殷勤周到的接待，让乾隆逐渐减少了对他的指责。乾隆也意识到，尹继善毕竟是督抚领袖，对尹继善责罚太过，不利于发挥督抚的积极性，从而会让地方治理效果受到影响。特别重要的是，尹继善毕竟是傅恒的政敌，过于打压尹继善，只会让傅恒的影响力进一步膨胀。出于这个考虑，乾隆二十二年（1757年）以后，乾隆对尹继善的责罚大为减少。

与雍正喜欢将地方督抚提拔到中枢担任军机大臣和大学士相比，乾隆在这个方面要保守得多。除了乾隆晚年时期，如果一个大臣被乾隆任命为督抚，那他进入军机处的机会几乎为零。乾隆在执政的前期和中期非常注意将督抚和宰相（军机大臣＋大学士）区别使用，宰相工作经历多在六部和大内，极少有在地方担任督抚的经历。即使一些杰出的督抚得到提拔，通常也是提拔到内阁、六部与八旗系统。典型的就是陈宏谋。陈宏谋作为乾隆宠臣，政绩卓著，最后被乾隆任命为东阁大学士，始终没能进入军机当值。那些因为出任督抚而离开军机处的乾隆朝大臣，最后回到军机处的也寥寥无几。和珅在乾隆晚年曾经要被任命为云贵总督，但深知乾隆用人风格的和珅向乾隆坚决推辞，这才能够长期留在军机处，成为权倾天下的和相爷。

春花秋月总蹉跎。曾经意气风发的江南小尹，在乾隆重重的猜忌和斥责下，已经垂垂老矣。此刻的他或许已经看淡一切，再不像年轻的时候那样冀求入阁拜相，而是只求在江南终老，江南民众和士子也希望已经成为老尹的小尹能够一直留在江南。但谁也没有预料到的是，就在这个时候，命运女神突然向尹继善招手。

乾隆二十九年（1764 年），功勋卓著的兆惠突然去世，震惊朝野。乾隆在悲痛之余也不得不思考如何应对兆惠去世所造成的复杂局面。兆惠入相以来，虽然独立政绩不多，但兆惠凭借其担任笔帖式和刑部右侍郎所积累的行政管理才能，加上在多年征战中练成的运筹和宏观决策能力，有力地保障了军机处的正常运行。兆惠杰出的才能和事功，也在相当程度上抵消了傅恒权势不断扩张所造成的负面影响，使得军机处权力关系重归平衡。同时，有兆惠这么一个军事大行家坐镇军机，四方有难，兆惠不仅可以居中指挥，甚至可以在必要的时候直接挂帅出征，让乾隆和傅恒的负担大为减轻。兆惠在清廷中枢的作用，堪称南天一柱。

现在兆惠这根巨柱去世，军机处的权力平衡一下子崩塌，军机处的运转效能也进一步下降。在这种情况下，无论乾隆主观意愿如何，他都要出手解决这个问题。毕竟兆惠杰出的政治和军事才能让乾隆朝治理效能急剧上升，现在包括傅恒，也不希望军机处的效率再次急剧下降。

乾隆放眼宇内，发现名臣宿将已大多凋零，不由得心生悲凉之感。毕竟在乾隆继位之初，人才济济，文武双全，这才铸就乾隆朝前期和中期的辉煌。就在兆惠去世的同一年，老资格军机大臣来保也去世，傅恒、刘统勋等的担子更重，他们也希望军机处能够补充新人，来减轻自己的负担。但是，兆惠、来保都是赫赫有名的重臣，普通的年轻大臣显然不能扛起他们留下的重担，必须是有丰富治理经验和军事经历，又有较强宏观治理眼光的大臣才能扮演兆惠、来保曾经的角色。乾隆能找到这样的人吗？

经过艰难的权衡和比较，乾隆终于把眼光投向了尹继善。自从乾隆二十五年（1760 年）以后，乾隆就开始有意提升尹继善的地位，对尹继善开始褒奖。乾隆二十六年（1761 年），乾隆为皇八子永璇择取尹继善之女为妻，让尹继善喜出望外。

让尹继善更加欣喜不已的是，乾隆这次给了尹继善一个特殊恩典。尹继善嫁与永璇的女儿是小妾张氏所生，乾隆因为张氏之女嫁给永璇，特地封张氏为一品诰命夫人，让尹继善涕泗横流。尹继善非常清楚，当年自己为生母徐氏争得诰命，给乾隆以非常坏的印象。注重封建人伦的乾隆，多次申斥尹继善，就是认为尹继善破坏了封建纲常，依仗君父之宠逼辱生父。对生父如此，对君父又会忠心吗？

此次乾隆封张氏为一品诰命夫人，意味着乾隆心里已经彻底放下徐氏受封的疙瘩，愿意以平常心来对待尹继善。尹继善多年来因为生母徐氏之故，对张氏等妾侍一直不薄。当尹继善接到乾隆封张氏为诰命夫人的圣旨时，不由得泪流满面。尹继善明白，按照乾隆的个性，能这么做，已经是非常不容易了。

乾隆三十年（1765年），乾隆任命尹继善为文华殿大学士、兵部尚书，并入值军机，成为真正的宰相。在乾隆朝，由督抚而拜相的事例很少，尹继善是最为突出的一例。不过，此时的尹继善已经是七十老翁了。

执掌军机处

尹继善等这一天，可以说足足等了三十年。当尹继善接到调任圣旨的时候，早有预感的他也不由得老泪纵横。但在这个时候，人生的黄金年华早已过去，尹继善已与江南的山山水水、一草一木结下深厚感情，对于封侯拜相早就看淡。但君命难违，尹继善只得打点行装，为进京任职做认真的准备。

江南民众得知尹继善即将卸任江督，不由得非常恋恋不舍甚至悲伤。是啊，清廷定鼎中原已近百年，两江作为全国的财赋重地，一直由八旗出身的官员担任督抚。由于两江地区尤其是江南在清廷入关时期反抗强烈，清廷对两江一直有防范猜忌的心态，在两江地区也一直采取了准军管的措施，一直延续到康熙晚年。雍正时期清廷对江南的管控虽然有所放松，但八十多年严格控制的影响，岂是一朝一夕可以消除的？

正是由于清廷的这种防范心态，江南在清代早期的经济特别是文化发展处于低潮。转折点正是出现在尹继善担任江督时期。尹继善在江督任上，注重兴利除弊，鼓励生产，兴修水利，奖励清官，两江百姓的负担大为减轻。尤为重要的是，尹继善善待江南士子，不但鼓励他们进行文化创作，甚至和他们互相唱和，尽最大能力保护江南文脉。

尹继善抓住乾隆喜爱诗词歌赋等汉族精英文化的特点，在乾隆下江南的过程中尽力争取乾隆对自己治理两江政策的支持，取得了良好的效果。尹继善在乾隆下江南过程中对乾隆的逢迎尤其是文化上的逢迎，不仅有效减轻了乾隆对于鄂党的防范敌视心理，更增加了乾隆对江南士庶和文化的认同和喜爱。乾隆朝的江南，很少有像清初那样的大型文字狱，尹继善的极力保护功不可没。

即使在尹继善去世之后，乾隆也延续了尹继善的治理两江的政策，用心保护江南士庶，尽量不在江南发动大规模的文字狱。甚至在《四库全书》修成之后，乾隆将七部全书中的三部都放在了江南，对江南的喜爱溢于言表。尹继善卸任之后，江南士庶处处以尹继善治理两江的善政来要求后来的江督，对后任者也形成了很大压力，不得不遵循尹继善的善政，从而促进了江南的经济发展和政治清明。尹继善实在是开启清代江南盛世风华的最重要人物之一。

尹继善被任命为文华殿大学士兼军机大臣后，不得不依依惜别居住近二十年的江南，回到自己熟悉的京城。从雍正六年（1728 年）算起，尹继善阔别京华已经将近四十年，中间只有短短三四年在京任职，因为乾隆对鄂党人物的猜忌而被长期外放担任督抚。一个朝野公认的宰相苗子，三四十年间辗转中国大部分省份，对全国各地状况了如指掌，积累了丰富的经验，纵使乾隆也不能轻易掩盖了他的光芒！

尹继善此番入阁拜相，入值军机，还兼管兵部事务，对他来说堪称驾轻就熟。乾隆认为尹继善是八旗中不可多得的读书人，特地又任命他为上书房总师傅，负责皇子们的学业。

由于尹继善的威望和资历，进入军机处后，他的排名在刘统勋之前，仅次于傅恒。早在十年前尹继善为筹备乾隆第二次下江南事宜入京朝觐乾隆的时候，乾隆就命傅恒带着尹继善游历香山和昆明湖等京师胜景，撮合尹继善和傅恒之间的关系。随后，尹继善也到傅恒府上拜访，得到傅恒的热情接待。此时的傅恒，权威已经日益巩固，因此可以用一种轻松的心态来面对尹继善。尹继善要为江南争取资源，也需要获得傅恒的支持。在经历了多年的龃龉之后，尹继善与傅恒似乎成了莫逆之交。

乾隆撮合尹继善和傅恒之间的关系也有一番苦心在。尹继善威望崇高，多年位居封疆而不得拜相，朝野上下为他鸣不平者众多，让乾隆也很头疼。乾隆也明白，尹继善是督抚领袖，入京拜相是他应得的荣誉。如果长期拖延此事，会寒了地方一众督抚的心。乾隆非常清楚，尹继善不能死于两江总督任上，迟早得回京入值军机，至少也要进内阁。既然如此，就要设法调和尹继善与傅恒的关系，以免造成不必要的阻力和损失。

八面玲珑的尹继善当然明白乾隆的苦心，因此拿出圆熟的官场套路，把傅恒哄得开开心心。不过在尹继善的内心，能不计较傅恒对自己的打压和替代吗？如果雍正再多活三到五年，很可能尹继善会更早地被提拔到中枢，早早就入阁拜相、入值军机。在尹继善看来，傅恒拥有的一切，本来是该属于自己的！

老于世故的尹继善更明白，乾隆让自己入值军机，不是让自己和傅恒穿一条裤子的。傅恒担任首辅近二十年，树大根深，连乾隆都有些吃味。乾隆当然不愿意傅恒的势力就这样毫无约束地发展下去。兆惠活着的时候，乾隆尚可放心。现在兆惠已经去世，调自己回京城拜相，实际上已经是给了自己一个宰相的实缺，而不是仰傅恒鼻息的伴食宰相。自己需要做的，更是乾隆希望自己做的，就是接过兆惠的重任，充分发挥制约傅恒的作用。

尹继善十六七年前就在军机处当过值，加上数十年督抚生涯与军机处有密切的往来公文、奏折和其他文件联系，对军机处的工作流程了如指掌。尹继善地方治理经验丰富，又颇具宰相之才，很多问题都与傅恒、刘统勋等有不同看法。每当此时，尹继善必据理力争，绝不因为自己新来乍到而有所退缩。军机大臣们的口舌官司常常打到乾隆那里，由乾隆作出圣裁才算完事。傅恒、刘统勋等可能感到懊恼，但乾隆十分满意。

不过，傅恒、刘统勋等人的地方治理经验远不如尹继善，宏观谋划眼光也不见得比尹继善强。尹继善进入军机处，在国家整体治理上起到了兆惠起不到的作用。尽管尹继善进入军机处看似降低了国家治理效率，却提高了国家治理效能。尹继善丰富的经验、学识和老到的眼光，也常常给予乾隆、傅恒和刘统勋以全新的启示。

不过让尹继善倍感欣慰的是，老友陈宏谋此时也调回京城任职。陈宏谋比尹继善早两年进京，从湖广总督任上调到京城担任吏部尚书，加封太子太保。数年后，陈宏谋升任协办大学士，充三通馆副总裁官。尹继善进京后，陈宏谋又升任东阁大学士，虽然未能进军机处，但也是赫赫有名的内阁重臣。尹继善进京后，与陈宏谋常相往来，互有唱和。有时候袁枚也会进京，拜望二位师长，顺便到尹府大快朵颐。袁枚多次向尹继善讨要风肉配方，尹继善捻须微笑，就是不给，只答应袁枚随时可以到尹府解馋。或许他也怕给了配方，袁枚就不再来了吧。

　　乾隆三十三年（1768 年），清军在第三次清缅之战中惨败，主将明瑞英勇战死。消息传到京师，乾隆、傅恒、尹继善等大震，一时间不知如何是好。在经历了最初的震惊和悲伤后，乾隆决定派出傅恒为主将，率领京旗和东三省马队压箱底的精锐，继续进攻缅甸。

　　尹继善却不赞同这一做法。尹继善上奏乾隆，认为傅恒贵为首辅，不适合挂帅出征。如果傅恒在战场上有个万一，不但有伤国体，而且有可能造成局势无法收拾。尹继善建议，傅恒应当留京坐镇，协助乾隆居中指挥，可另择良将挂帅出征。

　　尹继善的这个意见堪称识大体，不愧为盛世宰相！明瑞战死之后，无论是八旗还是绿营，已经没有合适的将领能够挂帅出征。尹继善实际上是在暗示乾隆，傅恒不可轻动，自己远比傅恒熟悉云贵情况，愿意以七旬老翁之身，白头挂帅，远征西南！

　　乾隆也有他自己的苦衷。仗打到现在，大清王朝已经被一步步拽到沼泽，稍有不慎就是灭顶之灾。傅恒此番出征，带出的精锐已经是八旗系统最后压箱底的精兵。如果全军覆没，大小金川方面甚至都有可能复叛，整个西南形势就不堪闻问了。如果内地再出现反清起义，整个形势会比三藩之乱更加可怕。考虑到这些，乾隆深深感叹，如果兆惠还在，就不会出现这种窘境。兆惠可以替代傅恒出征，而傅恒可以在京师指挥运筹，各个方面都会比现在从容得多。甚至第三次清缅之战，兆惠完全可以挂帅，而不是让稍微有些不成熟的明瑞挂帅，这样对明瑞自身的成长也十分有利。

　　乾隆明白，尹继善的献言是老成谋国之举。想到这里，乾隆反而有点感激尹继善。在自己陷于政治危机的时候，尹继善不但没有落井下石，还主动愿意挂帅出征，替乾隆与傅恒分担本来他可以袖手旁观的重担。乾隆还记得，当年自己在第一次金川之战中陷于危局的时候，张廷玉就是冷眼旁观，就等着自己出洋相后好出来收拾残局。想起这些，再想起这么多年对尹继善的一再打压和斥责，乾隆不由得百感交集，甚至生出几分内疚。

不过乾隆更明白，此战必须傅恒亲自出马，必须是他！傅恒的身份，不仅仅是大军主将，更是被授予临机处置全权的钦差。乾隆心里清楚，傅恒如果能够在军事上压着缅甸一头，并且能迫使对方签订城下之盟，就是最好的结果。至于其他，那就不要想太多了。但是如果真到了谈判的那一步，对方也只会相信身为首辅的傅恒，其他人未必愿意相信。虽然尹继善在国内具有盛名，但对方未必会相信尹继善具有谈判全权，因此傅恒的身份和作用是不可替代的！乾隆召见了尹继善，好言安慰，拒绝了他的好意，仍然派遣傅恒挂帅出征。

乾隆三十四年（1769年）二月，乾隆拜傅恒为经略大学士，阿里衮、阿桂为副将军，率京旗精锐和东三省马队进攻缅甸。战争进程果然如乾隆预料，清军虽然节节获胜，深入缅甸境内，但八旗兵和绿营兵都不适应缅甸的丛林气候，大批清军将士染病身亡。副将军阿里衮英勇作战，但也感染疾病，在军中去世。清军进退两难，傅恒顾忌缅甸还有一定的后备兵力，而清军的后备兵力已经枯竭，决定与缅甸议和，迫使缅甸同意称臣纳贡，不再骚扰云南边境。清缅之战终于以清朝获得惨胜告终。

乾隆和清廷为了这场战争付出极其沉重的代价。傅恒此时也身染重病，回京后不久即去世。乾隆悲恸不已，亲登其府在灵前祭酒，并谕示丧礼按宗室镇国公规格办理，赐谥号"文忠"。再加上明瑞、阿里衮等人的去世，意味着乾隆花费三十年左右时间培养，并经过平准战争锤炼的八旗满蒙精锐高级军官团，在缅甸几乎全部覆灭。

傅恒的去世对乾隆来说更是极其沉重的打击。乾隆对傅恒关爱有加，甚至不惜违背官僚集团伦理，让功劳、资历和威望都比较浅薄的傅恒跃居于张廷玉和尹继善之上，甚至有以后事相托的考虑。傅恒去世的时候，连五十岁都不到，而乾隆此时已经是六旬老翁。要知道雍正不过活了五十九岁，康熙也只活了六十九岁，年已六旬的乾隆认为自己即将步入生命的终点，希望比自己年轻十几岁的傅恒担负起托孤之责，实在是很自然不过的事情。随着傅恒的去世，这一切都化为泡影，还让乾隆二十多年的政治投资一夕归零，怎能不让乾隆痛彻心扉？！

虽然乾隆极其痛心，但还是要选择傅恒的接班人，保障朝政的正常运行。这一次乾隆没有辜负朝野的期望，选择了尹继善取代傅恒，不过却有好几件事让人错愕。

其一，乾隆宣布尹继善以文华殿大学士的身份担任首席军机大臣，保和殿大学士从此不再授予他人。乾隆十三年（1748 年），乾隆定保和殿大学士为内阁诸大学士之尊，在大学士中最为尊贵。随即任命傅恒为保和殿大学士。现在乾隆宣布保和殿大学士不再授予他人，而是让尹继善以文华殿大学士的身份担任首席军机大臣，显然是对尹继善不放心，有意抑制他的地位。

其二，乾隆宣布军机处以尹继善担任首席军机大臣，内阁则以东阁大学士刘统勋排名第一。这个安排震惊朝野。刘统勋的威望、能力自然是无可置疑，但比起尹继善来还是大为不如。即使是论在汉官中的威望，尹继善也绝不在刘统勋之下。乾隆如此安排，显然是有意增强刘统勋的威势，来钳制尹继善。

尹继善百感交集。尹继善依稀记得，鄂尔泰去世的时候，讷亲被任命为首席军机大臣。作为对张廷玉的补偿，乾隆命张廷玉名列内阁大学士第一。傅恒去世后，于情于理都应该升任尹继善为保和殿大学士，并且名列内阁诸大学士第一。乾隆却作出这样的安排，明摆着是对鄂党人物的不信任，对鄂党的心结一直未解。尹继善更明白，乾隆如此安排，就是要让刘统勋在军机处与自己分权，成为不是首席的首席！如果不是因为自己的资历威望太高，刘统勋又是汉人，乾隆必定会将自己当作第二个张廷玉，由刘统勋担任首席军机大臣，而由自己担任内阁首辅的。

双星陨落

　　到了这一步，尹继善也看开了。毕竟此时尹继善年纪已经七十四五，来日无多，犯不着再去争这争那的了。尹继善在军机处的时候，只是掌握大方向，具体的事情让刘统勋、于敏中他们去干，自己则乐得清闲。尹继善心中明白，这就是乾隆想要的效果。

　　闲暇无事的时候，尹继善更愿意与老友陈宏谋交游。陈宏谋此时也已年老多病，二位老友聚在一起，时常关心彼此的身体，互相交流养生之道，勉励对方再多活上几年。某次陈宏谋病重，尹继善前去探望。自己也年老多病的尹继善看到躺在床上苟延残喘的陈宏谋，突然生出无限伤感："你我都已经年老多病，不知道谁先做古人。"陈宏谋拱拱手："还让中堂。"尹继善听了，只能苦笑而已。

　　乾隆三十五年（1770 年），陈宏谋身体终于支持不住，请求辞官回乡养病，得到乾隆的批准。乾隆见到自己的宠臣这番光景，心中也颇有感慨，好言劝慰了几句，赐金回乡。陈宏谋得到乾隆的批准以后，强撑病体，向尹继善辞行。自己也是病人的尹继善看到老友即将与自己告别，知道今生再难相见，不由得泪下千行，赋诗一首送别陈宏谋：

> 谁似悬车拜赐频，临行又复捧恩纶。
>
> 春风鼓棹花迎客，白发归乡锦满身。
>
> 眠食依然心自乐，荣华到此福才真。
>
> 交情五十余年久，卧病何堪送故人。

陈宏谋读了这首诗后，也泪水涟涟，不能自已。二位老友依依惜别。

乾隆三十六年（1771年）四月，文华殿大学士、首席军机大臣尹继善去世。乾隆大为悲痛，下令追赠尹继善太保，谥号文端。

听到尹继善去世的消息，乾隆心中百感交集。尹继善功勋卓著，能力才情绝不在傅恒之下。只因为他是鄂党领袖，才被自己一直打压。乾隆也明白，如果傅恒、兆惠不那么英年早逝，尹继善很可能就像陈宏谋那样，只担任一个文华殿大学士就到头了。是一系列变故让尹继善进了军机处，并且成为首席军机大臣。回首往事，乾隆承认，他将对父亲雍正、鄂尔泰和张廷玉的厌恶，都投射到了尹继善身上，这才让满洲大才子有了这样的跌宕人生。

陈宏谋收拾行装离开京城，匆匆忙忙地向家乡广西进发，突然在天津收到尹继善去世的消息，不由得大为悲痛。陈宏谋大哭说："回船，我欲一奠尹公之灵！"家人苦苦相劝，陈宏谋这才罢休。但陈宏谋已经被尹继善去世的消息伤了身体，病情越来越重，行到山东德州时，居然也与好友尹继善一并而去。

乾隆时期最优秀的两位督抚，就这样携手离开了人世。

汪由敦

出身商贾之家

乾隆中前期，名臣如雨，将星如云，一起打造了堪称辉煌的乾隆盛世。其中，有一个身影已经被历史的烟云所掩盖。但我们拂去历史的尘埃，就会发现他在傅恒全面执政初期的重要性，与傅恒相对，共为满汉大臣领袖。他就是汉宰相中，上承张廷玉，下启刘统勋、刘纶、于敏中的汪由敦。

康熙三十一年（1692年），汪由敦出生在常州一位徽商家庭。徽商起源于徽州（1912年裁徽州府，徽州所属各县并入安徽其他县市），是中国三大商帮之一，早在唐宋时期就已经发轫。徽州虽然多为山区，耕作不易，但各项山货较为丰富。徽州人利用当地丰富的木材和其他资源，先后发展出建材、家具、茶叶、制墨、油漆、桐油、造纸等产业，并且向外大力推销，逐步形成了集产业、商贸于一体的商帮。

但徽州毕竟属于江南文化圈，素有"吴头楚尾"之称，儒学气氛浓厚。徽商们虽然从事商业，但心底还有一颗"出将入相"之心。因此徽商们在发财后，往往延聘名师，教授自家子弟，形成了一种文化传统。

汪由敦就是在这样一个家庭长大。汪由敦祖上一直都生活在安徽，其父汪品佳早年丧妻，中年迁居江苏常州，娶龚氏女为妻，生良金、贡金、鼎金、元芝等四子一女。汪由敦是长子，初名汪良金，名字还是不脱商贾世家的习气和眼界。

汪由敦虽然出生于商贾之家，但家境并不算富裕，不能提供给汪由敦太好的学习条件。好在汪由敦天资聪颖，家中又有一定的文化氛围。汪家虽不是什么豪门，但从汪由敦算起，九代祖上也曾出过户部主事、布政使司参议、监察御史、太仆寺少卿等高官。尽管这已经是快二百年前明朝时期的前尘旧梦，但祖上的历练所形成的眼界、思维方式和处事模式，却化为一种家庭文化的基因，一代代地融入汪氏家族后人的思维和血脉中，静静等待着下一个俊秀的出现。

汪由敦的聪慧，让汪品佳由衷欣喜。汪由敦自幼聪明伶俐，五岁便开始拜师学习，读书过目不忘。汪家条件一般，汪由敦拜的自然也不可能是什么名师，学习条件远不如刘统勋、于敏中、刘墉。但小小年纪的汪由敦还没有意识到学习条件对自己的重要性，只知道不能辜负父母的期望，认真学习。不但很快熟悉《论语》《幼学琼林》等适合儿童学习的经典，而且练就一笔好字。

汪由敦书法地位虽不及刘墉和成亲王永瑆，但也位于清朝一流书法家行列。汪由敦长于楷书、行书，兼工篆、隶，其字秀丽端庄、气韵流畅，深得乾隆和张廷玉的喜爱。乾隆曾经下诏，命汪由敦临摹和撰写大量书法珍品，秘藏大内。从小缺乏名师指点的汪由敦，能够在书法上取得这样的成就，让饱览古今书法大家珍品秘藏的乾隆异常喜爱，可见其天分之出众。

闲来无事的时候，汪品佳将汪由敦带在身边，让汪由敦在自己身边学习、嬉戏。有时候汪品佳会打开家谱，向汪由敦讲述祖上的荣光。让汪品佳惊异的是，自己只向汪由敦说过一次族谱的世系传承，汪由敦就能够牢牢记住，随时背诵。汪品佳看到这一切，不由得大喜过望，突然意识到数代人期盼的振兴汪氏一门的麒麟儿已经出现在眼前。

汪由敦十岁的时候，到安徽老家休宁参加童试，结果名落孙山。汪品佳让汪由敦到老家参加童试的原因也很简单，就是安徽的科考相对于江苏来说，难度要和缓很多。回原籍考试降低录取难度，这在清代是很正常的现象，有的甚至入籍他县参加童试。比如嘉庆名臣阮元，就将户籍从扬州府转到仪征县，参加仪征县的童试，顺利通过。汪由敦回家乡考试没有通过，不由得让汪氏上下碎了一地眼镜。

某日晚，汪品佳做了一个梦，梦见父亲汪恒然对他说："孙儿文章上佳，但名字不好，不利于科考。良金如果改名由敦，科考道路必将一马平川。"听完这句话，汪品佳突然从梦中醒来，想起老父在梦中的话，不由得浑身冷汗。

第二天，汪品佳按照老父在梦中的嘱托，为儿子改了名字，从而汪氏麒麟儿便以"由敦"之名闻世。

或许是巧合，不久汪由敦果然通过了童试，顺利地成为秀才，为日后进一步参加科举考试打下了基础。

第二故乡——杭州

随着年龄的增长，汪由敦的注意力逐步由四书五经转向史学。汪由敦读书的特点是喜欢刨根问底，追求对古书本意的理解，为此甚至废寝忘食，查阅各种书籍详细比对，一直到彻底弄懂才罢休。

汪由敦本就聪明颖慧，虽然不专门从事经史和古文字研究，但总能够把这些深奥的知识搞清楚个七七八八。更为难得的是，汪由敦总能够从史书中悟出很多道理，并用于提高自己的境界，器量越来越宏远。

汪由敦十九岁那年，父亲汪品佳到杭州经商，汪由敦便随父亲到杭州居住。浙江从南宋以来就是人文荟萃之地，各种学习资源不仅远胜徽州，比常州等苏南地区也胜上半筹。汪品佳知道儿子必成大器，因此把儿子专门带到杭州，让儿子能够在更广阔的天地成长。

此时清朝已入关六十年，经济、文化渐渐繁荣，文脉也得到复苏，社会开始从明清鼎革的残破景象中恢复活力。钱塘一地，荟萃了来自两浙金粉地的风流文士，没有点真本事是很难在这里立足的。汪由敦在休宁、常州固然是才子，在钱塘这个大码头，能站住脚跟吗？

钱塘才子素来眼高于顶，对于隔壁省份的才子常常都是多了几分挑剔。这当然是一种良性竞争。正因为江浙两省才子之间的竞争，江南文化才得以在互相学习、互相借鉴中发展，并呈现出多样化的面貌。

让汪由敦也始料未及的是，此次在杭州的人生经历，居然让杭州成为自己的第二故乡，甚至超过了自己的出生地常州。休宁毕竟是小地方，当地人士能够发现汪由敦的才华，但对于汪由敦才华的高度，休宁士绅是缺乏足够认识的。但盘龙卧虎的杭州士林可不是这样。

汪由敦到杭州游学后不久，就被浙江学政吴垣甫所赏识，并被引荐给杭州士林领袖，补为浙江的博士弟子，俗称"监生"。

得到了监生的资格，汪由敦决定在父亲的运作下，以商籍身份，在杭州钱塘县参加科举考试。清代规定，商人满足一定条件的，比如经营盐业，并为朝廷负担一定义务后，其子弟可以在长辈经商所在地科举，而不必回到原籍考试。汪由敦寄籍钱塘县，以浙江监生的身份参加乡试，并在浙江获得人生的重大机遇，因此后人也有将汪由敦看成浙江名人的。

巧合的是，汪由敦在浙江认识了乾隆朝第一位状元金德瑛。金德瑛也是安徽休宁人，寄籍浙江仁和参加科举，高中乾隆元年（1736年）殿试第六名。乾隆爱惜金德瑛的文采，亲笔将金德瑛点为状元。这是乾隆朝第一个状元，于敏中是乾隆二年（1737年）恩科状元，是乾隆朝第二位状元。不过，金德瑛为人正直，没有于敏中的刁滑，仕途远不及于敏中通达，也不如汪由敦。乾隆二十年（1755年），年过五旬的金德瑛才升为从二品的内阁学士，并于次年担任礼部侍郎。乾隆二十六年（1761年），金德瑛担任从一品的左都御史，于第二年的正月去世。此时汪由敦已经去世将近四年了。

金德瑛人品高洁，深合乾隆心意。金德瑛去世十年以后，其子金洁考上进士，到金銮殿向乾隆谢恩。乾隆看到金洁，不由得动情地问："你是金德瑛的儿子吧？"对金德瑛的怀念溢于言表。这在汉大臣中是非常少见的，即使是汪由敦也没有享受到类似待遇。

金德瑛认识汪由敦后，对汪由敦的才华大为佩服。汪由敦大金德瑛九岁，金德瑛于是将汪由敦看作老师，经常向汪由敦请教学问和科举知识，彼此都惺惺相惜。两人的友情贯穿了一生，后来一个担任军机大臣，一个担任左都御史，成为休宁县史上的佳话。

虽然寄籍钱塘，但汪由敦有时候还会到常州看望母亲，也由此认识不少江苏名士大儒。汪由敦的才华，让这些名士大儒都刮目相看，认为此子日后必成大器。

恩师伯乐徐元梦

汪由敦的才名，让他很快吸引了贵人的注意，这个贵人就是康熙朝儒学名臣、满人文臣领袖徐元梦。徐元梦此时担任浙江巡抚，正在为自己的孙子舒赫德等寻访名师。有人向徐元梦极力推荐汪由敦。

徐元梦本来就是学问大家，将汪由敦召来后一番考察，很快就发现汪由敦不但文采飞扬，而且学问根基扎实，是难得的读书种子。徐元梦大喜之下，不但延聘汪由敦到徐府教舒赫德等读书，还让汪由敦为自己做一些文字工作。

徐元梦，满洲正白旗人，舒穆鲁氏，字善长，号蝶园，进士出身。康熙以满人进士出身难得，命徐元梦充日讲起居注官，后迁侍讲。徐元梦生性正直，明珠见其才华横溢，深得帝心，想将其纳入麾下，被徐元梦断然拒绝。明珠怀恨在心，借机报复，徐元梦被鞭一百，全家户口被籍入内务府为奴。

一时的困境没有改变徐元梦的心志，康熙对他的看法也开始慢慢改变。康熙五十年（1711年），徐元梦重新获得了康熙的赏识，被任命为额外侍读学士。康熙五十二年（1713年），徐元梦被任命为内阁学士，兼礼部侍郎，并从内务府出奴籍，仍归正白旗。次年，徐元梦被任命为浙江巡抚，成为主政一方的封疆大吏。

徐元梦曾长期担任上书房行走，教授康熙、雍正的皇子们读书，与雍正和乾隆结下深厚的关系。徐元梦担任浙江巡抚以后，政绩斐然，特别是大兴浙江文教事业，善待士人，获得浙江士林的高度尊重和赞誉。汪由敦进入徐府以后，自然得到徐元梦的诸多关照。

让人惊讶的是，汪由敦的学生舒赫德也不是一般人。舒赫德没有像祖父徐元梦一样走文臣之路，而是以武立身，成为乾隆朝重要的武将，并多次进入军机处。于敏中担任首席军机大臣的时候，舒赫德是次席军机大臣，并多次同于敏中争权夺利。舒赫德虽然是武人，但文化素养并不弱，处理国事也是井井有条。这显然与祖父徐元梦和老师汪由敦的教导有很大关系。汪由敦、舒赫德这对真正有传道授业关系的师生，先后进入军机处担任军机大臣，并成为乾隆的重要助手，也是清史上的一段佳话。

徐元梦人品端方，对汪由敦异常赏识，许多翰墨文字均让汪由敦代劳，又向汪由敦传授许多政坛经验，让年轻的汪由敦受益匪浅。在徐元梦的心中，一直有件事放心不下，就是为好友李光地编纂文集。李光地是康熙宠臣，擅长理学，与徐元梦常有学问交流，彼此关系密切，李光地也多次为徐元梦向康熙请命，让徐元梦深为感动。李光地去世的时候，康熙命徐元梦护送灵柩，一路送到李光地的福建老家。李徐情谊，深厚至此！

多年以来，徐元梦一直想为李光地编纂文集，但因为公务繁忙，年纪也渐高，一直有心无力。当徐元梦看到精通儒学、诗文兼优，又熟悉诸子百家学说的汪由敦时，不由得大喜过望，遂将编纂李光地全集的任务交给了汪由敦。

汪由敦接到这个任务后，不敢怠慢，从徐元梦处取来李光地的全部文稿，细细整理阅读。李光地是康熙朝名相之一，深得康熙喜爱。徐元梦对李光地的事迹非常熟悉，对李光地重要文稿和诗篇后面的故事更是如数家珍。汪由敦一边编纂李光地的文集，一边向徐元梦认真请教李光地诗文背后的故事，务求精致，力争不出任何讹误，赢得了徐元梦的赞许。《李文贞公全集》编纂完成后，徐元梦捧着汪由敦苦心修订编纂的书稿，泪流满面。汪由敦也从李光地、徐元梦二人那里，学到了真正的名臣气度，对他今后成为军机大臣极其有益。

康熙五十六年（1717年），徐元梦被任命为从一品的左都御史，从浙江回京任职。徐元梦到了京城，很快就去看望住在京城的老友李光地，并将汪由敦编纂的《李文贞公全集》交给李光地。年迈的李光地捧着自己的文集，不由得喜极而泣。李光地早从与徐元梦的往来书信中得知，自己的文集是汪由敦所编纂，再看到编纂质量是如此精美，连连嘱托徐元梦照顾汪由敦。徐元梦当然是一口答应。

徐元梦此次回京，知道今生再也没有机会重返杭城，就给汪由敦补了一个国子监生的名额，让他随自己一同入京就读。此时的徐元梦已经将汪由敦看成自己最得意的门生，全力培养。

汪由敦一边在国子监读书，一边在徐府为徐元梦处理各种奏稿和往来公文。徐元梦在家中找了一间舒适的小房间，让汪由敦住下，方便辅佐自己处理政务。徐元梦宦海半生，政治经验尤其是高层经验极其丰富，对平常人来说是一笔非常宝贵的财富。面对自己最得意的弟子，徐元梦也不藏私，细细地将这些经验都传授给汪由敦。

让徐元梦惊喜的是，汪由敦聪明好学，不仅对自己的教导和诗文过目、过耳不忘，而且每有创见，为徐元梦解决不少难题。徐元梦刚遇到汪由敦的时候是浙江巡抚，汪由敦就帮徐元梦处理了不少政务，对一省的政务流程是如何运作，以及巡抚如何抚民理政，汪由敦早已谙熟于胸。现在到了京城，汪由敦在徐元梦的指点下，对朝廷的政务流程又变得非常熟悉。特别是不久后徐元梦又转任工部尚书，汪由敦对六部事务又有了系统的了解，为他后来担任军机大臣和刑部尚书打下了基础。

徐元梦学识渊博，熟悉古今制度，对清朝的典章制度尤为熟悉。由于徐元梦是满人中难得的才子，连康熙都称赞"徐元梦乃同学旧翰林，康熙十六年以前（满人）进士只此一人"，因此朝廷往往将一些图书典章事务交给徐元梦处理。徐元梦接到这些任务，都会找来汪由敦，与他细细商议定夺。徐元梦丰富的清代典章知识让汪由敦大开眼界，日后乾隆与汪由敦交往，也常常诧异汪由敦对本朝典章制度的熟悉程度。

汪由敦在北京的生活虽不清苦，但也比较单调。在徐府上下的照顾下，汪由敦的物质生活并不匮乏，这就为汪由敦解除了很多后顾之忧。汪由敦很珍惜这样的学习机会，除了帮徐元梦处理政务，主要精力都放在了攻读诗书上，学问日益精进。

汪由敦学业的进步，徐元梦都看在眼里，也倍觉欣慰，想方设法为他创造机遇。但就在这个时候，汪由敦的母亲突然去世，不得不回乡丁忧。汪由敦泪别恩师，约定三年守孝期满后，回京参加科考，再与恩师相见。

参与编纂《明史》

光阴荏苒，三年时间很快就过去了。在这三年里，汪由敦一边苦读诗书，一边思念母亲。母亲跟着父亲，一辈子没享过什么福，含辛茹苦地将五个孩子拉扯大，特别是培育自己成才，对自己和弟妹们的恩情似海！每想到这一点，汪由敦就肝肠寸断，悲恸不已。汪由敦暗下决心，要好好读书仕进，光大汪家门楣，报答母亲的恩情！

雍正元年（1723 年），汪由敦回到京城，再次投入徐元梦门下。此时的徐元梦已成为上书房总师傅，署理内阁大学士，兼署左都御史，兼《明史》总裁官。徐元梦热情地欢迎弟子回京，与汪由敦交谈之下，发现汪由敦这三年并没有白费，而是在乡发愤苦读，将多年的学习成果做了很好的总结，学问大为精进。徐元梦大喜之下，推荐汪由敦以诸生的身份参与编纂《明史》。

《明史》的编纂是康熙生前非常重视的文化工程，康熙也希望借《明史》的编纂，安抚汉人人心，并笼络一批优秀的文人学士为己所用，消弭知识界的反清情绪。在这种指导思想下，康熙对《明史》的编纂多有支持，除了对明末后金崛起的史实比较忌讳，大肆删改，其他部分基本上能够做到比较公允，甚至为了笼络汉人人心，对明朝诸帝都作出了较高评价。

《明史》的编纂过程，经历了多次反复。早在清顺治二年（1645 年），清廷就下诏修《明史》，命洪承畴、冯铨、范文程等负责此事。不过政局变幻，洪承畴很快被多尔衮派到南方主持军事，此事也不了了之。一直到康熙十八年（1679年），清廷才下诏，重新编纂《明史》。

此次编纂《明史》，文化大师黄宗羲让自己的弟子、著名史学家万斯同进入明史馆，实际主持《明史》的编纂。康熙四十一年（1702年），史官呈送四百一十六卷本的《明史》给康熙，希望康熙审阅后颁行天下。康熙看过后，认为这版《明史》对洪武、永乐、宣德等帝评价过低，有些事情写得与实际情况也有出入，下诏暂时停止《明史》的编纂工作。随后康熙逐步陷入"九王夺嫡"的迷局，更没有心思去管《明史》的事情了。

雍正继位后，决定继续推动《明史》的编纂和定稿工作。为此雍正特地下旨，"以舅舅公隆科多、大学士王顼龄为明史监修官，署理大学士事务工部尚书徐元梦、礼部尚书张廷玉、左都御史朱轼、翰林院侍讲学士觉罗逢泰为总裁官"，重新启动《明史》的编纂工作。

在《明史》的编纂工作中，徐元梦成为实际的总负责人。徐元梦公务繁忙，抽不出太多时间用于《明史》的编纂工作，又知道这是一个进入京城上层政治、文化圈的大好机会，于是推荐汪由敦参与编纂《明史》。

另一位恩师张廷玉

借助这个机会，汪由敦认识了自己另外一位恩师——张廷玉。

《明史》的编纂整理工作，随着政局的变动，其他人包括徐元梦，都淡出了这个文化工程，只有张廷玉从头到尾一直负责。汪由敦熟悉前朝史事，在史学上有很深积累，深得张廷玉喜爱。徐元梦也有意将自己的得意门生引荐给新朝宠臣张廷玉，为汪由敦的将来铺路。徐元梦意识到，自己年事已高，不能长期将汪由敦留在身边，因此不断催促汪由敦准备来年的科举考试。

雍正二年（1724 年），汪由敦在殿试中取得二甲第一名的优异成绩，让徐元梦老怀大慰。徐元梦早就在京城为自己的门生造势，连雍正都知道这位以诸生身份进入明史馆修史的江南才子，对其青睐有加。汪由敦取得殿试二甲第一的成绩，也就不奇怪了。值得一提的是，尹继善也在这一科登第，他们属于"同年"的关系。

雍正早就知道汪由敦的史学才华，特地命汪由敦到翰林院庶常馆深造，汪由敦顺利成为一名"庶吉士"。按照明清规矩，非进士不入翰林，非翰林不入内阁，因此庶吉士有"储相"之称。但是，庶吉士需要在三年时间内，认真学习经史子集，以及协助处理各种政务，每个月还要举行两次考试，称为"阁考"，由内阁大学士亲自出题。每次考试成绩都会被记录在案，作为评价庶吉士的依据。

三年学习期满，庶吉士们会迎来一场严格的考试，称为"散馆"。成绩优秀的，会被分配到翰林院，担任修撰、编修等清要官职；成绩一般的，会被送到六部任职；成绩不好的，就会被送到地方担任知府和知县等官职。袁枚就是因为散馆考试不过关，最后被送到江苏任知县的典型例子。

汪由敦才华横溢，又经过徐元梦多年调教、栽培，很快就进入了庶吉士的角色，成绩优异自不待言。通过散馆考试后，汪由敦进入翰林院担任编修，同时仍在徐元梦、张廷玉的带领下从事《明史》编纂工作。

有了徐元梦和张廷玉的照顾，汪由敦无论在学业还是政务上都如鱼得水。徐元梦此时担任上书房总师傅，辅导四阿哥弘历等皇子读书。徐元梦在尽心教授弘历等皇子的时候，极力向他们推荐汪由敦，并将汪由敦的一些诗文给弘历等人观看学习。从此，"汪由敦"这个名字，就深深地镌刻在了弘历的心中。

雍正继位笼罩着层层的迷雾，到现在还没有完全搞清楚。康熙晚年政局风云变幻，白衣苍狗。今天把酒言欢的朋友，明天就会是白刃相见的仇人，可谓是"金樽共汝饮，白刃不相饶"。据说雍正早年与"八贤王"允禩关系甚佳，两家王府还靠在一块。雍正当上皇帝以后，将自己的"潜邸"雍王府改建成雍和宫，顺便让"八贤王"把宅子交出，并入雍和宫，让允禩另择府邸。

不过数年工夫，雍正和"八贤王"就从一个战壕的战友变成生死政敌。为了窥伺八王府动静，雍正借口王府鸟叫蝉鸣影响他清修，让太监、侍卫爬到树上，用粘杆抓捕、驱散小鸟和昆虫，实际上却是让这些太监、侍卫全天候监视八王府。八王府交结了哪些官员，都被雍正弄得一清二楚。雍正继位以后，对这些太监、侍卫的工作非常赞赏，就以这些人为基础，组建了著名的特务机构"粘杆处"，据说总部就在雍和宫。

在这种情况下，雍正当然要用自己的人。除了属于自己佐领的包衣奴才，通过科举正规途径入仕的诸多"天子门生"，就成了雍正重点扶持的对象。

在这批"天子门生"里，最受雍正喜爱的，当然是他视若己出的尹继善。不过树大招风，雍正对尹继善的喜爱，到了连乾隆都妒忌的地步。日后尹继善屡遭乾隆申斥和修理，种子早在这一刻埋下。不过，相对不那么受宠的汪由敦，却让乾隆大为称心如意，为此甚至愿意容忍汪由敦的一些过失。

通过散馆考试后的汪由敦，被授予翰林院编修之职。这个时候发生了一件事，让汪由敦亲眼看到了官场的风云变幻。雍正四年（1726 年），恩师徐元梦因为满汉表章翻译错误，特别是在担任浙江巡抚期间保护吕留良的家人，被牵涉进吕留良文字狱，雍正下令革去徐元梦的职务，送回家中闲居。

徐元梦被罢黜，对汪由敦造成不小影响。世人皆知汪由敦是徐元梦最得意的弟子，甚至当成半个儿子看待。没有徐元梦的大力拔擢，家世薄弱的汪由敦不可能在京城这么顺利。汪由敦能获得如此际遇，很多人都心生嫉妒。徐元梦一被罢黜，那些满怀嫉妒的人全都心中暗喜，等着看汪由敦的笑话。所幸的是，张廷玉对汪由敦伸出了援手。

张廷玉是安徽人，虽然出生在京城，但张廷玉对于老家还是有相当的眷恋之情的。汪由敦虽然已经算是浙江钱塘人，但祖籍地是永远改不了的，和张廷玉算是同乡。张廷玉看到汪由敦，不但出落得一表人才，而且学识过人，又有徐元梦的鼎力推荐，能不对汪由敦青睐有加？汪由敦从徐元梦的大弟子，再摇身一变，成为张廷玉的大弟子，获得两位恩师的提携，也就不奇怪了。徐元梦对汪由敦的照顾和培养，可以减轻雍正和其他满洲贵族对于张廷玉结党的疑忌，也是张廷玉接纳汪由敦的重要因素。

不过，徐元梦的罢黜还是对汪由敦产生了一定的影响。此后三四年间，汪由敦认真参与编纂《明史》，并为张廷玉分担了不少《明史》方面的编辑工作。汪由敦亲眼看到恩师徐元梦因为文字翻译问题去职，《明史》的编纂又是当时国家头号文化工程，稍有不慎就会让张廷玉丢官去职。为了避免出现这种情况，汪由敦将大量精力投入《明史》的编纂工作，务求精严，有疑难不决的地方都摘录出来，请张廷玉送交雍正圣裁。汪由敦的努力，让张廷玉避免了不少潜在的危险，没有遇到徐元梦那样的情况。否则一旦出现问题，张廷玉的仕途必受打击，也就没有乾隆初年跺跺脚京城地皮摇三摇的桐城相国了。每念于此，张廷玉对汪由敦总是充满信任和温情。

乾隆登基带来的机遇

坐了几年冷板凳后，汪由敦开始迎来新的机遇。此时雍正对于徐元梦的不满已经渐渐消散，汪由敦在翰林院编修的位置上也干得风生水起。除了参与编纂《明史》，汪由敦还撰写了大量公文，参与了一些政务的处理，让雍正深为满意。

雍正十年（1732年），汪由敦担任日讲起注官，日讲起注官是皇帝近臣，负责为皇帝讲授经史，提高皇帝文史知识和眼界，有时甚至每日都要向皇帝进讲。同时，日讲起注官还需要记录皇帝每日言行，编成《实录》存档。皇帝御门听政、朝会宴享、大祭祀、大典礼、每年勾决重囚及常朝的时候，日讲起注官都要跟随伺候。皇帝谒陵、校猎、巡狩的时候，日讲起注官也要跟随，记录皇帝的言行，属于如假包换的皇帝近臣。

经过将近十年的历练，汪由敦终于以自己的才华、认真和谨慎，获得了雍正帝的认可。与编修相比，日讲起注官是职责更加重大，也更容易犯错的位置，工作压力也更大。汪由敦充分发挥了自己勤勉谨慎、兢兢业业的特长，每天天还没亮，就到雍正寝宫附近等候，以备雍正随时差遣。辛劳一天后，汪由敦一直等到雍正就寝，才到自己住处休息。遇到军情紧急的时候，汪由敦常常通宵达旦地执勤，随时为雍正提供服务。

汪由敦的勤勉和才华，让雍正对他有了进一步的了解，也由此消弭了雍正对于徐元梦的怨气。雍正十三年（1735年），徐元梦被起复，补授内阁学士，担任《世宗实录》副总裁官，又与鄂尔泰等一起负责编辑《八旗满洲氏族通谱》。就在这一年，汪由敦也转为翰林院侍读。

这十多年里，汪由敦的仕途平平淡淡，和尹继善不可同日而语。雍正十三年的尹继善，已经是封疆大吏，被公认是未来的宰辅之臣，而汪由敦还只是一个翰林院侍读。尽管侍读是天子近臣，但在雍正帝这里，并没有特别的栽培翰林近臣的意愿，否则尹继善就会一直留在雍正身边充任词臣。雍正更倾向于将喜欢的大臣放到地方和六部去锻炼，再让他们入阁拜相。日子再这样平淡地过下去的话，汪由敦一生估计也就做一个尚书。

盛世君臣

雍正十三年（1735 年）八月，正值盛年的雍正帝突然去世，留下一个自己还没有来得及完全理顺的班子给了被秘密立为皇太子的弘历。弘历在宗室和大臣们的拥簇下继承皇位，改元"乾隆"，定公元 1736 年为乾隆元年。

乾隆刚刚登基，就处于宗室裹挟、强臣环伺的险恶局面中。但凡乾隆政治能力稍有一点不过关，就会被他们架空。乾隆到底是康熙亲自抚育过的皇嗣，特殊的出身又让他饱经世间冷暖，很快就找到了对策。

乾隆的策略：与鄂尔泰、张廷玉等强臣结盟，架空并驱逐宗王势力，再培养自己的班底，对鄂、张二人的势力取而代之。事情进行得很顺利。到了乾隆四年（1739 年），宗王势力基本退出中枢，军机处形成了鄂尔泰、张廷玉对掌枢机的局面。

让乾隆始料不及的是，鄂尔泰的势力在这个过程中恶性膨胀，对乾隆构成强大的威胁。鄂尔泰是雍正晚年宠臣，为人精明强干，在地方卓有政绩。雍正十年（1732 年），鄂尔泰被召至京城，任保和殿大学士、军机大臣，取代张廷玉出任首辅。宗王势力溃散以后，满洲大臣，包括史贻直等一部分汉族文臣，都投奔到鄂尔泰麾下。鄂尔泰集团势力之强，远远胜过了当年的明珠、索额图集团。

鄂尔泰的势力不仅对乾隆造成很大威胁，而且极大地挤压了张廷玉的政治空间。乾隆和张廷玉不得不联起手来，共同应付鄂党势力。

张廷玉本是汉族大臣，汉大臣在清廷结党，始终是清廷的政治高压线，清朝前中期君主尤其忌讳。但到了这个时候，乾隆也管不了这么多了。

在乾隆明里暗里的支持下，张廷玉纠集他的门生故旧，再加上内廷翰林院系统的官员，一起组成了"张党"。张党从诞生的那天起，就作为乾隆的私党而存在。张党多为文官，缺乏军事上的实力，而鄂党则有不少武将，自然让乾隆芒刺在背。张党和鄂党到底选择哪一个，对于乾隆来说当然是秃子头上的虱子——明摆着的事。更何况鄂尔泰在满人中的影响，已经危及乾隆在满人中的地位。

张党从此被乾隆带上自己的战车，成为乾隆与鄂党对抗的主要工具。不过，与鄂党相比，张党的前途更不美妙。张廷玉、汪由敦去世以后，张党失去主心骨，陷入一盘散沙的状态。在乾隆用强硬手段暂时处理了鄂党的威胁后，张党更是被乾隆遗忘。一直到史贻直的"外孙"于敏中担任首席军机大臣以后，张党才被于敏中收编，成为于敏中—阿桂集团的骨干力量。

汪由敦的人生从此发生重大转折，同样发生重大转折的还有尹继善的人生。如果雍正还能多活十年，尹继善肯定会按照雍正的意图，在地方上获得足够的历练后，进京拜相并入值军机。汪由敦则会继续他的词臣岁月，很可能是另一个阿克敦甚至纪晓岚，终身只能是协办大学士，入值军机更是不用想。但雍正的去世，让汪由敦的命运有了根本性的转变。

乾隆一上台，就看上了汪由敦的学问和人品。本着老爹不喜欢的人他就要重用的原则，很快就命汪由敦为太常寺少卿提督四译馆，仍兼任翰林院侍读。这是汪由敦在政治上即将崛起的标志。没多久，乾隆又命汪由敦为从二品的内阁学士，并入值南书房。

忠谨事君

随着军机处的成立，南书房已不复往日之显赫，但此时毕竟离康熙朝不远，南书房余威尚在，入值南书房依然被臣子看成莫大的荣耀。乾隆刚刚继位，面临宗王和强臣的环伺，抱负暂时不得伸展，只有南书房是他一言九鼎的地方。因此能够进入南书房的，都是乾隆心腹。乾隆也借着南书房这个平台，培养了不少未来重臣，有的甚至入值军机，比如汪由敦。

汪由敦入值南书房后，更加勤勉地侍奉乾隆，兢兢业业地为乾隆服务。此时的汪由敦，已经具有丰富的军政经验，为乾隆出谋划策、草拟文稿，都让乾隆大感顺手。乾隆刚刚继位，正需要这么一个人才辅佐自己，毕竟很多事情不方便与张廷玉谋划，那样会更加增加张廷玉的权势。汪由敦虽然是张廷玉弟子，但他与徐元梦的关系更深，乾隆也正是由于这一点，对汪由敦另眼相看，并不完全将他看成张党，这个对汪由敦的未来至关重要。

乾隆对徐元梦的感情，要比康熙和雍正真挚得多。乾隆自幼熟读四书五经，汉文化底色要比康熙和雍正浓厚得多，对儒家学说的信奉是发自心底。乾隆在上书房读书的时候，上书房的老师几乎都是汉人。突然见到徐元梦这么一个学识渊博，人品又极其端方淳厚的满洲老师，怎能不让年幼的弘历惊喜交加、惊若天人？乾隆一辈子对人品正直、学问渊博的君子的喜好，很可能正是受到徐元梦的影响。

乾隆元年（1736 年），徐元梦署大学士，充《明史》总裁、正式入阁拜相。这个任命，鄂尔泰、张廷玉等人都无话可说，毕竟徐元梦的资历和人品摆在那里。很快，乾隆又命徐元梦入值南书房，并担任《世宗实录》副总裁，徐元梦成为乾隆的政治顾问，一时间炙手可热。

徐元梦在乾隆这里话语权大增，能不想着自己的大弟子汪由敦吗？徐元梦极力向乾隆推荐汪由敦，乾隆对汪由敦自然也是另眼相看。汪由敦的仕途开始顺风顺水，也就可以理解了。

不过，汪由敦很快就尝到了宦海风险的厉害。乾隆二年（1737 年），一份大臣提拔名单在朝廷里私下流传。这份名单很快被言官得知，马上抄录下来向乾隆禀报。乾隆看到这份名单，不由大怒，里面的人员、拟任职务，和自己想的是一模一样。特别让乾隆伤心和气愤的是，这份名单里居然出现了"汪由敦"三个字，还有自己想让他担任的职务。乾隆当即叫来汪由敦，拿着这份名单质问，只和汪由敦一个人谈过他的职务安排，为什么其他人会知道？

面对乾隆的严厉责问，汪由敦满腹委屈，因为生性谨慎的他并没有和任何人，哪怕是徐元梦和张廷玉谈论过这些事。汪由敦深知，乾隆身边一定有皇帝自己还没有察觉的耳目，在私自探测皇帝的心意，从而获取政治利益。已在大内任职十五年的汪由敦更明白，这些耳目不但熟悉皇帝的心意，而且有着强大的背景，甚至连乾隆本人都要避其锋芒！

聪慧的汪由敦默默接受了乾隆的斥责，承认自己事机不密，有可能在无意间透露了风声。看到汪由敦的态度，乾隆也不由得消了口气，告诉汪由敦可以上疏为自己辩解。但汪由敦始终没有写过片纸只字为自己辩解，而是接受了乾隆的处分，被乾隆降为侍读学士。

精明的乾隆很快就发现了这份名单另有泄密来源，对汪由敦的看法自然大有改观。汪由敦的忠诚勤勉，顾全大局，忍辱负重，让乾隆大为欣赏。乾隆从汪由敦身上，看到了一生忍辱负重，报答君王的徐元梦的影子，对汪由敦自然会触发几分真感情。通过一年多的交往，乾隆越发感觉到汪由敦不像老辣凌厉的张廷玉，而是酷似端方淳厚的徐元梦，这也是后来乾隆对汪由敦一再包容，在下狠手打击张廷玉的同时，却对汪由敦网开一面的原因。

汪由敦虽被降为侍读学士，但并没有罢去入值南书房的差事，徐元梦、张廷玉又为其向乾隆多方周旋，汪由敦很快就恢复了常态。乾隆在南书房，时常就政事向徐元梦、汪由敦咨询，在商议出初步方案后，再与鄂尔泰、张廷玉等切磋，形成最终决策。由此可见，尽管南书房在乾隆朝地位大降，却是君主遏制军机处和内阁的重要工具。一直到慈禧太后时代，由于慈禧太后碍于性别，不能随时召见南书房大臣，南书房这才彻底退出内廷重要机构行列。

乾隆在南书房时，常常命汪由敦就某项重要政事寻找历史上的旧例，借以优化决策。汪由敦虽然是出身于商贾家庭，但自幼熟读经史，又曾长期编纂《明史》，早就有史学家的风范。对于乾隆的咨询，汪由敦每次都能够引经据典，给出让乾隆满意的答复。乾隆欣喜之下，对汪由敦自然是另眼相看。

乾隆二年（1737年）前后，乾隆已经初步形成了自己的班底。但问题是，这些人，比如讷亲、刘统勋、班第等人，大多比较年轻，对于政务尚不熟悉，还需要借助老辣的鄂尔泰、张廷玉等人。或许是二位老臣看到皇帝羽翼渐渐丰满，自己随时有可能被替代，这才不顾一切地结党自保。乾隆一时也奈何他们不得。

恰好在这个节骨眼，刘统勋回乡丁忧，乾隆身边出现人才缺口，也更加倚重汪由敦。

为了观察、培养汪由敦，乾隆经常让汪由敦临时处理一些行政事务，不少情况下还要会同六部九卿。让乾隆欣慰的是，汪由敦每次都能够完美地完成任务，为乾隆出了不少力。时间一长，乾隆有临时性的差遣任务，都会在第一时间里想起汪由敦，汪由敦在乾隆这里部分取代了刘统勋的位置。

这段岁月对于汪由敦来说是至关重要的。汪由敦的行政能力得到了充分的锻炼，徐元梦、张廷玉也对汪由敦暗中指点，并为他悄悄解决了不少问题。此时鄂党和张党的斗争，在乾隆的操控下日趋激烈，张党主要成员都成为鄂党的打击对象。但汪由敦长期在内廷当差，不显山不露水，加上徐元梦的斡旋，汪由敦始终没有成为鄂党的打击目标。

乾隆五年（1740年），汪由敦重新被任命为内阁学士。乾隆七年（1742年）三月，汪由敦受乾隆命担任会试副总裁，与总裁鄂尔泰一起负责开科取士，共录取进士319名。这意味着在乾隆眼里，汪由敦已经完全通过他的考核，即将成为新一代的朝廷重臣。值得一提的是，汪由敦亲弟汪鼎金也参加了此次科举考试，因为哥哥是会试副总裁，因此就考了回避卷，结果也被乾隆取为进士。次年，汪由敦又当上了经筵讲官。乾隆对汪由敦的爱重，一日比一日深厚。

这段时间让汪由敦感到伤心的是，亦师亦父的徐元梦在乾隆六年（1741年）去世。徐元梦去世前，乾隆让深受他喜爱的皇长子永璜前来慰问，后来又派使臣代自己看望这位老臣。徐元梦看到使臣，挣扎着从床上爬起来跪拜，流着泪说："臣受恩重，心所欲言，口不能尽！"使臣走后，徐元梦感觉自己大限将至，让孙儿取来《论语》，遂怀抱《论语》而卒。

徐元梦一生光明磊落，虽然屡屡遭受挫折，却不改其志，其纯孝坚刚甚至让康熙帝动容。徐元梦历事康熙、雍正、乾隆三代天子，成为雍正、乾隆两代帝师，为清皇室的文化教育和清廷的文化建设作出杰出的贡献。徐元梦对于清朝文化事业和调和满汉大臣关系上的成绩，将永远为历史所铭记。

乾隆得知徐元梦去世的消息，也不由得怅然若失。乾隆元年（1736年）以来，徐元梦入值南书房，辅佐乾隆熟悉政务，为乾隆出谋划策，让乾隆迅速进入皇帝角色，堪称功不可没。徐元梦的这些贡献，牢牢镌刻在乾隆心上，因此大力拔擢徐氏一门。徐氏一门出了汪由敦、舒赫德两位军机大臣，徐元梦如九泉有知，定当开心不已。

泪别了恩师徐元梦之后，汪由敦擦干眼泪，更加兢兢业业地辅佐乾隆。此时的乾隆在经过六七年的皇帝生涯后，已经渐渐趋于成熟。在军机处内，乾隆大力扶植讷亲，用讷亲来分流鄂尔泰在满洲大臣中的影响，并得到了张廷玉的暗中支持。但是，鄂尔泰一党毕竟树大根深，又有一批汉族官僚的支持，讷亲一时也对鄂尔泰奈何不得。

到了这个时候，乾隆也算看清楚了：鄂党有文有武，兼容满汉，其实力绝不是张党所能相比的。要逐步消除鄂党的影响，关键就是要适当扶植鄂党以外的文官尤其是汉族文官，来限制鄂党的势力。想通了这一点，乾隆开始把目光放在汪由敦、刘统勋身上，并加大了对尹继善的限制。

成为军机大臣

乾隆九年（1744年）三月，汪由敦被乾隆任命为工部尚书，正式跨入朝廷大员行列。这是当年徐元梦曾经担任过的职务，可见乾隆对汪由敦寄望之深。当年年底，汪由敦转任刑部尚书。在刑部尚书任上，汪由敦展现出了过人的精明与才干。汪由敦认真研究刑部积压的各项大案的卷宗，持法公正，拒绝接受各项关说，平反了不少冤假错案，赢得了朝野众人的赞赏。

乾隆让汪由敦担任工部、刑部尚书，也是要看看汪由敦办事能力如何，特别是有没有独当一面的工作能力。汪由敦的出色表现让乾隆喜出望外，自觉对鄂党干员的依赖也开始下降。毕竟张党虽然人多势众，但大多数是词臣、御史，实际行政还是要靠鄂党大员。随着讷亲、汪由敦、刘统勋等人的成熟，乾隆终于看到了摆脱鄂党的希望。

乾隆十年（1745年），一代名相鄂尔泰去世，终年六十六岁。

对于鄂尔泰的去世，乾隆除了有些悲痛，还是很开心的。鄂尔泰毕竟也帮乾隆做过不少事，协助乾隆斗倒宗王势力，解决了皇太极、顺治、康熙都没能解决好的问题。清廷也通过宗王势力的衰退，急剧进入传统的官僚政治轨道，加快了向传统中国儒家政治转型的过程。但鄂尔泰也在这个过程中整合了被瓦解的宗王势力，形成了强大的鄂党，有力地遏制了乾隆权力的扩张。乾隆每念于此，都骨鲠在喉。现在鄂尔泰去世，怎能不让乾隆欢欣鼓舞？

让乾隆始料未及的是，鄂党并没有因为鄂尔泰的去世而瓦解，而是迅速推出大学士史贻直为鄂党首领，继续与乾隆和张廷玉缠斗。乾隆更没有想到的是，他和鄂党余脉的缠斗与对峙，居然绵延了半个多世纪，一直到他人生的终点。

乾隆十年（1745 年）六月，傅恒进入军机处。无论是乾隆，还是张廷玉、讷亲、傅恒，都没有料到，中枢政局即将进入一个激荡的时期。在这个激荡时期过后，军机处将会进入傅恒与汪由敦联合秉政的时代。

鄂尔泰去世之后，到底由谁来继任首席军机大臣，一下子成了朝野瞩目的焦点。

乾隆也犯了难。鄂尔泰去世后，百官中论威望、地位、资历，谁也不能够和张廷玉相比。更何况张廷玉十年间对乾隆忠心耿耿，帮助乾隆分担了很多来自鄂党的压力，于理于情都应该让张廷玉继任首席军机大臣，朝廷百官也都持有这样的看法。

但乾隆自己不这么想！十年来，乾隆被强宗强臣制约，很多事情不得不妥协，已经受够了这种滋味。乾隆好不容易才熬走鄂尔泰，实在不想再来一个身体更硬朗、势力更庞大的张廷玉！乾隆更忧虑的是，张党鄂党虽然矛盾很深，但并不排除在张廷玉得势的情况下，一部分鄂党成员会转投张廷玉门下的可能性。事实也说明，乾隆这种忧虑并非空穴来风。金川前线鄂党的张广泗与张党的阿桂抱团对付经略大学士讷亲，就是明证。

乾隆十年（1745 年）三月，讷亲被任命为协办大学士，此时的鄂尔泰已经奄奄一息，明眼人都知道乾隆正在为下一步布局。当年五月，讷亲被任命为国史馆总裁。没有多久，讷亲又被任命为保和殿大学士，官职与张廷玉相等。

不过在这个时候，无论是张廷玉，还是文武百官，都认为乾隆只不过是想让讷亲担任次辅，首席军机大臣还是张廷玉。

让张廷玉和文武百官大跌眼镜的是，乾隆居然让资望远不如张廷玉的讷亲担任首席军机大臣！只不过乾隆顾忌文武百官的反应，规定军机处以讷亲为先，内阁大学士排名以张廷玉为尊，算是给了张廷玉一个安慰奖。

消息传出，文武百官大哗，无论是满官还是汉官，都为张廷玉打抱不平。讷亲也明显地感觉到了这股压力，上疏请求乾隆将自己排在张廷玉后面。乾隆接到奏折，专门召见了张廷玉，好生劝慰、开解了一番，让张廷玉自己接受了这个排名，其他人也就不好再说什么了。

为了安抚张廷玉，乾隆想到了一个绝招。乾隆十一年（1746年）三月，汪由敦兼署都察院左都御史，位居从一品，让张廷玉感觉到自己后继有人，也给了张党一个大甜枣。张廷玉看到这个安排，知道皇帝一时半会儿还不打算抛弃自己，心里这股气愤和惶恐也平息了不少。

接到左都御史的任命，汪由敦诚惶诚恐，立即上表推辞，乾隆自是不许。汪由敦、张廷玉的态度让乾隆大为满意，当年十月，乾隆下旨，让汪由敦军机处学习行走。汪由敦从此成为军机大臣，得到了徐元梦终身都没有得到的地位。

汪由敦被任命为军机大臣，让张廷玉欣喜不已。虽然自己没能当上首席军机大臣，但即使是鄂尔泰最得意的时候，也没有能和自己的任何一位门生同时担任军机大臣！从这个角度来看，张廷玉的势力不但没有削弱，反而得到一定程度的加强。满汉文武见状，也稍感安慰，讷亲担任首席军机大臣的风波就这样过去了。

汪由敦进了军机处，这是清代尤其是乾隆朝汉族重臣所能获得的最大荣耀。军机处虽然有讷亲、傅恒等年轻大臣，但遇到复杂的军国重事，讷亲、傅恒还得找三朝重臣张廷玉商议再拍板。张廷玉丰富的政治经验，不但讷亲、傅恒需要借重，乾隆本人也是需要的。

时间一长，讷亲心中也憋了一肚子无名之火。虽然自己担任了首席军机大臣，但乾隆还让自己遇到大事和张廷玉商量，文武百官还都以张廷玉的马首是瞻，到底谁才是首席军机大臣？这种情绪讷亲当然不敢对张廷玉表现出来，甚至在乾隆面前也不敢流露。讷亲心中这一股无名之火，都烧向了汪由敦。

军机处设立之初，乾隆曾定下规矩，每遇军国重事，都由首席军机大臣单独陛见，跪受圣意，再出隆宗门，到军机处拟成正式圣旨下发。首席军机大臣陛见时，即使像张廷玉这般资历深重的老臣，都只能坐在军机处中坐等旨意。首席军机大臣回来时，会将乾隆的意思告诉大家，再由资浅的军机大臣拟成正式圣旨。这个活儿，现在毫无疑问是汪由敦的。

讷亲心中对张廷玉的怨气，此时都发在了汪由敦身上。汪由敦才思敏捷，记忆超群，文笔优美，曾长期担任乾隆身边的词臣。乾隆喜爱作诗，每有吟咏，自己都不记录，而是由身边的词臣记录下来整理归档。汪由敦长期为乾隆记录诗文，从无错误，有时甚至能够不动声色地润色，让乾隆深为满意。按理说以汪由敦的思路文笔，再加上其史学家的素养和丰富的政治经验，草拟圣旨只不过是手到擒来的事情。

讷亲蓄意要整人，当然不会管这些。汪由敦每拟成一稿，讷亲总是横挑鼻子竖挑眼，吹毛求疵，找出种种不如意处，要求汪由敦重写。每每折腾五六次，讷亲方才罢休。要不是看着张廷玉的脸色，讷亲还不知道要折腾到什么时候。

每到这个时候，都是忠厚的傅恒出来为汪由敦解围。傅恒告诉讷亲，军国重事不容耽搁，如果纠缠于文字而耽误大事，皇上一定会降旨怪罪，届时我们都会为汪由敦做证。讷亲慑于傅恒的态度，一般都会放弃对汪由敦的刁难。

傅恒的这种态度，赢得了汪由敦的由衷尊敬，也为他们后来联合执政打下了信任基础。

这些事情乾隆渐渐有所耳闻，对讷亲也产生不满，讷亲这才慢慢收敛。乾隆让汪由敦进入军机处，为的就是提高军机处的效率，并在适当的时候用汪由敦取代张廷玉。同时，汪由敦的文采和学识，也是乾隆大为欣赏的。乾隆希望汪由敦在军机处能够带出一支得力的书办队伍，加强军机处的效率和制度建设，对汪由敦的寄望可谓厚矣。

汪由敦也不负乾隆期望。自从进入军机处后，汪由敦更加勤勉谨慎，兢兢业业完成各项工作，报答乾隆的信任。自从鄂尔泰去世之后，清廷少了一员熟悉西南事务的干将，加上讷亲、傅恒等人缺乏经验，清廷在西南一带甚至全国的统治有松动的趋势。讷亲虽然干练，但毕竟学问无法与鄂尔泰和徐元梦相比，掌握这么大摊子，实在是力有未逮。在这种情况下，汪由敦不计较讷亲对自己的刁难，全力协助讷亲稳定局势，赢得了乾隆甚至讷亲的信任。

乾隆被逼到墙角

乾隆十二年（1747年），第一次金川之战爆发。第一次金川之战的具体情形，读者可以参见本书第一卷《傅恒》篇和第二卷《阿桂》篇。

大小金川地区山势连绵，易守难攻。清以前的历代封建王朝，都没有能够真正控制这一地区。清军崛起于松辽平原，擅长平原作战，山地战是清军最大的弱点。第一次金川之战开始之后，清军连战连败。不得已之下，乾隆只能派遣名将、鄂党重镇张广泗挂帅征讨金川。

没想到金川战区形势的严峻，远超乾隆和张广泗的想象。张广泗在金川主持作战一年多，还是难以平定金川。盛怒之下，乾隆决定派遣讷亲为经略大学士，远征金川。

讷亲一走，军机处就又以张廷玉为首，傅恒连个协办大学士都不是，凡事也只能处处让着张廷玉。好在傅恒生性纯良，非常尊重张廷玉，并不以此为意，军机处的气氛反而较讷亲在时更加和谐。

金川之战让乾隆焦头烂额，反而给了汪由敦更大的表现舞台。张廷玉已经年老体衰，加上心中一直对讷亲担任首席军机大臣不满，此时乐得看讷亲甚至乾隆的笑话。傅恒辅政经验还不丰富，军事经验更是甚少，很多军务问题也是发言权不足。汪由敦虽然没有经历过战事，但他长期编纂《明史》，对战争的谋划、协调后勤、协助君主指挥，都有独到的见解。乾隆也发现，自己在军务上每有疑难，找汪由敦商量，总能很快想到办法。时间一长，乾隆对汪由敦也更加倚重。

这个节骨眼上，汪由敦长于谋划、敏于文辞的优点，更加淋漓尽致地发挥出来。前线每有紧急军情奏折，汪由敦总是能很快拿出方案，在与乾隆商量后，立即挥毫写成圣旨，每每都能让乾隆极为满意。在汪由敦的辅佐下，乾隆的军事指挥能力也得到极大提高，为他后来的"十全武功"，打下坚实基础。

不过，对于乾隆来说，乾隆十三年（1748年）可不是什么好年头。金川前线清军接连败退，引发了乾隆本人的全面政治危机。但这个首先要怪乾隆本人沉不住气。乾隆在金川前线相持不下的时候，没有另择良将代替张广泗，而是出了一记大昏招，直接让讷亲督师指挥金川战事，这就把自已逼到了墙角。

讷亲虽然干练，但器宇狭隘，实在不是担任首辅的合适人选。在出任大军统帅的时候，讷亲的这个缺点更加突出地显现出来。

讷亲到了前线，就全盘推翻张广泗的部署，自己拿出诸葛亮的派头另搞一套，结果被金川军打得落花流水。眼见自己吃瘪，讷亲便红了眼，发了疯似的向乾隆告状，把责任都推到张广泗、阿桂的头上。张广泗、阿桂等人都是一线军事指挥，当然看不惯讷亲这种文人的乱指挥，干脆抱起团给讷亲下绊子。金川这一仗也就由军事仗变成政治仗，不过讷亲、张广泗双方的主要敌人已经变成了自己阵营的人。

乾隆接到讷亲、张广泗等人的奏折，不由得急红了眼。讷亲是他一手提拔，冒着得罪满朝文武的风险推上首席军机大臣的宝座，张廷玉对此一直不快，只是引而不发而已。

现在讷亲连连受挫，乾隆看到张廷玉那得意的眼神，能不急吗？讷亲已经挂帅出征，张廷玉成为事实上的首席军机大臣，每日都要为军务问题陛见。张廷玉每次谈及军务问题，都是一意袒护张广泗、阿桂，对讷亲冷嘲热讽，乾隆实在是受不了了！

乾隆肠子都悔青了！早知道讷亲是如此庸才，当初就不应该想着让他挂帅积累军功，好压倒张廷玉，这下子可如何收场？！张党、鄂党本来积怨甚深，但现在张廷玉居然成了鄂党大将张广泗的后台，张党、鄂党联手抱团，防止乾隆将他们边缘化的趋势已经很明显。如果金川之战失利，张廷玉肯定就是首席军机大臣。届时张廷玉整合张、鄂势力，再加上他与宗王之间的数十年积累的深厚关系，架空自己也不过就是须臾之间的事情！

乾隆心中的怒火，终于被孝贤皇后的去世而点燃。此时讷亲刚刚从山东赈灾回来，就被乾隆任命为经略，挂帅出征金川。但此时乾隆的压力和愤怒，已经开始通过皇后的去世而像火山般迸发出来。

孝贤皇后端庄淑德，堪称一代贤后。乾隆在孝贤皇后生前还不觉得，等皇后去世时才深切体会这一点。只可惜斯人已逝，此情只待成追忆。乾隆为表达自己的哀思，下诏以更为隆重的大明仪礼办理皇后丧事，让满朝文武跌碎一地眼镜。

满朝文武大员以为这不过就是一次简单的国丧，事实证明他们这次集体看走了眼。感觉危机正在逼近的乾隆，下狠手整治这些阳奉阴违的官员，严办了一批大员，具体情况可以参见本书第一卷《傅恒》篇和第二卷《阿桂》篇。其中，阿桂之父阿克敦的遭遇，又将汪由敦拖下了水。

乾隆十三年（1748 年）初，乾隆任命阿克敦为协办大学士。在清朝，协办大学士相当于宋朝的参知政事，位属"副相"。阿克敦当了协办大学士不过一个多月，乾隆就解除了阿克敦协办大学士的职位，将这个位置给了傅恒。显然，乾隆此时已经暗中决定让讷亲挂帅。但这么一来，张廷玉在中枢的地位就几乎不可遏制。为了阻遏张廷玉权势的扩张，乾隆急于提高傅恒的影响和地位，这才有了让辛劳半生的老宰相阿克敦退位让贤的怪事发生。

阿克敦自是不服。他本来就与张廷玉交好，张廷玉对阿克敦更有救命之恩。乾隆这么安排，让张廷玉更有理由认为如果乾隆打赢了金川之战，自己就没有好日子过。张廷玉、阿克敦对乾隆的抵触情绪，可想而知。

这种抵触情绪很快就导致了严重后果。四月，翰林院将孝贤皇后册文满汉文本进呈乾隆。精通满汉文字的乾隆很快就发现了翻译错误，当即召翰林院掌院学士阿克敦问话。对解任协办大学士不满的阿克敦等了半天，也没等到乾隆召见，干脆自说自话地离开了大内。

乾隆处理完紧急公务，这才想起来召阿克敦陛见，没想到太监说阿克敦已经走了。乾隆大怒，当即下诏将阿克敦逮捕入狱，以大不敬罪判了个斩监候。

好巧不巧，阿克敦的案子是汪由敦判的。阿克敦是张廷玉生死之交，张党重镇，又是朝廷元老，算是自己长辈，于情于理汪由敦都没有将阿克敦往死里整的道理。汪由敦等人揣度乾隆心意，以为乾隆只是要他们做恶人，重判以后乾隆再做好人，便自作聪明地给阿克敦判了一个绞监候。

没想到乾隆看到这个判决，顿时怒不可遏。乾隆认为，阿克敦罪行昭彰，汪由敦等却视而不见，一意卖好包庇，不但轻判阿克敦，反而将皮球踢给皇帝，实在罪不容诛！乾隆下诏，将阿克敦改判为斩监候，秋后问斩；汪由敦等人徇私包庇，经部议革职、革任。不过乾隆此时用兵金川，汪由敦实心任事，帮乾隆分担了很多军事指挥上的琐碎事务。乾隆也看出来，汪由敦是张党不假，但他最终效忠的还是自己，而不是张廷玉。如果真将汪由敦赶走，难道要靠张廷玉全权负责协助指挥战事吗？气头过了后，乾隆还是让汪由敦留任军机大臣、刑部尚书。

汪由敦无辜吃了挂落，当然心中不平。不过汪由敦比阿克敦更为谨慎，长年的内廷供奉生涯又让他与乾隆建立了牢固的感情纽带，更能理解乾隆的心思，因此也就当什么事都没有发生。反映到行动上，就是汪由敦比以往更加勤勉政事，全力为乾隆分担军务政务。乾隆看在眼里，不但消除了对汪由敦的成见，连带对张廷玉的看法都缓和不少。

京城内暗潮汹涌，金川前线直接就刺刀见红了。面对金川牢固的工事，讷亲和张广泗一筹莫展，只能够互相埋怨和互相攻击。张广泗还好，毕竟是沙场宿将，为后来的傅恒与岳钟琪总结出很多经验教训，讷亲就差劲多了。

在讷亲拙劣的指挥下，清军连遭大败，直接把乾隆本人逼到了墙角。

乾隆无奈之下，只得打出最后一张王牌，命傅恒为经略大学士，与岳钟琪一起，远征金川。

乾隆此时已经没有了其他选择。讷亲兵败，显然已经不能够继续出任首席军机大臣。到底谁来继任这个位置？乾隆心仪傅恒，但满朝文武认为应该是张廷玉。乾隆是可以再一次强行任命傅恒，但讷亲的先例，势必会让乾隆进一步失去朝廷百官人心。权衡之下，乾隆决定让傅恒作为经略出征金川，以倾国之力支持傅恒。赢了，傅恒就是首席军机大臣；输了，干脆就把大权交给张廷玉，自己摆烂好了！

一失足成千古恨

傅恒出征后，乾隆生怕张廷玉捣鬼，反复申斥军机处，称军机处的表现远不如傅恒所在之时。傅恒当时羽翼未丰，政治经验甚至不如讷亲，乾隆的言辞除了是他自己的心理作用，更重要的是为了敲打张廷玉，警告他不得在军务问题上做手脚，阻碍傅恒取得胜利。

这样的警告显然取得了效果。张廷玉人再坏，野心再大，充其量只是对乾隆拔擢新晋压在自己头上不满而已。真要说动手脚让大军失利，张廷玉自己良心那一关就过不去。毕竟对于配享太庙的资格，张廷玉可是在乎得紧！由此可见雍正政治手段的厉害，用配享太庙这根胡萝卜，将张廷玉牢牢地拴在了乾隆和皇家的战车上。

汪由敦比以前更加忙碌了。好友傅恒出征，恩师张廷玉冷眼旁观，所有的担子都压在了汪由敦的身上。汪由敦不仅要应付金川前线繁重的军务，还得处理大清日常的琐碎政务。乾隆有什么紧急事务，也是以找汪由敦为主。可以说，整个大清的政务军务，此时都压在了汪由敦一个人身上。

汪由敦自是不敢懈怠。讷亲的失利和失势，汪由敦心中是暗暗高兴的。讷亲与恩师张廷玉不睦，都把气撒在自己身上。恩师退休以后，讷亲全面执政，自己的日子肯定不会好过。

现在讷亲失利，汪由敦从乾隆的语气和神态中判断，皇帝对讷亲已经动了杀心。这在让汪由敦不寒而栗的同时，也让汪由敦暗中窃喜。

乾隆命傅恒挂帅出征，汪由敦心中更是腾起了希望之火。在数年的朝夕相处中，汪由敦与傅恒关系颇佳，傅恒帮助汪由敦挡住了很多次来自讷亲的攻击，汪由敦对此非常感动，二人遂引为知己。现在好友出征，汪由敦感觉自己也要全力配合，为傅恒的胜利出一把力！

汪由敦不知道的是，他对傅恒的感激和帮助，将会拯救整个张党于水火。金川之战，愚蠢的讷亲彻底激化了乾隆与鄂党和张廷玉本人的矛盾，让本来已经趋于缓和的朝廷派系政争变成了君臣之间的矛盾。无论金川之战能不能有一个圆满的收场，乾隆已经下定决心，要整肃盘踞朝廷已经十几年的朋党。

张廷玉已经老糊涂了！他被讷亲、傅恒的后来居上弄昏了头脑，却忘记了乾隆是怎样一个君主。张廷玉的小心思和小动作，哪里能够瞒得住乾隆？金川之战，张廷玉和鄂党成员穿一条裤子，希望借金川之战打乾隆的脸。如果傅恒再铩羽而归，张廷玉认为，乾隆会把大权都交给他。

如果真的出现这种情况，乾隆当然会在短期内把权力交给张廷玉，但张廷玉和张党也会成为乾隆的重点打击目标。张党本来就是以文人为主，面对乾隆的打击将几无还手之力，不像鄂党根基深厚，能够一次次逃脱乾隆的打击。届时乾隆和张党两败俱伤，保存了实力的鄂党将会占据更加优越的地位。

在这个关键时刻，汪由敦以他的忠诚和能力，改变了乾隆对张党的看法。张党，甚至包括张廷玉本人，都会从汪由敦的忠诚中受益。甚至在汪由敦去世以后，张党中人还能够得到傅恒的庇护和乾隆的容忍，汪由敦在历史紧急关头表现出的清醒和干才，将被讷亲弄乱了的乾隆朝历史扳回了正常轨道。

傅恒带着京旗精锐，在名将岳钟琪的辅佐下，采取政治军事双管齐下的办法，终于迫使大金川土司上表投诚。具体情形读者可以参见本书第一卷《傅恒》篇。在付出惨重代价后，乾隆终于取得胜利，摆脱了个人政治危机。张廷玉也明白，是自己退出的时候了。

乾隆十四年（1749 年）正月，乾隆命张廷玉如宋代文彦博旧例，十日一至都堂议事，四五日一入内廷备顾问，实际上是将张廷玉变相赶出了军机处。

不过，乾隆对于张廷玉丰富的政治经验还是很看重的，也希望得到张廷玉的帮助。傅恒回京后，因为平定金川的大功，被任命为首席军机大臣，朝野上下包括张廷玉本人都无话可说。汪由敦也同时被授予协办大学士。但是，傅恒毕竟年轻，成为军机大臣也不过只有三四年光景，一下子就担任首辅，显然经验上是有欠缺的。乾隆希望，张廷玉能够体谅自己的难处，继续辅佐傅恒，让傅恒成为一代盛世名相。如果张廷玉能够做到这一点，乾隆也愿意与张廷玉成就一段君臣佳话。

或许是年老昏聩，或许是还带着一丝不甘，张廷玉拒绝辅佐傅恒，而是坚持要求回乡养老。张廷玉在这个时候弄错了一件事情：普通汉大臣可以辞职回乡养老，或者说官员辞职回乡是汉家王朝的规矩。现在你张廷玉已经是配享太庙的功臣，与代善、多尔衮、豪格、岳托等并列，对你的要求就不能和一般的汉臣一样。这些配享太庙的功臣，都是为大清鞠躬尽瘁，一直工作到最后一刻，有的甚至为保皇统死于非命（豪格），从来没有听说哪个功臣天天嚷着回家养老的！张廷玉要想配享太庙，就必须老老实实留在京城，学习代善、豪格、岳托的榜样，为大清奋斗到最后一刻！

想到张廷玉是汉臣，乾隆火气消了大半：或许是张廷玉不懂规矩，为了全身而退这才提出回乡养老。不过这老头走了也好，留在京城也会惹出是非。乾隆决定，批准张廷玉回安徽老家居住。

就在这个时候，张廷玉犯了一个天大的错误。在最后一次陛见的时候，张廷玉居然脱下官帽，老泪纵横，连连向乾隆叩头，请求乾隆给他一个亲笔保证书，保证自己百年之后，能够配享太庙。

乾隆听到张廷玉的请求，心头火"砰"地一下子就蹿得老高：张廷玉啊张廷玉，本朝配享太庙的元勋，需要为朝廷工作到最后一刻，原来这个规矩你是懂的！非但如此，你居然还要朕给你立亲笔保证书，狂悖忤逆一至于此！真是千古奇谈！

乾隆压着心头的怒火，还是给张廷玉写了保证书。这种事情放在今天的企业里都是大大不妥，何况是在封建的清朝！但老迈昏聩的张廷玉不这么想。他以为有了皇帝的保证书，就像有了传说中的免死金牌一般，得意扬扬地手捧着保证书回家去了。

按照惯例，张廷玉应该第二天一早就到皇宫谢恩。为了迎接张廷玉这个功勋卓著的老臣，乾隆早早地就起身，在养心殿等张廷玉。没想到左等右等，日上三竿，只等到张廷玉的儿子张若澄捧着张廷玉的谢恩折前来谢恩。

乾隆气得七窍生烟：自己对张廷玉已经一忍再忍，还给他开了保证书，三皇五帝以来可曾有过皇帝给臣子开具保证书的？古往今来是头一遭！自己已经做成这样，张廷玉居然还倚老卖老，不亲自来谢恩，看不起自己那是坐实了！

盛怒的乾隆当即将傅恒、汪由敦召到身边，命二人立即拟旨，质问张廷玉为何如此狂悖大胆？！

憨厚的汪由敦听到乾隆的口谕，不由得吓得面如土色。汪由敦为了恩师的安危，当即下跪，免冠叩头，请求乾隆看在张廷玉年老昏聩的分儿上，放他一马。傅恒虽未说话，但他的神情和表现，明显是支持汪由敦的。

汪由敦泪流满面，苦苦哀求乾隆："若明发谕旨，张廷玉将罪无可逭。"盛怒之下的乾隆哪里肯听，只是催着傅恒和汪由敦赶紧拟旨。汪由敦无奈，一边偷偷派人去通知张廷玉，一边与傅恒一起咬文嚼字，慢慢斟酌语句拖延时间，希望张廷玉听到赶紧亲身前来谢恩请罪，这道旨意或许就可以不发了。傅恒知道汪由敦的意思，因此也与汪由敦一起仔细斟酌字句不提。

乾隆下达口谕之后，就等着傅恒、汪由敦等拟好圣旨给他过目，没想到左等右等都没有等到这道圣旨。正焦急间，乾隆突然听到张廷玉前来谢恩的消息，不由得龙颜大怒。乾隆当即意识到，这是汪由敦走漏的消息。

乾隆当即下诏，革去汪由敦协办大学士和尚书衔。考虑到傅恒刚刚出任首席军机大臣，急需汪由敦这样富于政治经验的人才的辅佐，乾隆开恩，准予汪由敦戴罪在尚书任上行走，并仍在军机处当值。至于张廷玉，廷议其罪，建议将其革去大学士、伯爵，留京待罪。

乾隆到底还是给了张廷玉起码的颜面，只是革去了张廷玉的伯爵，让张廷玉以大学士衔退休，明春回乡，身后仍然配享太庙。此后张廷玉和乾隆之间的情事，读者可参见本书第一卷《张廷玉》篇。

戴罪效力

为了保护恩师，汪由敦付出重大代价。乾隆本来就对汪由敦张门大弟子的身份颇有忌惮，这下子更坐实了乾隆对他的成见。只不过傅恒带领下的军机大臣班子经验不足，还需要汪由敦这样经验丰富的大臣效力，乾隆不得不暂与汪由敦虚与委蛇。

乾隆十五年（1750年），乾隆将圆明园东原属于张廷玉的赐园澄怀园赏赐给了汪由敦。这既是向汪由敦表示恩宠，也是向汪由敦发出警告，告诫他不要自作聪明，走张廷玉的老路。汪由敦虽然厚道，人却是一等一的聪明，一看便知乾隆的心思，从此更加兢兢业业辅佐傅恒，以求乾隆宽恕。

在汪由敦最需要帮助的时候，又是傅恒伸出了援手。君子之间总是惺惺相惜，傅恒与汪由敦都是君子，彼此性情相投，早在讷亲时期就结下深厚情谊。傅恒担任首席军机大臣之初，深谙责任重大，生怕自己一个人会曲解乾隆的意思，因此向乾隆请求，凡乾隆有旨意，请求自己带着所有军机大臣一起陛见，主要还是想带着汪由敦。乾隆明白傅恒的意思，对汪由敦的才能，乾隆也是十分倚重，因此批准了傅恒的请求。从此军机大臣集体承旨就成了定制。

汪由敦向张廷玉通风报信，在乾隆心中留下不可磨灭的印记。张廷玉退休之后，军机处出现了经验和能力上的巨大缺口。乾隆还需要借助汪由敦的经验，毕竟汪由敦得到张廷玉和徐元梦的真传，对辅政和典章制度谙熟于胸，实在是难得的人才。但是乾隆的不满，总要发泄出来，汪由敦也会付出一定的代价。

乾隆十五年（1750年）三月，乾隆下诏，汪由敦恢复尚书衔，却没有让他再度出任协办大学士。前一个月，汪由敦随乾隆巡游五台山，看起来圣眷不减，却不料危机再度向他逼近，甚至超过了乾隆本人的预计。

乾隆十五年（1750年）三月，四川学政、张廷玉亲家朱荃投水身亡，留下重重谜团。精明过人的乾隆接到朱荃投水的奏报，感觉大有蹊跷，当即命四川总督策楞、湖广总督永兴、湖北巡抚唐绥祖彻查此案。

案情调查结果让乾隆震撼。原来朱荃不但利用担任四川学政的机会贿卖生童，获取大量银两和财物，而且在朱荃担任四川学政前，就接到了母亲去世的消息。按照礼制，朱荃应该回乡守孝，但朱荃为了不失掉四川学政这个肥缺，隐瞒下了这个消息。更让人吃惊的是，朱荃居然和吕留良的门人有交往，而且交情还不浅！

乾隆看到朱荃案调查卷宗，气得七窍生烟，一股邪火全发在了保举朱荃为四川学政的张廷玉和汪由敦身上。张廷玉的情况可以参见本书第一卷《张廷玉》篇，汪由敦因为包庇朱荃，被乾隆降为兵部侍郎衔，张廷玉另外一个心腹门生梁诗正则交部察议。

汪由敦再次遭到老师的连累，自是惶恐不已。不过乾隆也看出，张党不过是一群文人，论势力的盘根错节，还得是鄂党。虽然汪由敦多次不称己意，但他一能够全力辅佐傅恒，二能够阻断鄂党新领袖史贻直的入值军机之路，权衡之下，乾隆还是保留了汪由敦军机大臣的资格。

傅恒的好搭档

张廷玉回乡后，傅恒带领下的军机处虽说让乾隆满意，但总觉得在处理政事的关键处少了一丝火候。人才难得，乾隆常常感叹。张廷玉如果愿意留在京城随召随到，乾隆还是很开心甚至会感激的。

正是考虑到这一点，乾隆对汪由敦的政治经验倍加重视。在表面上，乾隆对汪由敦也更加恩宠，希望汪由敦在辅佐傅恒的同时，能够将多年的治国经验无私分享给其他新入军机的大臣。

乾隆十五年（1750年）十一月，乾隆特赐汪由敦长子汪承沆享受进士待遇，与当科进士分部学习，期满合格后录用为正式官员。这是乾隆赏赐给亲信大臣的莫大恩典，非元老重臣不得获此殊遇。汪由敦对此感激涕零，决心更加勤勉地辅佐乾隆与傅恒，报答皇上的恩典。

乾隆十六年（1751年）春，乾隆南巡，命汪由敦等随驾。按惯例，随驾大臣每人赏赐半年俸禄，其中正一品大员为白银90两（清代正一品大员年俸白银180两），唯独汪由敦获赏赐白银400两，连傅恒都感到惊讶。

乾隆如此厚待汪由敦，也是希望得到汪由敦的效忠。张廷玉退休之后，军机处汉员有汪由敦、陈大受、刘统勋、刘纶等人。陈大受在军机处的时间不长，长期出任军机大臣的，主要是汪由敦、刘统勋和刘纶。刘统勋长期在六部和地方办事，刘纶则长期担任词臣，都比较欠缺宰相眼光，还需要三四年时间锻炼才能够成熟。满员里来保是鄂尔泰去世以后才补的军机处，舒赫德是徐元梦之孙，汪由敦的学生，他进入军机处反而加强了汪由敦的影响力。师生二人共值军机，也算清史上的一段佳话。于此也可见，乾隆让张廷玉、汪由敦师生共值军机，对张廷玉其实也算推心以待。

乾隆让舒赫德进入军机处也有一层考虑。汪由敦身上汇聚了张英、张廷玉、徐元梦等康雍名臣的诸多宝贵政治经验，是大清朝宝贵的政治财富。如果汪由敦不能及时把这些宝贵的政治经验传下来，大清朝在治国方面将会产生一些空白，特别是在处理一些突发性问题上更是如此。乾隆钦点舒赫德担任军机大臣，除了觉得对忠心耿耿的徐元梦有所亏欠，也是希望汪由敦能够将宝贵的政治经验传授给这位弟子。

到了乾隆十六年（1751年）的时候，汪由敦已经是军机处的灵魂人物。除了他本身具有丰富的政治经验，他与傅恒之间深厚的友情和高度的默契，包括与舒赫德的师生关系，也是他地位不断上升的重要原因。张廷玉留给汪由敦的政治阴影，似乎早已随风而逝。

但过去的事情真的就彻底过去了吗？汪由敦不知道，虽然他曾无数次在深夜里问过自己，但始终也没有得到合适的答案。恩师张廷玉晚年与乾隆的纠葛，汪由敦很清楚张廷玉自己也有在乾隆面前拿大的心态，不能完全说乾隆容不下他。只有接受恩师的教训，学习另外一位恩师徐元梦，一片忠心以报君王，才能够安稳立足。

乾隆十六年（1751年）八月，汪由敦被任命为户部左侍郎，专门管理钱法堂，负责铸造铜钱。汪由敦精明强干，户部宝泉局在他的管理下井井有条，办事能力再度受到乾隆的肯定，这在词臣出身的宰相中是很少见的。

不久，乾隆到热河巡游，汪由敦此次并未随行，而是留京办理日常政务。由于南方漕粮未至，京城米价腾贵，对八旗子弟的生计造成严重影响。当时的八旗子弟生计已经日益艰难，又不能从事军事、政治以外的其他行业，对米价的敏感程度远胜于一般京城汉族居民。整个京城人心浮动，乾隆与傅恒又在热河，稍有不慎就会酿出事端。

在这关键时刻，汪由敦挺身而出。汪由敦不顾此项事务涉及八旗内部，汉大臣轻易不得染指，而是与当时京城的八旗王公们商议，再与户部协调，决定先发放八旗兵丁的禄米，并且提前给八旗兵丁支饷，又适当增加了饷银的份额，不但安定了八旗人心，而且让京城米价迅速下跌，防止了意外事件的发生。

汪由敦等人将这些处理措施写成奏折，战战兢兢地上报给乾隆，等待乾隆的处罚。没想到乾隆接到奏折，反而对汪由敦等人褒奖了一番。尽管乾隆对汪由敦染指旗务颇有不满，但考虑到情况紧急，汪由敦又是一片公心，也就没有说什么。

乾隆知道，汪由敦生性谨慎纯良，更像徐元梦而非张廷玉。汪由敦此次迫于形势插手旗务，心中肯定是惶恐不安。为了让汪由敦安心，乾隆命令将他在热河亲手射猎的肥鹿，用快马运至京城，专门赏赐给汪由敦。快马带着乾隆的赏赐一路飞奔，才三天就到了京城。

汪由敦接到乾隆的赏赐，知道乾隆为了让肥鹿保鲜，不惜马匹的损耗昼夜飞奔，用最快的速度送到自己手里，不由得异常感动。乾隆的这份情，汪由敦牢记心间，决心以更大的努力去报答乾隆的信任和恩典。

乾隆十六年（1751年）十二月，永定河水暴涨，造成严重水患，危及京师安全。事出紧急，乾隆不放心其他人去治水，下诏让汪由敦负责主持勘定水患。

汪由敦本非治水专家，但他聪明好学，每每能够圆满完成乾隆交给他的临时性差事，深得乾隆信任。汪由敦接到任务，赶紧到灾区查看灾情。

突如其来的水患携带大量泥沙，淤积在永定河底，河床高度上升，对京城的安全都有很大威胁。一些人向汪由敦建议，放弃旧有河道，另外挖掘一条新河道，将永定河水引入，可以长久防止水患。

汪由敦经过实地勘察认为，此次水患系河水偶然暴涨所造成，并不是每年都会发生的常态。如果另外挖掘新河道，不仅毁坏良田，劳民伤财，还会改变灾区的水文性质，遇到河水暴涨一样会淤积，实在是得不偿失。汪由敦向乾隆建议，永定河无须人工改道，只需要对原有河道做好清淤、疏通工作，并且在此基础上挖深河道，让其能够承受更大水灾的冲击。汪由敦还表示，愿意承担起整个永定河的疏通、改造工程，不完成此项任务，绝不回京城！

乾隆接到汪由敦的奏折，不由得喜出望外。汪由敦在治水上的见识和能力，远远超过了乾隆的估计。乾隆当即拍板，全力支持汪由敦治水，允许汪由敦可以视情况调支户部银两，不需专门请示。

汪由敦接到乾隆圣旨，马上组织治河工程。汪由敦曾在户部长期任职，对钱粮会计之事非常精通，又清廉自守，一尘不染，很快就把工程组织得井井有条。经过几个月的奋战，永定河改造工程顺利完成，不但费用俭省，而且质量上佳。其后上百年间，永定河再也没有发生过重大水患。

汪由敦胜利地完成治理永定河的任务，回京向乾隆复命。

乾隆看到汪由敦立下如此大功，不由得大为欣喜：从此朝廷又多一个治水名臣！乾隆下诏，任命汪由敦为工部尚书，仍旧在军机处行走。

暗流涌动

汪由敦屡立功勋，让他坐稳了汉臣之首的地位。但随之而来的，却是汪由敦入值军机的这十年间，汉大臣整体地位的相对下降。汪由敦本官仅仅是一介尚书，在他去世以前，汪由敦始终没有能够再度晋升为协办大学士，更不用说正式的殿阁大学士。乾隆如此安排，一是心中始终没有解开汪由敦向张廷玉通风报信的心结，二是借机打压汉大臣的崛起。

送走了张廷玉以后，乾隆再也不愿受强势大臣的制约了！张廷玉之后，汉大臣中地位最高、资望最深的，就数文渊阁大学士史贻直。按照常理，在鄂尔泰去世、张廷玉去职后，入值军机辅政的，就应该是史贻直。但此时史贻直已经成为鄂党领袖，鄂尔泰麾下人马都汇聚在史贻直身边。甚至一些落魄张党成员，比如吴士功，也投靠了史贻直。如果让史贻直入值军机，那么第二个张廷玉甚至鄂尔泰，也就呼之欲出了。

乾隆哪里会允许这种事情发生？汪由敦虽然有诸多不称心处，但凭借他在张党中的影响，加上乾隆、傅恒的支持，压制史贻直还是绰绰有余的。如果拿掉汪由敦，刘统勋、刘纶资历尚浅，哪里能压制得住史贻直？届时史贻直就有了鄂党领袖和汉官领袖双重身份，将会比鄂尔泰或者张廷玉更加可怕。（史贻直没有做到的事，阿桂做到了。阿桂就是以张鄂余脉领袖和汉官领袖的双重身份，与和珅长期对峙的。）

乾隆尴尬地发现，即使经过他的大力打击，张鄂党争还是以另外一种形式延续下来。张党第二代领袖汪由敦，鄂党第二代领袖史贻直，继续了张廷玉和鄂尔泰之间的恩怨，在各种场合明里暗里角力。特别是鄂党，愤于张广泗的冤屈，甚至把矛头对准了乾隆本人。

迫于这种压力，乾隆必须倚重汪由敦和张党，汪由敦又远比张廷玉乖巧明势，和傅恒合作无间，更给了张党苟延残喘的空间。但乾隆有意不给汪由敦大学士的地位，甚至连协办大学士都没有还给汪由敦，结果就出现了军机三汉相（汪由敦、刘统勋、刘纶）都是尚书、侍郎，没有一个大学士的尴尬局面。相比之下，傅恒是保和殿大学士，来保是武英殿大学士，都是地位崇高的正牌宰相。乾隆朝汉大臣政治地位之低，以此十年为最。

汪由敦对这一切也不会毫无察觉。汪由敦甚至明白，乾隆之所以屡屡向自己施恩，其实就是对迟迟不将协办大学士归还自己的补偿。甚至可以说这些恩典越多，自己离协办大学士就越远。不过看看史贻直，汪由敦突有所悟：宰相权位，史贻直得其名，自己得其实，或许就是乾隆防止强势汉相出现的高明的御下之道吧。

乾隆的恩宠在继续。乾隆十七年（1752年）十一月，乾隆询问汪由敦家世，得知去年皇太后万寿时，汪由敦获恩典，三代（溯及祖、父）皆获赏汪由敦本官（侍郎）。乾隆一声令下，命汪氏三代获赏官职由侍郎升为尚书，并赏赐乾隆御临之《快雪时晴帖》。汪由敦也非常识趣，便以"时晴"二字，命名自己的书斋，称"时晴斋"。乾隆看到汪由敦如此表现，对汪由敦更加满意。

伴随着汪由敦一再受褒奖的，是鄂党遭到乾隆残酷的打击。乾隆十六年（1751年），伪孙嘉淦奏稿案爆发。鄂党中人伪托清代著名直谏良臣、工部尚书孙嘉淦之名，拟就一份奏稿，指责乾隆为君昏聩，处事不公，构陷良臣张广泗，造成千古冤狱，还列出乾隆的"五不解和十大过"，并任用傅恒、汪由敦等糊涂透顶的军机大臣，造成国是日非。伪奏稿把乾隆骂得狗血喷头，指责乾隆有良臣不能用，暗戳戳地为史贻直不得入值军机打抱不平。这份奏稿迅速在全国蔓延，就连云南土司那里都发现了伪孙嘉淦奏稿，在全国范围内造成恶劣影响。

乾隆看到此份奏稿，气得七窍生烟。乾隆是何等人物，一看就知道此份奏稿出自鄂党中人手笔。乾隆赶紧找来孙嘉淦，好言劝慰了一番，并在不久后将孙嘉淦升为协办大学士。

抚慰过孙嘉淦后，乾隆赶紧让傅恒、汪由敦通谕全国，严查此案，务必找出幕后黑手。

以两江总督尹继善、直隶总督方观承为首的各省督抚不敢怠慢，迅速在全国范围内进行追查。果然不出乾隆所料，尹继善等缉拿到的关键嫌犯，大多具有旗籍，民人在其中只是传抄、扩散伪奏稿而已。乾隆令尹继善等人将关键嫌犯押至京城，由尹继善等人会同军机大臣和刑部共同审理此案。

让人尴尬的是，审理结果最后不了了之，几个京籍八旗"案犯"也在不久后被释放，相关记录也在不久后被销毁。乾隆无奈之下，只得将江西抚州卫千总卢鲁生与南昌卫守备刘时达认定为首犯，卢鲁生凌迟，刘时达被斩首，一场大案草草落幕。

几个八旗"案犯"潇洒回家，两个传抄伪奏稿的绿营官员却成了替罪羊，不能不让人感觉到其中大有蹊跷。其实，乾隆很可能已经掌握了关键线索，只是继续追查下去会引发鄂党强劲反弹，后果不可控制，这才选择草草结案。但这并不意味着乾隆就会这么轻松地放过此事。

借助此案，乾隆也对尹继善做了一个考察。乾隆发现，尹继善不但与此案毫无瓜葛，反而将几个可能涉及京城鄂党大佬的案犯都送到刑部，丝毫没有徇私，不由得大为满意。乾隆从此对尹继善的敌意大减，并在日后将其任命为文华殿大学士、首席军机大臣。

鄂党通过伪孙嘉淦奏稿案，狠狠地打了乾隆的脸，却给自己带来灭顶之灾。乾隆本来对张廷玉和张党十分不满，正准备好好修理张廷玉。但通过此案，乾隆骤然发觉，鄂党树大根深，特别是在八旗子弟中有很大的影响，势力远非张党所能相比。张党这些文人，本质上还是依附于自己的！想明白了这一点，乾隆决定放过张廷玉，开始对鄂党下手。

伪孙嘉淦奏稿案是乾隆朝第一起文字狱案件，带来了极其严重的后果。平心而论，在乾隆前十五年的皇帝生涯中，他并没有蓄意将文字狱作为打击政敌、镇压汉族文士的手段，反而对汉族文士在内的朝野官绅大为怀柔。从康熙五十二年（1713年）到雍正十三年（1735年），文字狱被康熙、雍正二帝作为打击政敌的手段，给朝野带来浓厚的肃杀之气。乾隆即位之初，并不想继续这一政策，其宽柔的执政风格，给朝野带来一股清新之风。但这一切，都被伪孙嘉淦奏稿案给中断了。

乾隆万万没有想到，自己宽柔为政的初衷，居然让自己成为朝野攻击和戏弄的对象，不由得恼羞成怒。乾隆决定以牙还牙，让幕后黑手知道知道自己的厉害！

乾隆根据各方面得到的信息，发现伪孙嘉淦奏稿案的种种线索都集中在鄂尔泰门生、广西学政胡中藻身上。乾隆密谕广西巡抚卫哲治，将胡中藻担任广西学政期间所出考题、唱和诗文与一切文字悉数搜集，密报军机处。乾隆反复叮嘱，要广西方面对此严格保密。如有泄露消息者，定斩不饶！

卫哲治收到乾隆密谕，知道此事稍有不慎，自己也小命难保。卫哲治连忙按照乾隆吩咐，搜罗了胡中藻所有往来文字，飞马秘密上报乾隆。

陕甘总督刘统勋也接到乾隆密令，搜查鄂尔泰之侄、胡中藻好友、陕西巡抚鄂昌的家，搜集所有往来文字，飞马上报军机处。

　　乾隆细细检阅胡中藻、鄂昌二人文稿，并未发现其中有任何"悖逆"之处。但手中有着胡中藻撰写伪奏稿有力旁证的乾隆，并不想就此放过胡中藻。于是，乾隆借题发挥，声称胡中藻诗中有"一把心肠论浊清"等句，是在发泄对朝廷的不满，并且诗文中多有对鄂尔泰的谄媚之句，实在可恶至极。

　　乾隆同时还宣称，鄂昌在与胡中藻的诗文唱和中，将蒙古人称为"胡儿"，实属忘本，可恶至极。乾隆下旨，命部议胡中藻、鄂昌之罪。

　　经过部议，胡中藻罪大恶极，应判凌迟；鄂昌罪恶昭彰，应判斩监候。刑部将议罪结果上报乾隆，静等乾隆裁决。

　　乾隆御笔一挥，"开恩"将胡中藻改为处斩，并于一月后行刑；鄂昌改为赐自尽；鄂尔泰滥收胡中藻这样的匪类为门生，责无可卸，着将其灵位撤出贤良祠；文渊阁大学士史贻直为其子史奕昂向鄂昌求取甘肃布政使一职，其请托书信被刘统勋抄出，乾隆遂夺去史贻直的大学士一职，命史贻直归乡养老。鄂党势力遭到乾隆毁灭性的打击。

　　史贻直被乾隆灰溜溜地赶回乡里，闭门谢客，不敢多事。两年后，乾隆又将史贻直从江苏老家召回京师，重新任命为文渊阁大学士。毕竟鄂党潜在势力还相当庞大，乾隆也要顾忌整个鄂党的反应，需要借助史贻直的影响镇住鄂党可能的蠢动。不过鄂党从此进入一个低潮期，一直到尹继善和于敏中相继担任首席军机大臣后才迎来另一个春天。

史上唯一的六部尚书

　　汪由敦虽然没有直接参与胡中藻案，但胡中藻的诗集，汪由敦也是看过的，也贡献了一点小小"心得"。乾隆通过胡中藻案对鄂党的残酷报复，让汪由敦心惊胆战，从此再不敢对乾隆有任何忤逆。

不过，随着史贻直的去职，文渊阁大学士空出一个名额。此前文渊阁有史贻直、陈世倌两位大学士。现在史贻直被赶回乡里，空出的文渊阁大学士会不会赐予自己？这种想法一经产生，就始终在汪由敦的心头萦绕，久久不能消散。

从表面上看，汪由敦的恩宠仍然不衰，与傅恒更是保持了良好的关系。乾隆十九年（1754年）春，乾隆赐汪由敦住宅于内城。清代京师内城是满人居所，汉人不得居住。这是清朝皇帝给宠幸的汉族大臣的殊遇。同年七月，乾隆巡幸热河、盛京等地，并在盛京拜谒了清太祖、清太宗的陵寝。为了不影响国事，乾隆带着军机大臣一起巡幸，并规定军机大臣分为两个班次，轮流伴驾。只有汪由敦奉命一直留在乾隆身边，全程协助乾隆处理政事，不禁让人感叹乾隆在处理政务上对汪由敦的倚重。

乾隆十九年（1754年），准噶尔发生内乱，台吉阿睦尔撒纳不满大汗达瓦齐的暴虐与失信，起兵反抗达瓦齐的统治。双方展开了大混战，阿睦尔撒纳战败，率领麾下两万余部众投降了清朝，并愿为清朝大军前驱，进攻准噶尔。

消息传来，乾隆意识到这是一个千载难逢的平定准噶尔的机会。这个机会如果不抓住，等准噶尔内部形势稳定，将会再度成为清廷大患。乾隆将对准部用兵的打算告诉大臣，希望大臣们能够献计献策，确保能够顺利平定准噶尔这一清廷百年心腹大患。

让乾隆失望的是，由于承平日久，满汉大臣们都不希望再生战端，纷纷表示反对乾隆对准部用兵。满朝文武，只有傅恒与汪由敦支持乾隆。

得到两位重臣的支持，乾隆不由大喜过望。傅恒、汪由敦具有丰富的军事经验，指挥作战、准备后勤主要依靠这二位重臣。他们意见一致，这事就好办。在傅恒、汪由敦的支持下，乾隆调兵遣将，开始了平定准部的战役。具体过程可以参见本书第一卷《傅恒》篇和本卷《阿桂》篇。

准噶尔是清廷大敌，以康熙帝之英明、雍正帝之才干都没有能够平定准部，反而吃了不少亏，由此可见准部之强悍。

乾隆派遣大军出征后，汪由敦就投入了紧张的工作。每有紧急军机，只要是汪由敦在军机处当值，都会在第一时间向乾隆禀报，并事先想好初步方案，供乾隆备选。其他人当值的时候，汪由敦也会尽快了解最新军情，并及时与傅恒商议，等傅恒带着军机大臣们和乾隆见面的时候，往往都有他和汪由敦已经商量出的方案。这么一来，乾隆的工作压力大大减轻，军机处指挥战事的效率也大为提高。

在下发乾隆关于前线军事行动的旨意的时候，乾隆非常偏好让汪由敦亲自撰写谕旨。汪由敦熟悉军事，更熟悉乾隆的心事，每有旨意，乾隆口述洋洋数千言，汪由敦都能够挥毫立就，文稿的质量和对乾隆设想的把握程度，让乾隆、傅恒都叹为观止。时间一长，军机处就形成一条默认的规定，凡是平准前线重大军务活动的谕旨，都由汪由敦亲自动笔。这么一来，汪由敦的工作强度也随之加大。乾隆疼惜老臣，常常要求汪由敦早点休息，有事第二天清晨可以一起再议。汪由敦为平准之战的胜利作出重大贡献，并在潜移默化中，将他的军事和政治经验毫无保留地传授给包括傅恒在内的其他军机大臣、章京。

乾隆二十年（1755年），准噶尔平定。汪由敦以军机大臣得以议叙，加军功三级。

汪由敦已于上年被加太子太傅，兼刑部尚书，此次仅仅被加军功三级，而未被赐予更高的官职，比如协办大学士，其中奥妙，一般人都可见其端倪。

乾隆二十一年（1756年）春，汪由敦随乾隆东巡山东孔府，并为乾隆记录下不少诗文。但是汪由敦心里明白，经过平准之战，自己的身体明显变差，怕是伺候不了皇上太久了。

当年夏天，汪由敦被任命为工部尚书。十一月，汪由敦署吏部尚书。

乾隆二十二年（1757年）正月，汪由敦被实授吏部尚书，并被乾隆点名，参加南巡。至此，汪由敦已经遍任六部尚书，这在清史甚至整个中国历史上，都是不多见的。或许，这是乾隆给予汪由敦的补偿吧。

魂断圆明园

乾隆二十二年（1757年）三月，汪由敦随乾隆到达杭州。杭州是汪由敦的第二故乡，是汪由敦开始一生事业的地方。汪由敦到了杭州，想起亦师亦父的徐元梦，不由得潸然泪下。恩师已故，自己也到了晚年，只是真正的故乡休宁，何日能够重回？

让汪由敦又惊又喜的是，乾隆在杭州居然给了汪由敦假期，让他回休宁省亲。乾隆或许是看出汪由敦身体一日差似一日，知道其命不久矣，因此才让他回乡省亲，以安抚这位老臣的心灵。

汪由敦接到诏命，不由得归心似箭。是啊，自从再度入京以来，汪由敦已经近三十年没有回到家乡！汪由敦多才多艺，又擅长行政和军事，雍正、乾隆二帝都感觉须臾不可离开此人，因此汪由敦多次请假，都没有获得恩准。汪由敦不得不把自己的思乡之情，深深地掩盖在繁忙的政务中。现在皇帝允许自己回乡，让自己能够再看一眼家乡，在临终前感受休宁、杭州两个家乡的气息，是多么幸福的事！汪由敦突然明白，乾隆为何到杭州才给自己假期的用意。

让汪由敦更加欣慰的是，乾隆此行还特地让汪由敦长子、以户部员外郎随办部务的汪承沆与乾隆一起南巡，此时乾隆让汪承沆与老父一起回乡，也好照顾汪由敦的身体。汪由敦这才明白乾隆让汪承沆伴驾南巡的用意，不由得感激涕零，急急忙忙与儿子一起乘坐官船回乡。

汪由敦、汪承沆一路风尘仆仆，终于到了休宁。巧的是，汪由敦次子汪承需、汪承均因为回乡就试，都住在休宁；女儿因为出嫁邻县吴恩诏而回丈夫故乡，听到老父回乡的消息，急急忙忙从邻县赶来，一家人居然在休宁团聚，汪由敦不由得老泪纵横。

汪由敦回乡后，带着四弟汪元芝和三个儿子，恭恭敬敬地将父母灵位请入汪氏宗祠。此事本来十多年前就该做，但汪由敦忙于军国大事，一直没有机会回乡。汪由敦每每从半夜中醒来，想起父母灵位还没有进入宗祠，不由得倍感伤心。今天，汪由敦终于实现了十几年的愿望，全家人都喜极而泣。

听说汪由敦相国回乡，整个休宁都震动了！人们奔走相告，后生晚学络绎不绝，前来拜望德高望重的汪由敦，并感谢他在京城修建休宁会馆，让休宁学子在京师会考有了一个难得的落脚地。汪由敦含笑地看着这些红颜青丝的青年才俊，眼前浮现出自己的青春岁月。

汪由敦并没有因为自己是汉臣中权位最高者而自以为了不起，反而主动去拜望家乡的前辈。前辈们看到军机大臣居然主动上门看望自己，都十分感动，称赞汪由敦有古之名臣风范。汪由敦还捐出自己多年省吃俭用余下的数千两白银，由汪氏宗祠管理，购买良田百亩作为"义田"，帮扶后学，资助族人婚嫁死丧等事宜。汪由敦的高风亮节，让汪氏族人和休宁百姓大为赞叹。

对于汪由敦来说，这样的日子总是短暂的。假期很快就结束了，汪由敦带着汪承沆，乘坐官船向扬州出发，在那里等待乾隆。

乾隆也很思念汪由敦。看到汪由敦之后，乾隆大为高兴，好言劝慰汪由敦一番，让汪由敦陪同自己一起到徐州巡河。

乾隆二十二年（1757年）秋，史贻直被召回京城，仍授文渊阁大学士。

汪由敦完全能够理解乾隆的选择。乾隆二十年（1755年）八月，鄂容安在新疆殉国。鄂容安的殉国，迫使乾隆不得不中止进一步清洗鄂党的计划，并且让乾隆处于一个尴尬的位置。金川之战，张广泗含冤而死；平准之战，鄂容安又死于阿睦尔撒纳的叛乱。可以说鄂党为了乾隆四处征战，付出重大代价。本来已经有松散趋势的鄂党，因鄂容安之死重新凝聚起来，让乾隆都大感头疼。为了抚慰群情汹汹的鄂党，乾隆不得不请鄂党老帅史贻直重新出山，安抚鄂党的情绪。这么一来，本来预计可以授给汪由敦的文渊阁大学士，又重新还给了史贻直。

史贻直回京后，汪由敦丝毫没有受到影响，反而更加勤勉。乾隆看在眼里，也不由得产生内疚之情。乾隆二十二年（1757年）十一月，汪由敦在圆明园静宜园侍值。某天晚上，乾隆兴致大发，模仿董其昌的山水画幅开始作画，有如神助，一气呵成。画完之后乾隆也深为诧异：这在自己的绘画史上，也是不多见的。

望着不远处军机处的值房，乾隆好像看到了汪由敦的身影。今晚能一夜无事，让自己如此酣畅淋漓地作画，都是因为有汪由敦这样的忠臣在替自己分担！满怀愧疚的乾隆看着自己的得意之作，又拿起了笔。

乾隆在自己的得意之作上写了这么几句话："汪由敦日夕在公，勤劳匪懈，割爱以赐。"题罢，乾隆立即命太监带着这幅画，赐给了汪由敦。

正在当值的汪由敦突然看到太监走进值房，还以为皇上又想起什么紧急军机，却不料是乾隆给了自己这样一份赏赐！汪由敦不禁老泪纵横，呜咽不已。为表达自己的感激之情，汪由敦急忙作长诗一首，献给乾隆，表达自己的感恩之情。

乾隆和汪由敦都以为来日方长，但他们不知道的是，这样的日子已经快走到了尽头。

乾隆二十三年（1758年）正月初四，乾隆在大内度过春节后，移驾到圆明园，汪由敦随行。正月初八，汪由敦在圆明园军机房内值夜班，凌晨时分倍感疲倦。汪由敦疲劳之下，就趴在桌上小憩了一会。此时正值隆冬，圆明园一带气温远较大内为低，零下十五六度是常态。汪由敦这么一个终年操劳的六旬老人，怎么能够经受得住这样的风寒？果然，汪由敦醒来后便觉得头晕目眩，呕吐不止，又发起高烧，虽经药石亦不见起色。

乾隆得知汪由敦病重，不由得大为焦急。汪由敦精于书画，长于文学，精通军事，熟悉政务，更恭谨知礼，满足了乾隆对人才的全部想象。这么多能力和优秀品质能够集于一身，在古今中外也是不多见的。现在汪由敦病重，乾隆这才意识到汪由敦是一个多么难得的人才！乾隆当即下旨，命汪由敦不必当值，一定要善加调养，并命汪由敦的好友傅恒负责汪由敦的治疗事宜。

正月十四日，乾隆从城内斋戒后回到圆明园，立即找到傅恒询问汪由敦病情。傅恒向乾隆汇报，自己已经让太医院全力治疗，但汪由敦病情还是不见好转。乾隆急切之下，连忙命太医院堂官孙埏柱前去给汪由敦治疗，并命御药房不限量提供人参等珍贵药材。乾隆下旨，只要能治好汪由敦，"要什么给什么"。乾隆对汪由敦病情的关心，胜过了徐元梦等一干大臣。

让乾隆、傅恒担忧的是，尽管太医院和御药房全力抢救，汪由敦的病情还是不见好转。乾隆心急如焚，不顾新疆军情未靖，每天都遣使三四次问候汪由敦，察看他的病情，并日赐易消化食物一两次。傅恒也全力求医问药，遍寻京城名医为汪由敦视疾，但始终没有效果。

汪由敦也明白，这一关自己是很难过去了。正月初十，卧病在床的汪由敦突然对汪承沆谈起一件事。汪由敦平日无事时喜读史书，特别喜欢《李邺侯传》。李邺侯是唐朝中期大战略家李泌，他曾为唐肃宗献策平定安史之乱，又协助唐德宗遏制了吐蕃的威胁，于国家有重大贡献。汪由敦心中以李邺侯自比，平生也多有军功，其功业虽不及李泌，但也是清代军机汉大臣中军功数一数二的人物。

汪由敦对汪承沆说："前几天我翻阅李邺侯的传记，发现里面有月食臣忧的说法。前段时间月食，主文章而凝阴气，会有大臣遇到困境。我今年已经六十有七，恐怕我这一关难过了。"汪承沆听了，不祥的预感顿时涌上心头。汪承沆急忙岔过父亲的话头，背着父亲偷偷拭去眼中的泪水。

正月十五日黎明，自知大限将至的汪由敦早早起床，让佣人为自己洗面洗脚，穿戴好朝服，向乾隆寝宫行了三跪九叩之礼，以为君臣之诀别。傅恒和其他军机处同事，以及汪由敦门生故旧前来探视的时候，汪由敦总是向他们细细诉说皇上对自己的恩典，并请他们代为向乾隆谢恩。傅恒等看了差点没流下泪来，知道汪由敦去世也就是这几天的事了。

正月十八日，太医院向乾隆禀报汪由敦病危。乾隆听到这个消息，不由得大为悲痛。乾隆让总管太监前去汪由敦处问候，特赐陀罗经被一床，以作收殓之用。细心的乾隆命总管太监特地叮嘱，此事切不可让汪由敦知晓，如果病危不治，再拿出来为汪由敦收殓。如果病情好转，就收藏起来以作日后之用。乾隆的善意让汪承沆泪流满面，连连叩谢皇帝的恩德。

正月二十日，汪由敦已经不再进汤药，只吃一些流食维系生命。汪由敦昏迷之中，仍然念叨一些军国大事，并断断续续提出自己的看法，让在一旁的汪承沆泪如雨下。二十一日深夜，乾隆命人向汪由敦禀告，叛军头领阿睦尔撒纳已死，尸体已经被沙俄交还给大清。汪由敦听了这个消息，知道乾隆是希望用这种方式刺激自己病情好转，不由得精神大振。

汪由敦急忙命汪承沆找来朝服，挣扎着想穿上，准备第二天到乾隆处谢恩。没想到这时汪由敦已经耗尽了生命的最后一丝能量，再也起不来了。

汪由敦泪流满面，让汪承沆手录自己的遗言，并斟酌字句，以向乾隆留下最后一道文辞优美的奏折。汪由敦口授完遗折，突然昏厥过去。汪承沆等连忙手忙脚乱地抢救，可惜已无济于事。

正月二十二日申时，一代名臣汪由敦病逝，终年六十七岁，此时离他的恩师张廷玉去世仅仅三年时间。

乾隆得知汪由敦去世的消息，顿时感到一阵悲伤涌上心头：汪由敦文学优长，精通史地等实用学问，又具有杰出的行政和办事才能，其能力比刘统勋有过之而无不及，堪称刘统勋和于敏中的结合体。只是身为张党干将，在张廷玉退休之际犯下为恩师通风报信的大错，这才为乾隆所忌惮，终身不得进位大学士。现在斯人已逝，汪由敦的才华和重要性这才为乾隆深刻地体认到，可惜已经晚了！

乾隆悲不能胜，决定亲自上门祭奠汪由敦。乾隆到了汪府，发现阖门老小早已哭成一团。汪承沆一看皇帝驾到，顿时惊慌失措，连忙拿出乾隆御赐的陀罗经被盖在汪由敦的身上。乾隆一进门就放声大哭，连忙走到汪由敦床前，亲手揭开自己所赐的陀罗经被，对着汪由敦的遗体垂泣良久。

乾隆哭罢，来到汪由敦灵位前，亲自为汪由敦的灵位献茶三次，让汪氏一族又悲伤又感动，纷纷放声大哭。受到汪氏族人哭声的影响，乾隆心情更加悲痛，叫来汪承沆，温言抚慰许久，方才离去。

乾隆回到圆明园，叫来同样陷于悲伤的傅恒，命傅恒负责拟旨，为汪由敦办理后事。旨云：

"吏部尚书汪由敦，老成端恪，敏练安详，学问渊醇，文辞雅正。简任部务，供奉内廷，夙夜在公，勤劳匪懈。前以偶摄寒疾，当命加意调治，并赐医药，以济速瘗。忽闻溘世，深为轸悼。即日，朕亲临祭奠茶酌，着加赠太子太师，入祀贤良祠，并准其入城于赐第停设。赏库银二千两经理丧事，所有应得恤典，仍着该部察例具奏。钦此。"

礼部经过复议，建议祭葬加制，谥汪由敦为"文端"，入祀贤良祠，赐祭二坛，翰林院立传。乾隆一一垂泪照准。

汪由敦以他的才华、干练和忠诚，化解了张廷玉带给乾隆对汉大臣的疑虑，从此乾隆对汉大臣更加信用，为汉大臣创造了更加广阔的施展才华的空间。

乾隆二十六年（1761年），刘统勋被任命为东阁大学士。从此，张廷玉退休后军机处没有汉大学士的情况，永远成为历史。

阿桂

名臣之子

乾隆一生所培养、拔擢和任用的名臣良将众多，文有鄂尔泰、张廷玉、傅恒、尹继善、刘统勋、于敏中、和珅、陈宏谋、黄廷桂等，武有岳钟琪、兆惠、明瑞、福康安、海兰察等，文臣武将之富，堪称灿若星辰。在这些文臣武将中，有一位真正做到了"出将入相"，文能安邦，武能定国，他就是乾隆朝最后一位首席军机大臣阿桂。

康熙五十六年（1717年），阿桂出生在一个满洲官宦家庭。父亲阿克敦，是雍正、乾隆年间的名臣干吏，素以宽厚著称。阿克敦是科举正途出身，康熙四十八年（1709年）进士，授庶吉士，每日在皇帝身边行走，负责起草诏书，为康熙讲解经史知识。晚年的康熙已经越来越体会到文治的重要性，阿克敦是满洲才子，得到了康熙的额外垂青。

在担任庶吉士数年后，康熙五十一年（1712年），阿克敦被任命为编修，负责史书和朝廷重要典籍的编纂工作。康熙五十二年（1713年），阿克敦被康熙任命为河南乡试副考官，人生履历上添上重要一笔，同年回京后被任命为日讲起居注官，负责为皇帝撰写实录。这项工作因为要记载皇帝的言行，因此必须轮班跟随皇帝，不是皇帝信任的人是不能出任这个职务的。

一年后，康熙将阿克敦提拔为侍讲学士，这是一般授予汉人优秀学子的职位，充分表现了康熙对阿克敦才学的肯定。康熙五十五年（1716年），阿克敦转为侍读学士，两年后被提拔为内阁学士。

雍正继位以后，阿克敦得到了更大的重用。雍正继位不久，就任命阿克敦为翰林院掌院学士，并担任《清圣祖实录》副总裁，不久又出任《四朝国史》副总裁。

雍正喜欢读书人，对于尹继善、阿克敦、尹泰这样的八旗读书人更是青睐有加，大加栽培。阿克敦性格儒雅宽仁，学问优长，自然得到雍正的格外喜爱。在雍正朝，阿克敦的升迁速度陡然加快。雍正二年（1724年）五月，阿克敦被任命为《大清会典》副总裁；雍正三年（1725年）二月，阿克敦担任《治河方略》副总裁。当年七月，阿克敦被任命为左副都御史，十二月被任命为礼部左侍郎，仍兼任兵部侍郎。雍正四年（1726年）初，阿克敦出任兵部左侍郎兼国子监祭酒。雍正对阿克敦的青睐和重用，从这一系列眼花缭乱的升迁中就可以看出来。

月盈则亏是自然规律，对于人类社会和个人来说也是如此。雍正四年（1726年），两广总督孔毓珣进京朝觐雍正，雍正命阿克敦署理两广总督，并兼署广州将军，一跃而成为封疆大吏。阿克敦为官清正，勇于任事，在任上勇于揭发两广官场弊端，得罪不少当地官员。

在署理两广总督任上，阿克敦兴利除弊，于农田水利的修建尤其有心得体会。广东地方官员曾经想借公帑修建水利工程，并且希望奏请雍正允许地方卖官鬻爵，弥补工程款的缺口。阿克敦经过实际调查，认为无须建设防涝工程，只需要加强现有防洪体系即可。雍正批准了阿克敦的奏请，事实也证明了阿克敦是对的，但阿克敦堵了人家的财路，让许多官员切齿痛恨。

阿克敦为官清正，又是书生出身，办事自然有较多的理想主义，哪里知道世事的艰难。阿克敦在广东兴利除弊，当然会引发地方很多人的不满。因为阿克敦来头大，更是署理广州将军，地方一些人觉得不可轻动，决定先等总督孔毓珣回来再说。

孔毓珣从京城回到广州后，阿克敦自然是要交卸总督职责，这下子很多人就不怕他了。不过，雍正并没有让阿克敦立即回京的意思。雍正用人，喜欢让相中的人才在地方历练，待时机成熟后再调回京，成为六部堂官和大学士。阿克敦才华满腹，为官清廉，自然是雍正用心用力培养的宰相苗子。雍正下旨，阿克敦无须回京任职，暂时署理广东巡抚。

地方的一些官员看阿克敦不走了，纷纷叫苦不迭。阿克敦看到自己又署理广东巡抚，决心拿出书生报国的理想，要好好整顿广东官场。数月间，阿克敦多次弹劾地方官员，甚至弹劾了雍正的宠臣王士俊。这下子捅了马蜂窝，雍正觉得阿克敦是个迂腐书生，不通世事，心里起了厌倦的念头。再加上以孔毓珣为首的广东官员说了不少阿克敦的坏话，雍正一道圣旨就让阿克敦到了邻省广西署任巡抚。此时离阿克敦署任广东巡抚不过三四个月的光景。

阿克敦一被调走，广州城内的大小官员就没有顾忌了，纷纷上书雍正，弹劾阿克敦。各种罪名，真真假假，有的没的，一股脑儿扣在阿克敦头上。比如有人告发阿克敦，说他擅自将一桩抢劫案改判为盗窃案，不知道从中捞了多少好处。有人说阿克敦瞒着皇上擅自征用广东海关存银，实在是胆大包天。还有人告发说暹罗国运米船到广州销售米粮的时候，阿克敦指使家人向这些船只收取"好处费"，获利颇丰。更有人直接指控阿克敦收受好处，包庇犯罪的下属等等，不一而足。

雍正看到这些状纸，不由得龙颜大怒。雍正当然不会完全相信这项指控，但也恼恨阿克敦处事不够圆滑，才外放半年多就惹出这么多事，实在是打脸。雍正是性情中人，喜欢一个人恨不能捧上天，憎恨一个人恨不能踩到地下。阿克敦给雍正惹了这么多麻烦，雍正当然下旨严办。钦差当即带着圣旨南下，将阿克敦逮捕，送到京城审判。

经过仔细审理，虽然告阿克敦的诉状大多不实，但还是被人逮到了一些把柄。雍正御览后，给他判了个"斩监候"，押往天牢囚禁。

俗话说天无绝人之路，阿克敦这样清正的大臣，老天爷也会帮他一把。雍正七年（1729 年），长江下游地区连下暴雨，黄河水位暴涨（那个时候黄河通过淮河河道入海），大量泥沙随着黄河河水漫出河道，冲向运河和其他苏北河流，导致运河河道泥沙淤积，威胁到运河正常航运。消息传到京城，顿时让雍正坐立不安。

京城周围的米粮出产，只能满足京城百万官民的部分需要。京城每年的粮食缺口，以及国库的储备，还有边境各要塞的用粮，都需要从江南筹集。每年 400 万石的漕粮，对于大清王朝的正常运转极为重要。

现在漕运出了问题，而边疆又在和准噶尔发生冲突，雍正不但连京城粮食供应都快保证不了，甚至手上没有合适的大臣到南方治水疏通漕运。正当雍正愁肠百结之际，张廷玉向雍正推荐了一个人才到南方治水。

这个人才就是阿克敦。张廷玉向雍正陈奏，阿克敦曾经参与过《治河方略》的编纂工作，更曾经实际主持参与过广东地区的治水工作，具有丰富的理论和实践知识。放眼整个朝廷，有这样条件的人也很少。此时正是用人之际，张廷玉请求雍正释放阿克敦，让他戴罪立功，到东南主持治水和疏通漕运的工作。

雍正当即批准了张廷玉的请求，让阿克敦到东南主持治水。张廷玉果然没有看错人，阿克敦到苏北、皖北地区以后，努力勘察灾情，认真与当地官员尤其是有丰富治水经验的官员商量，采取果断措施开凿河流支流，泄洪入海，逐步缓解了水灾。阿克敦又紧急向雍正启奏，请求用国库粮食赈济灾民，有效地安定了当地社会秩序。在恢复京杭大运河大动脉方面，阿克敦筹集经费，组织灾民开挖苏北、山东段淤泥，很快让运河恢复了正常水位，漕运也逐步恢复。

阿克敦立下如此大功，当然得到了雍正的赦免。不过，阿克敦自此退出雍正培养的一线人才行列，而被雍正当成二线人才培养。雍正的注意力，则放在了鄂尔泰、李卫、尹继善等人身上。但阿克敦通过此次波折，与张廷玉结成了不菲的交情。这段关系，将给阿克敦和阿桂的未来投下重重阴霾。

可贵的是，阿克敦虽然因为清正而迭遭磨难，但并没有放弃书生报国爱民的理想，为人处世还是透着一股"傻气"。这种"傻气"也传递给了阿桂。有这么一个故事：阿克敦起复后，被任命为刑部尚书。某日阿克敦看到阿桂在看法律方面的书籍，就问阿桂："如果朝廷让你去刑部当差，你将如何做好这个差事？"

阿桂得意地回答："犯人犯一分罪，我就给他一分的惩罚；犯人犯十分罪，我就给他十分的惩罚。既不重判，也不轻饶。"

阿桂本来以为这个回答会让老父大为满意，没想到阿克敦恼怒地寻找拐杖，要痛打阿桂一顿。阿桂十分不解，在叩头谢罪的时候向老父请教为何要痛打自己。阿克敦愤怒地回答：

"按照你的说法，那天底下没有什么好人了！犯了十分的罪，给他五六分的惩罚，差不多也就够了，怎么能往死里问罪？更何况如果犯了一分的小罪，就要严办人家吗？"

阿克敦此番言论，透露着一份高贵的儒家理想，就是慎刑慎杀。封建时代的法律不同于今天，很多时候是以刑罚来驾驭社会。如果掌握刑部的堂官不是像阿克敦这样的君子，就会纵容下属肆意玩弄法律条文，造成大量冤假错案，这样的例子在历史上比比皆是。阿克敦的意思，就是要将儒家宽仁治国的理想融入封建法律实践，办案万万不可深文周纳，造成冤假错案。这种思想，在当时无疑是有着积极意义的。

阿桂听了老父此话，如醍醐灌顶，感觉受用不已。阿克敦的教诲，让阿桂养成了宽厚待人的性格，这对阿桂的成长，以及日后他能够在风云变幻的政治旋涡中站稳脚跟，是大有裨益的。

初出茅庐

阿克敦为人如此清正忠厚，对阿桂的教育之严格可想而知。阿克敦自己就是才子，被雍正称赞为满洲才子第一，当然在读书上对阿桂毫不放松。阿克敦不但自己亲自教授阿桂诗书，而且延聘名师教育阿桂。不过，与尹继善不同的是，阿克敦作为正人君子，更重视儒家经典和伦理的教育，为他专门延请著名经学大家沈彤为师，结果阿桂的行事风格扎实淳朴；而尹泰心疼儿子，尹继善在他的"纵容"下偷学了大量诗词歌赋，文采风流为满洲诸才子冠，却也少了半分质朴。因此阿桂能够在乾隆那里得到更多的信任和喜爱，也就是可以理解的了。

尽管阿桂可以有多种入仕渠道，阿克敦给他弄个侍卫当当也是稀松平常，但教子甚严的阿克敦要求阿桂像自己一样，走科举正途入仕。阿桂知道父亲的清廉正直，明白他不会为自己去走什么后门，也只能老老实实读书应举，闲暇的时候练武自娱。阿克敦自己身体就很壮实，明白有个好身体对于事业发展的重要性，因此对阿桂习武还是很支持的。相比之下，尹泰还是太心疼尹继善，没有让尹继善练就一身过硬的武功，否则尹继善在乾隆那里会得到更多的垂青。

不过让阿克敦开心的是，阿桂从小就露出不凡天资，特别喜爱听阿克敦讲历史故事，听完了还能够对其评论一番，见解常常让阿克敦都感到惊奇。雍正十年（1732 年），十六岁的阿桂入官学读书，在满洲诸亲贵子弟中以学问优长，得到众人的夸奖，两年之后补为廪生。乾隆三年（1738 年），阿桂考中举人，让阿克敦老泪纵横，开心不已。乾隆四年（1739 年），阿桂被授为兵部主事。虽然比不得傅恒这样通过担任侍卫入仕的，但走的是科举正途，让一家人在亲朋好友中倍感荣耀。就连张廷玉，也对阿桂另眼相看。

抛开日后阿桂的事功，就凭阿桂的科举功名，足以让他夸耀一辈子。担任兵部主事后，阿桂兢兢业业，很快就熟悉了军队高层管理工作。日后阿桂成为清军头号战将，与这段兵部主事的工作经历大有关系。阿桂就像一只雏鹰，不断从周边环境贪婪吸取养分，等待着一飞冲天的那个时刻。

阿桂的才华也引起了乾隆的注意。乾隆虽然不喜欢满人像尹继善那样吟风弄月，文采风流，但"马上得天下，不可以马上治天下"的道理，乾隆还是深深明白的。像阿桂这样的出身于满洲诗书世家，既深通诗书又具有较强办事才能的人才，乾隆还是很喜欢并愿意重用的。乾隆决定为阿桂提供更大的舞台，任命阿桂为户部郎中，并担任军机章京，协助各位军机大臣处理政务。

虽然升迁的步伐不能够与傅恒相比，但这给了阿桂更多的时间来磨砺自己的才干。傅恒生性谨慎，经历也比较简单，一辈子过得很顺利，也没栽过什么大跟头，居然能与乾隆善相始终，实在是天赋异禀之人。阿桂和傅恒相比，可就吃了不少苦头。

在军机处的时候，阿桂兢兢业业，做好本职工作，积累了初步的高层政务处理经验。军机章京俗称"小军机"，从内阁、六部和理藩院等衙门抽调，协助军机大臣处理政务。军机章京有一个非常大的优惠，就是不需要参加"京察"，奖惩情况只需要军机大臣的荐举就可以。要知道明清每三年一次的"京察"，经常会闹出很大的动静，每次都能让很多人在仕途上受挫。军机章京不参加"京察"，升迁速度就不是一般官员所能相比的了，因此每有选任军机章京的机会，官员们都趋之若鹜，就连兆惠和舒赫德这样的大佬，都做过军机章京。

不过军机章京工作繁忙，不仅要做好军机处的工作，还要兼顾本职工作，就是原来部门的工作。这就需要军机章京有旺盛的精力，能够肩负起两头的工作，对身体的要求也可想而知。

阿桂身体壮实，文武双全，按理说在兼顾两头工作方面不应该有什么问题。但阿桂兼任的是户部郎中，户部胥吏大多数是旗人，有的甚至几代人都在户部工作，水那是非常的深。福康安以皇帝内侄之尊，都不敢得罪这帮胥吏，乖乖地在报销军费的时候接受他们的各种勒索，更不用说家世远不如福康安的阿桂了。这帮胥吏趁阿桂主要精力放在军机处的空子，大肆贪污、转移库银，篡改各种账目，结果被发现，作为主管人员的阿桂当然要担责。乾隆下旨，将阿桂由户部郎中降为户部员外郎，仍在军机处当差。

卷入金川旋涡

乾隆十三年（1748年）对于阿克敦、阿桂父子来说可不是什么好年份。就在这一年，阿克敦一家屡出大事，几乎毁掉了这一家的未来。当年年初，第一次金川之战到了关键阶段，阿桂被乾隆点将，随兵部尚书班第到金川前线效力。

金川易守难攻，清军连连失利，具体情况可以参见本书第一卷《傅恒》篇。阿桂虽然武艺颇为出众，但上战场拼杀是大姑娘坐花轿——头一回。再说个人武艺出众，并不等于就可以自动成为名将，而是要看头脑、战略眼光、把握战机的能力和临机决断力。只有具备了这些良好的能力，特别是有足够的运气能够活过一次又一次的残酷战斗，才能够成为名将。

初出茅庐的阿桂能够满足这些条件吗？

事实证明，阿桂的军事能力是一流的，这方面他要远远胜过傅恒，甚至乾隆朝也很少有人能够在军事指挥上与他相比，除了兆惠、福康安等寥寥数人。但在金川战场上，阿桂却吃了瘪。

这个还真不能怪阿桂，是清军指挥内部的矛盾，让清军和阿桂难建寸功。张广泗进军金川以来，犯了不少错误，致使乾隆大为不满，命首席军机大臣讷亲为经略大学士，率京旗劲旅到金川代替张广泗，负责主持金川战事。讷亲刚愎自用，在军事上颟顸无能，结果造成了清军更大的失败。讷亲恼羞成怒，与张广泗互相攻击，甚至两人不顾大敌当前而在军事指挥上互相拆台，惹得乾隆大怒，命讷亲自杀，并将张广泗斩首。金川清军大震。

在这场风波中，阿桂站在了张广泗的一边。阿桂毕竟是军人，军人考虑问题总是契合战场实际，否则就要打败仗。张广泗虽然可恶，但考虑军事问题总归要比讷亲靠谱一些。在这种情况下，性情刚直的阿桂当然站在了张广泗的一边，结果遭到了讷亲的嫉恨。

讷亲虽被赐死，但讷亲毕竟是遏必隆之孙，其弟阿里衮等人还是深受圣眷，家族树大根深，哪里是阿桂甚至阿克敦可以随便开罪的？很快，阿桂被岳钟琪弹劾，说阿桂党附张广泗，在军事情报上蒙蔽讷亲，这才让讷亲连吃败仗，请求乾隆予以惩办。乾隆一看信以为真，下旨拘拿阿桂，送往刑部审讯。

岳钟琪弹劾阿桂，这个事情可不简单。张广泗是鄂党大将，在金川之战中，理应全力辅佐讷亲，却因为缺乏政治眼光而与讷亲倾轧，结果让前线战事不断失利，还送掉了讷亲的性命。这无异于当众打乾隆的脸，也让乾隆怀疑鄂党和张党是不是有合流的趋势：鄂党在前线捣蛋，张党特别是张廷玉在中枢坐等前线失利后好向乾隆逼宫。当傅恒和岳钟琪安定了前线形势后，他们当然要奉乾隆之命清查鄂党在金川战事的指挥过程中是如何"迫害"讷亲的。和阿克敦一样刚正不阿的阿桂自然被他们盯上，被乾隆、傅恒、岳钟琪稀里糊涂地打成鄂党。阿桂为自己的正直和实事求是的态度，付出了惨重的代价。

就在阿桂被拘捕的前几个月，阿克敦也遭遇了祸事。原来乾隆十三年（1748年）初，阿克敦被任命为协办大学士。清廷大学士名额紧缺，"三殿三阁"共有十二名大学士，表率百僚，地位尊贵，非一般人臣所能轻易获得。为了解决很多重臣提拔的问题，乾隆特设"协办大学士"二名，满汉各一人，用来解决一些需要重用的人才的使用问题。阿克敦被任命为协办大学士，许多人以为阿克敦入阁拜相、入值军机就在眼前。

没想到乾隆很快就改变了主意，不到两个月就要求阿克敦辞去协办大学士之位，将此职位转手交给了傅恒。阿克敦虽然是谦谦君子，但泥人也有个土性子，怎么会忍受这种羞辱？这种不满，当然要在行动上表现出来。

乾隆十三年（1748年）三月，孝贤皇后去世。乾隆中年丧妻，大为悲痛，下旨以超高规格办理孝贤皇后后事。四月，翰林院进献孝贤皇后册文，结果在满汉文互译上出了对孝贤皇后的称呼问题，乾隆大为愤怒，召翰林院掌院学士阿克敦询问。

阿克敦跑到乾隆御前，等待良久都没等到乾隆召见，想起自己刚刚被乾隆夺去协办大学士一职，一气之下居然就自顾自地走了。等乾隆忙好手头公务，召阿克敦来见驾的时候，却从侍卫那里得知阿克敦已经回家了。

乾隆暴跳如雷，觉得阿克敦是当众发泄对自己的不满，当即下诏逮捕阿克敦，并冠以"大不敬"的罪名，下刑部问罪。刑部众官员一看为人宽厚的老长官被抓到刑部，也想保一保阿克敦，就定了轻罪上奏。乾隆一见大怒，痛斥并严惩了审理阿克敦的一干官员，亲笔给阿克敦判了一个"斩监候"。好在乾隆过了几天气消了大半，张党一众官员又苦苦为阿克敦求情，乾隆就坡下驴，下旨释放阿克敦，命在内阁学士上行走，署任工部侍郎。到了当年年底，阿克敦又被重新任命为协办大学士兼翰林院掌院学士。

就在阿克敦起复在内阁学士上行走后不久，阿桂就被逮到了京城。乾隆命刑部对阿桂严加审讯，好在阿桂比较有眼力见儿，知道不能够和皇帝对着干，低头痛快地承认了刑部指控的全部"罪行"。精明的乾隆对阿桂的态度大为满意，更明白阿桂的"罪行"大多是空穴来风，也就顺势赦免了阿桂，放阿桂回家与阿克敦团聚。不过乾隆下诏，阿桂是"交与阿克敦严加约束，毋许稍有滋事"，实际上是将阿桂软禁在家中。阿桂无奈，只得闭门攻读孔孟经典，从圣人之训中获取安慰。好在乾隆觉得阿桂人才难得，一年后就解除了禁令，让阿桂继续出任军机章京。

在这一系列风波里，乾隆看似随意，有些举措甚至有儿戏的色彩，但其中有深深的算计。傅恒虽说已经在军机处当差，却没有协办大学士的兼职，面对讷亲、张廷玉的时候总是矮上一头。此时的乾隆已经决定派遣讷亲出任经略大学士到金川平乱，但这么一来，军机处就完全落入张廷玉掌控之中。能与张廷玉一争的唯有傅恒，但傅恒连协办大学士都不是，怎能与张廷玉分庭抗礼？乾隆让阿克敦将大学士让给傅恒，就是顺理成章的了。

事后看来，乾隆让傅恒担任协办大学士，还产生了一个意想不到的效果，就是让傅恒顺利接替讷亲，成为金川之战的前敌指挥员。讷亲失利并被拘捕以后，身为协办大学士的傅恒顺利接替讷亲，成为新的经略大学士，并带领清军打赢了第一次金川之战。试想如果傅恒没有协办大学士的身份，怎么能够一跃而成为经略大学士并统兵出征？从这个意义上来说，乾隆要阿克敦让位与傅恒，对朝政向良性发展是起了很好的作用的。

但阿克敦的表现让乾隆失望。乾隆本来是想把阿克敦当成自己人培养，但阿克敦的表现，让乾隆在内心将阿克敦看成了外人。加上阿克敦与张廷玉关系颇佳，乾隆更不放心。尽管阿克敦很快就被重新任命为协办大学士，但乾隆从此只用他的能吏之才，而不会再让阿克敦入阁拜相，当成心腹使用。阿桂被乾隆下令拘捕审判，既是敲打阿克敦，也是向阿克敦施恩卖好，迫使阿克敦俯首帖耳。

当然，即使乾隆愿意重用阿克敦，也是有限度的。毕竟乾隆心中对雍正老臣有着深深的看法和忌惮。阿克敦和张廷玉关系密切，已经犯了乾隆忌讳。乾隆也生怕张廷玉走了以后，阿克敦顺势成为张党领袖，就像史贻直在鄂尔泰之后成为鄂党领袖一样。阿克敦就是一个年长版的尹继善，需要不断去敲打，控制使用，才能够防患于未然。阿克敦才华满腹，却也只能在深夜里暗暗感叹。

天威难测，经过这一系列变故的阿桂，深刻地体会到了这句话的含义。阿桂从此兢兢业业，在做好本分工作的时候，谨慎处理好各方面关系。再看到父亲好友张廷玉在后来的遭遇，阿桂更加小心谨慎，逐步养成了让天下折服的宰相风度。

阿桂起复以后，仕途开始出现转机。乾隆十六年（1751 年），伪孙嘉淦奏稿案爆发，各条线索迅速向两江地区集中。两江总督尹继善、江西巡抚鄂昌等鄂党人物不得不全力办案，并将一批关键案犯送往京城与军机处傅恒等会审。会审结果出人意料，汉军旗出身的多名案犯被当场释放，乾隆罕见地下旨承认这是一桩冤案。本案详细情况，读者可参见本书第二卷《尹继善》一篇。傅恒借此案，狠狠地打击了自己的政敌尹继善，却给阿桂带来新的机遇。

由于办案不力，并且让各条线索集中到京城的旗人社会，乾隆对两江一干官员非常愤怒。尹继善很快就被调往西北，署理陕甘总督；鄂昌被撤掉江西巡抚，乾隆二十年（1755年）赐死；江西按察使丁廷让作为一省司法长官，因办案不力被撤职。继承丁廷让职务的，正是阿桂。

阿克敦曾长期出任刑部尚书，阿桂在这样的家庭环境下长大，对于刑名有着自己独到的理解。阿克敦当年的言传身教，教导阿桂"十分罪只可罪五六分，何况一分罪耶"，让阿桂在主掌江西司法的时候，很注意宽仁执法，整顿司法秩序，压制那些喜欢罗织罪名讨好上峰的官吏，赢得了江西民众的交口称赞。

阿桂在江西按察使任上干得风生水起，得到了乾隆的谅解。尽管乾隆并不是十分喜欢阿桂，但十分注重人才梯队尤其是满洲人才梯队培养的他还是决定给阿桂一个机会。乾隆决定，将阿桂从江西按察使任上调回，担任内阁侍读学士。乾隆二十年（1755年），阿桂被升为内阁学士，兼任礼部侍郎，进入朝廷大员的行列。

西征准部的幕后英雄

阿桂在内阁学士兼礼部侍郎的位置上没干几个月，西北发生的军情改变了阿桂的一生，也使得乾隆再也难以抑制阿桂，使得他没有成为第二个阿克敦。

原来准噶尔内部发生变乱，乾隆和傅恒决定抓住这一千载难逢的机会，出兵平定准噶尔这一大敌。具体的谋划和战争情况，读者可以查阅本书第一卷中的《傅恒》篇和《刘统勋》篇。

准噶尔是清朝定鼎中原以来所遇到的第一大敌，拥有骑兵七八万人，与西藏、喀尔喀蒙古有着密切的宗教和文化联系，还能够从境外进口先进武器，实力实在不可小觑。以康熙、雍正之雄才大略，都没有能够平定准噶尔，反而在准部手上吃了不少亏。现在准部内部生变，乾隆、傅恒决心抓住这一千载难逢的良机，一举平定准噶尔，恢复汉唐故疆！

为了这次战役，乾隆派出强大的军队，教养多年，又经过第一次金川之战锤炼的京旗精锐倾巢而出，加上东三省和蒙古马队，浩浩荡荡向准噶尔杀来。乾隆更派出大量满蒙心腹爱臣，班第、兆惠、明瑞、纳穆札尔、策布登扎布等乾隆多年培养的心腹爱将，纷纷披挂上马，参加平定准噶尔之战。

不过在征准决议中，阿桂的表现却让乾隆刮目相看。乾隆二十年（1755 年）的时候，大清立国已近百年，经济繁荣，文化兴盛，升平气象已经在全国范围内兴起。文武百官也逐渐陶醉于这种景象，都不愿再兴兵事，而且满汉大臣基本作此想。乾隆与傅恒的征准主张一出，立即遭到文武百官的反对，唯独阿桂挺身而出，坚决支持乾隆与傅恒。

阿桂的表现让乾隆甚为满意。本来乾隆没有打算让阿桂参加征讨准噶尔的战争，但阿桂的表现让乾隆改变了主意，决定让阿桂参与西征之战。老谋深算的乾隆明白，尽管阿克敦父子属于张党外围，但在这个节骨眼上，也只有愿意支持西征的人才能做好相应的工作。但乾隆不准备将有肉的部分给阿桂，只打算用阿桂之力，让他打打下手，因此下诏让阿桂以内阁学士的身份到乌里雅苏台督台站效力，负责文书管理、传递和后勤工作。

这些工作都是文职工作，不能上阵杀敌，但对于战争的顺利进行也很重要。乾隆给阿桂安排这么一份差事，也算是煞费苦心。联想到乾隆让尹继善署理陕甘总督一段时间后，让他做好各项军事安排就将尹继善调走，就可以知道乾隆并不想让鄂党张党人物借军功改善自己的境遇。但战场上的形势千变万化，不是乾隆可以完全决定的，这就给了阿桂机遇。

阿桂在乌里雅苏台督台站兢兢业业，将各项工作完成得十分出色，得到了蒙古亲王成衮扎布的赏识。成衮扎布上疏乾隆，对阿桂大加夸奖和推荐。

遇到一个好上司不容易，成衮扎布对阿桂是真心喜爱，也尽可能为他创造良好的工作条件，并不顾乾隆的脸色为他提供上升空间。乾隆真应该感谢成衮扎布，如果没有成衮扎布的苦心，乾隆朝后期将不会有阿桂这根定海神针，朝政糜烂的速度会更快。

正当阿桂在乌里雅苏台干得热火朝天的时候，突然收到了阿克敦去世的消息。阿克敦为人清廉正直，但正因为这份清廉正直而备受陷害，没有能为国家作出更大贡献，实在是令人感叹。阿桂对父亲感情很深，听到消息后连忙在报请乾隆批准后向成衮扎布请假，一路飞马奔驰，回京料理阿克敦的后事。

阿克敦去世，不仅仅让阿桂伤心欲绝，也让乾隆颇为感叹。阿克敦的清廉、正直和干才，让乾隆是十分满意的。但因为阿克敦和张廷玉的关系，乾隆始终对阿克敦心存戒备，并不断敲打，阿克敦享受的待遇可以说是张廷玉晚年所享受的待遇的缩小版，性质上并无二致。加上年轻懵懂的阿桂又在金川前线支持了张广泗这个鄂党大头目，乾隆更加对阿克敦心怀猜忌。现在阿克敦已经去世，乾隆也颇有悔意。正如张廷玉去世后乾隆恢复了他配享太庙的待遇一样，乾隆下旨，阿桂署镶蓝旗满洲副都统，数月后又在成衮扎布的保举下授参赞大臣，驻扎科布多。

乾隆没有想到，自己不经意间的一个带补偿性质的决定，不但将成全自己的"十全武功"，而且会给乾隆朝后期政治带来多大的影响！当然，乾隆再英明神武，也不具备预测未来的能力，否则他会不会给阿桂这个机会，可就难说了。但就是从这一刻起，命运开始转动它那巨大的齿轮，将历史带向了我们熟悉的轨道。

有了阿睦尔撒纳这个带路党，清军进展非常顺利，很快就收复了准噶尔全境，生擒准噶尔汗达瓦齐。

乾隆闻讯大为兴奋。准噶尔是大清入关以来第一大敌，与清廷缠斗将近百年，互有胜负。尽管从整体上看，清廷还是占据上风，但准噶尔屡败屡战，多次击败清军，迫使清廷始终处于一种中等烈度的战争状态，对国家经济和文化的发展还是起到了一定的不利作用。如果不是清廷的国势仍处于上升期，而是像明朝一样放任准噶尔发展的话，准噶尔极有可能形成囊括新疆、西藏和喀尔喀的庞大军政势力，对清廷形成战略包围。届时历史到底向哪个方向发展，可就不好说了。

不过，准噶尔与清廷缠斗百年，也对中国历史的发展起到了正面的作用。清廷入关以后，在边疆治理方面一开始是沿袭了明朝的政策，不希望边境生太多是非，这对统一多民族国家的形成显然是不利的。准噶尔的崛起，迫使清廷正视并着手解决这个问题，而不是简单地沿袭明朝的消极政策。在与准噶尔的斗争中，清廷逐步控制了西藏、喀尔喀，并于乾隆中期最终收复了汉唐故疆。至此，统一多民族国家的框架最终基本形成。

乾隆下旨，重赏了参与平定准噶尔的将领。阿桂虽然没有参与太多战事，但因为所处位置重要，办理了大量文书传递与后勤事务，几乎没有出过差错，有力地保障了军事行动的进行，也得到了一些封赏，被授予镶红旗蒙古副都统。

应该说阿桂虽然在乾隆朝第一次平准之役中立下了一些功劳，但由于多种复杂因素，阿桂在这次战役中的功劳并不大，甚至也只是担任了一个敲边鼓的角色而已。阿桂真正的武功，是从乾隆朝第二次平准之役开始的。

阿睦尔撒纳肯给乾隆当带路党，是因为他想借助清廷的力量，取代达瓦齐当准噶尔大汗。乾隆早就洞悉其奸，怎么会轻易让阿睦尔撒纳得逞？在战后的处置中，乾隆决定将准噶尔分为四部，每部由一个大汗统治。其中封车凌为杜尔伯特汗，阿睦尔撒纳为辉特汗，班珠尔为和硕特汗，噶勒藏多尔济为绰罗斯汗，并晋封阿睦尔撒纳为双亲王，食亲王双俸。这么一来，阿睦尔撒纳不干了。

乾隆二十年（1755年）八月中下旬，阿睦尔撒纳扯旗造反，意在将清军赶出准噶尔故地，再次走上割据道路。八月二十九日，叛军将清军在新疆的镇守军团团包围，清军主将班第、鄂容安自杀，五百清军全军覆没。至此，叛乱已经如烈火燎原般蔓延，即将吞噬整个新疆。

乾隆闻讯，不由得大惊失色。班第是乾隆非常看好，又一手培养的亲信将领，就这样死在阿睦尔撒纳之手，令乾隆痛彻心扉。不过让乾隆有喜有悲的是，鄂容安也在前线殉国。鄂容安是鄂党少主，史贻直虽说是鄂党领袖，但这个位置最后还是要还给鄂容安的，史贻直只是帮助鄂容安暂时凝聚住了鄂党而已。现在鄂容安一去世，整个鄂党没有了灵魂人物，自然在无形中解体，至少再也翻不起什么大的风浪，也算一件不菲的收获，更省却自己一番手脚。不然的话还要再兴大狱清洗鄂党，还不知道会有什么反噬。怀着复杂的心情，乾隆开始作出军事和政治部署，讨伐叛军。

乾隆深知，要打败叛军，首先要瓦解对手内部，不让卫拉特诸部都跟着阿睦尔撒纳跑。乾隆下旨，重新册封卫拉特四部汗王：噶勒藏多尔济为绰罗斯汗，车凌为杜尔伯特汗，沙克都尔曼济为和硕特汗，巴雅尔为辉特汗，台吉3人封公，4人授扎萨克一等台吉，7人授扎萨克，宰桑2人授内大臣，5人为散秩大臣。这些举措有力地争取了卫拉特贵族，为顺利平叛创造了有利条件。

乾隆下旨，撤掉因怯战而放弃巴里坤以西的定西将军永常的职务，与受永常蒙蔽而支持放弃准噶尔故地的陕甘总督刘统勋一起，逮捕回京拿问。

在将永常和刘统勋逮捕后，乾隆下旨，讨伐阿睦尔撒纳。策楞取代永常为定西将军，达尔党阿为定边左副将军，扎拉丰阿为定边右副将军，兵分两路，讨伐叛军。

阿睦尔撒纳造反以后，发现许多台吉、宰桑都不愿意跟他反叛朝廷，己方兵弱势危，硬碰硬肯定不是朝廷对手，于是仗着熟悉地形和民情的优势，和清军玩起了躲猫猫。清军重兵来袭，叛军就拔腿开溜，不和清军硬碰硬；清军一旦落单，大量叛军就杀出来追杀清军。这一手果然厉害，把清军搞得狼狈不堪。乾隆得知前线平叛的情况，不由大怒，下诏将策楞逮捕，槛送京师。没想到囚车在半路上遇到叛军游骑，堂堂的定西将军策楞居然死在了准噶尔叛军之手。这种事情放眼整个中国历史，都是不多见的。

乾隆得知策楞死讯，不由得又惊又怒。定西将军放在前代和国初，就是定西大将军。雍正鉴于允禵担任"大将军王"和年羹尧的"抚远大将军"名号过于响亮，不利于君主驾驭，这才去掉"大"字，改称"将军"。不管怎样，性质特别是地位还是没有变。清朝国初曾担任过"大将军"的，有多尔衮、多铎、岳讬、吴三桂、福全（康熙帝的二哥，清代名王）等人，由此可见策楞的分量。现在策楞这样稀里糊涂地葬身于准噶尔人之手，实在是大清立国以来从未有过的耻辱！

砸开金锁走蛟龙

乾隆咬牙切齿，发了狠地要加倍报复，决心不惜代价，组织第三次远征。乾隆二十二年（1757年）二月，清廷下令，拜成衮扎布为定边将军，兆惠为定边右副将军，车布登扎布为定边左副将军，抽调京旗、东三省和蒙古诸部精锐，兵分两路，浩浩荡荡地杀向伊犁，务必要全歼阿睦尔撒纳叛军。

阿桂终于等来了人生的春天，这个时候他已经 40 岁。前两次征讨准噶尔，阿桂都没有上阵资格，只能在喀尔喀地区办理军务和后勤，在幕后当无名英雄。不过阿桂自幼习武，又曾在兵部当差，更有第一次金川之战的实际军事经验，乌里雅苏台繁忙的军务和后勤工作，正好给了阿桂充足的时间来系统地思考和整理以往的军事经验，从而积累了丰富的军事素养。现在贵人成衮扎布担任定边将军，成为平叛的总指挥，阿桂当然要冲到第一线，跟随成衮扎布上阵厮杀。

在成衮扎布的指挥下，阿桂屡立战功，得到乾隆的嘉奖。此时的乾隆也意识到，自己花大力气培养的一些将领，在三次征准作战中损失不小，能够坚持到现在的都是真正的人才，日后必有大用。出于这种考虑，乾隆封阿桂为工部侍郎，开始淡化对阿桂的成见。

在清军强有力的打击下，叛军纷纷溃散，军事工作的中心开始转向追捕大小叛乱头目，防止其逃往境外。阿桂也参加了这项工作。辉特头人舍楞向清军诈降，清将唐喀禄带兵受降，结果遭到舍楞的偷袭。阿桂闻讯，连忙带兵前往接应，救出了唐喀禄，并赶走了舍楞，得到了乾隆的嘉奖。

不过乾隆内心还是没有完全放下对阿桂的成见。阿桂虽然已经有了一些战功，但直接军事经验仍然较为薄弱，很快就被乾隆抓住了短处。原来舍楞在准噶尔北疆打游击，对清军形成不小威胁，乾隆严令阿桂等抓获舍楞，务必不能让他逃到境外。阿桂上奏提出了自己的看法。

阿桂认为，从俘获的舍楞身边游骑口中得知，舍楞想逃到土尔扈特，但路途遥远，信息不通只好返回准噶尔。如果派兵在舍楞回准噶尔的必经之路埋伏，肯定能生擒舍楞。

阿桂的建议合情合理，但被乾隆抓住把柄。此时的乾隆手上应该有了其他更准确的情报，于是借题发挥，指责阿桂观望怯懦，一纸诏书将阿桂调回了京城。

虽然乾隆心中始终对阿桂在第一次金川之战中支持张广泗而耿耿于怀，一直寻机打压阿桂，但乾隆的嫡系将领在三次攻打准噶尔的战争中损失颇大，因此也不能过于压抑阿桂，需要阿桂在新疆复杂的战事和政局中发挥作用，很快乾隆就将阿桂再次派到新疆。阿桂在回京后仅仅数月，就又受命到西路军，在副将军富德的麾下搜杀准部残余。

对于乾隆来说，虽然班第、策楞、永常等嫡系将领在平准之战中纷纷陨落，但也得到了兆惠这么一个名将，堪称意外之喜。让乾隆更为满意的是，傅恒之侄明瑞在平准之战中也战功颇丰，而且因为袒护绿营汉兵免遭兆惠麾下的索伦兵欺凌与兆惠发生矛盾，从而被乾隆视为下一个傅恒，加力培养。

在这种情况下，乾隆显然不可能对阿桂有太好的脸色。不过兆惠、明瑞、富德等人虽然组成乾隆新的近卫军官团，但粗活累活还是要有人干的，这就是阿桂的差事了。

对阿桂来说更不利的是，老冤家阿里衮也到了新疆，参与处理波谲云诡的新疆军政事务。阿里衮之兄讷亲，身为经略大学士，最后却落了个被祖先遏必隆留下的腰刀斩首的下场，与张广泗有千丝万缕的关系。讷亲被斩之后，阿里衮上书乾隆，坚决与讷亲划清界限，赢得了乾隆的谅解和重用。不过，阿里衮不敢与乾隆争是非，不等于他内心已经放下了这件事。看到当年张广泗的坚决支持者阿桂，阿里衮心中有何情绪反应，是用脚趾头都能想出来的事。此时的阿里衮，已经有军机处行走、户部尚书的经历，地位远高于阿桂。他的到来，让阿桂处于一个更加尴尬而危险的位置。

俗话说，"福人自有天相"，南疆的风云变幻拯救了阿桂，让阿桂从一系列麻烦中顺利脱身。原来准噶尔诸汗尤其是策妄阿拉布坦，一直残酷压迫南疆民众，并将南疆民众首领波罗尼都、霍集占兄弟二人囚禁。清军在阿睦尔撒纳的配合下平定准噶尔之后，将波罗尼都、霍集占兄弟二人释放，让他们回去招抚自己的民众，长为大清臣属。没想到这霍集占却野心勃勃，回自己势力范围后不久看到清军主力已经撤回内地，居然就裹挟着哥哥波罗尼都造反，占领了新疆大部分土地，诱杀清军副都统阿敏道，差点逼死清军主帅兆惠。

在这个时候，乾隆也顾不上许多了，急命阿桂在富德麾下效力，与富德一起进攻叛军。乾隆二十四年（1759 年）八月，富德、阿桂率军与霍集占等带领的叛军在阿勒楚尔（今帕米尔巴尔唐河北雅夫索尔西南）激战。叛军自知已穷途末路，异常凶狠，清军一时奈何他们不得。

关键时刻，阿桂率领数百名清军精锐，绕到叛军背后，出其不意地向叛军薄弱的后方发起攻击。叛军没想到清军居然从背后杀出，不由得阵脚大乱。富德乘机指挥正面清军发起强大的攻势，突破了叛军的防御，霍集占等人只得落荒而逃。

富德、阿桂率军紧紧追赶叛军，不给叛军丝毫喘息之机，在伊西洱库河（今帕米尔西之喷赤河）再次将叛军包围。面对清军凌厉的攻势，叛军士兵纷纷投降，霍集占兄弟只得带领数百名亲兵逃往巴达克山。十月，巴达克山首领素勒坦沙将霍集占兄弟的首级献于清军，这场意外而残酷的叛乱终于被平定。

阿桂在平定霍集占之乱中立下大功，无论是乾隆还是阿里衮都无话可说，也不好意思再动手脚弄他，阿桂暂时摆脱了危机，但这并不意味着从此以后阿桂就一帆风顺。相反，他还要经历十多年的磨砺。潜龙仍在渊！

复盘平准和平霍之战，乾隆不由得悲喜交加。喜的是这几场战争为中原王朝开疆万里，西域重新回到了中原王朝的怀抱，堪称不世奇功；悲的是新疆政情民情复杂，自己一手培养的诸多嫡系，不少都稀里糊涂地葬身于此。特别重要的是，鄂容安为国慷慨捐躯，让乾隆不得不暂时停止了对鄂党的打击。乾隆在日后的岁月里，将为此慢慢付出代价。

战争一结束，乾隆就着手忙两件事情：其一是谋划将兆惠、阿里衮和富德调往军机处当值，增强自己在军机处的影响力，进一步排挤鄂党，特别是断绝鄂党新领袖尹继善的拜相之望；其二是着手谋划新疆的治理工作，巩固对新疆的统治。这个重任，就落在了阿桂和明瑞身上。

经过长期残酷的战争，新疆满目疮痍，亟待恢复。在准噶尔汗国时期，北疆以游牧经济为主，南疆则有较为发达的农业经济。两者相结合，为准噶尔汗国的战争机器提供了源源不断的动力。战争破坏了原准噶尔汗国原有的脆弱经济平衡，不少满汉官员包括刘统勋这样的重量级人物在内，对新疆能否长期持有和有效治理都抱有疑虑。清廷要真正巩固收复汉唐故疆的成果，就要解决恢复与发展新疆经济，从而降低新疆治理成本的问题。

准噶尔汗国时期，大汗们对于发展农业经济并没有兴趣，更不会去思考如何谋划发展新疆的农业经济。战争结束后，乾隆命办事认真的阿桂到阿克苏，办理错综复杂的善后工作。

阿桂意识到，新疆之所以出现霍集占兄弟之乱，关键在于清军薄弱的后勤能力难以支持大规模在疆驻军，这才给了霍集占作乱的胆子和空子。这个问题如果不解决，未来还会有野心家发动叛乱。届时朝廷是否有决心和财力大规模平叛，可就不好说了。出于这个考虑，阿桂赶紧进行高强度的调查研究，殚精竭虑，提出了初步的解决方案。

阿桂发现，阿克苏虽然残破，却存有大量牛羊，不由得喜出望外。有了这批牛羊，就可以在相当程度上解决新疆清军的后勤问题，从而为国家节约经费。阿桂赶紧上奏乾隆，请求将这批牛羊转为军用，并且将自己谋划多时的、在水土条件颇佳的伊犁地区开展屯田的计划上奏乾隆。

乾隆收到阿桂的奏折，不由得大为欣喜。尽管乾隆在这一刻对阿桂还有种种看法，但阿桂精细的谋划和文字间滚动的赤诚还是让乾隆为之心折。新疆虽然收复，但如何在新疆建立起有效的统治秩序，特别是发展起发达的农业经济，减轻朝廷的财政负担，是乾隆一直念兹在兹的事情。当时的新疆，形势错综复杂，外部更有强敌。稍不留神，乾隆平定新疆的成果就会落入外敌手中，从而威胁大清腹心地区，撼动朝廷根基。因此，在新疆驻扎重兵，对于大清的国防极为重要。

当务之急就是要在新疆发展朝廷可以掌控的农业经济，这样既能够减轻朝廷的财政负担，又能够充实新疆实力，迫使外敌放弃觊觎的想法。

理想很丰满，现实却很骨感。北疆向来是以畜牧业经济为主，缺乏农业发展传统和资源；南疆维吾尔族农民经营有年，也不能夺人产业引发事变。这些问题让乾隆极为头疼，不知如何是好。一些朝臣看到这种情况，也在各种场合嘀咕实在不行就放弃新疆，更让乾隆不满和震怒，但又无可奈何。

在这个关键时刻，阿桂提出在伊犁地区开展大规模屯田，发展北疆农业经济，让朝廷收复新疆的成果能够长期保持，怎能不让乾隆大为欣喜？乾隆拿出阿桂的奏折遍示诸大臣，大臣们看了也不好说什么。乾隆当即下诏，命阿桂主持伊犁屯田的诸项事宜。

乾隆二十五年（1760 年）初，阿桂冒着料峭的春寒，率领数百名索伦兵、绿营兵和招募而来的维吾尔族农民，开赴野兽出没的伊犁，开始垦荒。

伊犁虽然已经很长时间没有农业传统，但长期的抛荒让伊犁地区的土地异常肥沃，加上伊犁地区雨水丰沛，很适合农业发展。阿桂带着军民们一边开荒，一边建起了简易的水利设施和住宅，索伦兵则负责驱赶野兽和土匪，各司其职，倒也其乐融融。这一年的气候也帮忙，雨热均匀，庄稼长势良好，到了秋天，阿桂果然盼来了预想中的大丰收。

乾隆得到阿桂屯垦成功的奏报，不由得大为振奋，比打了一个大胜仗还开心。这下子朝廷里很多主张放弃新疆的满汉大臣也都闭了嘴。乾隆当即下诏，继续扩大屯田规模，诸项事宜交由阿桂全权负责。

乾隆二十六年（1761年），阿桂抽调更多的绿营兵，并招募了更多的维吾尔族农民，一齐到伊犁开荒。有了上一年的经验，阿桂对开荒已经胸有成竹，不辞辛劳地指导士兵和农民们开荒，并为他们解决各种困难。到了秋天，阿桂又获得了一个大丰收，新疆清军补给困难的问题大为缓解。

阿桂的屯田成绩充分说明，至少在农业经济方面，新疆有着极大潜力，能够在相当程度上自给自足，大大减轻朝廷的财政负担和治理成本。阿桂的这一杰出贡献，让乾隆收复汉唐旧疆的功勋彪炳千秋，而不至于因为财政上的沉重负担而人亡政息。从这个意义上来说，阿桂当年在金川前线即使真的勾结张广泗倾轧讷亲，他在主持伊犁屯田上的开创性功劳，也足以抵消几十回倾轧讷亲的过失了。

乾隆二十七年（1762年），乾隆决定设立"总统伊犁等处将军"，简称"伊犁将军"，是清廷在新疆地区设置的最高长官。尽管阿桂在疆功勋卓著，但论战功，比明瑞还是差上一些，因此明瑞成为首任伊犁将军。

乾隆当然没有忘记阿桂的功劳。尽管阿桂和自己不亲，但阿桂杰出的军政才能是乾隆需要倚重的。平准平霍之战也让乾隆意识到需要几枚活棋，不一定属于自己的阵营，只要关键时刻可以顶上即可，从而减少嫡系的损失和面临的危险，毕竟班第之死让乾隆痛心疾首。乾隆下旨，赏赐阿桂云骑尉世职。

阿桂以其出色的表现获得了乾隆的青睐，但他在军事上的表现，明显不如明瑞，也很难说超过阿里衮和富德。当然，阿桂和阿克敦作为鄂党和张党的侧翼不能让乾隆放心，是阻碍阿桂立下更大功勋的主要因素。不过在这个时候，阿桂深厚的文化修养，尤其是阿克敦在行政、农业和刑名方面的言传身教，让阿桂具有丰富的学养和战略眼光，这一点恰恰是明瑞、阿里衮等人缺乏的。

乾隆何等厉害，也看出了这一点。阿桂允文允武，功勋累累，是充任救火队长的极好人选。要获得阿桂的忠诚，首先就要获得阿桂的心。尽管在至关重要的首任伊犁将军的人选上，乾隆选择了明瑞，但乾隆并没有忽略阿桂的心理需求。明瑞出任首任伊犁将军后，阿桂被召还京师，赐紫禁城骑马，命军机处行走，成为军机大臣，加太子太保。阿桂似乎走上了人臣的巅峰。

成为伊犁将军

不过在鄂党人物的使用上，乾隆有他自己的考虑。正如当年尹继善曾经短暂入值军机，只不过是拿个胡萝卜在你眼前稍微晃一下，几个月后就把你远远打发出京城出任督抚，去完成各种吃力难讨好的任务。对了，那个时候的阿桂，正在金川前线跟着张广泗和讷亲较劲。

相对于阿桂，乾隆更倾心的还是明瑞和阿里衮。明瑞自不待言，阿里衮是讷亲弟弟，乾隆对讷亲一直是作为心腹看待，最后虽然斩讷亲，却是丢车保帅，心里对讷亲是有一份歉意的。明瑞和阿里衮都是长于戎马，娴熟政务，是乾隆心中接班傅恒的合适人选。阿桂和他们相比，只是个打下手的。

乾隆三十年（1765年）闰二月，阿桂被调离军机处，前往新疆任职。巧合的是，半年后尹继善以太子太保、文华殿大学士的身份入值军机，担任次辅，排名仅在傅恒之后。当然，这是乾隆为了应对兆惠去世而出的无奈招数，毕竟纵观朝野上下，只有尹继善才能够填补兆惠去世留下的空白。刘统勋还稍欠些火候，乾隆也不便冒着朝野诧异的眼光一下子就把刘统勋推上去。毕竟在世人的眼中，尹继善早在乾隆二十年（1755 年）前后就应该拜相！

尹继善如愿以偿地入值军机，成为正式的宰相，但阿桂就要挪挪窝了。乾隆是绝不会允许军机处同时出现几个鄂党人物的！更何况于敏中已经成为军机大臣，他是史贻直的"外孙"，也算半个鄂党。尹继善的拜相，也意味着鄂党基本摆脱了张广泗案以来备受打压的困境，即将迎来新的春天。

虽然阿桂在军机处只待了两年多一点时间，但中间也办了不少地方差事。乾隆二十九年（1764 年），阿桂受命署理伊犁将军，不久又改为署理四川总督。

虽然军机大臣们一般都在京城办公，但也时常奉命出京办差。这样既可以处理一些事关全局的地方事务，也是乾隆和军机处了解下情的一种方式，从而为优化决策提供参考。阿桂在军机处，就充当了这种"跑腿"的角色。

值得一提的是，在署理四川总督的时候，阿桂被派到金川，了解和处理金川大小土司之间的纠纷。金川对阿桂来说有着特殊的意义，正是在金川，初出茅庐、不谙世事的阿桂，稀里糊涂地上了张广泗的船，结果终身遭乾隆侧目，代价不可谓不惨重。阿桂怀着复杂的心情，来到了阔别近二十年的金川。

当时金川土司郎卡和绰斯甲布等九土司结怨，互相攻伐，搅动川边形势。作为一名杰出的政治家，乾隆感到金川未来局势绝不会太平，因此派遣熟悉金川形势的阿桂巡边，调解郎卡和其他土司之间的矛盾，并且查勘金川的地情、民情和军情。

阿桂受命后，马不停蹄，火速赶往金川。到了金川后，阿桂详细调查了郎卡的诸多不法情事，并写成详细报告，上奏乾隆。同时，阿桂详细调查了金川的地形、民情，对于金川的军事形势有了详细的了解，并写成准确的报告上报军机处。事实证明，乾隆的这一安排极为英明。数年后金川乱起，曾经参战的傅恒、岳钟琪等已都成古人，他们拥有的关于金川的知识也都随风而去，军机处关于第一次金川之战的资料也散佚不少。阿桂的报告提供了宝贵的第一手资料，为乾隆平定大小金川提供了极为重要的决策参考。

阿桂离开军机处后，被派往伊犁，成为伊犁将军明瑞的助手。新疆初定，百废待兴，明瑞坐镇伊犁，不但要剿灭各地残匪，还要兴利除弊，理顺新疆各项民事和经济工作，实在是劳苦功高。乾隆对明瑞寄予很高的希望，甚至想以后事相托，也愿意给明瑞配备一个得力助手，不仅解明瑞眼下之难，而且日后能成为明瑞的得力助手。乾隆将阿桂派到明瑞身边，实在是蕴含深意。

阿桂到新疆后，成为明瑞的得力助手，并协助明瑞讨平乌什赖黑木图拉和额色木图拉之乱。不过乾隆却责备明瑞、阿桂二人平乱不力，导致叛乱蔓延，下旨痛责二人。部议夺去阿桂的官职，乾隆下令阿桂暂时留任。不久，乾隆还是夺去了他的尚书职务，命阿桂到伊犁协助明瑞治理新疆。乾隆三十三年（1768年），明瑞卸任伊犁将军，乾隆命阿桂为第二任伊犁将军。

阿桂在伊犁将军任上，兴利除弊，抚慰新疆民众，并积极招募人员开发伊犁地区的农业。正当阿桂干得热火朝天的时候，南方突然传来惊变：首任伊犁将军明瑞死了！

乾隆朝的命运之战

原来南方新近崛起一个大国——缅甸。缅甸统一以后，积极开始对外扩张，吞并了暹罗，并且从英法等国购得大量当时最先进的燧发枪，军事实力大为增长，甚至隐隐有逼近清廷之势。

随着军事实力的增长，缅甸贡榜王朝逐步将向清朝朝贡的一些土司作为扩张目标，并多次侵扰云南边境，引发了对清、缅双方都产生重大影响的清缅战争。前两次清缅之战都以清方失利而告终。在这种情况下，乾隆点起八旗精锐，命明瑞为主将，大举讨伐缅甸。

明瑞率领数万八旗劲旅和绿营精锐，向缅军发起全面进攻。具体情节可以参见本书第一卷《傅恒》篇。明瑞很快就把战争烧向贡榜王朝本土，却犯了孤军深入的毛病，结果中了缅军的埋伏，不得不自尽身亡。

消息传到京师，乾隆大为惊骇、震怒和伤心。明瑞是乾隆一手培养的军政全才，乾隆一心指望明瑞成为第二个傅恒甚至张廷玉，在未来的新朝中扮演鄂尔泰、张廷玉一样的托孤角色。如果明瑞没有牺牲在南方，乾隆朝后期的政坛就没有和相爷什么事了，那样可能对所有人包括和珅自己都好。现在明瑞突然陨落在丛林，不但让乾隆痛心疾首，产生白发人送黑发人的悲伤，更逼迫乾隆思考该如何善后。

经过多年的淬炼，乾隆已经变成军事老油条，对于军事有着独到而英明的看法。乾隆明白，如果不下血本继续这场战争，那么云南将永无宁日。云南的贵重金属矿藏，对于大清的经济安全有极其重大的意义，而且云南不宁，势必会激发金川土司们的野心，届时整个西南都将陷于战火！

乾隆下定决心，砸锅卖铁都要将这场战争继续下去。为此，乾隆拿出了压箱底的京旗精锐、索伦兵、蒙古兵和陕甘四川等地的精锐绿营，人数足足有四五万之众，堪称尽起全国精锐南征。不过在统帅的人选上，乾隆却犯了难。

千军易得，一将难求，乾隆深深明白这个道理。明瑞年轻，太富有活力，人生路途又太顺利，其实并不是挂帅的合适人选，乾隆也知道。奈何清军的杰出大将兆惠已于此前去世，阿里衮、富德等人还不如明瑞，阿桂不是心腹，乾隆又希望明瑞一战成功，借此奇功直接作为傅恒的接班人培养，也好堵百官悠悠之口，这才怀着一丝侥幸让明瑞挂帅。到了这个时候，乾隆已经放下所有顾虑，决定让军事才华一般，但老成持重的傅恒亲自挂帅南征。为了辅佐傅恒，乾隆给他配备了两个军事上的得力助手：一个是阿里衮，另一个正是阿桂。但乾隆不知道的是，他这个决定，将给乾隆朝后期的政治带来怎样的变数！

乾隆下旨，傅恒为经略，阿里衮、阿桂为副将军，阿桂并授为兵部尚书、云贵总督，率领各地抽调的四五万清军，大举南征。这个阵容相较于上一次，实在是靠谱多了。乾隆或许还在感叹，如果上次让老成持重的阿桂作为明瑞的副手，明瑞极有可能生还。

阿桂也十分感慨。傅恒和阿里衮都是老熟人，关系更是微妙。阿桂半生坎坷，与傅恒有直接的关系。阿桂二十年前在金川前线遭到岳钟琪弹劾，差点丢了小命，岳钟琪的后台不就是傅恒吗？

阿桂更知道，乾隆下令将讷亲斩首，其实非常痛心，并不等于乾隆在内心真正抛弃了讷亲。所以在讷亲被斩首以后，乾隆当即下令查办张广泗，并不顾诸多事实，下诏将张广泗处死，其实就是在替讷亲报仇。傅恒到金川前线，将查办张广泗党羽当成重要任务，阿桂自己就被当成张广泗的主要党羽，差点丢了小命。再联想到父亲阿克敦为了将协办大学士一职让给傅恒所引起的种种风波，阿桂在面对傅恒的时候，当然不会完全抱着一颗平常心。

还有阿里衮。阿里衮与讷亲是亲兄弟，对于兄长的惨死，自然不会等闲视之。张广泗早就丢了性命，阿里衮当然不会随便找他后人的麻烦。自己是傅恒、岳钟琪认证过的张广泗主要党羽，阿里衮心里到底怎么看自己，阿桂也是茫然无知。

想到这里，阿桂突然明白，此次征途实在是荆棘重重。危险，绝不仅仅来自缅军，更来自己方阵营！如果自己稍有不慎，极可能就是讷亲的下场，甚至犹有过之！

阿桂的忧虑是有道理的。明瑞的壮烈成仁，让阿桂的分量更加突出，也让乾隆心里颇不是滋味。现在乾隆手上能够稳压阿桂的活棋只剩下阿里衮，不由得乾隆心中不焦虑。在不影响作战的前提下，乾隆当然要对阿桂进行一定的打压，防止阿桂继续坐大。同时，傅恒和阿里衮也不会轻易忘却金川旧事，当年阿桂协助明瑞平定乌什赖黑木图拉和额色木图拉之乱，有功反而受罚，很可能就是傅恒的手笔。

乾隆的不信任很快就开始表现出来。乾隆三十四年（1769 年），乾隆命明德从阿桂手里接任云贵总督，美其名曰让阿桂专心军事指挥，实际上是削夺了阿桂的权力，降低了阿桂建立不世功勋的概率。阿桂上奏乾隆，请求由铜壁关抵蛮暮，砍伐当地树木造战船。待傅恒率领清军主力到达，就水陆齐下，进攻老官屯。阿桂特地指出，此前明瑞孤军深入的主要原因，就是没有拿下老官屯，因此必须高度重视老官屯，并且要注意军粮的可持续供应。

阿桂的建议合情合理，但乾隆借题发挥，下旨斥责阿桂怯懦，夺去了阿桂的副将军职务，改授参赞大臣。这么一来，阿桂由副司令变成参谋长，自然要好好表现，戴罪立功。日后如果清军战胜缅甸，阿桂有此"前科"，功劳自然不如阿里衮。

只可惜人算不如天算，随后事态的发展超出了乾隆的预料和掌控。乾隆三十四年（1769 年）九月，傅恒率清军主力到达前线，与阿里衮、阿桂分三路出击：傅恒出万仞关，由大金沙江西经猛拱、暮鲁至老官屯；阿里衮率舟师顺江流而下；阿桂率蛮暮新造舟师出江与傅恒、阿里衮会合，先于甘立寨设下伏兵。三路大军都剑指同一个目标——老官屯。

在这个时候，傅恒犯了一个致命的失误。按照原先的计划，清军是要等秋季之后，缅甸烟瘴消失以后再出征，这是明瑞出征缅甸换来的血的教训。但傅恒听说老官屯防守空虚，决定提前进军，以收奇袭之效。傅恒不知道的是，他这个轻率的决定，将会对中国历史的发展产生何种影响！

傅恒等三路大军出发后，迎头就遇上了丛林的雨季。傅恒、阿里衮和阿桂都是生长在北国，从来没有想象到南方雨林的气候是如此可怕。二战时期，日军有一支经过丛林作战训练的部队在雨林行军，四个小时才走 50米！更何况乾隆时期的技术条件远不如二战时期，而且三路大军除水师主要是满蒙士兵！越来越多的清军将士患上痢疾而掉队、死亡，还没有作战就开始大量减员。

这么一来，等三路清军在老官屯会合的时候，缅军已经做好充分准备，偷袭变成了正面强攻。好在清军作战勇猛，虽然没有兵力优势，却是屡挫缅军，维持了进攻的态势。

清军虽然用落后的火绳枪，但在火炮上有一定的优势。傅恒利用清军的火炮优势，巧妙地扬长避短，迫使缅军进寨防守。水师作战清军也获得胜利，清军上岸后一连攻占缅军多道防御工事，扫清了进攻老官屯大寨的阻碍，却付出惨重代价：副将军阿里衮受伤，加上又染上瘴疬疾病，很快不治身亡。

阿桂一军遇上的是前来增援老官屯的缅甸地方部队，人数虽多，却是从各地抽调成军，成分光怪陆离，彼此缺乏配合与协同。阿桂看出对面军队人数虽多，却是乌合之众，因此精心设计了战术。当敌人开始冲锋的时候，阿桂让清军火枪兵分成三排，轮流向敌人开火，将敌人打得七零八落。等剩下的敌人冲上来的时候，阿桂下令八旗重弓手向缅军射出一波波重箭雨，大量缅军士兵惨叫倒地。满洲强弓是八旗兵的看家本领，更是八旗兵纵横东亚的最大依仗。在清军重箭雨的打击下，缅军士兵大量倒地，其余的士兵也失去了进攻的勇气，开始溃退。

阿桂见战场形势出现了根本性的变化，当即挥动令旗，两旁的八旗和蒙古骑兵开始冲锋，追杀溃退的缅军。这支缅军本是临时聚集的地方部队，单兵战斗力不强，又处于溃退状态，怎么是八旗和蒙古马队的对手？清军骑兵四处冲杀，很快彻底击溃了这支缅军，扫清了进攻老官屯大寨的道路。

自从清缅开战以来，清军很少取得阿桂这样酣畅淋漓的大胜，极大振奋了清军士气，更一扫明瑞捐躯后清军低落的士气。值得一提的是，阿桂在此战中运用的火枪兵轮流射击的战术，暗合了近代欧洲陆军的标准战术，由此可见阿桂高超的军事天赋。这场战役也让缅甸方面意识到在野战能力上与清军中央军系统的差距，为后来双方的议和创造了条件。

清军虽然牢牢包围了老官屯，但受制于后勤、兵力特别是疾病，已经是强弩之末，连经略傅恒都患上重病。此时的傅恒，已无力更无心计较当年在金川与阿桂的是是非非，而将相当的权力都转交给阿桂行使。在阿桂的指挥下，清军勉力维持着对老官屯的攻势，给老官屯大寨里的缅军也造成强大的压力。

饶是如此，清军由于体力的巨大损耗，也无力继续维持攻势。缅军这边被阿桂修理了一顿，也明白了野战方面与清军中央军系统存在的巨大差距。而且此次清军稳扎稳打，后方无隙可乘，不像对付明瑞那次可以不断打游击战骚扰清军后勤，最后一击必杀，这次清军压根没给对方这个机会。到了这个时候，双方都想罢兵，于是开始了和谈。

经过激烈的讨价还价，双方终于达成协议，罢兵休战，具体过程可以参见本书第一卷《傅恒》篇。达成协议后，傅恒、阿桂率领剩下的一万多清军，开始了回国的历程。

乾隆接到前线战报，不由得心胆俱裂。阿里衮战死，傅恒重病，让乾隆谋划数十年的政治辅政班子和接班布局一夕化为泡影。到了这个时候，乾隆也无心继续这场赢面已经越来越大的战争，只盼望傅恒能够尽早归来，快速养好身体，从而维持自己在朝堂上的布局和优势于不坠。

乾隆三十五年（1770 年）二月，傅恒回到京城，受到乾隆帝的隆重嘉奖。乾隆最为关心的是傅恒的身体，尽管他对和议存在一些不满之处，但为了不刺激傅恒，还是强颜欢笑，让傅恒更加诚惶诚恐。这显然会加重傅恒的病情。当年七月，一代名相傅恒去世。

傅恒人品高洁，器宇宽宏，执政期间与民休息，也注意让乾隆在文字狱方面的恶政不至于打击面过宽，为乾隆盛世的产生作出杰出贡献。当然，傅恒在打击政敌尹继善、阿桂等人的时候也不手软，这本是封建政治家的通病，不可苛求。但傅恒长于治国，短于用兵，如果清缅之战不是由他而是由尹继善挂帅，会取得更好的战绩。

傅恒之死让乾隆伤心欲绝，几类痴狂。傅恒是乾隆最得力、最贴心的助手，文能治国，武能安邦。在乾隆眼里，傅恒既是卫青，又是霍光，不但让傅恒和其子侄治国，还欲以后事相托付。尽管乾隆对傅恒在朝野的威望有时也有一丝妒忌之情，但乾隆明白，他和傅恒是一体的，傅恒的威望也是自己的威望，因此对傅恒是一如既往的信任和鼓励，甚至大力提拔傅恒的子侄福隆安、明瑞等人。现在傅恒早早去世，让乾隆前半生最大的政治投资化为泡影，乾隆心中的滔天巨浪，可想而知。

乾隆甚至懊恼，早知这样，还不如让熟悉云贵情形特别是气候的尹继善挂帅出征。反正尹继善已是耄耋老翁，即使打赢也无损于傅恒的地位。但时光不能倒流，乾隆也只能捏着鼻子，将首席军机大臣一职交给了尹继善，同时大力增强刘统勋的地位，以抗衡尹继善。

缅甸战事虽平，但隐患未除，缅王同样对和议存在诸多不满之处，战火随时有可能重燃。在这种情况下，乾隆自然不敢让阿桂和傅恒一起回京。阿桂在陆战中立下大功，让缅甸方面充分认识到清廷中央武力的厉害，加上熟悉缅甸地形、气候，乾隆顺势再次升他为副将军，填补阿里衮留下的空白，在云南办理善后事宜。不久，乾隆又授阿桂礼部尚书，表彰他在缅甸战事的功劳。

再战大金川

乾隆三十五年（1770 年），阿桂兼任镶红旗汉军都统。乾隆命阿桂赴腾冲，等待缅王派人入贡。阿桂派遣手下官员到老官屯，催促对方入贡，没想到使节居然被缅方软禁，反而向清廷索要木邦等三土司辖地。阿桂将这些情况写成奏疏上报朝廷，没想到乾隆逮着机会，对阿桂一顿切责，命罢去阿桂副将军、都统之职，仅以内大臣的头衔办理副将军事务。

阿桂明白，随着富德的获罪，明瑞、阿里衮的去世，乾隆已经没有更多的棋子来制约自己，今后这样的打压甚至有可能成为常态。在这种情况下，阿桂更加小心谨慎，生怕留给乾隆什么把柄。没想到该来的还是躲不掉。第二年，阿桂得知缅甸内部不稳，上奏乾隆请求再度讨伐缅甸，并进京向乾隆陈奏滇缅军情。

阿桂在云南时间不短，加上曾在缅甸作战，深知缅甸虚实。战争结束后，阿桂始终将搜集缅甸特别是缅军情报作为重点，对缅军的作战能力和缅甸地形有了更多的了解。阿桂自信，京旗、蒙古马队、陕甘绿营加上绿营精锐水师，战斗力足以压倒缅军。只要筹划得当，后勤充足，打下老官屯，直捣缅甸腹地不在话下。阿桂信心满满，将自己精心制订的谋划写成详细报告，面奏乾隆。

乾隆看了阿桂的奏报，气不打一处来。傅恒、明瑞、阿里衮的去世，让乾隆失去了在军事上的左膀右臂，更让阿桂这个当年的鄂党外围成了军中的头号大将。乾隆当然知道阿桂所奏属实，缅甸经过多年战争，早已国内空虚，眼下正是打败缅甸的良机。但这么一来，阿桂岂不是要功高盖主？乾隆绝不允许这种情况出现，更需要时间来培养丰升额、明亮甚至福康安等更年轻的嫡系将领，等他们成长起来再去完成这样的伟业。乾隆当面申斥阿桂，斥其企图妄开边衅，命夺去阿桂所有官职，留军效力。

虽然夺去阿桂官职，但毕竟一将难求，更不用说阿桂这种主帅级别的将领。因此，乾隆对阿桂也不能过于打压，还是让他回云南主持军事，毕竟对缅战事随时可能重起！阿桂也深恨自己多嘴，导致无故受谴，怏怏不乐地踏上回滇之旅。

不过，命运的风云变幻，超出了所有人的预料，新的机遇在向阿桂悄悄逼近。原来到了乾隆三十六年（1771年），大金川土司郎卡已经病死，其子索诺木勾结小金川土司僧格桑叛乱，袭扰川边。四川总督阿尔泰出兵讨伐，反而被打得落花流水。

乾隆得知阿尔泰兵败的消息，不由得龙颜大怒，下诏以大学士温福为定边副将军，统兵进讨大小金川。阿桂从云南急赴金川，在温福麾下效力。

乾隆三十六年（1771年）十二月，阿桂攻克巴郎拉、达木巴宗各寨，因功署理四川提督，成为四川绿营兵的主管。乾隆三十七年（1772年），阿桂又拿下资哩山，随后又攻克阿喀木雅。松潘总兵宋元俊也收复革布什咱。两金川见势不妙，更加抱团，负隅顽抗清军。

乾隆得知阿桂等进军顺利，喜不自胜，命温福等兵分三路，大举进攻叛军。阿桂从西路出发，经阿喀木雅进攻喇卜楚克，很快打下喇卜楚克，又夺取普尔玛寨，进逼美美卡。

乾隆让缺乏实际统兵经验的温福为主将，阿桂为副，辅以丰升额、福康安等实际沙场经验缺乏的年轻将帅，也是有不得已的苦衷。四战缅甸，折损了乾隆朝三十年间培养的多数宿将，只有阿桂硕果仅存。就这样把兵权交给阿桂，乾隆当然不甘心，因此派出这么一个指挥阵容，有意无意压低阿桂的地位，甚至将阿桂置于年轻的丰升额之后。

乾隆没有意识到，金川用兵难度，十倍于缅甸！清军在缅甸用兵的主要障碍是气候与疾病，如果谨慎选择出兵时间，做好后勤工作，这些障碍都是可以克服的，更何况征缅还有水路可以利用。这也是阿桂对再次远征缅甸信心满满的原因所在。缅甸在清军远征金川的时候始终没有轻举妄动，正是出于对阿桂的指挥能力和清军强大战力的忌惮。金川则不然，金川地形陡峭，大小金川土司上百年间建立的卡哨、堡垒众多，加上土司兵骁勇善战，更有高原气候的加成，综合战力远非缅军所能相比。对付这样的劲敌，乾隆所派出的指挥阵容却远远比傅恒那次远征缅甸的阵容为弱，迟早要吃大亏。首席军机大臣刘统勋不主张对金川用兵，原因正在于此。

乾隆不太熟悉这些情况，阿桂对这些却谙熟于胸。阿桂初出茅庐之战，就是在金川，这里也是他的伤心地。阿桂纵马来到金川的时候，历历往事都浮现在心头。骄纵又不失刚直的讷亲，忠勇却又贪婪好色的张广泗，良善恭谨但又果决的傅恒，用兵如神而又油滑阴险的岳钟琪……这些人都在自己生命里留下了深深的印记，至今尚未消退。现在金川之战再起，朝廷对自己既用又防，自己能否全身而退？

出任定西将军

就在这个时候，命运女神再度向阿桂递出橄榄枝。阿尔泰兵败后，侍郎桂林代阿尔泰为四川总督，率领阿尔泰的兵马进攻墨陇沟，结果被打得大败，副将薛琮被打死。阿尔泰可算抓住了机会，狠狠奏了桂林一本，乾隆也不便包庇，桂林只好灰溜溜地卷铺盖离开了四川。面对桂林留下的烂摊子，阿尔泰表示虽然我赶走了桂林，并不等于我有能力来收拾残局。乾隆无奈之下，只得授阿桂为参赞大臣，命赴南路进剿。

阿桂到了南路，很快就弄清楚南路的地理情况，定下了进攻的方略。阿桂带着清军，乘着墨陇沟出现大雾，奇袭了叛军，拿下了墨陇沟和甲尔木山梁，进逼小金川门户僧格宗。僧格宗的叛军看到阿桂率领清军如天兵天将般杀到自己眼前，不由得军心大乱，被阿桂趁乱拿下僧格宗，毁掉了里面大部分堡垒，歼敌不计其数。

乾隆收到阿桂战报，大喜过望，当即封温福为定边将军，丰升额、阿桂为副将军，舒常为参赞大臣，分兵进攻美诺。阿桂如此战功，又只得了个副将军，还位于阿里衮儿子丰升额之下，殊为不公。乾隆不知道的是，金川用兵之难，十倍于缅甸，非名将不足以建此殊勋！

阿桂很快就攻克美都喇嘛寺，俯瞰美诺。僧格桑见势不妙，逃窜到布朗郭宗。这时温福也艰难战胜当面之敌，前来与阿桂会合，一起进剿布朗郭宗。

清兵大军压境，僧格桑急得像热锅上的蚂蚁，将妻小送到大金川，自己跑到底木达，求父亲泽旺保护。泽旺是个明白人，拒绝接纳儿子，自己投降了清军，被押送京师。僧格桑眼见无路可逃，只好跑到大金川投奔索诺木。小金川遂被清军平定。

温福、丰升额、阿桂等开始商议如何攻取大金川。大金川有两个坚固的老营，一是噶拉依，二是勒乌围。商量的结果就是温福与阿桂兵分两路，夹击噶拉依；丰升额经由绰斯甲布进攻勒乌围。计议已定，清军遂分三路大举进攻大金川。

乾隆得知小金川已被平定，当即授阿桂为礼部尚书，阿桂终于恢复到清缅之战以后的地位。乾隆三十八年（1773年）正月，阿桂率军冒着鹅毛大雪，夺下一系列堡垒，进逼噶拉依。没想到就在这个时候，温福那一路清军出了大问题。

原来温福率麾下清军到了木果木，清军中的投降藏兵被大金川方面策反，临阵倒戈，清军大败，连定边将军温福也战死。详情可见本书第一卷《刘统勋》《于敏中》等篇。

清军兵败如山倒，堪称乾隆朝最大的军事灾难。大金川军乘胜追击，清军节节败退，小金川和美诺得而复失。在此危急关头，挺身而出收拾残局的，又是阿桂。

阿桂收拢战败清军，并将投降藏兵缴械，拆毁小金川土司多年建筑的堡垒和营寨，将小金川民众送到章谷、打箭炉安置。对于一些蠢蠢欲动的分子，阿桂将其处死后，亲自率军退驻达河。经过阿桂的多方努力，清军终于稳住了阵脚，迫使叛军处于守势。

乾隆得知木果木惨败的消息，不由得又惊又惧又怒。温福是乾隆着意培养的心腹，乾隆希望温福通过征讨金川，建立不世之功，进而回京担任首席军机大臣，成为傅恒的继承者。毕竟刘统勋年事已高，首席军机大臣的位置也坐不了几年，届时由功勋卓著的温福继任，谁也不能说个不字。没想到木果木的惨败，打碎了乾隆所有的如意算盘。

乾隆开始对战争的前途生出悲观之情，对是否继续这场战争开始踌躇。关键时刻，首席军机大臣刘统勋力主继续这场艰难的战争，坚定了乾隆的意志。乾隆决定，无论付出什么样的代价，都要把这场战争进行到底！

到了这个时候，乾隆也明白了，要取得战争的胜利，必须选择合适的将帅。温福战死之后，整个金川战场，除阿桂几乎是年轻将帅。这些年轻将领军事经验并不丰富，特别是在战略眼光和情绪稳定上，并没有经过实战的考验。经过这么多次战争，乾隆意识到，将领的情绪特别是临战情绪是否稳定，经常能决定战争的胜负！明瑞智勇超群，但成长环境过于顺利，导致心性、情绪不如阿桂稳定，这才中了缅军的诱敌深入之计，结果牺牲在丛林。一想起明瑞，乾隆就不由长叹：如果情绪稳定的兆惠那个时候活着就好了！

现在金川战场形势的危急程度，数倍于明瑞去世的时候。那个时候乾隆还有傅恒、尹继善、阿里衮、阿桂等人可以挂帅出征，现在除了阿桂，真正是无人可用了！到了这一步，由不得乾隆不放下对阿桂的成见。更重要的是，阿桂参加平疆、征缅、金川之战，几乎毫发无伤，更取得辉煌战绩，不能不让乾隆感觉到阿桂是一员福将。联想到自己一手培养的诸多嫡系将领几乎殒命于沙场，乾隆更要借助阿桂的"福气"，打赢金川之战！

乾隆心意已决，下诏拜阿桂为定边将军，明亮、丰升额为副将军，舒常为参赞大臣，整师再出。乾隆又将西山健锐营、火器营派往阿桂麾下，同时调动吉林、黑龙江和伊犁厄鲁特兵共计五千人，前往金川参战。乾隆已经把八旗系统的几乎所有精兵都交给阿桂了！

平定大小金川

有了乾隆在兵力和后勤上的大力支援，清军很快恢复了神勇状态。十月，清军攻下资哩。阿桂用降人木塔尔的计策，兵分南北两路，进攻叛军。阿桂派出劲旅，悄悄登上北山巅，一举收复美诺。明亮等也攻克僧格宗，前来与阿桂军会合。清军又大战数日，收复了小金川，打开了进攻大金川的通道。

乾隆三十九年（1774年）正月，阿桂率清军到达布朗郭宗，一路血战向前。清军每人携带十日干粮，分成三队，艰难前进。不到一个月，阿桂先后攻克喇穆左右二山，即赞巴拉克山、色依谷山。二月，清军攻克勒乌围门户罗博瓦山，叛军退守喇穆山。阿桂派遣海兰察出小道攻破色湔普寨，绕到喇穆山后，切断了叛军的后援。叛军退守萨甲山岭，负隅顽抗。海兰察率兵攻克叛军占据的主工事——峭壁上的巨型碉堡，叛军军心大乱，纷纷投降或逃窜。清军乘胜攻占叛军所占据的其他各寨，乘胜进军逊克尔宗。

阿桂自从担任定边将军以来，一路稳扎稳打，利用清军的兵力特别是后勤优势，一点点消耗叛军有生力量，然后再攻占叛军所占据的各个坚固堡垒。阿桂特别注意断绝叛军后援，并大肆招降纳叛，利用当地降人带路，采取灵活多变的战术击败叛军，而不是像温福那样直接将降人编入军队。降人有图谋不轨者，一经发现，当场斩杀。这一手果然厉害，大金川方面顿时有喘不过气来的感觉。

大金川土司索诺木急得像热锅上的蚂蚁，干脆毒死小金川土司僧格桑，将尸体献于清军，请求朝廷按第一次金川之战的成例招安。阿桂明白，仗已经打到了这个分儿上，双方已经结下血海深仇，彼此之间的互信已经荡然无存。这个时候同意招安，无异于纵虎归山。阿桂果断地拒绝了索诺木的请降，继续进攻叛军。索诺木得知消息后，绝望地据守逊克尔宗，希望最大限度消耗清军的兵力、物力，迫使清军打不下去自动退兵。

十月，阿桂用计打下逊克尔宗背后的默格尔山和凯立叶，于是逊克尔宗坚固的工事反而被清军甩到了身后，被清军一一攻占。叛军见势不妙，退守康萨尔山。

副将军丰升额率兵自北路进攻，一路攻寨略地，也到了凯立叶。丰升额看到远处的烟火，知道是自家的部队，马上前来与阿桂会师。明亮从南路进攻，受阻于庚额山，不得越雷池一步。阿桂命清军冒雨进攻宜喜，两面夹击明亮当面叛军，与明亮军隔河相望，一举消灭占据庚额山的叛军。十一月，清军攻占格鲁克古山垭口，金川东北之叛军被消灭殆尽。

清军稍事休整后，继续向叛军发动进攻。乾隆四十年（1775年）正月，阿桂率清军攻克康萨尔山梁。二月，清军攻克沿河斯莫斯达寨。四月，清军又攻占木思工噶克丫口。五月，清军攻占下巴木通及勒吉尔博山梁，又攻克噶尔丹寺和噶明噶等寨。清军乘胜进攻巴占，没想到巴占防守坚固，清军屡攻不下。此时的叛军已接近油尽灯枯，阿桂也不和巴占的叛军计较，只分出小部分兵力监视巴占叛军，防止其抄清军后路，自己则率领清军继续进攻。

七月，阿桂率清军攻占昆色尔和果克多山，又拿下拉栝寺、萏则大海山山梁，很快又打下章噶。八月，阿桂率两万多清军攻占隆斯得寨，攻占了大金川两官寨之一的勒乌围。索诺木仓皇逃窜，逃到他母亲居住的另一官寨——噶拉依。

乾隆得知阿桂拿下勒乌围的消息后，喜不自胜。为了第二次金川之战，乾隆付出了重大代价，不仅失去了温福这么一个得力干将，更失去了多年来苦心栽培的心腹刘统勋。刘统勋为了筹划金川战事，呕心沥血，于乾隆三十八年（1773 年）冬在紫禁城东华门外突然去世。刘统勋是乾隆一手栽培、提拔的重臣，与乾隆之间的关系仅次于傅恒，君臣之间感情极深。刘统勋的去世，标志着乾隆开始失去自从张廷玉辞职以来对军机处和中枢的完全控制，而不得不与旧鄂党、张党人物共同分享权力。

刘统勋的去世，让乾隆不得不寻找接替他的大臣。权衡之下，乾隆选择了跟随自己近四十年的文学近臣、军机大臣于敏中接任首席军机大臣。但乾隆忽略了于敏中的另一重身份——鄂党领袖史贻直的"外孙"。

不过眼下乾隆还顾不上这么多。乾隆为了金川之战，花费了近 7000 万两白银，而傅恒挂帅的第四次征缅之战所费白银不过 900 余万两！要知道，在乾隆执政的最巅峰岁月，清廷一年的收入也不过 7000 万到 8000 万两白银，等于金川之战打掉了清廷整整一年的收入！还搭上一个首席军机大臣刘统勋和潜在的首席军机大臣温福。在这种情况下，乾隆当然要尽收其功，彻底拿下大小金川这险要之地！

乾隆下诏，赏赐阿桂红宝石顶戴，特地命阿桂之子阿必达带着红宝石顶戴，到金川前线赐予阿桂。

阿桂从阿必达手中颤颤巍巍地接过红宝石顶戴，再看着阿必达那张透着红晕的年轻脸庞的时候，一下子明白了乾隆的苦心：只要打下金川，阿桂的后人必将享受空前的福荫！

备受鼓舞的阿桂愈战愈勇。九月，清军攻克噶克底诸寨。十月，清军攻克达木噶。十一月，阿桂又率清军占领西里山雅玛朋寨。十二月，清军又攻占萨尔歪诸寨。乾隆四十一年（1776 年）正月，清军一连攻克玛尔古当噶碉堡群共 500 余座堡垒，通往噶拉依官寨的道路已经被彻底打开了！

乾隆四十一年（1776 年）正月，阿桂率领两万余名清军将噶拉依官寨团团包围，向剩余的金川军发动总攻。金川兵伤亡惨重，渐不能支。先前索诺木的老母为搜集四处逃亡的部民，主动离开官寨，结果被清军俘虏。阿桂命索诺木母亲写信劝降。索诺木接到母亲书信，为保护全寨官民性命，出降清军。大小金川之战终于以清军的全胜而告终。

乾隆接到阿桂的胜利消息，不由得泪水涟涟。大小金川之战的惨烈，远远胜过乾隆此前此后的任何一战，也让大清王朝甚至乾隆本人付出了惨烈的代价。但在阿桂的运筹帷幄、身先士卒下，阿桂、丰升额、明亮、福康安等满汉将领通力协作，一路血战，终于拿下大小金川，为后来抵御英国侵略打下坚实基础。乾隆也通过此次战争，在阿桂的传帮带下，锻炼培养了丰升额、明亮、福康安、海兰察等年轻满洲将帅，部分弥补了傅恒、班第、明瑞、阿里衮等早逝的损失。但这帮年轻将领，除了福康安，在阿桂面前总是恭敬有加，不敢随意造次。

阿桂平定大小金川，还带来一个意想不到的后果，就是滇缅边境紧张的对峙程度急剧降温。老官屯和议，其实双方君主都不满意，但乾隆出于疼惜傅恒的身体默认了此事，而缅王却对此大发雷霆，惩罚了相应的一众官员。不过雄才大略的缅王明白，缅清国力相差悬殊，乾隆更是罕见的杰出君主，主动进攻云南会惹来清廷纠集的全国精锐的反攻，届时有可能全军覆没！因此缅王采取了这样的策略，拒绝按老官屯和议向清廷纳贡，并且在军事上对清廷保持一定的压力，伺机迫使清廷签订新的对自己更有利的和议。

大小金川之战，贡榜王朝始终紧紧盯着战局，特别是金川之地距离缅甸不远，更给了他们近距离观察清军战力的一个良好窗口。如果清军铩羽而归，下一步滇缅边境怕是也会不稳。刘统勋战前反对进攻大小金川，也是顾虑到了这一层。

木果木之战失利后，清军进退两难。刘统勋考虑到此战如果不胜，整个西南都无宁日！所以刘统勋一反常态，宁可国民经济暂时出现一些问题，也要倾全部国力打赢此战！乾隆也受到刘统勋的鼓舞，终于打赢此战。刘统勋不愧为深谋远虑、老成谋国的政治家！只可惜他没有看到胜利的那一天。

清军获得平定金川之战的胜利后，缅甸方面马上开始与清廷联络，表示愿意与清廷和解。缅甸方面明白，清廷为攻击大小金川，先后派出十几万大军，这些军队特别是绿营兵系统在战争中得到很大锻炼，已经与往日不可同日而语。清廷为平金川，花费白银7000万两，而傅恒征讨缅甸才花费900余万两。惹急了乾隆，乾隆再花个两三千万两白银，让这十几万大军再攻缅甸，吃亏的当然会是自己。毕竟缅甸气候对清军再不利，能比得上金川白雪皑皑的高原，和高原上几千座坚固堡垒组成的堡垒群？出于这种考虑，缅甸方面愿意主动降低边境对峙热度，寻机与清廷和解，就是可以理解的了。

乾隆也不愿意再启战端。大小金川之战，已经把大清折腾得精疲力竭，再来一场战争，哪怕花费只是金川之战的八分之一甚至十分之一，大清君臣也不想了，至少短期内不想。当然，该给的杀威棒还是要给。阿桂下令拘捕缅甸使节，将其送到京师交给乾隆发落。

乾隆一边将缅使下狱，一边在生活上给予一定的优待。金川平定后，索诺木母子都被判死刑，乾隆命缅使观看索诺木母子的受刑过程，吓得缅使心惊肉跳。乾隆让人警告了缅使，随便赏赐了些物品就放缅使回国，表示愿意在傅恒议定的老官屯和议的基础上与缅甸通好。

缅使回国后，乾隆为了迎接缅甸使团入贡，特地命阿桂到云南主持迎接缅甸使团，一是为震慑使团，二是让使团感受到清廷和解的诚意。毕竟此时的阿桂已经是国家大员，新授武英殿大学士。没想到缅甸国内政局突变，缅使回国后一去不复返，通使之事便搁置下来。这一搁置就是十年！

　　缅甸国内风云变幻，本是攻打缅甸的好时机，但乾隆为回报金川之战时缅甸始终不曾犯边的善意，决定静待缅甸国内局势平静后，再重启两国和好之旅。阿桂身为国家重臣，也不便一直留在云南。数月后，阿桂受命回京。

　　阿桂平定大小金川之后，废除了当地长期沿革的土司制度，设立了"懋功厅"来管辖大小金川土司辖地，巩固了金川之战的成果。1914 年，懋功厅改设为懋功县。1953 年，经当时的中华人民共和国政务院批准，懋功县改名为小金县，成为川西重镇。

　　阿桂取得大小金川之战的胜利，让乾隆毫不吝惜对他的封赏。应该说，阿桂的这份战功，已经远远超过了当年的兆惠，金川之战也由此被乾隆列为自己"十全武功"的首位。乾隆封阿桂为一等诚谋英勇公，进协办大学士、礼部尚书，并在军机处行走。温福已殁，于敏中、舒赫德俱已年老，日后的首席军机大臣到底是谁，相信文武百官都已经有了明确的答案。

　　乾隆四十一年（1776 年）四月，阿桂率清军班师回朝。为表彰阿桂的战功，乾隆亲自到北京城南良乡"行郊迎礼"，迎接阿桂回朝。乾隆最重礼法，大将只有立下殊勋，才会得到"郊迎"的待遇。上次"郊迎"，还是兆惠战胜霍集占之后的事。现在阿桂也得到这个待遇，意味着阿桂已经成为和兆惠平齐的名将，甚至更有过之！这也是清廷最后一次举办"郊迎礼"，堪称历史的绝响。

于桂秉政

　　乾隆四十二年（1777 年）五月，阿桂被授武英殿大学士，在军机处仅次于文华殿大学士于敏中，正式成为国家重臣。

阿桂心中也是感慨万千。他没有想到的是，此生的荣辱，居然与金川牢牢地联系在了一起。第一次金川之役，由于自己的年幼无知，结果与乾隆、傅恒、阿里衮等人结下永久的间隙，即使是贤如傅恒，也很难说完全和自己放下了心结，这一点阿桂从福康安对自己的态度可以明显地感觉出来。第二次金川之役，乾隆本来只想让自己打打下手，为温福、丰升额等的高升做铺垫，没想到人算不如天算，笑到最后的居然是自己。真是造化弄人啊！

阿桂也深深感激乾隆。虽然乾隆对自己多有打压，但最终还是摒弃了门户之见，让自己这个鄂党外围、张党之后当上了征讨金川的主将，并且赋予了极大的权力、兵力和资源。乾隆固然果决狠辣，但胸怀也不是一般人甚至一般皇帝所能相比，或许这就是当今天子能开创空前盛世的原因吧。

阿桂此时已经隐隐约约地感到，自己的功业将超过当年金川战场上的所有人，哪怕是傅恒。但这条路也会充满荆棘，如果把持不住，甚至有极大可能落得讷亲、张广泗一样的下场！

阿桂的忧虑不是没有道理。此时阿桂阔别京华已经十五六年，中间虽然也短暂在京任职，但很快就被打发出京城当差。阿桂明白，乾隆还是深深猜忌鄂党人物，更何况具有鄂党、张党双重背景的自己！这么些年自己一直奔波于边疆和前线，也有乾隆不愿意自己在京城扎下根的原因在内。自从父亲阿克敦去世以后，自己与京城官场的联系，确实大大不如以往。

不过，阿桂进入军机处的时候，军机处的情况却十分微妙。首席军机大臣于敏中是乾隆朝第一个状元，长期在乾隆身边做文学侍从，深得乾隆宠爱，后来进入军机处当值。刘统勋去世后，功臣宿将几乎凋零殆尽，政治经验丰富的于敏中就当仁不让地成了首席军机大臣。老臣舒赫德曾在乾隆十三年（1748年）至乾隆十九年（1754年）担任军机大臣，后来也像阿桂一样，长期办理各种差事，也参与了平准和金川之战，堪称文武双全。

对于敏中，阿桂不熟悉，但舒赫德可是阿桂的老熟人。舒赫德祖父徐元梦，是满人中著名的才子，文名冠绝满洲，也深为阿克敦所佩服。徐元梦很喜欢自己的孙子舒赫德，为舒赫德聘请了一位名师——汪由敦！汪由敦是张廷玉大弟子，张廷玉退休后，身为军机大臣的汪由敦扛起了张党的大旗。正因为有这层关系，乾隆对舒赫德也不是十分放心。乾隆真正的嫡系，还是傅恒、讷亲和他们的子弟。

舒赫德离开军机处后，曾长期在外作战，先后参加平准、平霍集占、平定金川等战役，因此与阿桂多有交集。舒赫德曾随傅恒一征金川，傅恒陷害阿桂，舒赫德虽然没有直接参与，但见面总有一丝尴尬，不敢完全交心。不过，舒赫德也像阿桂一样，多次被乾隆借故削夺官职，一直到舒赫德耄耋之年，才让他回到军机处。如果不是兆惠、尹继善相继病故，舒赫德是否能重回军机处，实在是未定之数。这让阿桂看舒赫德的时候，又多了几分同病相怜的眼光。

军机处真正精力充沛又经验丰富的，是傅恒的儿子福隆安。傅恒、阿里衮去世之后，乾隆悲恸不已，命傅恒之子福隆安、阿里衮之子丰升额进军机当值，成为乾隆重点栽培的人才。金川之战，乾隆命丰升额为副将军。由于丰升额在军机处当值，因此温福担任定边将军的时候，丰升额位在阿桂之上。丰升额出征后，福隆安在军机处的地位进一步提高。排名仅位于于敏中、舒赫德之后。福隆安从小受乾隆、傅恒耳濡目染，对政务的熟稔程度，远非一般大臣所能相比。再加上乾隆的宠信和傅恒多年积累的人脉，福隆安在朝中的地位，可想而知。

让阿桂不安的是，福隆安毕竟是傅恒的儿子，虽然和自己没有直接冲突，但父辈的恩怨不可能对下一代没有影响。福隆安对自己的态度，不仅反映了傅恒家族的想法，更反映了乾隆的态度。更何况于敏中年事已高，舒赫德也白发苍苍，未来的首席军机大臣呼声最高的，莫过于阿桂和福隆安。

面对这种形势，阿桂明白，自己已被乾隆的心腹包围，而且这些心腹基本上都是傅恒、讷亲、阿里衮的子弟和门生，自己的处境比缅甸战场和二征金川的时候好不了多少，甚至不一定比在张广泗手下混日子的时候好多少。毕竟离京十多年，自己和父亲即使在朝廷有些根基，也慢慢荒废了。没想到就在这个时候，有人给阿桂递上了橄榄枝。

向阿桂递上橄榄枝的，正是首席军机大臣于敏中！和尹继善一样，于敏中这个首席军机大臣也是捡来的，尽管他是乾隆宠臣。于敏中长期在乾隆身边做文学侍从，乾隆很多文章和诗歌都是由他记录甚至润色，深得乾隆欢心。正是由于对于敏中的信任，乾隆让他做了军机大臣，作为自己在军机处的眼线，监控傅恒、兆惠等重臣。不过在乾隆的安排中，傅恒的接班人应该是明瑞、班第、阿里衮甚至是温福，绝不会是他于敏中。只不过第四次征缅之战以来一系列的变故，导致功臣宿将凋零殆尽，这才让于敏中当上了首席军机大臣。

文学侍从出身的于敏中，长期在大内随侍乾隆左右，缺乏地方和部门实力根基。这可能也是乾隆看上他的原因。一个基本只有大内工作经历的首席军机大臣，一定是一个弱势首席军机大臣，会更有利于乾隆控制军机处，从而让自己宠爱的福隆安、丰升额尽快出头。或许在乾隆心目中，于敏中只是一个过渡性的角色，随时可以被替换，由福隆安等补位。

精明乖巧的于敏中伺候乾隆四十多年，岂会不明白乾隆的心思？！到了这个分儿上，于敏中也没有了退路，毕竟大清的首席军机大臣要么干到死，要么被干死，没有什么模糊的中间地带。鄂尔泰、张廷玉和讷亲的下场，不能不让于敏中胆战心惊。于敏中心一横，干脆放飞了自我。

于敏中虽然长期供奉于内廷，但他曾经被过继给叔叔于枋，而于枋的岳父正是鄂党第二代领袖史贻直！鄂党虽经乾隆、张廷玉多番打击，但史贻直、尹继善等毕竟最终没有获罪，故而保存了元气，在尹继善入值军机后，势力暗暗复苏。张党是乾隆一手扶植用来牵制鄂党的力量，在鄂尔泰、史贻直倒台，张广泗被处斩后，张党对乾隆也没了用场，不得不灰头土脸地仰仗乾隆、傅恒的鼻息过活，张党成员心中的怨愤可想而知。鄂党成员多为满蒙贵戚，胜在势众；张党成员多为汉族文官，胜在人多。只不过在尹继善、汪由敦等故去后，鄂党张党群龙无首，但潜在的力量实在是不容小觑。

于敏中自从进入军机处后，就被公认为汉官领袖之一，仅有刘统勋可以与之抗衡。但刘统勋性格刚直，为官清正，不喜弄权结党，这就给于敏中提供了足够的运作空间。于敏中利用自己军机大臣的身份，大肆拉拢张党成员，张党成员纷纷拜到于敏中门下。于敏中担任首席军机大臣后，又利用自己史贻直"外孙"的身份，与鄂党成员搭上了关系，鄂党成员纷纷向金坛相国（于敏中是江苏金坛人，担任首席军机大臣后被朝野称为"金坛相国"）暗送秋波。于敏中的权力迅速巩固，一时间连乾隆也拿他奈何不得了。

不过于敏中明白，尽管汉官尽入于门，鄂党余脉也奉于敏中为新龙头，但自己在军机处还是势单力薄。军机处其他年轻干员，要么是福隆安、丰升额、和珅这样的乾隆嫡系，要么就是袁守侗、梁国治这样的竞争对手，自己的前景实在是算不上太美好。想要摆脱这个局面，就要找到强有力的盟友，对于根基相对薄弱的汉族首席军机大臣更是如此。经过仔细观察，于敏中向阿桂递出了橄榄枝。

于敏中的观察堪称敏锐，阿桂的确也有寻找一个可靠团队的考虑。阿桂的处境和于敏中相似，都是乾隆不太信任，但又必须依靠的人物。他们也都知道，乾隆如果有更好的选择的话，会毫不犹豫地换掉他们。更重要的是，阿桂父亲阿克敦和张廷玉交好，是张廷玉将阿克敦从诏狱里救出来并让他重新成为雍正身边的红人，阿桂对于张党人物自然有天然的好感。阿桂自己就是鄂党外围，至少在乾隆特别是傅恒眼里如此，所以无论阿桂怎么和鄂党人物划清界限，效果只可能适得其反。无论于情于理，还是历史渊源，阿桂都没有拒绝于敏中示好的理由。

乾隆没有想到的是，阿桂居然会和于敏中联手，更没想到于敏中借助这个联盟，迅速成为乾隆朝几乎最有实权的首辅。鄂尔泰虽然厉害，但好歹有个同样厉害的张廷玉在旁牵制；傅恒虽然贤能，但资历在一众大臣，哪怕是在兆惠面前都不突出，因此不得不以谦恭的态度面对众大臣，乾隆也很注意用其他名臣，如刘统勋、尹继善进入军机处，遏制傅恒的影响。但到了这个时候，于敏中在军机处和内阁，资历几乎最老，又得到阿桂的支持，身后又有当年张党、鄂党余脉撑腰，弄得福隆安、丰升额、和珅等人也只能在于敏中面前唯唯诺诺。于敏中的强势也引得朝野瞩目，俗称"金坛秉国"时期。

乾隆对此既恼火，又无可奈何。于敏中经营多年，利用史贻直"外孙"和汉首席军机大臣的身份，将张党、鄂党残余，悉数收入麾下，已经远非当年的光杆翰林。不要说汉人官僚，就连不少满洲官员，因为鄂尔泰、史贻直的关系，也愿意拜入于敏中门下。动于敏中的话，的确会带来许多棘手的麻烦。现在于敏中和阿桂联手，乾隆更是十分头疼。

乾隆非常恼火的是，于敏中借助阿桂的力量，对军机处年轻大臣，尤其是和珅，形成了强有力的压制。和珅比阿桂还早一个月进军机处，是乾隆加意培养的大臣。自从傅恒去世以后，乾隆一直在寻找傅恒的替代者，但一直没有合适的目标。和珅的出现，让乾隆终于找到心仪已久的替代傅恒的人选。更妙的是，和珅出身寒微，至少不能与讷亲、傅恒相比，只是通过姻亲攀上英廉这棵大树，才进入乾隆的法眼，自身基础十分薄弱，甚至不能与刘墉相比。更何况和珅年富力强，此时不过三十余岁，正是人生最好的年华，未来充满想象。

和珅的快速崛起，当然引起朝野侧目。不用说于敏中和阿桂十分不满，就连福隆安、丰升额都有想法。毕竟和珅出身于满洲普通家庭，论门第远不能与福隆安、丰升额、庆桂（尹继善之子）等相比，只是靠着英廉的举荐和乾隆的宠信出头，让福隆安等人怎能服气？

乾隆对和珅的大力拔擢，让老奸巨猾的于敏中又看到了扩张自身权势的机会。借着对和珅的不满，于敏中又开始拉拢丰升额甚至福隆安，形成了针对和珅的联盟。当然，于敏中在脸上是不会表现出对于和珅的恶感的，而是对和珅满面春风。但在背后，一系列针对和珅的阴谋正在酝酿。

阿桂对这些破事当然是洞若观火，不过他不想太深入地参与到这些事情中，只是让于敏中自己去折腾。毕竟阿桂自己回京才不过一两年，根基不稳，某种程度上根基尚不如丰升额。在这种情况下，阿桂自然是一动不如一静，冷眼旁观军机处内部的争斗。但在内心深处，阿桂还是支持于敏中、丰升额等敲打和珅的。

乾隆也非常恼火。军机处和内阁诸位重臣不服和珅，乾隆是有心理准备的，但乾隆没想到居然有这么多人不服和珅。不过这也不奇怪，军机处这几十年来来往往的大臣们，有的是出身高贵，比如张廷玉、傅恒、于敏中；有的是治世能臣，比如尹继善、刘统勋、阿桂；有的是兼而有之，比如兆惠。现在和珅属于三不靠，就要和诸位名臣相提并论，包括福隆安、丰升额在内的各位军机大臣的不服气，可想而知。

和珅很快就遇到了麻烦。永贵、丰升额等借安明案，对和珅进行打击。安明案的具体情况，可以参见本书第一卷《和珅》篇。安明案闹到御前，早对各位重臣排挤和珅不满的乾隆大发雷霆，将忠廉正直的永贵罢官，发往军前效力，差点就动了杀机。尽管永贵很快就回到京城，官复原职，但乾隆力保和珅的态度，大家看得明明白白。

好一场军机处大乱斗！丰升额、永贵都担任过军机大臣，特别是永贵，在军机处时间虽然不长，却以其干才、清廉和忠诚获得了乾隆的信任，堪称阿克敦的翻版。丰升额是阿里衮之子，更是乾隆倾力培养的对象。他们不顾乾隆的脸面，以莫须有的罪名诬告和珅，其实就是在打乾隆的脸，乾隆怎能不对永贵狠下辣手？！不过古往今来，敢下手陷害皇帝心腹的，背后一定有通天的势力，这次也不例外。军机处其他的大臣，能有资格当丰升额和永贵后台的，只有于敏中！

乱了，彻底乱了。自从军机处创建以来，军机大臣之间虽有内斗，但好歹是局限在各位大臣的门生爪牙之间。即使是鄂尔泰和张廷玉互相倾轧，也不过是指使门生弹劾对方。像一个军机大臣赤膊上阵弹劾、陷害另一个军机大臣的事，几乎是不可能发生的。这也从一个侧面表明，乾隆此时对军机处的控制程度，较之傅恒、刘统勋时代已经大为不如。

不过，这次于敏中、丰升额、永贵策动的对和珅的攻击，也是在提醒乾隆：于敏中已经病入膏肓，时日无多，下一任首席军机大臣的人选，请您老人家慎重考虑大家的意见。

各位军机大臣的忧虑不是没有道理的，乾隆就是有这样的前科。当年鄂尔泰去世，按道理张廷玉就应该继任首席军机大臣，但乾隆选择了资历远不如张廷玉的讷亲为首席军机大臣，令朝野侧目，即使是鄂党成员也感到惊愕。讷亲被处斩后，乾隆又选择了资历还不如讷亲的傅恒担任首席军机大臣，再一次让朝野跌碎满地眼镜。

看看往日，想想今日，各位青壮军机大臣包括阿桂都要扪心自问：论功勋，论资历，论根基，论威望，谁能比得上当年的张廷玉？张廷玉都能够遇到讷亲、傅恒位居己上，条件远不如张廷玉的军机大臣阿桂、福隆安等为何不能遇到和珅位居己上？

众军机大臣忧虑的是，乾隆会援引张廷玉的先例，不顾百官的感受，强行任命和珅担任首席军机大臣。毕竟资历、功劳最高的阿桂比和珅还晚一个月进入军机处，乾隆这么安排究竟蕴藏了什么心思，让各位军机大臣，包括于敏中，想起来心中都一沉。和珅如果当了首席军机大臣，就连福隆安、梁国治都不愿意。这么一来，由丰升额、永贵出面打击和珅，得到了于敏中、阿桂、福隆安、梁国治等人的一致默认和暗中支持，就是可以理解的了。

乾隆审时度势，知道了军机处内部对下任首席军机大臣人选的态度，也适时地作出了让步。毕竟于敏中手下的各位军机大臣都年富力强，是乾隆花了十年时间才培养出的治国人才，当然不能为一个和珅和他们闹翻。而且于敏中身后有旧鄂党、张党势力，也是乾隆需要顾忌的。这么一来，和珅的上升势头就得到了遏制。

不过阿桂在这场风波中的表现，让乾隆大为满意。阿桂虽然对和珅不满，但并没有支持丰升额、永贵等人诬告和珅，而是冷眼旁观事态的发展。如果阿桂出面支持丰升额和永贵，和珅在案子里也有失察和篡改军机处档案文书之罪责，认真追查的话极有可能被一撸到底。阿桂没有指出这个事情，本质上是在维护乾隆的权威。

乾隆意识到，阿桂公忠体国，器宇宏大，是合适的首辅人选。阿桂不仅能折服福隆安、丰升额、梁国治、袁守侗等年富力强的军机大臣，而且得到于敏中的大力支持。在这种情况下，军机处几乎是公推阿桂成为于敏中的继任者。对于乾隆来说，现时不同以往，乾隆三十年（1765 年）左右将相如云的壮观景象早已一去不复返，不得不更加倚重现在这些军机大臣，也只得捏着鼻子承认了这个结果。不过阿桂多年表现出来的谦虚、谨慎和忠诚，也让乾隆相信，阿桂不会是另一个于敏中，不会像于敏中那样汲汲于抓权揽政。

于敏中也长吁一口气，心上的大石头终于落了地。于敏中自从担任首席军机大臣以来，几乎没有睡过一个安稳觉。坐到了这个位置，你不找事，事来找你。昔日张党鄂党成员，看到于敏中成了首辅，顿时觉得人生有了希望，往来于相国府上的大小官员有如过江之鲫，络绎不绝。

于敏中也知道，虽然乾隆对自己百般宠信，但始终没有规划过让自己担任首辅。一想到这个，于敏中的心就直往下坠，顿有天旋地转之感。如果哪一天乾隆找到更中意的人选，会毫不犹豫地拿掉自己。届时会不会兴大狱，让自己落得讷亲那样的下场，可就不好说了。万幸的是，半路杀出一个阿桂。

阿桂虽然是满人，却不是乾隆的心腹，这一点对于敏中来说很重要。只有让功高盖世的阿桂成为下任首辅的人选，乾隆才不会猴急地整天想换掉自己，阿桂也会暗地里感激自己的举荐，这样才能平安落地！

经过于敏中的紧张运筹，阿桂的首辅接班人地位终于落袋为安。乾隆本来就不是十分满意阿桂担任首辅，这样一来逼于敏中下台的意愿大减。阿桂多得于敏中之助，而且于敏中慷慨地将自身人脉和其他资源都交给阿桂，并告诉阿桂大量朝廷内情，让阿桂一下子在中枢站稳了脚跟，自然也不好意思逼于敏中下台。于敏中地位得到巩固，也乐得放权给阿桂，自己去调养日益衰老的身体去也。

乾隆四十四年（1779 年）十二月初八，于敏中病逝于首席军机大臣任上。虽然于敏中晚年已经渐失帝心，但有了阿桂的支持，好歹是在生前平安落地。为了维护自身地位，于敏中一路跟跟跄跄，甚至不得不忍受当年小兄弟、圣眷正隆的梁国治的白眼，但总算功德圆满，平安落地。

于敏中的去世，标志着波澜壮阔的乾隆中前期已经画上了终止符，从此乾隆朝进入阴暗抑郁的晚期。于敏中是乾隆朝中前期盛世功业的见证人，也是乾隆盛世建设的参与者。尽管他的为人有卑劣之处，但其丰富的政治经验和才能却是不可抹杀的。于敏中在晚年，竭力支撑大局，支持阿桂担任首席军机大臣，并设法压制和珅，为乾隆朝晚期政治保存了一抹亮色。

于敏中已经完成了自己的历史使命，下面就要看阿桂的了。阿桂能够抵挡和珅这个冉冉升起的新星的锋芒吗？

和珅崛起

乾隆四十五年（1780 年）五月，乾隆指定和珅长子丰绅殷德为十公主额驸，待公主成人后完婚。赏丰绅殷德戴红绒结顶、双眼孔雀翎，穿金线花褂。从这一刻起，和珅不再是众亲贵中间的丑小鸭，一跃成为皇亲国戚。

十公主是乾隆晚年最喜爱的公主，堪称掌上明珠。人老了，心地都会柔和，乾隆也不例外。十公主出生的时候，乾隆已经是六十多岁的老翁，对这个女儿当然是格外喜爱。十公主长大后，乾隆破例封她为固伦和孝公主，享受皇后嫡女待遇，并且允许十公主享有乘坐金顶轿出嫁的过格待遇，故下文称十公主为和孝公主。

乾隆对和珅寄予了无限期望。傅恒去世之后，乾隆一直在寻找傅恒的替代者，十多年里却始终未能如愿。本来刘统勋和于敏中还可以勉强用用，但他们是汉人，更重要的是他们都已年老，不能够长期伺候乾隆左右，甚至如鄂尔泰和张廷玉一般辅佐新君，于敏中更有欺君逼君之嫌。乾隆内心对年轻英俊、乖巧懂事，具备一定行政能力的满人大臣的渴求，已经到了极致。

和珅的出现，让乾隆眼前一亮，仿佛找到了自己的梦中情人。经过交流，乾隆发现和珅原来是自己亲信英廉的孙女婿，不由得格外开心。用人讲究个知根知底，英廉就起到了担保人的作用。和珅饱读诗书，俊俏风流，让已经步入老年的乾隆不由得回想起自己的青春岁月，甚至想起了傅恒。和珅能够坐上直升机，就是可以理解的了。

金川平定之后，乾隆意识到，周边的安全隐患基本被自己解决，乾隆朝政治的重心已渐渐由武功转向文治。天下可由马上得之，安能马上治之，这个道理乾隆早在幼年就铭记于心。

清廷入关以来，朝野都推崇武功，甚至带动了汉族社会尚武风气的抬头。顺、康、雍诸帝，都不太喜欢满人过于学习汉文化，尹继善的遭遇，堪称典型。但时间一长，乾隆就发现，满人如果不熟悉汉文化，就会缺乏行政能力，在处理各级政务的时候就有可能被汉官牵着鼻子走。于敏中勾结文字太监窥探圣意，乾隆还拿他无可奈何，不就是因为舒赫德等满洲军机大臣文化素养相对缺乏，难以肩负起首相之职吗？讽刺的是，舒赫德的祖父徐元梦是满人中的大才子，因为汉文化素养过于深厚，被康熙多番切责，结果这个家族就弃文从武了。

乾隆虽然让阿桂当了首辅，但心中还是有隐隐的不甘。但阿桂文武双全，无论文化修养，还是战场武功，都在傅恒之上，乾隆也没什么办法。不过日后军事行动的规模不如以往，文治的需求压倒武勋，这就是和珅擅长的地方了。

乾隆对和珅的宠爱，让于敏中身后的军机处更显拥堵。军机处本来已经有福隆安、梁国治等青年大臣，和珅再一来，就打乱了军机处的整个接班梯队秩序。福隆安眼巴巴地想接阿桂的班，随着和珅的出现，一下子成了泡影，至少短期内是如此。

和珅的地位不断上升，让整个朝堂都为之不安。更让人惊诧的是，福隆安居然在不久后去世，和珅前面少了一只强大的拦路虎。

不过乾隆这时候好像悟出了什么，开始有意压抑和珅的地位。福隆安去世后，关键的次辅人选，乾隆没有选择和珅，而是选了梁国治。

俗话说，"父母之爱子，则为之计深远"，乾隆对和珅亦如是，尽管和珅不是乾隆子女。乾隆虽然宠爱和珅，但更希望和珅在自己身后发光发热，在新朝发挥像张廷玉在乾隆朝一样的作用。出于这个考虑，就不能让和珅冒头太快，还需要梁国治压一压和珅。而且梁国治作为于敏中之后最为重要的汉族大臣，资历深厚，当然不能让人随便逾越。

不过，乾隆在这一点上是舍弃面子，却给了和珅权力的里子。乾隆四十九年（1784年）七月，和珅迁为吏部尚书、协办大学士；九月，乾隆封和珅为一等男爵，和珅从此进入"满洲贵族"的行列，地位进一步上升，为他成为新朝的张廷玉做好了铺垫。

与和珅形成鲜明对照的是，阿桂的日子却不太好过。于敏中去世以后，将相凋零，乾隆无奈之下，只能让阿桂担任首相。这种安排，与当年傅恒去世之后，乾隆只能让尹继善担任首相有异曲同工之处。乾隆也意识到，于敏中和阿桂有着相似的背景，历史渊源颇深厚，因此于敏中的徒子徒孙，此时已经是阿桂的人马。这支强大的力量如果不加以一些敲打、剪除，对乾隆下一步的布局，是很不利的。

于敏中去世不到半年，就爆发了遗产案。于敏中族侄于时和，伙同于敏中的小妾张氏，侵吞了于敏中留下的巨额遗产。这案子说到底，还是于时和看到于敏中晚年已经渐渐失势，这才起了歹心。而且于时和能够伙同张氏一起吞没主翁的遗产，两人关系实堪玩味。通常说来，壮年男女能勾结在一起干这种好事的，都会有奸情。想想卢俊义的遭遇就知道了。如果这种分析属实，于敏中晚年状况的狼狈，可想而知。

没想到于敏中孙子于德裕却是个硬汉，不肯吃哑巴亏，一纸诉状将于时和告到衙门。这件事当然要直报乾隆，乾隆命阿桂、英廉和吴坛等人查办此案。阿桂、吴坛等人和于敏中关系甚深，有心回护，但兹事体大，旁边还有个英廉监督，而英廉又是和珅的保护人，只得查明案情禀报乾隆。乾隆大笔一挥，于敏中家财除留下白银三万两给于德裕等养家，其余全部充官，用于金坛地方事业建设。这么一来，于敏中等于被变相地抄了家。

和珅总算是出了一口被于敏中压制多年的恶气。不过他或许没有预料到，未来他的命运，还不如于敏中。

于敏中家产纠纷的事情已经够让阿桂心烦意乱，很快又来了新的麻烦。这个事情还是由阿桂自己而起。乾隆四十六年（1781年）三月，甘肃爆发起义，地方官员镇压不力，乾隆只得让阿桂率军前往镇压。没想到甘肃连下暴雨，地面泥泞不堪，大大影响了行军速度。

乾隆对于清军的进展极为不满，连下圣旨斥责阿桂。阿桂不得不上书辩解，称甘肃暴雨连连，对清军的行军有很大影响，恳请皇帝谅解。没想到这样一份普普通通的奏折，竟然引起了一桩惊天大案和另一桩连环案，将阿桂和已经故去的于敏中置于非常不利的地位。

原来精明过人的乾隆看到阿桂的奏报，突然想起前几年甘肃布政使王亶望连续数年报甘肃大旱，恳请乾隆允许甘肃出售国子监监生入学资格，以所获钱粮赈灾。消息报到中枢，当时的首席军机大臣于敏中极力赞成，说服乾隆允许甘肃出售监生资格，以所获钱粮救灾。

乾隆看到阿桂的奏折，马上就想起甘肃前几年报的旱灾，立即意识到其中必有猫腻。乾隆当即下旨，命阿桂和署理陕甘总督李侍尧调查此事。

此时的李侍尧刚刚起复，正憋着劲想再立新功，取得乾隆的欢心，拿到圣旨后调查格外卖力。调查结果很快就送到了乾隆御前。原来前任甘肃布政使王亶望胁迫陕甘总督勒尔谨入伙，甘肃省官员全员参加，谎称甘肃大旱，欺骗朝廷允许甘肃"捐监"。阿桂、李侍尧还在奏报中指出，以往甘肃"捐监"，官府只收米面麦豆，不收现银，怕的就是贪污。王亶望别出心裁，"捐监"只收白银，不要实物。所收的大量白银，悉数被以勒尔谨、王亶望为首的甘肃省大小官员侵吞瓜分！

乾隆看到奏报，不由得龙颜大怒。王亶望干练过人，素来被乾隆赏识，加上于敏中的大力推荐，乾隆特地一路拔擢，已经将他提升到了浙江巡抚的高位。乾隆万万没有想到的是，王亶望居然有如此"胆识"，不但敢于欺君，甚至成功胁迫包括陕甘总督勒尔谨在内的陕甘境内全部满洲官员噤若寒蝉，将甘肃省全部官员带上了冒赈的贼船！自己居然一点信息都没得到！

乾隆一生自诩精明，没想到却被于敏中和他的爪牙王亶望等人连番愚弄，不由得气得浑身发抖。乾隆当即下旨，赐勒尔谨自尽，王亶望、兰州知府蒋全迪斩首示众，接任布政使王廷赞处绞，共计处死大小官员四十七名，革职下狱八十二名，十一名赃犯之子被送往伊犁做苦工。这就是清史上有名的"甘肃冒赈案"。

事情还没完，又爆发了一起连环案，让阿桂也大吃挂落。原来查办王亶望的时候，乾隆命闽浙总督兼署浙江巡抚陈辉祖查抄王亶望在杭州的家，抄出大量金银、珠宝和珍玩。王亶望素来贪婪，喜好文物珍玩，并向乾隆进贡大量珍宝。王亶望曾经向乾隆进贡过一批宝物，件件让乾隆惊叹不已。不过碍于观瞻，乾隆退回其中三件，以示君德。这次抄家，乾隆最念念不忘的，就是那三件宝物。

陈辉祖很快就将王亶望的家财造册呈报，乾隆迫不及待地检视实物和清单，就是不见那三件宝物踪影，乾隆不由得大怒。乾隆意识到，这三件宝物极有可能被陈辉祖给私吞了，急忙暗地里命人提审王亶望，询问那三件宝物下落。

王亶望这时候一心想戴罪立功，保下颈上人头，急忙供称宝物就在杭州家中，并给出了家财的大致种类、数目。乾隆拿到王亶望供词再和清单一对照，不由得更是暴跳如雷！原来对不上的不止这三件宝物，还有大量黄金和珍宝不知下落。

乾隆下旨，由首席军机大臣阿桂调查此案。阿桂和陈辉祖早年就认识，彼此关系不错，加上陈辉祖也与于敏中交好，陈辉祖父亲陈大受更是协办大学士、军机大臣，与阿克敦关系也不错，无形当中陈辉祖就成了阿桂阵营的重要人物。有了这些错综复杂的关系，不知此案深浅的阿桂就想大事化小、小事化了，替陈辉祖把此事遮掩过去。阿桂到了杭州，大致地调查了一番，陈辉祖也大肆翻唇弄舌，阿桂就听信了陈辉祖的说辞，全盘采信了陈辉祖的说法，并将其上奏乾隆。

乾隆好不容易抓住阿桂的失误，立即下旨痛责阿桂。阿桂看到乾隆的批驳文字，以及附上的其他证据，这才知道陈辉祖害人不浅。阿桂马上对陈辉祖严加审讯，查出全部实情，缴获全部赃物，飞马上奏乾隆，并请求将陈辉祖处斩。

事情到了这个地步，阿桂还是有意无意祖护陈辉祖，寄希望于乾隆法外开恩，饶陈辉祖一条狗命。阿桂明白，陈辉祖也是乾隆宠臣，乾隆处置他会仿效李侍尧成例，判处死刑后再赦免，说不定几年后还有起复机会。没想到陈辉祖平常劣迹斑斑，许多下属乘机向乾隆揭发陈辉祖的大量劣迹，乾隆想回护也不好意思，只得赐陈辉祖自尽。陈辉祖就这样窝囊地死去，还让父亲、勤政爱民的一代名相陈大受地下蒙羞。

阿桂处处祖护陈辉祖，除了陈辉祖是他麾下大将，也是看已故的相国陈大受的面子。陈大受勇于任事，处处为民众着想，深得朝野赞许。没想到陈辉祖和他父亲完全不一样，也是让乾隆和阿桂大跌眼镜。

王亶望和陈辉祖这两个活宝被查处，本质上是对于敏中的清算，顺带打击一下阿桂。阿桂被这两个活宝搞得狼狈不堪，差点也被乾隆查办，面子里子都损失不小。但乾隆对此很满意：多年来一直没有找到太过硬的理由打击清廉正直的阿桂，这一次不但实现了心愿，而且让阿桂的清誉受到很大影响，终于让乾隆对阿桂放松了不少警惕，消除了不少怨气。对于阿桂来说，或许是因祸得福。

治水名臣

乾隆让阿桂当首席军机大臣，纯粹是出于无奈，不等于他对阿桂就很满意，正如乾隆后期对于敏中一般。但在当时，朝野上下再没有能够取代阿桂的人才，乾隆只得捏着鼻子，让阿桂担任首席军机大臣兼内阁首辅。

如果说乾隆就此罢休，那大家就太小看乾隆的智慧了。面对站在军机大臣和众大学士第一位的阿桂，乾隆灵机一动，决定仿效唐玄宗之故技，让阿桂长期在外当差！

唐朝前期，朝野每有大事，都让朝廷重臣以临时性的"使职"身份，到各地代表朝廷进行处置。唐朝中后期赫赫有名的"节度使"，一开始也是临时性的差遣职务。

乾隆四十四年（1779年）正月，黄河在河南仪封、兰阳等地决口，情况危急。消息报到京城，乾隆仿效三十年前汪由敦出京治水的先例，命阿桂到河南治水。

阿桂半生都在疆场厮杀，何曾办过一天河务？阿桂虽然也明白乾隆是调虎离山之计，目的在于缩短自己在京辅政的时间，防止自己势力坐大，但河南灾情紧急，阿桂还是义无反顾地前往，哪怕有可能因治水不力而毁掉自己的一世功勋！

不过让阿桂稍微庆幸的是，虽然自己不通河务，但父亲阿克敦是治水专家。虽然父亲已仙逝多年，但自己当年也曾向父亲学过治水之法，而且父亲留下的治水著作还在。阿桂赶紧找出父亲的治水专著，一面阅读学习，一面加紧奔赴河南。

阿桂到河南后，发现黄河决口状况比想象的还严重，灾区到处是一片黄波，令人心悸。阿桂当即找来有丰富治水经验的河务官员和老河工们，商议治水方案。同时，阿桂也上奏乾隆，紧急调来物资救助灾民，安定灾区人心。

随着大量物资的到来和公平、有序发放，灾区人心渐渐稳定。当地官员们看到阿桂老相国亲自主持救灾，也不敢有什么贪墨的举动，百姓们交口称赞阿桂的功德。

经过与河务官员与老河工们的商议，阿桂决定在郭家庄开引河，修筑拦黄坝。但由于黄河下游沉积了大量泥沙，抬高了下游河床，河水无法通过下游顺利进入皖北、苏北黄河河道，反而汇聚在灾区上游河道，屡屡冲毁阿桂等人所筑的拦黄坝。这个问题不解决，此次治水就属徒劳无功。

阿桂戎马半生，什么困难没有见过？经过与河务官员与老河工们的商议，阿桂决定在下流王家庄修筑顺黄坝，上游河水因为下游的淤淀而宣泄不畅的时候，顺黄坝就将上游河水引出，"兜蓄水势，逼溜直入引河"。这么一来，上游的大量河水就被顺黄坝带入引河，顺利地进入黄河更下游的河道。这个办法非常有效，灾区淤积的大量河水终于开始退去。

河水一退，阿桂急忙命令按照已经设计好的图纸施工，终于堵上了黄河的缺口。乾隆四十五年（1780年）三月，所修堤坝均告完工。阿桂初次治水，一下子就旗开得胜！

正当阿桂在河南为治水而奔忙的时候，京城却发生了变故。阿桂一走，于敏中顿时孤掌难鸣，在乾隆、和珅的攻势面前左支右绌，狼狈不堪。乾隆四十四年（1779年）十二月初，一代权臣于敏中终于挡不住病魔和君主的冷落，在首席军机大臣的任上去世。

阿桂带着首席军机大臣的头衔回京，却发现和珅开始掌握越来越大的实权。此时于敏中、丰升额俱已去世，永贵又被赶出军机处，福隆安与自己面和心不和，军机处里和珅扮演的角色越来越重要。于敏中临终前半年感受到的压力，阿桂切切实实地感觉到了！

阿桂回京还不到半年，又被乾隆派到浙江勘察海塘工程。阿桂明白，这是乾隆不想让自己妨碍和珅的发展才作出的安排。否则朝廷那么多大臣，哪有让首席军机大臣去治水的道理?！不过君命难违，阿桂还是打点行装，千里迢迢地向浙江进发。

首席军机大臣充任治水钦差，这在大清朝还是"大姑娘上花轿——头一回"。沿途官员看到来头如此大的钦差，虽然都知道里面的奥妙，却不敢对阿桂有任何怠慢，恭恭敬敬做好接待工作。在沿途官员们的照顾下，阿桂终于顺利到达浙江。

阿桂一到浙江，便开始紧张地勘探海塘工程情况。此时的浙江巡抚正是陈辉祖。陈辉祖曾担任河南巡抚，阿桂在河南治水的时候，给予阿桂很多帮助。加上阿克敦、陈大受关系不错，阿桂早年也和陈辉祖有交情，算来亦是故人。

陈辉祖本来就是于敏中一党，看到阿桂更是十分热情。有了陈辉祖的照料和帮助，阿桂在浙江过得十分舒心。

舒心归舒心，但工作还是十分繁忙。阿桂在当地水务官员和老水工们的帮助下，仔细勘察了浙江海潮的水文状况，计算了潮势的缓急，并根据当地的沙土状况，以及施工条件的难易程度，对海塘进行了系统性的加固。同时，又新修筑了鱼鳞石塘、柴塘，并且重修了范公塘。

阿桂完成浙江海塘的治理和加固工作后，又奉旨在回京路上前往清江，查勘陶庄河道及高堰石工。这些工作都做完后，阿桂终于回到京城，此时已经接近盛夏了。

老天爷和乾隆一样，也不想让阿桂安生。阿桂回京才一两个月，黄河又在河南青龙冈决口，灾区一片泽国。乾隆急命阿桂，再度远赴河南治水。

阿桂接到王命，不由得暗自苦笑。治水是国之大事，但也是培养能臣的场合。自己已经功成名就，当然无须这样的"培养"。倒是和珅，年纪轻轻就当了军机大臣，也没看出有什么特殊的才能。真要重用他，完全可以把他当成第二个刘统勋去栽培，让他去承担这些治水的工作，培养能力的同时顺便再培养名望。现在乾隆让和珅去兼各种华而不实的差事，真正的办事能力还不如英廉，将来怎么收场？！皇上对和珅，到底是怎么想的？

不过阿桂明白，现在和珅圣眷正浓，皇上甚至将最喜爱的十公主赐婚给了和珅的儿子丰绅殷德。和珅的地位，只会继续提升，甚至有架空自己的趋势。目前也只能走一步看一步，先到河南治水再说。

阿桂当即动身，风尘仆仆地赶到河南，会同河道总督李奉翰督办堵塞决口。阿桂与李奉翰等商议，决定在决口处的两端筑坝，再将两段大坝合龙。

经过艰苦的施工，到了乾隆四十五年（1780 年）十二月，两段大坝即将合龙。此时副将李荣吉向阿桂建议，缺口处水流仍然湍急，合龙速度一定要慎重，应该等水势稍微下降的时候再将两坝合龙。

阿桂眼见大功即将告成，急于求功的他拒绝了李荣吉的建议，强令大坝合龙。

在阿桂的命令下，大坝很快合龙，工地上一片欢腾。

河南与河道的官员们纷纷向老相国庆贺，只有李荣吉不来。李荣吉告诉阿桂派来请他赴宴的人说："大坝虽然合龙，但很快就会被水冲垮，我必须留下应变。"这就是明摆着不给阿桂面子了。阿桂虽然心中不爽，但也没有责怪李荣吉，就任他一直待在工地。

果然不出李荣吉所料，黄河河水湍急，很快就冲塌了合龙的大坝。阿桂得到消息，急忙赶到塌坝处，只见李荣吉已经落入滔滔的黄河水中，拼命挣扎。阿桂当即悬赏千金，让兵丁、水手们营救李荣吉。

重赏之下必有勇夫，兵丁和水手们不顾危险，纷纷跳下水营救李荣吉。众人拾柴火焰高，李荣吉很快就被人救到岸上。

阿桂望着奄奄一息的李荣吉，不由得泪水盈眶，解下身上的御赐黑狐端罩，盖在李荣吉的身上。

阿桂回去后，向乾隆上奏请罪，声称自己未能按照李荣吉的建议治水，导致合龙的大坝溃塌，请求乾隆降罪于己，并另派得力大臣赴河南主持治水。

这就是阿桂深得众心的地方。阿桂不但御下宽厚，而且对于自己所犯的错误从不避讳，更能够为立功的部下请功，哪怕是李荣吉这样证明自己错误的部下。阿桂的这种人格魅力，让他在军中和政界有崇高的威望，哪怕是丰升额这样与阿桂有"世仇"的将领，对阿桂也是无话可说，至少在战场上心悦诚服。

乾隆接到阿桂的请罪奏折，也不由得有些感动。此前将阿桂调出京城治水，也是为了调虎离山，为对付于敏中做好准备。现在阿桂治水出了问题，阿桂不但勇于承担责任，还为李荣吉请功，实在是有名将之度、名臣之量！乾隆突然感到，阿桂身上闪耀的，正是乾隆朝中前期黄金时代将相们勤劳、勇敢、质朴的特质！那一刻，乾隆眼前突然浮现出傅恒、汪由敦、刘统勋、来保们的影子。阿桂已经是乾隆朝中前期硕果仅存的名臣了啊！他和自己一样，亲眼见证了那个波澜壮阔的时代！

乾隆连忙下发谕旨，对阿桂好生劝慰，盛赞"近年诸臣中经理河务较有把握者，舍阿桂岂复有人？惟当安心静镇，另筹妥办"，让阿桂继续负责河南治水工作。

有了乾隆的支持，阿桂开始更加专注于治水工作。经过此次大坝合龙事件，阿桂突然意识到，治水如同用兵，讲究的是依势而动，非常类似于兵法。有了这层感悟，阿桂多年的军事经验开始在治水领域发挥作用。同时，阿桂也更加倚重于河道官员特别是老河工们的意见与看法。在阿桂看来，他们就是自己在治水战场上的参谋官！

这么一来，阿桂好比打通了任督二脉，一下子明了了治水之道。在与河南河道官员和老河工们商议之后，阿桂决定在青龙冈下游加宽、新挖泄洪用的引河，并在青龙冈上游筑牢大坝，同时在上游开挖引河，以期在洪水期将上游洪水引入下游引河，通过引河将洪水带入黄河下游。这样的话，整个大坝的安全性就大大提高。阿桂将这个治水方案写成奏折，上报乾隆，请求批准。

具有丰富治水和用兵经验的乾隆一看到这份奏折，立即拍案叫绝。治水是清廷大政，每年清廷在河务上的拨款都有数百万两银子。乾隆登基以来，对治水工作尤为用心。经过四十余年的淬炼，乾隆本人对治水、漕运等也有很多心得体会，堪称治水专家。

刘统勋活着的时候，治水和漕运工作主要由他负责。尹继善担任军机大臣之后，更为乾隆分担了不少漕运方面的工作。有了这两位大清干城，乾隆才得以当了二十年的太平天子。

尹继善、刘统勋相继去世以后，继任的于敏中、福隆安等人于河务和漕运茫然无知，乾隆不得不亲自挑起河务和漕运的工作重担。这么一来，乾隆在军务和政务上的精力就被严重分散，不得不在这些方面更加倚重于敏中。于敏中抓住这个机会，大肆揽权，乾隆也拿他奈何不得。

乾隆让阿桂负责治水工作，除了有架空阿桂、培养和珅的私心，希望培养新的尹继善、刘统勋也是重要原因。现在阿桂果然不负君望，俨然成为一代治水名臣，取代了当年尹继善、刘统勋的生态位，填补了军机处多年来的空白，怎能不让乾隆大喜过望？！

乾隆当即下诏，批准了阿桂的治水方案。接到乾隆的圣旨后，阿桂当即组织施工。阿桂仔细核算账目，确保每一分钱都用在工程上，保质保量地完成了整个工程。

工程竣工后，阿桂与河务官员们惊喜地发现，整个工程体系非常有效。夏日洪水肆虐的时候，由于上游有了引河，引河就将上游洪水引入下游；下游的引河得到疏浚，河道大为加宽、加深，顺利地将洪水导入安全段的黄河河道。同时，上游经过加固的大坝也经受住了洪水的考验，在洪水和暴雨面前岿然不动。阿桂主持设计和施工的这段防洪体系，获得了全面的成功！

消息传到京城，乾隆大为欣喜：多年来压在自己身上的治水、漕运重担，至此终于有人分担。乾隆四十八年（1783年）夏，离开京城多年的阿桂专门赶赴热河的避暑山庄，向乾隆详细汇报河南治水成绩，得到乾隆的大力夸奖。

乾隆留阿桂在热河小住，让阿桂以首席军机大臣的身份与蒙古王公相见，并参与围猎活动。阿桂也短暂地参与了军机处的国事谋划，但很快又被乾隆派赴河南，负责制定、审定河南地区的治水章程。

乾隆四十八年（1783年）秋，人在河南的阿桂又到河南睢州监督大堤修筑工程，并顺利主持完成河南当年的抗洪任务。

乾隆五十年（1785年）八月，黄河再发水患。阿桂受命再赴河南，勘察微山、睢州防水工程形势，并就漕运提出了行之有效的救急方案。

　　此后数年时间，黄河一有洪水，阿桂就赶到河南，督办抗洪和防水工程建筑。到了乾隆五十三年（1788 年），阿桂甚至负责了长江流域的水患治理。当年荆州万城堤溃决，长江水从西、北两门涌入荆州，大片土地被淹。七月，阿桂奉皇命出京，到荆州治理水患。经过与当地治水官员商议，阿桂决定采用先筑坝、再挖引河的方法治理荆州水患，取得明显效果。十月，阿桂回京，并于次年四月再度回到荆州，查看各项防水工程。

　　值得注意的是，阿桂在这段时间，不仅全力投入治水工作，还组织、参加了数次军事行动，在京时间很少。阿桂为了大清朝的长治久安，堪称鞠躬尽瘁。但他长期不在京城，却给了和珅许多弄权的空间。

鞠躬尽瘁

　　乾隆五十一年（1786 年），东阁大学士、军机大臣梁国治去世。梁国治是于敏中去世之后最为显贵的汉族大臣，福隆安去世之后，梁国治成为排名第二的军机大臣。阿桂离京治水、带兵的时候，梁国治就成为代理首席军机大臣，地位尊贵直追当年的刘统勋、于敏中。

　　梁国治的权势自然引起和珅的嫉恨，也让乾隆警惕。乾隆当然不愿意再出一个于敏中，因此对和珅明里暗里排挤梁国治也就不闻不问。不过，梁国治生性正直，并不因为和珅深得帝心就对和珅稍有屈节，而是运用各种手段抵制和珅势力的扩张。在梁国治的影响下，汉族大臣们也大多与和珅划清界限，梁国治又借助自身的影响和排名牢牢压制住和珅，在阿桂出京办差的时候，有效地遏制了和珅权势的上升。

　　梁国治一去世，和珅就成了军机处排名第二的大臣，抓起权来就更加容易。在阿桂奉旨离京办差的时候，和珅就成为事实上的首席军机大臣，各种重大国务活动都按照和珅的规划去办。这么一搞，阿桂反倒像次席军机大臣，对阿桂来说出现了太阿倒持的情形。

时间一长，连乾隆本人都觉得不妥。和珅虽然善于敛财，但在重大政务特别是军事方面，经验实在是不如阿桂。以福康安镇压台湾林爽文起事为契机，阿桂开始充分发挥他在军事上的特长，辅佐乾隆指挥台湾军务。

八旗精锐在缅甸和金川损耗巨大，乾隆不得不格外珍惜八旗精锐，从此绿营兵代替八旗兵成为应付各种征战的主力。福康安率领绿营将士，顺利地镇压了林爽文起事，成为清军中冉冉升起的明星。

不过福康安毕竟年轻，不善于处理各方面的关系，特别是与台湾绿营总兵柴大纪结怨，导致柴大纪被冤杀，无形中得罪了绿营系统，导致福康安在清军中的威望始终受到限制。

阿桂所虑者，不在和珅，而在福康安、和琳。和珅再怎么闹腾，也不过是内府冯氏的赘婿，没有什么实力根基，八旗内部不服和珅的大有人在。但福康安、和琳就不同。他们都是清军的杰出将领，能够侵蚀阿桂本人的实力根基。

乾隆对这一点也是心知肚明，甚至乐见其成。乾隆曾经问大臣："海兰察对阿桂和福康安的态度有区别吗？"大臣回答："海兰察对于阿桂心悦诚服，阿桂无论下达什么命令，海兰察都会全力执行，不打折扣。但海兰察在福康安面前觉得自己是老资格，福康安必须对海兰察表现出各种优容，海兰察才会听从福康安的命令。"乾隆听后默然。

海兰察是清军名将，索伦人出身，精于骑射，在战场上一往无前，领着索伦兵立下赫赫战功。乾隆对海兰察非常重视，将其视为清军的军魂，并晋封其为一等公。须知后来的曾国藩，也不过只封了个侯爷；当年的鳌拜功勋卓著，也不过是一等侯，康熙亲政后为表笼络，才加封为一等公！

由此可见海兰察在乾隆心中的分量。

海兰察在清军中威望极高，他的态度，可以说代表了清军大部分将士的态度。乾隆问海兰察对阿桂和福康安态度有何异同，其实是意涵深远。如果海兰察对福康安俯首听命，对阿桂则表示出怠慢，乾隆自然会将阿桂逐步边缘化，甚至找机会拿掉他的首席军机大臣也有可能。但海兰察对阿桂是心悦诚服，在福康安面前却有些拿大，乾隆看了心中有数，自然不能随便处置阿桂。阿桂在乾隆心中的地位，可以说得到了巩固。

让阿桂欣喜的是，他得到了汉官系统和中下级满汉武官的全力支持。梁国治去世之后，为了填补军机处的空缺，乾隆命兵部尚书王杰进入军机处。王杰是陕西人，曾任尹继善、陈宏谋的幕僚，在仕途上得到尹继善很大的帮助。因此王杰与阿桂之间，存在着天然的亲近感。

王杰能诗善文，书法虽比不上永瑆、刘墉等人，但也是一时之选，自然得到乾隆的欢心。王杰在殿试的时候，乾隆亲笔将他点为状元，对其可谓是青睐有加。王杰也不负乾隆期望，先是在南书房当值，后升迁为内阁学士，并在刑部、吏部、都察院和兵部任职，两袖清风，政绩卓著。

王杰在担任军机大臣后，很快就被封为东阁大学士，成为军机处举足轻重的成员。对于深得乾隆宠信的王杰，和珅起初亦有拉拢之心，多次向王杰示好。但王杰生性刚直，对贪财好货的和珅很看不惯，多次拒绝了和珅的"好意"。

无论是因为志趣相投，还是历史渊源，王杰都义无反顾地站在了阿桂这一边。这么一来，就大大缓解了阿桂因为梁国治去世而陷入的窘迫境地。加上早就进入军机处的董诰，这三位军机大臣勠力同心，直指因为梁国治去世而权势滔天的和珅。

和珅当然也不会善罢甘休。生性狡黠的他恩威并施，紧紧拉住了福长安。福长安是傅恒幼子，继福隆安之后长期在军机处当值，是傅恒一门在军机处的代表。福长安进入和珅阵营，意味着一些八旗高门开始放弃对和珅出身的鄙夷，选择与和珅合作，这就让阿桂所处的局势进一步复杂化。

对于和珅来说更妙的是，通过福长安，和珅顺利地与福康安建立了合作关系。福康安心高气傲，一开始也看不起冯家赘婿和珅，但架不住老弟福长安三番五次地为和珅说项。加上和珅身段柔软，多次向福康安示好，福康安也就半推半就接受了和珅的"好意"。

除了福康安兄弟，与和珅关系密切的还有和琳与孙士毅。和琳是和珅的亲弟弟，在仕途上得到英廉与和珅的多方照顾，当然和哥哥站在一起；孙士毅是乾隆晚年宠臣，文武双全，是乾隆心仪的留给新君的辅政人选，在乾隆心中堪称嘉庆朝的张廷玉。妙的是这个"张廷玉"长期被乾隆放在地方任职，不像张廷玉本人在中枢盘根错节，将来要远比张廷玉好打发。

和珅将福康安、福长安、和琳、孙士毅都纳入麾下，自以为得计，却不料这会引发乾隆本人的不安全感。于敏中去世以后，乾隆对阿桂多方限制，长期让阿桂在外负责治水等工作，有意不让阿桂发挥首席军机大臣的作用。这一招的确很有效果，于敏中时期重新振作的鄂党张党势力，从此又步入低潮。

按照乾隆的安排，阿桂不在中枢，军机处实际上的首席就是福隆安。事实上也确实如此。于敏中去世之后的四年多里，阿桂长期在地方治水，间或参加军事行动，实际主持军机处的是福隆安。福隆安作为傅恒长子，要远比两个弟弟稳重，将国事打理得井井有条。只可惜傅恒次子、更为优秀的福灵安在清缅战场上染病，年纪轻轻就去世了，否则怎么也轮不着福长安这匹驽马入值军机，断送傅恒一门的光辉。

让乾隆始料不及的是，福隆安居然在乾隆四十九年（1784年）三月去世了！乾隆手忙脚乱之下，只得让梁国治暂时主持军机处。要不是有阿桂这么一个乾隆看不上的挂名首席军机大臣存在，军机处又要重复汉大臣担任首席军机大臣的故事。

梁国治担任次席军机大臣大概两年时间，阿桂不在京城的时候，梁国治便实际担负起首席军机大臣之职。梁国治去世之后，和珅终于成为排名第二的军机大臣，并在阿桂出京的时候援引尹继善的例子，成为代理首席军机大臣。和珅的势力在这段时期内开始恶性膨胀，也就不足为奇了。

乾隆五十四年（1789 年），阿桂已垂垂老矣。或许是因为对和珅势力膨胀而感到不安，或许是对阿桂继任首席军机大臣长期在外奔波辛劳的愧疚，乾隆终于让阿桂回到京城，再也不用外出治水。此时，西藏与廓尔喀之间的矛盾也呈激化之势，乾隆需要阿桂在中枢坐镇，担负起指挥全局军事、政治之责。

阿桂终于奉旨回到京城，再也不用到处奔波，此时离他担任首席军机大臣已经十年之久！

军机大臣们各怀心事，但都摆出一副热情的面容，迎接老相国的归来。这十年间，阿桂挂着首席军机大臣的头衔，却干着高级钦差的活，日常军国大事都攥在福隆安、梁国治与和珅手里。现在老相国终于王者归来，势必会冲击到军机处的架构，军机大臣们都心知肚明。

王杰、董诰对于阿桂的回归，自然是举双手欢迎。阿桂不在京城，王杰虽然是排名第三的军机处大臣，但与权势滔天的和珅相抗衡，总是倍感吃力。其他文臣领袖，比如董诰、刘墉等，对和珅的专权也是切齿痛恨，却又无可奈何。幸亏乾隆还不算糊涂，对和珅一直多有约束。但这些约束也只是让和珅稍有收敛而已。现在阿桂回到军机处辅政，当然会大大减轻王杰、董诰、刘墉们的压力。

不过，阿桂这十年的高级钦差也不是白当的。十年间，阿桂栉风沐雨，足迹遍布十余个省份，与各地封疆大吏和州、县官员结下深厚情谊。阿桂与这些封疆大吏和地方官员们进行政治、经济、军事等多方面的交流，有效阻止了和珅向地方扩张势力，这就为嘉庆后来顺利铲除和珅，奠定了坚实基础。现在阿桂回京，正式肩负起首辅的职责，各地与阿桂有密切交往的督抚和官员们，怎能不唯老相国的马首是瞻？

失之东隅，收之桑榆，乾隆在这十年里遏制住了旧鄂党、张党的影响，却让阿桂以另外一种方式聚拢了力量。加上王杰、董诰、刘墉等汉官，以及海兰察等支持阿桂的力量，遏制和珅的力道还是很强。

阿桂回朝以后，对于权势熏天的和珅，明智地选择了惹不起躲得起的策略，尽量不与之发生正面冲突。深谙儒学的阿桂明白，自己年事已高，而和珅春秋正盛，硬碰硬绝对不是办法，甚至有可能给和珅制造加害的口实。最好的办法莫过于保存有生力量，不发生正面冲突，但绝不允许和珅残害忠良！阿桂明白，只要守住不与和珅正面冲突的底线，乾隆也绝不会放任和珅像严嵩等奸臣那样兴起大狱，残害忠臣的！

不过，这并不意味着阿桂就和光同尘，对和珅和他的党羽一团和气。王杰一介书生，都敢当众猛怼和珅，更不用说战功卓著的阿桂了。但阿桂还是采取了冷处理的做法，每次与和珅同列，都是站在和珅十几步之外的距离，也不与和珅有任何语言和眼神交流。和珅有时候主动上前询问老相国对于国事的看法，阿桂都默然以对，和珅也不敢过于逼迫。到了最后，五位军机大臣都不在同一天上班。阿桂、王杰、董诰为一班，和珅、福长安为另一班，各办各的差事，井水不犯河水。乾隆居然也就听之任之。

对于和珅的盟友、乾隆晚年另一位宠臣孙士毅，阿桂也没有什么好脸色。孙士毅长期在外任职，可以说是和珅的分身。本来应该由和珅出外办的一些差事，都是由孙士毅去办。阿桂年老以后，很多重要差事，乾隆都交给孙士毅。

更重要的是，孙士毅不仅参与中枢政务，还参与了一般汉族文臣难以插手的军事指挥和蒙藏边疆问题，这在乾隆那里绝对是个异数。福康安主持制定一系列西藏章程，孙士毅就是主要参与者之一。要知道当年刘统勋非常受重用，但在军事指挥上也始终插不上手。可以说，孙士毅补足了和珅不擅长军事指挥和缺乏地方行政经验的弱点，与和珅堪称珠联璧合。如果和珅在乾隆身后担任新君的辅政大臣，那么孙士毅肯定是和珅的主要助手。和珅—孙士毅组合的配合程度，将远远超过当年的鄂尔泰—张廷玉组合。

孙士毅也曾短暂入值过军机处，有时候会与阿桂一起当值。面对这么一位皇帝宠臣，阿桂一改与王杰、董诰当值时有说有笑的做法，而是坐在孙士毅对面一言不发。须知阿桂是统率千军万马，征战过小半个亚洲的大将，威严迸发出来的时候连福康安都感到惊慌，更不用说军功比福康安小一个数量级的孙士毅！孙士毅面对沉默而又威严的老帅，也只能在惊慌中悄然不语，场面又紧张又尴尬。不久孙士毅就离京任职，很难说其中没有孙士毅敬畏阿桂，主动请求到京外任职的因素。

乾隆五十八年（1793 年），战功赫赫的海兰察去世，阿桂的处境越发窘迫。此时的福康安，已经顺利地安定了西藏形势，威望如日中天，对阿桂在军中的声望产生了挤压效应。阿桂固然战功赫赫，到这个时候还能够压福康安一头，但毕竟已经年近八旬，而福康安还不到五十岁！阿桂与福康安在军中影响的消长，不但让阿桂、王杰、刘墉等不安，更让已经被朝野默认为新君的永琰感到如芒在背。

乾隆经过慎重斟酌，确立了十五阿哥永琰为太子，到了乾隆五十年（1785 年）以后已经是半公开的秘密。乾隆老爷子活得长，到了这个时候，活着的儿子也就那么四个：八阿哥永璇、十一阿哥永瑆、十五阿哥永琰和十七阿哥永璘。除此之外，还有皇孙绵恩也备受乾隆宠爱。

乾隆治家严苛，这几位皇子皇孙都不敢明着争权夺利，又长期不能过问政事，彼此之间的感情反而不错。和珅当政的时候，对几位皇子颇有不敬，让皇子们非常不爽，个个都想报复和珅，结果彼此之间更加抱团。自从清太祖时期以来，皇家兄弟之间关系如此和谐的，这还是头一遭。

皇子们一失意，就要找同病相怜的人抱团取暖，阿桂及他身后的汉官集团就与永琰兄弟们迅速拉近距离。在这个问题上，乾隆也非常矛盾：他既不想皇子们权力过大，也不希望皇子们在政治上毫无势力，最终成为权臣手中的傀儡。因此在永琰兄弟与阿桂集团的关系问题上，乾隆采取了睁一只眼闭一只眼的态度。

乾隆这一关算是过了，但和珅总想拿永琰兄弟与阿桂集团的关系做文章。和珅又不是傻子，抓住了皇子们就是抓住了未来，这个道理他当然是懂的。但乾隆能允许相对边缘的阿桂集团与永琰等皇子们搞好关系，却不能允许和珅、福康安、孙士毅等人和永琰等皇子走近。为了防止出现这种情形，福康安、孙士毅、和琳等，都被乾隆远远放到外地任职。

到了这个时候，阿桂的策略也更加清晰：面对势力强大的和珅集团，应该尽可能地保存实力，拥戴永琰顺利拿到继承权，防止皇位传承的过程中出现波折，特别是防止和珅等人做手脚换掉或者架空新君。这既是对皇家的忠心，也是对国家的责任。

随着时间的推移，乾隆对阿桂的看法也在渐渐改变。曾经有多少次，乾隆望着站在朝班第一的阿桂感叹：站在这个位置上的，如果是阿里衮或者温福该有多好！乾隆也曾费尽心力培养福隆安，但福隆安的过早去世让一切都成了泡影。

但到了这个时候，已经处于耄耋之年的乾隆对于阿桂，却多了几分眷顾之情。毕竟阿桂只比自己小六七岁，他和自己一样，完整地经历过波澜壮阔的乾隆朝中前期时代！当乾隆回忆起自己的高光时期的时候，却发现满朝文武能与自己有共同经历和体会的，只剩下阿桂一人！

想明白了这一点，乾隆开始对阿桂表现出格外的恩宠，比如让阿桂两次领办千叟宴，重用阿桂之孙那彦成等，给阿桂不少安慰。但事情的发展，常常不以人的意志为转移。

阿桂、王杰日益年老体衰，而和珅、福康安、孙士毅、和琳等却春秋鼎盛、龙精虎猛。乾隆看在眼里，虽然满心欢喜，但心头又升上另一层隐忧。雍正过早去世，留下的鄂尔泰、张廷玉等强臣，给乾隆造成多少麻烦，乾隆永远也不会忘记！和珅、福康安、孙士毅、和琳等人，势力之强大，精力之旺盛，要远远超过当年的鄂尔泰、张廷玉！如果不预作安排，将来和珅等人给新君带来的麻烦，简直不可想象。

思来想去，乾隆决定痛下决心，将皇位内禅给储君十五阿哥永琰。乾隆如此安排，就是要让永琰与大臣们早定君臣名分，省得有心怀不轨的强臣做手脚，让不肖皇子登上皇位，损害大清的江山社稷。父亲雍正的皇位是怎么来的，乾隆比谁都清楚！

事实证明，乾隆这一招棋走得非常正确。如果不是嘉庆早早成为皇帝，和珅势必在短期内担任辅政大臣，就会有一到两年时间安插自己的势力，届时嘉庆与和珅的斗争就会长期化。想想乾隆将张廷玉赶出军机处，足足花了十四年的时间！正因为嘉庆名分已定，威势已成，才会有力量以迅雷不及掩耳之势处理和珅，群臣才不敢有任何异议。

乾隆六十年（1795年）九月，永琰正式被乾隆册封为皇太子，改名颙琰。乾隆效法明朝皇家，用生僻字给太子改名，以方便天下臣民避讳，也算是一桩善政。乾隆也借机宣布，第二年举行内禅，将皇位禅让给颙琰，并正式改元。

当然，乾隆虽然禅位，但毕竟没有任何外力迫使乾隆这么做，因此大政还在乾隆手里。这一点，任何人包括新君颙琰，都没有任何异议。毕竟皇权至高无上，即使乾隆以太上皇身份执政，也是新君颙琰遵循孝道的结果。从法理上来讲，一切都无可挑剔。

公元 1796 年 2 月 9 日，农历正月初一，乾隆正式将皇位禅让给皇太子颙琰，并宣布改元"嘉庆"。

皇位虽然禅让，但乾隆并没有搬出养心殿，而是仍居住在养心殿听政。军机处内，嘉庆也没有安排任何新人，仍由阿桂、和珅、王杰等辅政。

在乾隆眼中，一切都尽在掌握。但人算不如天算，变故很快就发生了。

嘉庆元年（1796 年）五月，名将福康安在军中去世，享年不过五十二岁。

消息传到京城，乾隆悲痛欲绝。福康安是乾隆一手调教出来的名将，战功卓著，乾隆欲以后事相托，让福康安在嘉庆朝辅政。现在福康安英年早逝，怎能不让乾隆生起白发人送黑发人的悲伤？饶是乾隆送走鄂尔泰、张廷玉、傅恒、尹继善、刘统勋、于敏中、福隆安、梁国治、兆惠、袁守侗、方观承等，对大臣的生死早就司空见惯，但这一次乾隆的确绷不住了！

还没等乾隆缓过神，一个月后，孙士毅又去世！孙士毅此时已经七十六岁，乾隆也曾打算让他在嘉庆朝担任过渡性的辅政大臣，但这么一来也落了空。本来孙士毅是接替阿桂，瓦解阿桂在汉官中强大影响的良好人选，但现在一切都谈不上了。

让乾隆与和珅更加震惊的是，孙士毅去世后两个月，四川总督和琳居然又在军中染病去世！福康安、孙士毅去世以后，乾隆与和珅在军事上的支柱只剩和琳一人，和琳的作用也越发重要。和琳一去世，乾隆的权力支柱几乎全部崩塌，只能靠惯性来维持局面。如果嘉庆仿效唐肃宗行马嵬坡故事，强行发动宫变夺取权力，软禁乾隆，乾隆也几乎没有任何反抗力道！

接连遭受心灵痛击的乾隆意识到，自己和嘉庆的实力对比已发生根本性的变化。如果不及时采取措施，其后果不堪设想。乾隆是行动力很强的人，即使到了八十六岁，风采也不减当年。不过这么一来，朝局又要发生重大变化。这一次受到打击的，又会是谁？

嘉庆二年（1797年）闰六月，王杰被乾隆找了个错误，借机赶出了军机处。在几个月前，军机大臣董诰因为丁忧，被迫回乡守孝。以往遇到这种情况，乾隆总会找些理由，给这些他看重的大臣减少守孝的时间，或者戴孝留任，但这次乾隆很冷漠，直接让董诰回乡。至此，军机处拥戴嘉庆的，只剩下阿桂一人。

此时的阿桂就像当年的于敏中，已经不能视事，只能在家中养病。于敏中当年心中的凄楚，阿桂也深刻地体会到了。但阿桂是朝野之望，本人也刚烈正直，乾隆更是年老，因此还不至于像于敏中当年那么窘迫。

王杰虽被赶出军机处，倒是没有了顾忌，反而能够经常上门看望阿桂。刘墉家住阿桂附近，平时不好常来看望，这个时候老相国病入膏肓，也有了理由前来串门。阿桂看到这些友人、部下、门生不顾乾隆猜忌与和珅谗言前来看望，心里也好受了许多。

阿桂病重之际，心心念念的都是盼望嘉庆尽快亲政，正如当年于敏中病重之际盼望阿桂能早日回京一般。虽然阿桂相信，乾隆会采取措施将权力逐步交给嘉庆，但和珅在中间可能做些什么手脚，是谁也不知道的事。每想到这一点，阿桂就心急如焚，对他的健康也产生了不利的影响。

阿桂临终前感慨地对家人和前来看望的王杰、董诰说：

"我年逾八十，可死；位居将相，恩遇无比，可死；子孙皆以佐部务，无所不足，可死。今忍死以待者，实欲俟皇上亲政，犬马之意得以上达。如是死，乃不恨然。"

嘉庆二年八月二十三日（1797年10月10日），阿桂病逝，终年八十一岁。

刘墉

刘统勋的爱子

康熙五十九年（1720 年）七月十六日，举人刘统勋的诸城家中诞生了一个男婴，这就是乾隆晚年重臣刘墉。

壮年得子，刘统勋自是喜不自胜。此时的刘统勋还没有高中进士，年方二十岁，正是血气方刚的年纪。抱着襁褓中眼睛乌溜溜又一眨一眨的儿子，刘统勋心中顿时涌现出一股幸福感。刘统勋下定决心，一定要好好读书应试，为儿子创造美好的前程。

或许是小刘墉的出生为刘统勋带来了好运，三四年后，刘统勋高中进士，开始了波澜壮阔的政治生涯。刘统勋此时才二十多岁，满腹才学，因此被翰林院选为庶吉士，担任编修。刘墉也随着父亲，搬到京城居住。

在雍正时期，刘统勋的仕途并不十分通达。雍正喜爱的是尹继善这样的文采风流之士，对刘统勋这样沉着干练，却文采稍逊的翰林，并不是十分喜爱。刘统勋在雍正时期先后担任南书房行走、上书房行走和詹事等职务，都是普通文职，与仕途通达的尹继善相比差距不可以道里计，却因为沉着干练、办事扎实的品行，在京中积累了口碑和资望。

雍正十三年（1735 年）八月二十五日，雍正帝在圆明园突然去世，改变了整个大清王朝的发展轨迹。皇太子弘历在灵前继位，决定第二年改元"乾隆"。

乾隆当时才二十六岁，对于皇帝来说，这或许是最好的年纪。皇帝登基的时候年纪太大，王朝政治容易老气横秋，造成国运下坠；登基的时候年纪太小，又容易造成权臣坐大，中枢政局不稳，造成无谓的内耗。乾隆登基的年龄对于封建君主来说，显然是最好的。

乾隆当了皇帝，满眼望去都是父亲雍正留下的壮年大臣。这些大臣不但精力充沛，而且经验丰富，很容易架空皇帝，至少让皇帝如芒在背。这些大臣因为乾隆登基，政治生命被无形缩短，心中也很不爽，拉帮结派对付皇帝，尽量延长自己的政治生命就很自然。在这种情况下，乾隆自然要培养自己的人马，逐步将权力完全收到自己手中。

刘统勋就在这个时候走进了乾隆的视线。乾隆从本性上来说，也喜欢南方尤其是江南文采风流的才子，但对刘统勋这样学风扎实的北方士人也颇为垂青。更何况很多文案、刑名和治水等方面的琐碎政务，无论是满人还是像于敏中、梁国治这样的才子做起来都勉为其难，因此就给刘统勋、阿克敦等忠厚勤勉的北方士人以表演的舞台。

早在雍正时期，刘统勋就在上书房指导过弘历等皇子读书，彼此之间十分熟悉。刘统勋的才华和勤勉，都被年仅十多岁的弘历看在眼里，不知不觉地进入了弘历的人才库。

乾隆元年（1736 年），刘统勋的仕途终于开始通达，被乾隆任命为正二品的内阁学士。乾隆深知刘统勋的办事才能，有意锤炼成全，让他到浙江向文华殿大学士、治水名臣嵇曾筠学习治水之法。

嵇曾筠是苏州人，一生为治水事业作出杰出的贡献，因此被雍正授予文华殿大学士。文华殿大学士当时在清廷的大学士中排名第二，仅次于保和殿大学士。保和殿大学士傅恒去世后，文华殿大学士排名第一，成为"首相"，整个清朝很少授予汉人。嵇曾筠能够获得这样的高官显爵，足见雍正对他的看重。须知张党重镇、满洲著名文臣阿克敦，一辈子也不过是个协办大学士而已。

嵇曾筠治水经验丰富，一生著述颇多，常年奔波于各地治水，对于治理各处不同的水患都有不少心得体会。治水如用兵，也讲究个顺势而为，不拘一格。根据不同的地形、土质、汛期，采取不同的治水方案，很考验治水主持人的思维和运筹调度能力。刘统勋跟着嵇曾筠，不辞辛劳地跑田间地头、各个紧要闸坝，练就了一身测绘、调度和财会本领，这些宝贵的知识是在书斋里学不到的。治水名臣还要和地方上打交道，需要获得地方官场的支持，人情练达的同时，也要防止被一些贪官污吏拖下水，对个人素质要求极高。

当好治水名臣，就等于当好了一个小宰相，对于治国本领的提升大有裨益。因此在清代，治水名臣进入中枢担任大学士的不少，有的甚至入值军机，成为首席军机大臣，比如刘统勋、阿桂。

在积累了丰富的治水经验后，刘统勋被乾隆封为刑部侍郎，仍然留在浙江治水。第二年，刘统勋被乾隆召回京城任职。乾隆四年（1739年），刘统勋母亲去世，刘统勋按照礼制，回乡为母亲守孝，将刘墉也带回了家乡。

擅长书法的翰林

刘墉自幼聪慧，读书过目不忘，悟性甚至高于刘统勋。刘统勋闲来检查儿子的学业，总是大喜过望。刘家数代读书出仕，家学渊源，刘统勋又长期在翰林院工作，能够让许多翰林同事指导儿子学业，这种学习条件甚至超过了和珅。在刘统勋的安排下，刘墉学业进境极快。

不过贪多嚼不烂从来都是做学问的大忌，刘统勋让诸多精英学子"众筹"教育刘墉，显然也存在这个方面的隐患。学问一多一杂，就不容易形成主干，在科举和为官上就不会太顺利，纪晓岚就吃了这方面的亏。刘统勋回乡为母守孝，恰恰提供了一个机遇，能够让刘墉从这种"众筹"式的教育中暂时解脱出来。刘统勋在家闲来无事，除了整理治水文稿，就是指导刘墉读书学习。刘统勋从嵇曾筠那里学到大量宝贵的实践知识，也通过日常切磋，潜移默化地教给了刘墉。从这个角度来说，刘墉早期教育的起点，是要超过刘统勋的。

乾隆六年（1741 年），刘统勋守孝期满，带着刘墉又回到了京城。乾隆虽然此时根基已经渐渐巩固，但仍然需要重量级的汉官支持，以分化张廷玉、鄂尔泰在汉官中的影响。看到刘统勋归来，乾隆不由得大喜过望，连连拔擢刘统勋。短短五六年间，刘统勋便先后升任漕运总督、工部尚书兼翰林院掌院学士，进入了朝廷重臣的行列。

刘统勋的上升，给刘墉创造了更好的学习条件。回到京城以后，刘墉不仅能够从更多的精英学子那里学习各种知识，也能从刘统勋的各种业务中获取营养，学业进步更加迅速。更重要的是，刘统勋地位的提高，让刘墉有了依靠恩荫举人直接参加会试的资格。

乾隆对身边重臣的后人都不错，不少人都是被乾隆直接授予举人资格参加会试，甚至让功臣后人直接以荫生资格从政做官。比如军机大臣陈大受的儿子陈辉祖，就是以荫生的身份从政，逐步做到闽浙总督的。

乾隆明白，刘统勋还是希望儿子能够以科甲正途立足官场，因此没有直接授予刘墉荫生的身份。彼时科举已经被整个官场视为为官的正途，即使是满人也以科甲出身为荣耀。但到了乾隆时期，科举之路已经越发"内卷"，特别是童试、院试、乡试这三关尤为拥挤不堪，一不留神就会将最黄金的岁月消耗在这三关上。

乾隆直接授予刘墉举人资格，让刘墉能够直接参加会试和殿试，从而确保刘墉能够在人生的黄金年华，以科举正途的身份入仕。毕竟刘墉

盛世君臣

才华横溢，又得到了当时全国士林中最优秀的一批学人的指点，即使是于敏中也没有这么好的学习条件。更何况深得雍正帝宠爱的尹继善，也是一路过关斩将，通过乡试成为举人后才有了参加会试和殿试资格的！

乾隆十六年（1751 年），刘墉以恩荫举人的身份参加会试，此时的他已经三十二周岁，不算太年轻。皇帝垂怜，刘墉顺利通过会试和殿试，高中二甲第二名进士。

刘墉高中进士后，不由得喜极而泣。回望来时路，刘墉的科举之路也殊为不易！接二连三地在乡试之路上吃亏，也让刘墉意志颇为消沉，与父亲刘统勋比相差就不是一星半点了。幸亏乾隆及时赏赐举人身份，这才一路过关斩将，顺利通过殿试。乾隆的恩情，无论是刘墉还是刘统勋，都要记上一辈子！

和父亲当年一样，刘墉被选为庶吉士，数年后通过考核，被授予编修一职。这一关也很重要，非考核优异者不得留翰林院任职。当年的袁枚就是因为满文不过关，最后没办法留在翰林院，不得不到两江担任知县。刘墉能够通过考核出任编修，意味着他从此成了天子近臣，入阁拜相都是有可能的。将来仕途上的成就，未必在刘统勋之下。

刘墉出任编修，也让刘氏一门喜气洋洋。此时的刘统勋已经入值军机，成为汉族大臣中最显赫者，即使是汪由敦、刘纶都要退避三舍。刘统勋奉乾隆诏命，多次到地方治水、审案、赈灾，成为乾隆王朝的救火队长，深得乾隆和傅恒的信任和爱重。但无论如何，此时的刘统勋已经是五十多岁的老翁，如果刘墉不能及时利用父亲的荫庇进入官场，那刘氏家族的未来会如何，也就不言而喻了。

翰林院的文人学士们都是天子近臣，常常跟随天子左右，不但以文学书画特长侍奉皇帝，而且还有协助皇帝处理政务的机会。在中央集权已经日益完备的明清时期，高层政务处理日益专业化，因此优秀的翰林就成了宰相人选的重要来源。对于热爱文学艺术的乾隆来说，跟随他左右，仕途上的机会更多。正因为如此，张廷玉才让精通绘画的儿子张若霭侍奉乾隆左右，以一手优异的画技取得了皇帝的欢心。只可惜张若霭英年早逝，没能熬到入阁拜相的时候。

刘墉也有自己的绝活。刘墉的书法堪称一绝，与成亲王永瑆（乾隆的十一阿哥）、翁方纲、铁保齐名，并称为"乾隆四家"，甚至有人将他们称为清朝四大书法家。

乾隆非常喜爱书法。早年模仿康熙，书法师承米芾、董其昌。中年以后，乾隆的书法为之一变，转学赵孟頫，深得赵体之精妙。乾隆书法字体稍长，楷书中多有行书笔意，行书中又含有草书的意韵，飘雅秀丽。但缺点就是从整体来看，其文字过于整齐划一，缺乏变化，"虽有承平之象，终少雄武之风"。

在乾隆的带动下，全国都兴起了学习赵孟頫的风气。乾隆看自己能引领士林风气，不由得开心不已。乾隆一高兴，下旨搜集历代优秀的书法碑帖，并命令翰林们进行整理，颁行天下，供士子们学习，无形之中对中华书法文化作出很大贡献。

在这种情况下，刘墉的书法特长，当然会引起乾隆的极大关注和兴趣。刘墉书法初学赵孟頫、钟繇，甚至对中年的乾隆都产生了影响。中年后他开始有了自己的创新，不拘一格，貌丰骨劲，味厚神藏，特别是善用浓墨，被尊称为"浓墨宰相"。乾隆对刘墉的书法非常欣赏，多次盛赞刘墉书法，更让刘墉撰写多部书法珍品，入藏大内。

刘墉的文才和书法得到乾隆的赞许，特别是书法让乾隆尤为喜爱。很快，乾隆就将刘墉升为侍讲，长随左右，一有闲暇便切磋文史和书法。

出任江苏学政

正当一切都顺风顺水的时候，刘氏家族突然遇到大麻烦。原来因为办理西北军务问题，时任陕甘总督的刘统勋建言不当，触怒乾隆，被暴怒的乾隆下令抓捕入狱。具体情况，读者可以参阅本书第一卷《刘统勋》篇。刘墉也受到牵连，被抓进刑部大狱。

乾隆下旨，抄没刘统勋和刘墉的家产。乾隆特别嘱托，要查抄刘统勋和刘墉所有往来文字，送到御前由乾隆本人细细查看。

乾隆仔仔细细验看了刘统勋、刘墉的往来文字，并无一字一句"悖逆之语"，反而都是忠君爱国、忧国忧民的文字，让乾隆沉吟不语。乾隆由此对刘统勋、刘墉父子的印象大为改观，真正将他们父子二人尤其是刘统勋当成了自己的心腹。回想起当年张廷玉也被乾隆搞了类似的一出才过关，获得配享太庙的资格，可以确定，正是这次刘氏父子全部的文稿都被乾隆仔细检查，才有了日后刘统勋成为首席军机大臣的荣光。

乾隆的火气一退，事情就有了转机。刘统勋毕竟是乾隆一手栽培，在军机处办差又非常得力，很快就被乾隆宽恕，重新任命为刑部尚书，不久又在军机处行走。刘墉也被释放出狱，不过被降为翰林院编修。

经过这场风波，乾隆对刘氏父子算是彻底放了心。刘统勋在军机处的地位日益吃重，刘墉的仕途也开始得到乾隆的格外关照。乾隆二十一年（1756年）六月，刘墉被任命为广西乡试正考官，主持当年广西乡试，这通常是乾隆身边文臣离开文学侍从身份正式从政的起点。

主持了广西乡试后，当年十月，乾隆又任命刘墉为安徽学政。为了勉励刘墉，乾隆还专门召见刘墉，并赋诗一首，赠予刘墉，其中有"海岱高门第，瀛洲新翰林"之句，对刘墉的看重跃然纸上。

乾隆虽然喜爱刘墉的文才特别是书法，但此时的刘墉已经三十七八岁，如果再做文学近臣，这辈子不进军机处，也就这样了。军机处里刘统勋正干得风生水起，日益受到乾隆和傅恒的重视，又春秋正盛，军机处里当然不能有父子同为军机大臣的道理。这么一来，乾隆只能让刘墉出任外官，先积累从政经验和资历，再徐图将来。

刘墉到了安徽，发现当时安徽的教育一片混乱。由于苏皖分省还没有彻底完成，安徽各地的士子参加乡试，都要到金陵，这就给了很多人影响乡试结果的空间。刘墉到任以后，针对这一片混乱的情况，上书乾隆，请求乾隆让安徽地方辨别生员优劣，不得以劣充优，扰乱乡试，得到乾隆的赞许，并批复安徽地方执行。

同时，刘墉还将皖省省会设在金陵给安徽行政秩序带来的各种困扰与不便，向乾隆做了汇报，促使乾隆下定决心，将安徽省会迁往安庆，最终完成苏皖分省。

乾隆二十四年（1759年）十月，刘墉调任江苏学政，主掌江苏文教。江苏是清代文教大省，人文荟萃，才子如云，向来受乾隆重视。明代文教以江苏、浙江、江西三省为最。到了清代，江西文教开始衰退，江苏在全国文化界的地位也更吃重，康熙以降，历代清帝都重视江苏文教事业的发展。乾隆让刘墉担任江苏学政，显然是看重刘墉的能力和人品，相信刘墉能够振兴江苏文教事业，为朝廷培育、选拔人才。乾隆为此专门召见了刘墉，并赋诗一首相赠：

皖歙嘉能职，吴淞俾董繁。

先经后子史，多行寡文言。

可作化裁法，毋孤简用恩。

繄予勤实政，藻颂不须烦。

乾隆对刘墉的期望，跃然纸上。

江苏虽然文风浓厚，但随之而来的副产品就是文痞讼棍甚多。一些无赖文人在地方包揽词讼，扰乱科考秩序，还和胥吏们沆瀣一气，扰乱行政、司法，让地方官也深感头疼。刘墉到任后，不管两江总督尹继善是朝廷重臣，对这些现象进行了严厉打击，并上书乾隆，指出江苏文教的种种弊端。乾隆本来就有心敲打尹继善，看了刘墉的奏折后不由得大为欣喜，将刘墉的奏折发给尹继善和高晋，限令两江方面立即扫除江苏文教积弊，不得有误。可怜的尹继善又成为刘墉上升路上的垫脚石，被刘墉小小地借了一把力，只能暗自感叹今时不同往日，乾隆待自己远不如雍正。刘墉也由此受到乾隆的嘉奖，被乾隆誉为"知政体"。

制造文字狱

但刘墉在这个时候做了一件不光彩的事，凸显了他和刘统勋甚至尹继善人格上的差距。乾隆二十五年（1760年），徐州发生大旱，夏粮几乎颗粒无收。但两江总督衙门认为，徐州灾情只是局部灾害，没有达到需要赈济的级别，因此决定按往常一样继续征收粮食。

徐州灾情严重，民众哪有能力缴纳税粮？很多百姓自发组织起来抗粮拒差，声势越闹越大。官府眼见不妙，急忙着手弹压，很快就将事态平息下去。

事态虽然平息，但官府仍然不肯罢休，很快查明一名名叫阎大镛的举人，带头抗粮拒差，于是当即下令拘捕阎大镛。阎大镛虽然早早逃亡，但很快就被官府抓获归案。

这件事本来与刘墉无关，但问题是阎大镛是举人，拘捕他需要找刘墉盖章，刘墉盖了章才能治他的罪。换作一般学政，这件事本与自己无关，盖个章也就了事，省得陷进这种旋涡。但刘墉不这么想。

刘墉此时已年届四十。不要说与傅恒相比，哪怕与自己的父亲刘统勋相比，仕途上也不占优势。须知在这个时候，刘统勋已经是大清新兴的治水名臣，仕途通达可期。刘墉在这个时候只是个学政，虽然贵为三品大员，但毕竟学政属于临时性官职，放在唐代叫作"使职"，类似于钦差，下一步去向如何，还要看运气和皇帝的眷顾。刘墉想找个机会搏上一把，就是可以理解的了。

刘墉看到徐州方面的行文，感觉机会来了，连忙星夜奔赴徐州。一到徐州，刘镛就要求查阅阎大镛一案全部卷宗和缴获材料。

徐州方面也甚感稀奇，很少有学政老爷这么关心地方案件的。不过刘墉的要求毕竟不算过分，徐州官府也只能将阎大镛一案全部卷宗和查缴文字都转交刘墉，由刘墉细细查看。这一查看不打紧，却引发了清史上数得上的文字大狱。

刘墉细细查看阎大镛一案的全部文字，犹如当年乾隆细细查看他们刘家和张廷玉一家全部文字一般。刘墉学问宏富，火眼金睛，很快就发现了阎大镛一案的"悖逆"之处。

原来阎大镛仓皇逃跑之际，留下一本没有来得及完全烧毁的诗稿，里面对清朝的统治多有激愤之语。刘墉一看如获至宝，赶紧下令继续追查。

这一追查不打紧，刘墉惊喜地发现，原来阎大镛的祖父和父亲，也曾多次触犯文禁，只是当时官府出于多一事不如少一事的心态，息事宁人，放过了阎大镛的祖父和父亲。刘墉看到如此大鱼，怎能不食指大动？

刘墉当即断定，阎大镛一案并不简单，本质上属于世代反清的家庭，遇到合适时机煽动百姓谋逆的大案。刘墉赶紧将"案情"写成奏折，并附上"证据"，上呈乾隆。

乾隆看到刘墉的奏折，不由得勃然大怒。乾隆当即下旨，命两江总督高晋、江苏巡抚陈宏谋严查此案。

高晋、陈宏谋看到乾隆这份大发雷霆的圣旨，顿时吓得魂飞魄散。高晋生性宽厚贤德，陈宏谋更是乾隆朝优秀督抚的代表，都不是愿意搞文字狱的人。眼见得乾隆让他们去做这种事情，都憋了一肚子火，暗骂刘墉不是东西。但君命难违，高晋、陈宏谋也只能打起精神，"彻查"此案。

高晋、陈宏谋不敢怠慢，连忙对阎大镛严刑拷打，逼问是否还有其他"反书"。阎大镛吃不过严刑拷打，只得供述自己所著的文集《俣俣集》中，有对地方官府不满的言辞。不过，当年的知县李棠已经对《俣俣集》做了收缴和毁版处理，《俣俣集》已经很难找到！

事情到了这个地步，高晋和陈宏谋已经顾不上自己的名声了。高晋、陈宏谋一边下令在民间重金搜寻《俣俣集》，一边行文山东，拘捕已经回到老家的李棠。

让高晋和陈宏谋开心的是，在重赏的刺激下，果然有两本《俣俣集》被找到。高晋和陈宏谋连夜察看，认为里面有大量"悖逆"语句，罪不可赦。高晋、陈宏谋连夜写成奏折，上报乾隆。

乾隆看到高晋、陈宏谋的奏报，气得七窍生烟，下旨："如此情节可恶，自当照吕留良之例办理！"眼见得一场大狱就要揭开大幕。

很快，高晋、陈宏谋将《俣俣集》送到了乾隆的面前。此时乾隆正在筹划再一次下江南，意在抚慰、结好江南士林。前几次下江南，乾隆自认为已经和江南士林建立了初步的互信，当然不愿意破坏这种来之不易的关系。在翻阅了《俣俣集》后，乾隆认为此案案情并不像高晋、陈宏谋所说的那样严重。

乾隆在给予高晋、陈宏谋的圣旨内宣称，阎大镛虽然"狂悖不经"，着实可恶，但案情并不如吕留良那般严重。乾隆训令，此案不要株连，严惩阎大镛一身即可。阎大镛家人视情节严重程度，再予以惩治。原沛县知县李棠业已去世多年，免予处分。

七月中旬，阎大镛《俣俣集》案审结，阎大镛被判死刑，秋后问斩，家人也受到不同程度的连累，所幸没有大开杀戒。高晋、陈宏谋急于邀功，动用四百里加急快马向乾隆禀奏。

乾隆收到文书，本以为是江南又发水患，心中还有些担心。打开奏折一看，原来是阎大镛一案的审结奏折，不由得火冒三丈。乾隆当即下旨，斥责高晋、陈宏谋动用四百里加急呈送这样的平常奏折，纯属浪费行政资源，"殊为不知轻重"，"高晋、陈宏谋著传旨申饬"。高晋和陈宏谋碰了一鼻子灰，对刘墉的恼恨又多了几分。

这么一来，江南士林群情汹汹。士子们不敢怨恨乾隆，把怨气都集中到了刘墉身上。高晋和陈宏谋当然也不会给刘墉好脸色。滑稽的是，乾隆以为江南出此大案，刘墉作为学政也难辞其咎，将刘墉"降职"为太原知府。

刘墉自以为得计，但这件事在乾隆心中留下长久的涟漪。乾隆心中有着浓厚的圣天子情结，处处都想和古代著名君主看齐。表现在用人上，就非常喜欢清正廉洁、刚直不阿的文臣，特别喜欢这些文臣与自己表演君臣相知的佳话。刘统勋、陈宏谋的受宠，并获得乾隆"真宰相"的赞誉，原因即在于此。聪慧狡黠的于敏中看出了乾隆的这层心思，因此处处表现出如刘统勋一般的清正刚直，成功地获得了君心。

刘墉赤膊上阵，搞出这么一出文字大狱，让乾隆对他不由得暗生鄙夷。对于有儒家君子审美癖好的乾隆来说，实在不能接受君子会去搞文字狱陷害他人。主动帮助乾隆搞文字狱的汉族大员，很少有能入阁拜相的。尽管刘墉踩着阎大镛的人头获得了更大的实权，却被乾隆打入了另册。命运馈赠的礼物，早就在暗地里标好了价格。

同样尴尬的还有刘统勋。刘统勋一生清正刚直，没想到宝贝儿子居然搞起了文字狱。须知以刁滑著称的于敏中，也注意同文字狱保持距离。刘墉在阎大镛一案中的行径，让天下士子对于刘家的家风不由得产生怀疑，对刘统勋的人品也要打个问号，怎能不让刘统勋羞愧万分？刘统勋日后极力反对修撰《四库全书》，就是生怕再出文字狱，让刘氏家族永远蒙羞。

心中暗怒的还有尹继善、高晋和陈宏谋。刘墉担任江苏学政不过才一年多一点时间，就掀起这多风波，让三位大佬屡次遭到皇帝申斥，惊魂万分。这三位大佬，要么是皇亲国戚，要么是德高望重的文臣领袖，朝中势力盘根错节，哪里是刘墉得罪得起的？他们对于刘墉自然没有什么好话，对刘墉日后的仕途也产生深远影响。

山西翻船记

在担任江苏学政两年多以后，乾隆二十七年（1762年），刘墉被乾隆任命为太原知府，此时的刘墉已经42岁。山西素来是北方军事重镇，明朝时期在此驻扎重兵，防范塞外骑兵。清朝入关以后，山西的军事地位虽然不复以往，但仍然是控扼太行要道、虎视中原的军事要地。清廷一向重视西北经营，在西北屯有重兵。山西地处西北与华北平原之间，重要地位不言而喻。乾隆将刘墉派到太原，显然是为了锤炼刘墉的行政干才，以备大用。

这是刘墉第一次担任地方主官。刘墉虽然在江南搞出文字狱，但在本质上，他与和珅还是有区别的，至少刘统勋在阎大镛案之后，加强了对他的教育。不过，乾隆却不会轻易放过刘墉，既然刘墉已经有了文字狱的经验，下次还会让他去处理类似案件。对刘统勋则不然，乾隆很注意不让刘统勋处理文字方面的案件。

刘统勋对刘墉痛加责备，让刘墉也深感羞愧。阎大镛案最后弄成那个结果，刘墉也始料未及。幸亏乾隆为了安抚江南士林，下令不得株连，这才让这个案子草草收场。刘墉怀着良心的遣责，惴惴不安地到太原上任。

到了这个时候，刘统勋的政治经验也帮不了刘墉太多，只能靠刘墉自己摸索。刘统勋为官多年，所从事的主要是治水、审案和军务，地方行政事务则少有涉及。尽管刘统勋曾经短暂担任过陕甘总督，但主要精力还是放在军务上，对于民政的经验和体会还是不深，也不能给刘墉太多的指导。可以说从刘墉担任太原知府的那一刻起，刘墉就被乾隆放在了和刘统勋不同的赛道，走的是尹继善、陈宏谋的路线。入值军机基本没戏，入阁拜相看机遇。

怀着对未来的迷惘，刘墉开始了繁忙的日常政务。清代山西商品经济发达，特别是乾隆时期，堪称华北经济中心。太原是山西的省城，不但政治地位重要，经济上也有重要地位。相对应的就是各种政务之繁杂程度，要远胜一般府城。在这样的城市担任知府，很考验刘墉的能力。如果稍有不慎，前途就会大受影响。

所幸的是，刘墉怀着一颗忠君爱国之心，认认真真完成各项行政工作，取得了良好的效果。刘墉两袖清风，不受苞苴，又公正廉洁、勤政爱民，赢得了太原百姓的一致爱戴，也为刘统勋挽回不少脸面。否则刘统勋真不知道该怎么面对尹继善、陈宏谋和江南百姓。乾隆看到刘墉所展现出的行政能力，也大为赞许。乾隆三十年（1765年），乾隆将刘墉升为冀宁道台。

刘墉如果按照乾隆给他安排的路径一路升迁，很快就能做到布政使，成为一方封疆大吏。有乾隆和刘统勋这两棵大树可以乘凉，巡抚、总督对于刘墉来说，不说唾手可得，也是探囊取物。但人算不如天算，这个时候发生的一件事，让刘墉的仕途大受挫折。

乾隆三十一年（1766年），刘墉下属、阳曲县令段成功侵吞国库银两事发。段成功被下狱论罪，刘墉作为上司，没能及时察觉到段成功贪污国库银两，属于失职，理当连坐。刘墉毕竟是大内词臣出身，对于基层这些贪赃枉法的手段感受不深。

要说这也怪刘统勋，你既然审理了那么多的大案，为什么不把案件细细向刘墉解说？这一点上刘统勋就不如阿克敦。阿克敦担任刑部尚书后，就非常注意向儿子阿桂解说各类案件，并教导阿桂慎刑慎杀，宽柔化民，实在是有名臣气度！阿桂能成长为一代名相，庇护广大朝廷君子不受和珅残害，与阿克敦的教育是分不开的。

此案牵涉甚广，连时任陕甘总督的和其衷都被牵涉其中，被查明是段成功的黑后台。案情审明后，乾隆大笔一挥，和其衷、段成功判斩立决，秋后执行；山西布政使文绶、道台刘墉涉嫌徇私隐瞒，判处斩监候。乾隆考虑到文绶、刘墉二人不清楚案情，确被段成功蒙蔽，并未参与贪腐，因此决定赦免二人死罪，发往军台效力。

刘统勋也老泪纵横。儿子年近半百，在官场上却仍像个愣头青一般，闯下无数祸事，连累老父和家人。刘统勋连忙上表请罪，请求乾隆严惩刘墉和自己。幸亏乾隆非常看重刘统勋，而且此时尹继善也已入朝拜相，鄂党势力有死灰复燃的趋势，乾隆需要刘统勋协助傅恒，遏制尹继善在朝廷不断增长的影响，因此对刘统勋好言劝慰。乾隆三十二年（1767年），刘墉被乾隆赦免，重新回到京城，在修书处担任行走一职。

刘统勋去世

修书处的生活清冷而平静，刘墉一边认真读书，一边协助父亲刘统勋做一些文字工作，间接辅佐乾隆。多年的宦海生涯让刘墉积累了不少为官心得，气质少了几分轻狂。刘统勋看在眼里，也愿意让儿子为自己分担一些工作，并将多年来所积累的政治经验传授于他。

以往刘墉未经世事，总觉得父亲的话是老生常谈，不太放在心上。在被第二次下狱并发往军台效力后，刘墉的心态有很大变化，更加勤勉地做好手边工作，并认真向父亲讨教，学习到许多当宰相的经验。这些宝贵经验，为刘墉日后辅佐嘉庆帝，打下坚实的基础。

刘墉的变化也被乾隆看在眼里，让乾隆也倍感欣慰。刘墉回京的时候，乾隆有意冷落了他一段时间，先观察他的反应。发现刘墉认真悔过，又为刘统勋分担各项繁杂事务后，乾隆对刘墉又高看了一眼。乾隆是愿意给年轻人机会的人，即使这个年轻人犯了错误。很快，乾隆又让刘墉做一些文字工作，并命刘墉撰写书法作品，进呈大内。

乾隆三十四年（1769年），刘墉被乾隆任命为江宁知府，主政金陵这个江南最大都会。乾隆的意思很明显，刘墉所受的一系列挫折，都是由江南地区而起，刘墉在江南的名声也因此不太好。乾隆希望，刘墉能够好好振作，在哪里跌倒，就在哪里爬起！

乾隆对刘墉的安排，也让刘统勋感恩戴德。此时缅甸战事不利，明瑞殉国，乾隆正在酝酿让傅恒挂帅出征。但是，傅恒一旦出征，尹继善就成了事实上的首席军机大臣，不能不让乾隆感觉到如芒在背，深恐鄂党借机败部复活。二十年前讷亲、张广泗不和所引起的一系列清洗鄂党的血案，还让乾隆历历在目！在这种情况下，重用刘墉，争取刘统勋的更大支持，就是很自然的了。

刘墉带着乾隆的期望和父亲的嘱托再次到了江宁，此时的他已经是五十老翁。阎大镛一案，在江南的影响甚坏，无论是士人还是百姓，对刘墉都没有什么好印象。每每想起此案，刘墉也甚为懊恼：如果当时自己不节外生枝，就不会有后来一系列变故。自己做完江苏学政，就会回到京城，第二次下狱也就不会产生，现在差不多应该是从二品的内阁学士了！然后就可以向父亲学习治水，成为下一个治水出身的军机大臣，也不是不可能的事情！

怀着复杂的心情，刘墉开始了江宁知府的工作。乾隆让刘墉做江宁知府还有一层用心：段成功一案牵连甚广，段成功的黑后台、山西巡抚和其衷因为段成功对自己多有帮助，保举段成功当了苏州同知，官居五品。段成功案发后，江苏巡抚、状元庄有恭即将离任，因为段成功在山西犯的案子，而且和其衷承诺为段成功弥补亏空，就以多一事不如少一事的心态保下了段成功。没想到此事却被乾隆获悉，下令彻查案情，不但段成功、和其衷被处斩，庄有恭和江苏官场涉案人等也被严惩。整个江苏官场上下肃然，贪墨行为大为减少。乾隆让刘墉去担任江宁知府，既有敲打江苏官场之意，也因为江苏官场刚被整肃，短期内不会给刘墉制造麻烦，免得让刘墉再次跌跤。

刘墉、刘统勋对乾隆的心意显然是心领神会，也感激不已。刘墉到任后，在政事上除繁布简，为百姓争取各项实惠，又清正廉明，拒绝收受各种贿赂，赢得了江宁百姓的交口赞誉，称赞刘墉不愧为刘统勋老相国之子，有包青天之风。不过江南士林可没有这么好打发，仍然没有放下对刘墉的成见和怒气。这种矛盾持续到最后，还是要爆发的。

乾隆三十六年（1771年），文华殿大学士、首席军机大臣尹继善去世，刘统勋成为首席军机大臣。乾隆此时已经没有其他选择，而且刘统勋是乾隆一手栽培的，与乾隆关系之密切，可谓是仅次于傅恒。乾隆为此专门破了自己亲手立的汉人不得担任首席军机大臣的规矩，让刘统勋担任了首席军机大臣。当然，刘统勋仍然担任品秩较低的东阁大学士，没能担任保和殿大学士或者文华殿大学士。到了于敏中担任首席军机大臣的时候，直接就以文华殿大学士的身份表率百僚。

刘统勋位极人臣，刘墉的官场前途也一片光明。汉人担任首席军机大臣是本朝几乎未有之盛事，连一向对刘墉颇为仇视的江南士林都感觉与有荣焉，无形中也消除了不少对刘墉的成见。刘墉在江南的政声，也就水涨船高了。

朝中有人好做官。父亲担任首席军机大臣，儿子也能沾光。乾隆三十七年（1772年），刘墉被提拔为陕西按察使，成为正三品大员。这一步对于刘墉来说，殊为不易。经过十二年的兜兜转转，刘墉从正三品的江苏学政，终于干到了正三品的陕西按察使。

表面上看来，刘墉的仕途，受他一手炮制的文字狱影响很大，但仔细发掘还有更深层次的原因。刘统勋位高权重，是乾隆须臾不可离开的心腹股肱，但这对刘墉来说就不一定全然是好事情。刘墉文采斐然，才华不在于敏中之下。如果一直留在乾隆身边，到这个时候，至少是个内阁学士，成为朝廷重臣指日可待，甚至有可能在刘统勋生前就成为协办大学士。乾隆心胸再宽广，也很难接受刘统勋父子一在军机、一在内阁的局面。须知以福隆安、福康安、福长安与乾隆关系之亲之深，乾隆也不愿意他们中的兄弟二人同在京城任职！

因此，就算刘墉不炮制文字狱，乾隆也不会让刘墉长期留京，而是会让他在地方上担任行政主官，走尹继善、陈宏谋的发展路线，逐步成为督抚领袖，再入阁拜相。当然，能不能走到尹继善、陈宏谋的高度，还要看刘墉自己的造化。

天下事往往人算不如天算。正当刘墉在陕西按察使任上干得风生水起的时候，刘统勋突然去世。消息传来，刘墉不由得五雷轰顶。尽管刘统勋身体已经大不如前，但此前并没有急剧恶化的迹象。不要说刘墉，即使是与刘统勋朝夕相处的乾隆和刘府家人，也没有想到老相国会突然去世。

不要说刘墉感情上接受不了父亲去世的事实，乾隆同样也接受不了。那段时期尹继善、陈宏谋、刘统勋相继去世，清廷面临人才青黄不接的危机。刘统勋担任首席军机大臣以来，夙夜辛劳，政务、军务都压在刘统勋一个人身上，对刘统勋的健康产生很大影响。考虑到尹继善主持军机处的时候就年老多病，刘统勋实际主持军机处的时间还更长。特别重要的是，大小金川战事如火如荼，清军进展极为不顺。刘统勋不仅要与乾隆商议作战计划，协助乾隆指挥战事，还要为前线将士源源不断筹措军饷和其他物资供应，压力可想而知。这样看来，刘统勋的早逝，也就不奇怪了。

按照礼制规定，刘墉需要为刘统勋守孝二十七个月。刘统勋恩布天下，折服满汉，这个守孝期限的折扣是一点都不能打的。即使乾隆有心让刘墉早日归来，也是心有余而力不足。刘墉只能眼含泪水，从陕西按察使的位置上卸任，回到山东老家守孝。

初识和珅

乾隆四十一年（1776年），刘墉守孝期满，回到京城报到。乾隆听到刘墉回京的消息，不由得想起刘统勋多年的功勋，慨然长叹，遂授刘墉为内阁学士，从二品，入值南书房，成为乾隆的私人顾问。

随着军机处的设立，内阁和南书房已经失去康熙时的荣耀。但内阁毕竟是法定的国家最高行政机构，南书房更是天子与臣下读书议政、谋划大计的场所，所以内阁与南书房的实际影响仍然不容小觑。能够同时在内阁和南书房任职的官员，即使是军机大臣看了，也要礼敬三分。

军机处成立以后，乾隆不止一次流露出嫌军机大臣尤其是首席军机大臣权力太重的想法。不只是乾隆，后来的清帝都采用各种手段遏制军机处的影响，防止军机处无限制扩大自身权力。比如咸丰就重用御前大臣，让御前大臣分割军机处的部分权力，当然也引起了军机处的反弹。恭亲王奕訢勾结慈安、慈禧发动"祺祥政变"，本质上就是以奕訢为首的军机处对以肃顺为首的御前大臣的权力反扑。后来慈禧与军机处发生矛盾，军机处也曾拒绝草拟诏书，逼迫慈禧不得不亲自手写诏书发往内阁。

正因为如此，乾隆不可能完全将权力交给军机处，更不可能完全架空内阁为军机处消除障碍，而是要利用内阁和南书房两个工具，对军机处进行钳制。很多重要奏折本章发到军机处，军机大臣们送交乾隆后，乾隆往往先与内阁、南书房的官员商议达成初步共识，才与军机大臣们商议，再将商议结果拟成正式诏书。这也可以看成内阁对于军机处的反向钳制。

经过多年蹉跎后，刘墉终于进入帝国权力中枢。出身于宰相家庭的刘墉，不但具备多年历练而成的行政长才，更有父亲亲自传授的为相之道，深谙政坛内情，是大清朝不可多得的俊逸之才。假以时日，沿着父亲刘统勋的足迹入阁拜相、入值军机，也不是不可能的事。

但此时乾隆的心态已经发生重大变化。经过数年的鏖战，到刘墉回京的时候，大小金川之战基本接近尾声。清军特别是八旗军在付出空前重大的代价后，终于消灭大小金川土司，打通了由四川入藏的道路。这对日后中国遏制英帝国主义入侵西藏极为重要。

八旗军在大小金川之战中受到重创，从此以后，八旗军不再作为主力投入战场，绿营兵取代了八旗兵野战主力的地位。福康安平台、平廓之战，都是以绿营兵为主力，更不用说嘉庆、道光年间的多次战争、战役。清廷的嫡系武力，遭到了前所未有的削弱。

这些事乾隆可以瞒过天下人，但瞒不过军机处和内阁的衮衮诸公。八旗兵伤亡惨重、将帅凋零，让乾隆的不安全感大起。面对汉族大臣，乾隆已经失去了以往雍容、平和、爱重的心态，转而开始用猜忌的眼光看待汉族大臣，生怕汉族大臣借机取得更大的权力。

于敏中的专权，加剧了乾隆这一心态。于敏中在继刘统勋担任首席军机大臣后，利用其嗣外祖父史贻直鄂党领袖的地位，整合旧张、鄂两党势力，成为可怕的权力怪兽。或许是窥伺到八旗兵尤其是乾隆嫡系将帅损失惨重，于敏中在乾隆面前再也不像以往那样顺从，大肆抓权揽权，坊间甚至有"金坛秉国"之说。

在这种情况下，乾隆当然不愿意再像以往那样放手重用汉大臣，而是扶植满洲新兴力量来对汉大臣势力加以钳制和削弱。虽然阿桂也是满人，但阿桂从来都不是乾隆的嫡系，反而和于敏中等汉族大臣交情匪浅。乾隆的这种心态反映到军机处当值的人选上，就是汉大臣进入军机处学习行走的人数大减，于敏中之后六七年间，只有梁国治长期在军机处当值。福隆安、和珅、庆桂（尹继善之子）等年青一代满洲贵胄在军机处长期当值，有效地削弱了于敏中、阿桂等人的力量。

刘墉就是在这种复杂的局面下回到朝廷的。乾隆看到刘墉，情不自禁地就想起刘统勋，对刘墉当然非常客气，很快就授予刘墉内阁学士的职务，但在心态上，已经不准备特别重用。刘墉此时也年近六旬，能否入值军机，也就要看今后五六年了。

乾隆四十一年（1776年），刘墉出任《四库全书》副总裁，意味着刘墉政治地位的进一步上升。须知长期压着和珅一头的军机大臣梁国治，也不过是《四库全书》的副总裁！乾隆如此作为，显然是看在刘统勋的面子上。虽然乾隆未必愿意像重用刘统勋一样重用刘墉，但让刘墉官居一品，成为朝廷重臣，还是愿意的。

除此之外，刘墉还被任命为《西域图志》和《日下旧闻考》的总裁官，这是乾隆很重视的两部大型图书。其中《日下旧闻考》的总裁官是和珅的"太上"岳父老泰山英廉，刘墉与英廉又产生了交集，其中的龃龉，又让刘墉间接得罪了和珅。

这段时期的和珅过得也不是特别爽快。自从乾隆三十七年（1772年）进入乾隆的视野后，和珅像坐了火箭一样一路蹿升，不但让于敏中、梁国治等感到嫉妒，连阿桂、永贵、福隆安、丰升额、庆桂等人都感觉到不是滋味。这两拨人马联起手来，加上于敏中和阿桂之间的错综复杂的政治联系，一起打压和珅。在这种情况下，乾隆当然不愿意让刘墉进入军机处学习行走，免得加强遏制和珅的力量。一直到于敏中去世，军机处内对和珅的遏制才告一段落。

《一柱楼诗集》案

乾隆四十二年（1777年）七月，刘墉出任江南乡试正考官，不久又复任江苏学政。刘墉与江南士林本有宿怨，乾隆做这种安排，显然是把刘墉架在了火上烤。

江南士林人精众多，从乾隆如此的安排上一下子嗅到了刘墉不太受乾隆待见的味道。于敏中此时又在京城秉政，江南士子们消息灵通，对刘墉的处境那是了如指掌。

江南士子们聪慧伶俐，心较比干多一窍，智有张良胜三分，逮着这个机会哪里会放过刘墉？即使一时半刻抓不着你什么把柄，也要不断使绊子下套子，让你不舒服，反正刘统勋老相国已经不在了不是？一时间，江南上下对刘墉冷言冷语，从官场到士林，都绷着一张冷脸，让刘墉倍感寒意。

好个刘墉，很快就找到了破局的办法，还是屡试不爽的老招数——文字狱。

当然这件事也不能完全怪刘墉，他也有被动卷入的成分。原来扬州府东台县（今江苏省东台县）有一名文人叫徐述夔，乾隆初年曾经担任过县令，后归隐乡里。徐述夔具有朴素的民族主义思想，非常痛恨大清朝廷，辞官回乡后写了不少诗文，痛骂清廷。这些诗文给他的家族带来了大祸。

徐述夔去世以后，他的儿子徐怀祖出于孝心，出钱将父亲的遗著《一柱楼诗集》《和陶诗》《学庸讲义》刊刻出版。当然，传播范围是很有限的。

乾隆四十二年（1777年），徐怀祖去世，家里缺了顶梁柱，就招来了祸事。

东台光棍蔡耘田找到徐怀祖儿子徐食田，声称其父徐怀祖花2400两白银从自己手中购得土地数顷。这片土地有自己的祖坟，要求花900两银子赎回这几顷土地。蔡耘田的出价远低于当时的卖价，徐食田当然一口拒绝。

狠毒的蔡耘田伙同堂兄蔡嘉树，买来了《一柱楼诗集》《和陶诗》《学庸讲义》等著作，彻夜研读，企图找到告发的文字证据。功夫不负苦心人，果然找到不少。

徐食田听到蔡氏兄弟正在闭门苦读，不由得吓出一身冷汗。徐食田和弟弟徐食书商量后，决定带着祖父所有的著作，向东台知县涂跃龙自首。

涂跃龙是个良心未泯的读书人，翻阅了这些书后，认为虽有个别地方犯"禁"，但并不值得大动干戈。当然表面文章还是要做一下的，涂跃龙把这些书籍送到江宁的江宁书局，让他们负责处理。

没想到书局也不想干这种脏活，借口东台县没有标出"违逆"的地方，把这些书都打回了东台县，让东台方面标注出"违逆"之处。这样一来，《一柱楼诗集》《和陶诗》《学庸讲义》等著作还没有在书局登记为"反书"，等于是给了东台方面自行处置的空间。一来一往，前后耗费了一个多月的时间。

趁这个当口，涂跃龙赶紧将这个案子审结，判徐家将包含蔡家祖坟的十亩土地无偿还给蔡家，希望由此息事宁人。

蔡氏兄弟可不是一般人，这点好处对常人来说是占了大便宜，但他们还认为不够，一定要继续控告，不把徐家全部家财夺走誓不罢休。

蔡氏兄弟跑到省城，向江苏布政使陶易控诉，说徐家创作、私刻反书，罪不容诛。陶易是个正人君子，看了诉状和"反书"以后，大为反感蔡氏兄弟的卑劣行为。陶易将诉讼材料转批给扬州知府谢启昆处理，并指示不可捕风捉影、造成冤案。如果此案的确属于冤案，则要以反坐之罪，拿问蔡氏兄弟。

谢启昆既没有陶易的正直，也没有陶易的胆气，不敢按照陶易的指示办案。谢启昆仔细翻阅了徐述夔的著作，发现"悖逆"之处甚多。谢启昆将这些"悖逆"之处用红笔一一勾出，再按照书局的要求在"悖逆"处贴签处理，直接送交书局，由他们处理。

事情到了这一步，徐家已经处于明显的不利境地。但如果本案一直都在江苏层面处理，陶易、两江总督高晋、署理两江总督萨载、江苏巡抚杨魁等江苏官员，都是为人比较正直的君子，不会把这件案子往死里办，顶多是抄没徐家家产充官而已。但刘墉的参与，让这件案子向最坏方向急剧发展。

原来蔡嘉树家中总管童志璘与徐述夔有旧怨，看到徐家陷入困境，便卖力替主家控告徐述夔一家。童志璘生性狡猾，又粗通文墨，看出江苏官员都想将这个案子冷处理。童志璘打听到当年办理过阎大镛文字狱、闹得江苏鸡犬不宁的刘墉就是现任江苏学政，灵机一动，知道刘墉肯定会受理此案。于是童志璘连夜赶往刘墉所在的金坛，将状纸和"证据"呈递给刘墉。

刘墉阅读过状纸和"罪证"后大惊失色，意识到此事非同小可。此案的严重程度，比当年阎大镛案要高上数倍！很多"悖逆"文字，在阎大镛案里尚属隐晦，不然乾隆也不会从轻处理。但在本案，徐述夔却将这些明明白白地写了出来！

刘墉陷入痛苦的思索之中。经过阎大镛案，刘墉被刘统勋多次痛斥，由此而来的一系列挫折也让刘墉天良发现，也曾在深夜里无数次忏悔。没想到二十年后的今天，又一桩更为严重的文字狱找上了自己！

刘墉长叹：亏心事做了一次，就身不由己，很可能一直错下去。刘墉有心配合江苏官场压下此案，但江苏方面表态的只有一个陶易，两江总督高晋、署理两江总督萨载、江苏巡抚杨魁都还没有表态。如果高晋表态压下此案，自己也好做个顺水人情，摁下此案，哪怕冒些风险，也正好还了阎大镛案的良心债。但高晋因为阎大镛案与自己结下深仇，老父也已去世。自己如果压下此案，高晋很有可能借此案向自己发难，报上次阎大镛案被皇帝申斥的一箭之仇！届时刘氏家族的下场可想而知。思忖之下，刘墉决定连夜将此案向乾隆上奏。

乾隆此时已经年近七旬。身子骨虽还硬朗，保养也好，望之如五十许人，但岁月留下的痕迹是很难掩盖的！乾隆不仅精力不如以往，视力更是不如以往。残酷而漫长的金川之战不仅摧毁了刘统勋的健康，也摧残了乾隆、于敏中的健康。看着于敏中日益消瘦而又苍白的脸庞，乾隆才没有过分追究于敏中勾结高云从窥伺君心之罪，还是让他协助自己指挥金川之战。这个活儿也只有于敏中干得了！但不等于乾隆心里没有气。

乾隆需要一个年轻、精力旺盛又信得过的人，协助自己处理繁重的政务，和珅适时填补了这个空缺。乾隆年事已高，很多繁密的文字读起来比以往更加吃力，就把阅读这些文字的任务打包给了和珅，由和珅阅读后，再向自己汇报。

刘墉的奏折一递到乾隆面前，年事已高的乾隆也懒得看，直接交给和珅去处理。此时的和珅，刚被于敏中、永贵等老法师找碴儿修理了一番，正兀自灰头土脸。和珅一看这份奏折，知道是一个升官发财的好机会，而且案子出自江南，还能搂草打兔子，消灭一批于敏中的羽翼，于是打起十二分精神，连夜翻阅那几本"反书"。

经过和珅彻夜奋战，大量"悖逆"语句被和珅用红笔勾出，交给乾隆御览。此时的乾隆正被各地呈送上来的各种"反书"弄得心烦意乱，但囿于自己向刘统勋所做的保证，编纂《四库全书》不加害献书人，只能把气憋在肚子里。

乾隆看到和珅的"研究成果"，再加上和珅一番如簧巧舌的拨弄，不由得龙颜大怒，下旨严办此案。这么一来，徐家和一批官员又要大祸临头。

两江官员战战兢兢地接到乾隆的圣旨，除了照例而来的严厉申斥外，还有将一干人犯送往京城审理。其中，江苏布政使陶易、扬州知府谢启昆、东台知县涂跃龙等，都被罢官，送到京城严审。

经过紧张的审理，乾隆四十三年（1778 年），这桩大案终于宣判：徐食田、徐食书、徐首发、沈成韵（此二人是徐述夔著作的校对人）、陆琰

（陶易幕僚）五犯俱奉旨加恩改斩监候，秋后处决；陶易在狱中惊病交加去世，不再加罪；谢启昆玩忽职守，发往军台效力；涂跃龙忽略大案，杖一百，流放三年。此外，两江总督高晋、署理两江总督萨载、江苏巡抚杨魁都先后受到乾隆的重责。

高晋老泪纵横。高晋是高贵妃的堂弟，治水名臣。尹继善离任两江总督之后，高晋长期担任两江总督，为治理东南水患和发展江南经济作出杰出贡献，官至文华殿大学士，堪称尹继善的翻版。

高晋长期担任江督，与乾隆的私人关系更非尹继善可以相比。在他的心中，肯定也希望像尹继善一样，有朝一日回到京城正式入阁，并入值军机，成为真正的宰相。高晋的资历、功绩摆在那里，于敏中卸任首席军机大臣后，高晋即使不能担任首席军机大臣，位居阿桂之下做个次辅还是可以的。

乾隆也愿意成全高晋。高晋毕竟是高贵妃的堂弟，于自己算是至亲至戚。傅恒去世以后，外戚贤如傅恒者，几乎只有高晋一人！高晋是迟早要回京拜相的，这几乎是当时朝堂的共识。

但这一切都被刘墉打碎了！刘墉在江南掀起的两桩文字大狱，让高晋受到乾隆重谴，不得不郁结于心，成为高晋仕途上重大的挫折。高晋不由得急火攻心，又急又气，加上多年奔波于各个治水现场，风餐露宿是常态，身体早有暗伤。乾隆四十三年（1778 年），高晋先后奔赴浙江、河南，查看灾情，负责治水，身体倍感劳累。加上徐述夔案件受到谴责，急火攻心，竟然于当年年底去世。

满蒙大臣贤能如高晋者，除阿桂几乎是凤毛麟角。高晋的去世，让乾隆失去一张重要的牌，乾隆不得不更加倚重和珅、福隆安、福长安，让乾隆朝后期政治加速下坠，对清朝整体的国势也产生了不良影响。乾隆日后想起高晋，内心也一定对刘墉充满怨恨。刘墉后来的遭遇，就可想而知了。

于敏中和阿桂也备受惊吓。于敏中是江南人，乾隆处理这起江南文字案所表现出的怨气，很难让人相信这不是冲着于敏中来的。至于阿桂，更是张广泗一案的直接受害人，至今仍心有戚戚焉。阿桂看到乾隆这副阵势，明摆着就是要给刚当上军机大臣的自己一个下马威。幸亏高晋死了，否则高晋援引尹继善先例入值军机排名第二，阿桂还真不好说啥，毕竟功勋卓著的兆惠进入军机处也只排在傅恒、来保、刘统勋后面。算起来阿桂也是有失有得。不过于敏中显然大受打击，一年后郁郁去世。

乾隆自己虽然一吐高云从案以来郁积在心中数年的恶气，但很快就担心此案会冲击到自己和江南士林之间的关系。乾隆一直希望能够像祖父康熙那样六下江南，为此一直策划自己的第六次南巡。但金川之战消耗国家大量资源，乾隆也一直没有能够完成这一愿望。徐述夔案对江南士心民心产生极其强烈的冲击，让一意想到江南粉饰太平的乾隆在徐述夔案处理上也要慎重再三。为了安抚江南士民，乾隆决定此案除了徐家和相关的官员、书办，尽量不搞株连，也宣布告发的蔡氏兄弟功过相抵，不予赏赐，释放回家居住，不得招惹是非。这就在一定程度上遏制了告密之风，防止有人模仿，在江南地区兴风作浪。须知尹继善、高晋两位两江总督，是全力维持两江的太平秩序，安定士心民心，并得到乾隆再三赞许的！

这件大案的赢家显然是和珅与刘墉。于敏中、高晋因为徐述夔案，提前结束了政治生命甚至肉体生命，和珅却因为这二位重要大臣的出局，上升路上少了许多障碍。耐人寻味的是，几乎就在徐述夔案审理的节骨眼上，弹劾和珅的永贵因莫须有的罪名被乾隆切责，险些丢掉性命。满朝文武也算看清了：与和珅作对，是没有什么好下场的！

刘墉同样是徐述夔案的受益者。乾隆四十二年（1777 年）底，刘墉因"办事有功"和督学政绩显著，被乾隆升迁为户部右侍郎，不久又调任为吏部右侍郎。乾隆四十五年（1780 年），乾隆又授刘墉湖南巡抚，刘墉终于摆脱了仕途上的不顺，踩着徐家的人头和高晋、萨载等人的肩膀，成为朝廷重臣。不过，这样的上位手段，刘墉能够心安吗？不怕伤害父亲刘统勋的声誉吗？又有何面目面对刘统勋、高晋的后人、门生和好友？一代贤相刘统勋身后名声不著，恐怕与刘墉所制造的数起文字大狱有很大关系。

实心任事的湖南巡抚

或许是良心发现，刘墉在湖南巡抚任上，实心任事，决心做好这一任巡抚，挽回老父的声誉。不过，刘墉此前毕竟是词臣出身，很多行政事务仍然需要他去"学习行走"。

刘墉一到湖南巡抚任上，就遇到湖南发大水，武冈、邵阳、黔阳堤坝被冲塌，兵民损失惨重，不但大量房屋被洪水冲垮，很多农田也被洪水淹没。同时，也有不少士兵和百姓被淹死，武冈等地陷入一片愁云惨雾。

刘墉眼见湖南水灾如此严重，急忙带着下属到灾区各地抢险救灾。在向灾民发放了起码的救灾物资后，刘墉赶紧上奏乾隆，请求乾隆允许湖南拿出库银发给灾民，以供灾民修缮房屋、恢复农田和埋葬死难亲人之用。

乾隆在救灾上一直舍得花钱，据统计整个乾隆朝用于救灾的款项有白银一亿多两，创下中国古代之最。同时，因为各地灾情，乾隆又经常会减免灾区钱粮，这笔数额又大概是白银一亿两以上，有的说法是高达白银二亿两。乾隆虽然有不少过错，但对于民众特别是受灾民众，还是有真挚的体谅之情的。

乾隆看到刘墉的奏报，心中也很焦急，大笔一挥同意了刘墉的奏请。

刘墉接到乾隆圣旨，连忙取出库银，发放给灾区民众，迅速稳定了灾区人心。

刘墉此时毕竟已经是六十老翁，脑力开始退化，没有想到灾情稳定后应当立即上奏乾隆，汇报具体情况。毕竟刘墉长期担任词臣，做的是文学侍从和文秘工作，不太熟悉怎么当巡抚，刘统勋也不怎么熟悉，结果就付出了"学费"。

原来按照多年的规矩，巡抚获得皇帝授权，拿出钱粮物资救灾后，要向皇帝汇报。乾隆发出同意拨库银救灾的圣旨后，盼星星盼月亮等着刘墉的奏报，没想到刘墉那边就是毫无动静。乾隆大为恼怒，发出圣旨将刘墉痛斥一顿。

刘墉接到圣旨，知道自己犯了错误，连忙将灾区情况写成奏折，上报乾隆。乾隆看了刘墉的奏折，这才放下心来，不过对刘墉的行政能力已经产生疑问。

当年年底，刘墉又犯了"错误"，结果又被乾隆申斥一通。原来乾隆在十一月发出上谕，询问各省督抚，其所在的省份是否因为灾情而需要豁免来年钱粮税赋。如果督抚们感觉有必要，就可以向乾隆递上奏折申请。

刘墉高层行政历练不足的缺点再次显现出来。刘墉看到这份上谕，赶紧向乾隆上了一份奏折，声称自己正在查访灾情，等情况都摸清楚，再向乾隆做进一步的汇报。

乾隆看了刘墉的奏报，气不打一处来：让你办事情，你只要按照要求明白回奏即可，哪有话说半句留半句的？乾隆专门发下谕旨，指责刘墉不熟悉行政程序和格式，将回复较好的勒尔锦、闵鄂元二位督抚的奏折交给刘墉察看学习。刘墉只得向乾隆请罪，并为湖南申请了来年免征赋税的权益。

经过这几件事情，刘墉的行政能力明显加强。刘墉总结多年耳濡目染的经验，开始放手大干。湖南受灾之后，社会秩序逐步不如以往，"盗贼"蜂起。刘墉一面加紧赈灾，一面肃清地方"盗贼"，并弹劾、查办了一批贪官污吏，社会秩序开始稳定。

刘墉深知，湘省积弊已久，社会上流动着一股蠢蠢欲动的暗潮，如不加以认真整饬，出事是迟早的。刘墉在加紧恢复农业生产、加强文教建设的同时，开始对湖南仓储系统进行认真的盘查整顿。

经过认真排查，刘墉发现湖南仓储系统不但有较大账面缺口，很多登记在册的粮食被盗卖，而且很多库房年久失修，一到下雨就有大量雨水渗透到库房，大量米粮都被浸泡腐坏。幸亏账上有大约两万八千两银子，这都是历任湖南巡抚尤其是前任巡抚李湖苦心经营所积攒下来的。刘墉在惩办仓储系统的贪官污吏的同时，向乾隆奏请，请求乾隆允许用李湖等人积攒的基金修缮粮仓库房。乾隆批准后，刘墉很快就将库房修缮一新，并用剩下的基金购买米粮，充实了库房储存。

刘墉在湖南还有许多其他的善政。毕竟刘墉出自官宦世家，刘统勋多年传授的治国经验，加上在江苏、山西、陕西等地的实操经验，以及同僚们的闲谈和传授，让刘墉的行政能力突飞猛进，在省一级政务的处理能力上要远超和珅。一年左右，湖南在刘墉的治理下，风调雨顺、百姓丰殷、府库充实。刘墉本人又清正廉明，不受苞苴，被湖南百姓称颂为能力和操守兼具的"刘青天"，不愧为老相国刘统勋的儿子！

铲除巨贪国泰

刘墉正在湖南干得风生水起、渐入佳境的时候，突然接到乾隆的一纸诏书，命他回京担任都察院左都御史。

乾隆作出如此安排，也是有着自己的考虑。此时于敏中已经去世一年多，丰升额也早已去世，永贵、李侍尧被排挤出局，和珅虽然有干才，但毕竟年轻缺乏历练，军机处需要培养后备人才。尽管乾隆此时对汉大臣已经有了排挤之心，但作为天下人的君主，也要考虑整个大清王朝的治理。行政历练丰富，又受刘统勋熏陶的刘墉，在乾隆眼里就属于难得的人才，自然不会让他久在地方。同时高晋的遭遇也让乾隆明白，看好的大臣不能久在封疆，否则很容易会被各类突如其来的案情拖下水，从而打乱乾隆心中的布局。刘墉被调回京城，就是乾隆心中这种紧迫感的体现。

乾隆四十七年（1782 年）三月，乾隆命刘墉入值南书房。此时的南书房虽然已经没有了康熙时期的影响，但入值南书房能够有合法的渠道与君主朝夕相处，而且君主经常与入值南书房的大臣商议国事，做各种政务复盘，南书房的大臣仍然能够对中枢政务施加影响，有时候甚至会对军机大臣造成压力。乾隆在让看上的大臣进入军机处当值前，有时候会让该大臣先到南书房钻研治道、熟悉政务，觉得合适再让他入值军机。刘墉能够入值南书房，意味着他在中枢的地位进一步上升。

正当刘墉春风得意的时候，一起大案改变了他人生的轨迹。原来御史钱沣弹劾山东巡抚国泰贪墨库银，引发一起惊天大案。

钱沣是乾隆三十六年（1771 年）进士，清代书画大师，书法成就不亚于刘墉和成亲王永瑆。钱沣历任翰林院检讨、通政司副使、提督湖南学政、江南监察御史，以其清廉正直和书画造诣得到了乾隆的器重和欢心。钱沣为人刚正不阿，曾弹劾乾隆宠臣、陕甘总督毕沅。清代中前期，陕甘总督是满缺，因其重要的军事意义很少授予汉人。毕沅能以一介汉人江南文士做到陕甘总督，由此可见乾隆对毕沅的信任和喜爱。钱沣敢于弹劾这样的人物，可见其刚直和胆识。

和珅自从于敏中去世之后，越发骄横，哪怕是阿桂也要让他三分。乾隆将心爱的十公主许配给和珅儿子丰绅殷德，更增加了和珅的政治分量，满朝文武在和珅面前都自觉矮了一头，敢顶一下的，也只有阿桂、梁国治等资深的军机大臣了。但钱沣就是不信邪，要拽一拽和珅的老虎须。

机会很快就被钱沣抓住了。原来和珅心腹国泰时任山东巡抚，在山东横行无忌，整个山东官场畏惧国泰如虎。国泰出身于官宦世家，其父大家也都有印象，就是刘墉在山西的老上级文绶。

国泰颇得乾隆欢心，被视为满洲下一代督抚中的新秀。乾隆三十八年（1773 年），时任陕甘总督的文绶因为办案徇私，被乾隆遣戍伊犁。国泰上疏乾隆，请求随父亲一起去伊犁赎罪效力。乾隆看了国泰奏折，深为感动，认为国泰有古孝子之风，遂非常重视国泰，加力培养。

乾隆深知国泰秉性骄横，怕他在山东一手遮天闯祸，便任命于敏中之弟于易简为山东布政使，制约国泰，磨磨他的性子，好日后大用。没想到于易简却是只软脚蟹。

国泰在山东，仗着乾隆宠信，又有和珅作后台，行事异常骄横，视下属为皂隶，当奴才使唤。于易简虽是相国之弟，但生性胆小懦弱，又深知哥哥已经过了政治黄金期，全凭一口气在苦苦支撑，哪里敢和国泰作对？不但对国泰俯首帖耳，有时候还对国泰长跪奏事，真是丢尽了于敏中的老脸。

消息传到京城，于敏中、阿桂当然大为不爽。国泰如此对待于易简等于是打他们的脸。阿桂便向乾隆奏请，以国泰为人执拗、日后必闯大祸为由，建议调国泰回京为官。乾隆听了只是打哈哈，此事无疾而终。

于敏中去世以后，国泰更加无所忌惮，在山东横行霸道，对于易简也更加刻薄。可怜的于易简为了苟活，只得仰国泰鼻息，成了国泰的帮凶和家奴。

二四二

这些事很快就传到京城，乾隆听了都觉得不像话，觉得有必要敲打敲打国泰，省得辜负自己的期望。乾隆四十六年（1781年），乾隆召于易简到京城，询问国泰在山东情况，没想到被国泰驯服的于易简处处为国泰辩解，让乾隆大为失望。

这时候又出了几件事，让乾隆对国泰的印象大为改变。就在当年，四川总督文绶因为镇压当地"土匪"不力，再次被乾隆发配伊犁。乾隆希望国泰能够再次发挥"孝子"风范，上疏请罪。没想到左等右等，就是没等到国泰的请罪奏折。乾隆大为不满，认为国泰此前为了上位，假装孝子，对国泰开始有了成见。

一个月后，乾隆赐国泰鹿肉，结果国泰居然上奏推辞，惹得乾隆大怒。乾隆所赐的各种肉食，向来被臣子们视为至宝，并不是每个大臣都有的！国泰远离京城，乾隆还想着给他赐一份鹿肉，由此可见乾隆对国泰的喜爱程度！现在国泰居然敢上奏拒绝接受乾隆的赏赐，乾隆有足够的理由认为，国泰是为了文绶再度发配新疆的事情，向皇上发泄不满。

接到皇帝的斥责上谕后，国泰这才缓过神来，明白自己的一片孝心放错了地方。国泰赶紧上奏乾隆，请求用自己的养廉银为文绶赎罪，并请求乾隆降罪自己。乾隆看国泰还算知趣，对文绶也确是一片孝心，也就放过了这个"孝子"。

不过国泰这一番操作，可就让阿桂惦记上了他。阿桂正被王亶望案、陈辉祖案搞得灰头土脸，狼狈不堪，对和珅的恼恨又多了三分，亟思报复。选来选去，还是山东的国泰贪赃枉法，罪恶昭彰，正好拿他开刀！

很快，御史钱沣就收到了很多国泰贪赃枉法的证据，件件确凿无疑。钱沣看了这些证据后怒不可遏，立即上奏乾隆，弹劾国泰。

乾隆看到钱沣弹劾国泰的奏折，不由得犯了难。国泰犯了不少罪过，乾隆心里如明镜一般。但一来国泰是乾隆很看重并全力培养的大臣，甚至有可能将其视为尹继善、高晋之后的疆臣领袖，在国泰身上下了血本，当然舍不得一下子就查办；二来国泰之父文绶刚刚被二度发配新疆，乾隆也不忍心再对国泰重重治罪。经过仔细思考，乾隆决定派和珅、刘墉和钱沣一起到济南查清国泰是否有犯罪事实。

和珅就是国泰后台老板。虽然他此时羽翼还没有完全丰满，但包庇一个国泰，还是绰绰有余的。和珅心思灵巧，早就看穿乾隆内心对国泰的回护之意，于是连忙派人给国泰通风报信，要国泰做好准备，迎接和珅、刘墉和钱沣的盘查。

国泰收到和珅的来信，马上找来于易简商议。于易简庆幸自己识时务，攀上了和相爷这棵大树，连忙和国泰密议，定好了计策，让山东文武百官立即执行。看来国泰和于易简为了这一天，已经准备不少年头。

不过和珅派到济南的密使，却在官道上和先行出发的钱沣撞个正着。钱沣看此人虽然一副汉人打扮，却身材魁梧，脸部修长，皮肤白皙，典型的旗人长相，心中暗暗留下了心。钱沣猜测，此人必是和珅派到济南向国泰通风报信的密使，数日后一定回头，决定在密使回京时将其缉拿，顺便截获国泰给和珅的回信。

果然不出钱沣所料。数日后，官道上又驰来那名汉子。钱沣早有准备，一声令下，汉子束手就擒，从他身上搜出了国泰给和珅的密信。

有了这样一份重量级证据，钱沣胜券在握，气定神闲地进了济南城，静等和珅、刘墉的到来。

和珅有意在京多盘桓几日，就是想等国泰的回信。没想到左等右等都没等来，乾隆那边又不断催促，心知大事不妙，但也只能和刘墉一起踏上到济南的旅途。

乾隆四十七年（1782年）四月初，心事重重的和珅与刘墉到了济南城。钱沣早已在馆驿等候二位钦差多时，赶紧前来拜见和珅、刘墉。和珅见到钱沣，意图拉拢，但又怕用力过猛，反而落了把柄在钱沣之手。和珅眼见钱沣衣帽破旧，马上就有了主意。

和珅命人拿出一套全新的名贵衣服，如沐春风地请钱沣换上，声称是为了朝廷的体面。聪慧的钱沣知道和珅是在投石问路，坚辞不受，和珅大为难堪。

和珅看到钱沣连一套新衣服都不愿意收受，加上刘墉就在旁边，又想到阿桂和梁国治，知道在这个案子上自己做不到一手遮天，也不由得暗中后悔，不该在王亶望和陈辉祖的案子里打阿桂的脸太狠。

不过让和珅稍感宽心的是，国泰和于易简已经做好了充分的准备，刘墉和钱沣注定要扑个空。

在与国泰、于易简等人见面以后，和珅、刘墉和钱沣开始对山东府库进行抽查，首先抽查的是历城县府库。和珅命人打开府库，只见府库中堆满贴上封条的装白银的箱子。和珅随机打开几个木箱，里面都堆满了白银，和珅十分满意。和珅再命人取出账目，发现账目和实际的银两数都对得上，不由得暗地里松了一口气。

和珅得意地对钱沣说："山东库银无短，钱御史这是诬告，回去可是要受反坐的啊！"说罢连连嬉笑不已。钱沣坚定地回答："国泰能够在一处做手脚，不可能在所有地方做手脚，总会有破绽的！"和珅一听，连忙下令封上库房，匆匆忙忙地走了。在一旁的于易简看到和珅这般作为，心凉了一半，知道和珅已经不想再蹚这浑水。

钱沣回到住处和刘墉商议，历城县府库的账目做得如此严丝合缝，一定是国泰、于易简事先做了手脚。刘墉非常赞同钱沣的看法，认为这种情况非常不正常。刘墉毕竟是做过巡抚的人，知道里面的关目和整个府库收银、存银流程，这个是钱沣所缺乏的知识。钱沣和刘墉长谈到半夜，终于商量出了主意。

第二天一早，刘墉就去邀请和珅继续到历城县库房清点库银。和珅一听，头摇得像拨浪鼓一般，声称历城县库银无短，催促刘墉、钱沣到下一站去清点库银。刘墉看到和珅这般表现，知道和珅已经气短，和他说笑了几句，便和钱沣一起去了历城县库房。

刘墉和钱沣到了库房，下令打开全部木箱，细细检视所有存银。只见每个箱子都满满当当，乍看起来毫无破绽。细心的刘墉扫了几眼，很快就发现破绽。

原来木箱里的银子都与账目相符不假，但很多箱子里的银子不是朝廷所要求的库平银，而是社会上的散碎银两。原来清廷自康熙年间就规定，从民间征收上来的银两要按一定重量和成色标准，改铸成一定的形状，方能进入各级国库。刘墉在湖南担任过巡抚，对这些规定自然谙熟在心，而缺乏实操经验的钱沣就不一定知道了。

刘墉抓起一把散碎银子，问在场的库房官吏："这些银子不是官银，你们怎如此大胆，用碎银子调换官银？"原来库平银对于成色也有要求，一般含银量都较高。社会上的散碎银两很多成色都不高，甚至有不法分子在银子里掺杂其他便宜金属，牟取暴利。因此清代有不少官员用散碎银两调换官银，让清廷也颇为头疼。刘墉如此发问，等于是将这桩大案都扣在了当地官吏头上。

当地官员本来还想硬扛，听刘墉这么一说，明摆着是要将这桩惊天大案算在自己头上，当即尿了裤子。为了自保，这些官吏干脆心一横，向刘墉供称这些散碎银两都是由巡抚国泰亲自差人送来，与自己无涉。

刘墉一面下令清点、封存库房里的散碎银两，一面带着账册和库房官吏去问话。这一问不打紧，原来在和珅、刘墉、钱沣来的前几天，巡抚国泰紧急命人送来四万两碎银子入库，并嘱托他们做好账，准备迎接钦差的检查。

缺口一旦打开，后面都好办了。钱沣下令，在全省各个府库按历城县官员的口供进行严查，结果让人大吃一惊：山东全省被亏空的库银，竟然高达 200 万两之巨！其中，有 8 万两白银直接被国泰侵吞。

刘墉和钱沣将调查结果写成奏折，上呈乾隆，钱沣还附上了国泰写给和珅的密信，连带密使一起交乾隆发落。

乾隆接到刘墉、钱沣的报告，默默无语。国泰是乾隆很看重的心腹重臣，乾隆甚至希望他成为下一个尹继善或者高晋，内心并不希望国泰出事，有负君恩，甚至愿意为此自欺欺人，但国泰还是出事了。

事已至此，乾隆也只得严办，否则阿桂等人不服。在案情彻底查明后，乾隆下旨，国泰、于易简罪恶昭彰，有负君恩，赐狱中自尽，家产尽行抄没。可怜的于易简因为胆小，居然被拉下水。如果当初他敢于和国泰争执，国泰也不会在错误道路上走这么远，阿桂、刘墉也会保他不受国泰过分迫害，总比被赐死强。其他涉案官员也遭到严厉惩罚。至于和珅给国泰通风报信之事，乾隆压根不提，也就不了了之了。

在国泰案的查办中，刘墉表现出了不畏强暴、敢于斗争的可贵品质，为国泰案的顺利查办发挥了关键性的作用。清朝中前期，都察院等监察系统的官员以汉人为主，受到满蒙贵族的压制，长期无法充分发挥作用。这也使得清代吏治长期腐败，百姓苦不堪言。

通过国泰案的侦办，都察院系统的汉官抬起了头。取得这样的成果，阿桂的暗中支持是主因，但刘墉、钱沣不畏强暴，敢于冒杀头风险对抗和珅等满洲大员，亦是极为可贵。从此都察院系统在清代中枢中的地位日渐吃重，满蒙贵族的权力较以往大为削弱。

刘墉能取得这样的成绩，与乾隆的态度也是分不开的。乾隆登基后，默认甚至支持都察院恢复正常功能，与顺治、康熙甚至雍正时期形成鲜明对比。早在乾隆登基之初，就有都察院左都御史刘统勋弹劾军机大臣张廷玉、讪亲，得到了乾隆的赞赏。刘墉、钱沣此次参倒国泰，更让满朝文武大臣对都察院刮目相看。

随着都察院作用的恢复，满蒙亲贵受到汉官系统越来越大的牵制。到了晚清，即使贵如恭王、醇王，也畏惧言官如虎。聪明能干的恭王在政治上的几次挫折，都和言官有关。

乾隆将刘墉调到都察院任职，心中未尝没有希望刘墉踏着刘统勋的足迹，成为国家重臣的期许。但刘墉在国泰案上的作为，显然是让乾隆大跌眼镜。

不过，乾隆到底是雄才大略的君主，轻重还是分得很清。乾隆虽然对于刘墉、钱沣参倒国泰气急败坏，但明白都察院能够正常发挥功能，对国家大有好处，因此也就默认了都察院在国家政治生活中的新地位。

经过多方势力台前幕后的角力，国泰案终于草草收场。乾隆不得不暂时放弃对于敏中—阿桂阵营的攻势，阿桂和他身边的汉官终于可以暂时松一口气；和珅的上升势头被暂时遏制，经过此案后，地方督抚也很少有人敢明面上与和珅走得过近，让和珅势力的发展大受遏制，为嘉庆日后顺利解决和珅打下了基础；刘墉则遭到了乾隆与和珅的憎恶，乾隆也为此放弃了让刘墉入值军机和拜相的想法。

至于钱沣，乾隆爱其文才，敬其人品，不忍在明面上进行加害，而是让钱沣在仕途上走了不少弯路。和珅也借机让钱沣多受劳苦，对钱沣的健康产生很不好的影响。不过钱沣并没有改变心志，而是搜集了和珅诸多罪证，成为日后嘉庆查办和珅的基础证据。最后嘉庆颁发天下的和珅诸多罪状，底本正是出自钱沣遗稿！

参倒国泰后，刘墉并无太多喜色。以刘墉之聪明，当然明白如果自己替国泰打马虎眼，让国泰平安过关，对自己的仕途将大有好处。于敏中去世以后，军机处长期只有梁国治、董诰两位汉大臣，都年事已高，军机处急需新的汉族大臣加入。如果这次自己让乾隆满意，拜相和入值军机都是乾隆一念之间的事。

就在这个时候，刘统勋多年的教导，起到了关键性的作用。刘墉到底继承了刘统勋不畏强暴、清正刚直的基因，多年的教育更让刘统勋的气质深入刘墉的骨髓。更何况刘墉亲手制造的两起文字狱，让刘墉始终受到良心的谴责。刘墉决心与国泰斗争到底，哪怕粉身碎骨，亦在所不辞！幸亏乾隆即使年老都能稳住底线，还有阿桂暗中支持，国泰案终于有了一个皇帝挥泪斩马谡的看上去皆大欢喜的结局。

屡遭打击

乾隆四十七年（1782 年）年底，刘墉被乾隆任命为工部尚书，离开了都察院。这显然是和珅进谗言的结果。同时，乾隆又任命刘墉为上书房总师傅，负责阿哥们的学业。

乾隆做出如此安排，可谓是意味深长。国泰案刘墉摸了乾隆的老虎屁股，让乾隆大为不爽，基本放弃了重用刘墉的想法。但乾隆在大局上毫不含糊，决定将刘墉作为礼物送给新君，让刘墉能够在新朝发挥更大的作用。毕竟国泰案虽让乾隆生气，但乾隆从刘墉的身上，终于看到了刘统勋的影子，这也让乾隆大为欣慰。不过，这就要苦一苦刘墉了。

乾隆四十八年（1783 年）五月，直隶总督袁守侗去世，至关重要的直督之位空缺。袁守侗曾出任军机大臣，精明干练，擅长治水、理财和刑名，是乾隆朝中期难得的多面手。于敏中去世前半年，袁守侗离开军机处，担任河东河道总督，不久出任直隶总督。

袁守侗比刘墉还小三岁，仕途远比刘墉通达。乾隆晚年，常常思慕乾隆朝前期文臣如雨、将星如云的盛况，对刘统勋去世之后朝廷人才凋零的状况感叹不已。为此乾隆放下各种成见，给大臣们创造各种锻炼的机会。

到了于敏中执政晚期，清廷甚至连优秀督抚人才都开始缺乏。袁守侗从军机处调到河道总督任上，又调任直隶总督，可见乾隆对于优秀人才的饥渴，以及对袁守侗所寄予的厚望。如果袁守侗能多活十年，乾隆晚年的政局当又会发生变化，遏制和珅的力量会更强。

让乾隆伤心的是，袁守侗居然在直隶总督的任上去世！乾隆这一生，送走无数名臣良将，至此心中定然大为伤感。不过伤感归伤感，还是得挑选继任人选。

"小刘统勋"袁守侗去世后，刘墉居然接到乾隆旨意，命他速速去保定署理直隶总督。

直隶总督控制河北地面军政民政，责权重大，向来被看成疆臣领袖，表率天下督抚。尽管尹继善、高晋因为杰出政绩和特殊身份，以两江总督的身份成为疆臣领袖，但这种情况毕竟不太多，大多情况下还是直隶总督具有督抚领袖的地位。

乾隆继位以后，对直隶总督的人选极为重视，担任此职者多为乾隆心腹，且多数为汉人。比如方观承，先后担任直隶总督达二十年！能够在任期上与之相比的，可能只有李鸿章，担任直隶总督时间约二十五年（中间因为丁忧，张树声曾署理过直督一年多）。刘墉如果能够在直隶总督的位置上待的时间比较长，对刘墉的仕途显然大有裨益。

出人意料的是，刘墉署理直隶总督只有二十天的时间。乾隆到底没有正式授予刘墉直隶总督，而是仅仅让他署理，正式任命的是广西巡抚刘峨。

刘墉怏怏地结束了二十天的直隶总督生涯，奉乾隆旨意，将直隶总督的印信交给了刘峨。

要说刘墉一点想法也没有，那是不可能的。不过，乾隆深谙用人之道，就在当年，任命刘墉为协办大学士，离入阁拜相只有一步之遥。乾隆此时待刘墉已经不算太薄，和珅也是入值军机三四年后才成为协办大学士。永贵清廉正直，终其一生也不过是协办大学士。

不过，国泰案始终是扎在乾隆心头的一根刺。国泰被赐死以后，乾隆怜悯文绶老来丧子，赦免了他的罪过，将文绶接到京师居住。文绶回京以后，想起儿子就泪流满面，最终于乾隆四十九年（1784 年）郁郁而终。

刘墉为官以来，在他手下吃瘪的满洲亲贵不知凡几！尹继善、高晋、文绶、萨载、和其衷、国泰等，都是满洲大臣中的干城，其中尹继善、高晋更是疆臣领袖，在汉族士林中都有很大影响。大清开国以来，像刘墉这样强项的汉族大臣，几乎是第一个！即使是张廷玉、刘统勋也不能与之相比。

和珅抓住这一点，向乾隆大进谗言。按照和珅的本意，刘墉这种人，干脆找个由头办了，以绝后患。乾隆虽然不满意刘墉打击满洲亲贵，但通过国泰案，还是相信了刘墉的节操，对刘统勋的怀念更让乾隆下不了手。不过，刘墉的仕途从此就开始多了许多波折。

乾隆五十一年（1786 年），刘墉被任命为玉牒馆副总裁，负责皇家家谱的修订和完善工作。乾隆通过这种方式，表达了对刘墉的信任和倚重。不过在随后十年，打击接踵而来。

乾隆五十二年（1787 年）年初，乾隆在和刘墉的交流中，对嵇璜、曹文埴二位重臣发表了自己内心真实的看法。嵇璜是刘统勋治水恩师嵇曾筠之子，也非常善于治水，是乾隆朝治水名臣之一。嵇璜与刘统勋关系也甚佳，比刘墉大概大十岁，交情自然匪浅。曹文埴号称曹操后人，出身于扬州盐商家庭，清代行书大家。曹文埴文采风流，文艺造诣极高，加上其家多次在乾隆南巡时负责接待工作，深得乾隆喜爱。曹文埴生性正直，曾为公正审案，不徇私情，得罪了汉官领袖阿桂，让乾隆刮目相看。这二位大臣，因为他们的能力和风骨，在乾隆心中有着非同一般的地位。

当然，乾隆对这两位大臣，不可能完全满意，在与刘墉的闲谈中谈论了对他们的一些不满意的地方。这也是人之常情。但刘墉做了一件不该做的事，将这些谈话内容泄露给了两位大臣。

这件事很快就被乾隆知道，乾隆勃然大怒。刘墉这种行为，确实是犯了大忌，放在秦代和西汉叫作"泄露禁中语"，是要杀头甚至要祸及家人的。时代毕竟在进步，乾隆对这类事情，只要不涉及紧急军务，都不会过于严厉处理。乾隆严厉申斥了刘墉，并且罢免了他的协办大学士之位，刘墉仕途遭受重大挫折。

过了半年左右，乾隆命刘墉负责祭拜文庙。或许是年纪大了，刘墉在祭拜的时候居然没有按规定行一揖之礼，结果遭到太常寺卿德保的弹劾。刘墉也无可奈何，当年自己能弹劾国泰，今天德保就能弹劾自己。但乾隆并没有过于追究刘墉，只不过内心对刘墉更加疏远。

乾隆五十三年（1788 年）夏，国子监发生乡试考生贿赂堂官的丑闻，朝野大哗。乾隆从来视翰林院、国子监为清要之地，得知此事后怒不可遏。刘墉当时兼理国子监，自然是诚惶诚恐。御史祝德麟见状，当即上奏一本，弹劾刘墉。祝德麟是清代有名的诗人，为官清正，他弹劾刘墉，刘墉也无话可说。乾隆接到祝德麟的奏折后，将奏折交给刘墉观看，并处分了刘墉。

乾隆五十四年（1789 年）四月，又发生了一件让刘墉大为难堪的事情。原来乾隆某日心血来潮，到上书房检查阿哥们的学业，却发现阿哥们已经许久不来上书房，甚至连师傅们也不到上书房上班。发生这种情况也是可以理解的。因为这个时候，阿哥们年纪已经很大，都已经结婚生子，也被乾隆安排了各种差事，不能再像幼年那样心无旁骛地读书，因此慢慢就不来上书房读书学习。师傅们见状，也都知趣地不管，慢慢地，师傅们也不到上书房了。乾隆发现这种情况，十分愤怒，严厉训斥了阿哥和师傅们。此时的乾隆对刘墉已经暗生厌恶之心，遂借题发挥，将刘墉降为吏部侍郎。

刘墉在乾隆五十年（1785 年）以后遭到一连串的挫折，绝不是偶然的，而是当时政治气候变化的结果。东阁大学士、军机大臣梁国治于乾隆五十一年（1786 年）去世以后，和珅成为排名第二的军机大臣，权势炙手可热，甚至对阿桂造成了威胁。

梁国治去世以后，军机处按例要增补一位汉族大臣。纵观满朝文武，刘墉显然是呼声最高的人选。出人意料的是，乾隆选择了状元、曾任尹继善和陈宏谋幕僚的王杰进入军机处。

王杰进入军机处，显然让朝野，包括刘墉本人，都跌碎一地眼镜。此时在汉官中，资历、声望和能力超过刘墉的人，可以说寥寥无几。刘墉自己也很明白这一点。刘墉对于入值军机、入阁拜相充满期望，也是自然而然的事情。

乾隆的选择，显然让刘墉大受打击。此时的刘墉已经六十六岁，军机处事务繁杂，对精力要求极高，失去这个机会，以后就很难再有。刘墉一直以父亲为榜样，也希望能够像父亲那样成为宰相兼军机大臣。在乾隆朝，很多大学士（宰相），包括和珅，都是在军机处历练多年后，才成为大学士的。刘墉没有能进入军机处，意味着他成为大学士的机会也不会太大。

刘墉的积极性不可能不受到影响，甚至怀疑是不是乾隆与和珅借机就国泰案进行报复。刘墉切身感受到了危机，但让他头疼的事还在后头。

风云变幻

梁国治去世以后，和珅扫清了挡在头上的大石头，阿桂损失了重量级的盟友。梁国治和阿桂的关系虽然不如于敏中，但梁国治对和珅的制约是实实在在的。更重要的是，有梁国治在，阿桂与和珅还有一定的回旋空间，梁国治也会适时做些缓和大家关系的工作，阿桂与和珅也会拉拢梁国治，在二人关系上形成一些灰色地带，不至于针锋相对。但随着梁国治的去世，这些缓冲地带都失去了，阿桂与和珅之间的关系，在军机处内失去了重量级的调解人，开始向不断恶化的道路上一去不复返。

王杰进入军机处以后，由于他曾经担任过鄂党首领尹继善的幕僚，尹继善对王杰有深恩，因此王杰在立场上天然偏向于曾经作为鄂党外围而遭到惩办的阿桂。再加上和珅为人贪鄙爱财，又因科场不顺而对汉族士人怀有嫉妒和敌视的心理，以王杰、董诰为代表的汉族官员自然会向阿桂靠拢。毕竟阿桂自己就是科举出身，其父阿克敦更是满人中的才子，曾提拔了包括纪晓岚在内的一大批汉族官员。

这么一来，以阿桂、王杰、董诰为首，形成了一个庞大的派系，囊括大部分汉官、一部分阿桂在军队的满汉军官旧部；另一个派系以和珅为首，包括了乾隆身边不少近臣，甚至像福康安这样重量级的人物都受到影响。两派首领之间存在着很深的恩怨，阿桂与和珅之间更是水火不容，甚至不愿意同时在军机处内办公。

闹成这个样子，已经比当年鄂张党争还要过分了！当年鄂尔泰、张廷玉关系再差，还没有到不愿意在一起办公的地步，顶多二人终日不说话而已。到了鄂尔泰去世以后，张党鄂党甚至有抱团对抗乾隆打压的倾向。乾隆没有想到的是，自己一辈子反对朋党，晚年还是被朋党闹得心烦意乱。

更让乾隆纠结的是，阿桂、和珅之争还和立储之事交织在了一起。到了乾隆五十一年（1786 年），储位之争已经明朗化，永琰成为储君已经是不争的事实。但清朝实行的是秘密立储，这个制度的要害就在于储君没有正式的名分，随时可以根据皇帝的观感而更换人选。这个阻碍了在储君身边形成庞大的政治集团，最大限度保存了皇帝的实力。如果乾隆早早就有皇太子的名分，就不会在鄂尔泰、张廷玉二人面前那么辛苦，那么委屈自己，而是很快就会利用自己在东宫的人马取代他们。这番经历，让乾隆点滴在心头，终身不能忘记。

对乾隆来说更为重要的动向是，阿桂集团与永琰，甚至绵恩等人的关系都不错，反而是和珅集团与永琰和其他阿哥的关系一般。乾隆心中的天平会倾向哪一边，就不言而喻了。

在这种形势下，一道难题摆在了刘墉面前：阿桂，和珅，到底是该站在哪一边？

刘墉与阿桂颇有渊源。刘墉父亲刘统勋和阿桂父亲阿克敦关系不错，多次一起到各地主持乡试，纪晓岚就是他们通过乡试发现的人才。这种父辈之间的感情，会在两家人之间锻造长久的信任和感情纽带。阿桂与陈辉祖之所以一见如故，正因为阿克敦和陈大受之间存在着深厚的感情。面对这种情感的纽带和联系，刘墉的选择就显而易见了。

不过刘墉明白，乾隆对阿桂等人与永琰、绵恩之间的良好关系十分忌惮。如果阿桂和自己稍不留神，就会给和珅制造加害的口实。保存有生力量，待时而动铲除和珅，比什么都重要。

阿桂也明白这个道理。因此，在阿桂与和珅的交往中，处处让着和珅一头，以斗而不破为原则，力争不让乾隆感到不爽。不过对于阿桂等人有利的是，皇储到底是谁并不明朗，这就使得阿桂、王杰等人无须围绕具体的皇储人选而形成利益集团，也让乾隆对此大为放心。

因此，阿桂、刘墉等人在梁国治去世之后，不约而同地选择"怠政"，也是能够理解的了。这是一种政治智慧，更是对乾隆、对整个皇家忠诚的表示。乾隆虽然年老，很快就看穿了阿桂、刘墉等人的用心，也约束和珅不得无故加害忠良。如果没有阿桂、刘墉的这种态度，特别是乾隆本人的明晓事理，和珅不知道会兴起多少大案，害死多少忠良。

和珅没有想到的是，所有人都在积蓄对他的不满，包括乾隆。

乾隆内禅

乾隆六十年（1795 年），年迈的乾隆作出一个惊人的决定。他要在第二年举行禅让，将皇位传给储君永琰。

乾隆已经是一个八十六岁的老人了。在这六十年间，乾隆朝乾夕惕，日日辛劳，除了个别节日和巡游的时候，几乎无一日不在紧张的工作中度过。第二次金川之战最紧要的关头，乾隆甚至规定，金川战报只要到达军机处，随时上报。哪怕是深夜，也要把他叫醒。金川之战的胜利，乾隆也付出巨大的辛劳！

能六十年如一日地高强度工作，证明了乾隆的身体素质是何等康健。但随着年龄的增加，乾隆也感觉衰老不可避免地降临。但可贵的是，乾隆始终保持了一种清醒，来驾驭自己日益增长的年龄对国事的冲击。

饱读诗书的乾隆，对历史上皇帝尤其是强势皇帝如何处理身后之事非常清楚。远的有太子刘据和汉武帝互相攻杀，近的有皇爷爷康熙被父亲、伯父和叔叔们搞得焦头烂额，这些事乾隆都十分熟悉。父亲雍正杀害八叔九叔，更让乾隆感觉自己家族欠下一笔巨大的良心债。

乾隆四十三年（1778 年），乾隆下旨，给八叔允禩、九叔允禟平反。此时的乾隆已经是七旬老人，他没有未卜先知的能力，当然不知道自己会再活二十年，而是认为自己的寿命会和于敏中差不多。乾隆以暮年心态处理完这些大事，除了打压对皇权有威胁的于敏中—阿桂一系，便是极力扶植和珅，希望和珅成为新君主要的辅臣。

但人算不如天算，乾隆没想到自己居然活到了乾隆六十年！这下乾隆就有点尴尬了。阿桂集团在乾隆的一再打击和压制下，对乾隆的威胁大减；反倒是和珅，由于梁国治、福隆安、丰升额、袁守侗等一干名臣良将的去世，实力恶性膨胀，超过了朝野甚至乾隆本人所能容忍的范围。乾隆不得不思考：如何避免自己去世以后，朝堂不发生大的变乱？

让乾隆欣慰的是，阿桂、王杰、董诰、刘墉等人，与永琰、绵恩、永瑆等皇嗣，都保持了良好的关系。这种关系在平常会被乾隆看作威胁，但在这个略显特殊的关头，却被乾隆视为朝廷的稳定器。但光有这个是不够的！阿桂已经年近八十，他和自己谁先走还不知道。阿桂一走，剩下的王杰、董诰、刘墉都不是和珅、福康安、和琳的对手！

沉吟数年后，乾隆终于下定决心，举行内禅，将皇位禅让给皇十五子永琰。

自古皇帝将皇位禅让给儿子，多数是在逼迫之下，比如李渊将皇位禅让给李世民。也有少数例子属于自愿禅让，比如宋高宗将皇位禅让给养子宋孝宗，但宋高宗对政局的影响也大为减弱。郑板桥有一首诗也感叹了这种情况：

"南内凄凉西内荒，淡云秋树满宫墙。由来百代明天子，不肯将身做上皇。"

乾隆决定禅让，是为了稳定自己身后政局，不至于让和珅等人趁机弄权，拥立自己不满意的人选。和珅集团此时在他的眼中，已经成了必须防范的对象。

但是，乾隆并不打算放弃权力，而是将皇权牢牢抓在自己手中。永琰暂时得到的，不过是皇帝的名分而已。

不过就算是个空头名分，已经限定了君臣大防。日后绵恩、永瑆等协助嘉庆一起擒下和珅，除了他们之间感情甚笃，早定君臣名分更是重要的原因。

乾隆六十年（1795年），乾隆下诏，决定在明年举行内禅，并改元为"嘉庆"。

嘉庆元年（1796年）正月初一，乾隆帝举行禅位大典。按照事先规划的流程，宣读完禅位诏书后，应该由乾隆将玉玺抬起，做出递交的姿势，由嘉庆跪接玉玺。

但乾隆就是将玉玺牢牢搂在自己的怀里，根本不肯交出来。

空气似乎一下子就凝固了。整个大殿里鸦雀无声，阿桂、王杰等人都傻了眼，只有和珅在暗中发笑。

刘墉、纪晓岚侍立在乾隆两旁，也愣在当地。

嘉庆跪在地上，急得像热锅上的蚂蚁。如果乾隆不肯交出玉玺，那对嘉庆威望的打击可想而知。

刘墉经过一番激烈的思想斗争，凑到乾隆耳边说："陛下，禅让大典不能不交玉玺。您不交玉玺的话，干脆咱们散了得了。您还回养心殿，皇上也回东宫，咱们该干吗干吗去。"

乾隆虽然耳朵背，这话还是听得很清，狠狠地瞪了刘墉一眼，将玉玺往刘墉怀里一塞，没好气地说："拿去！"

所有人心中的大石头都落了地，除了和珅、福长安。欢乐的乐曲声再度响起，从刘墉手上接过玉玺的嘉庆长吁一口气，对刘墉的感激油然而生。

入阁拜相

乾隆虽然让位，但心中还是很不甘心。天下改元嘉庆，宫中纪年乾隆。在大内和圆明园，嘉庆年号并没有立即启用，而是仍然沿用乾隆年号，"嘉庆元年"被称为"乾隆六十一年"。乾隆仍然居住养心殿，大小国事还是交由乾隆裁决。至于嘉庆，只能从事一些象征性的礼仪活动。这些礼仪活动消耗精力甚多，摆脱这些活动反而有利于乾隆养生。

嘉庆二年（1797 年），功勋卓著的首席军机大臣阿桂去世，至死仍以不见嘉庆亲政为憾。

乾隆得知阿桂的死讯，心中百感交集。阿桂并非乾隆嫡系，某种意义上甚至可以说是乾隆政敌。阿桂和他身边的汉族文官、满汉武将，是支持嘉庆的核心力量。

阿桂文武双全，忠诚踏实，对乾隆、皇家忠心耿耿。尽管半生都遭乾隆打压，却从重围中杀出，成为乾隆朝担任首揆时间仅次于傅恒的名相，功业更在傅恒之上。阿桂晚年面对咄咄逼人的和珅，尽量避其锋芒，保存实力，遏制和珅势力的扩张，并不动声色地保护了大量文官和优秀人才，实在是有古君子、古名相之量！

嘉庆二年（1797 年）三月，刘墉被授予体仁阁大学士，正式拜相。

不过，乾隆对刘墉并不是十分满意，但此时福康安、孙士毅两位大学士在短短一年间相继病逝，内阁之位不能悬而不决。虽然内阁已经失去在明朝和康熙时代的实权地位，但内阁从法理上说，是国家最高行政机关，大学士地位超然，普通大臣进入军机处的，如果没有大学士的加衔，看到内阁大学士还是自动矮上一头。更何况大学士还有议政、管部等权力，能够通过多种渠道对军国大事产生间接影响，类似汉代的"三公"，因此被拜为大学士，一般都被清朝朝野看成拜相，即使皇帝本人也这么看。

将这么一个重要位置交给刘墉，乾隆心里还是有些不满意，因此在诏书中说了这么一段话：

> "大学士缺出已届匝月，现在各尚书内刘墉资格较深，着补授大学士。但伊向来不肯实心用事，行走颇懒，兹以无人，擢升此任。朕即加恩，务当知过，倍加感激，勿自满足，勉除积习，以副圣眷。"

这番话说得很不中听，特别是在圣旨中说出来，让人更不是滋味。乾隆显然对刘墉十年来的表现很不满意，认为他不能和刘统勋相比，但这不完全是刘墉的错。

当年五月，年迈的刘墉和尹继善之子、尚书庆桂到山东办案，并察看黄河缺口的情况。此时朝廷人才匮乏，治水名臣也处于青黄不接的状态。乾隆一急，想起刘统勋善于治水，因此点将刘墉去山东参与治理黄河。

刘统勋当年教给刘墉的治水秘诀终于派上了用场。刘墉到黄河决口处查看灾情，并且与河道官员和老河工们研究水势地势，最后决定双管齐下，一边在决口处筑坝，一边在下游疏导分流，成功地治理了这次水患。

擒和珅

嘉庆四年（1799年）正月初三，乾隆在紫禁城养心殿去世，终年八十九岁。乾隆一去世，嘉庆当即部署捉拿和珅。具体情形可见本书第一卷《和珅》篇。

嘉庆命刘墉、王杰、董诰三人为审判官，负责审理和珅。接到嘉庆圣旨，刘墉心中感慨万千：如果老相国阿桂还活着，能够亲眼见到这一幕，该有多好！自己的首席审判官位置，本应该是属于阿桂老相国的！

钱沣在被和珅迫害致死前，早已拟好和珅二十多桩大罪，已经由刘墉呈送给嘉庆。嘉庆将这份奏折下发，作为审理和珅一案的依据。

经过刘墉、王杰、董诰的审理，钱沣所弹劾和珅的大罪，桩桩属实。审理结果送到嘉庆面前，嘉庆大怒，决定判处和珅凌迟之刑。刘墉向嘉庆建议，和珅毕竟是先皇宠臣，不宜判处如此重刑，建议赐和珅自尽。嘉庆采纳了他的意见。

和珅初遇乾隆的时候，不过是二十二岁的青年，风华正茂，意气风发，是满人中杰出的英才俊秀。乾隆在和珅的身上，看到了傅恒等许多故人的影子，这才一路拔擢，以满洲寒门的身份，成为军国重臣，甚至引起了丰升额等满洲老牌勋贵之后的嫉妒。乾隆对和珅的恩遇，可谓至厚，甚至超过了对待傅恒。

和珅是怎么报答乾隆的？虽然和珅鞍前马后，为乾隆处理大量政事，并让乾隆个人的小金库充盈，但和珅借机为自己捞取了大量钱财，加剧了朝政的败坏。当年的于敏中尽管也贪财纳贿，却不敢像和珅这样毫无顾忌。乾隆看在眼里，早就暗暗将和珅由傅恒第二变成弄臣一样的角色。

到了乾隆五十五年（1790 年）以后，和珅已经不再被乾隆视为新朝重臣，扮演这个角色的是福康安和孙士毅。乾隆内禅以后，和珅更是利用乾隆的年迈，干脆当起了"二皇帝"。从他窃据皇权的那一刻起，已经注定了和珅死无葬身之地！

和珅聪明伶俐，才华横溢，可惜不学无术，不知收敛，不修己身，最终落了这么个下场，真是可悲可叹！

辅政重臣

和珅自尽以后，朝廷需要新的大臣协助嘉庆处理政务。刘墉此时已经是八十岁的耄耋老翁，军机处事务繁巨，刘墉的年纪和身体都不能承受这样的重担，嘉庆特地让刘墉继续入值南书房，协助自己处理各种政务。

南书房虽然已经失去了康熙时代的辉煌，但还是协助皇帝做大量文字工作，一些皇帝本人感到难以决定的政事，也会向南书房的大臣和翰林们征求意见。和珅等人被清除出军机处后，嘉庆一时半会儿对军机处也存有戒心，更愿意授予南书房部分协理政事的权力。刘墉出身于相门，政治经验丰富，在南书房辅佐嘉庆理政，既能够发挥优势，也可以避免过于辛劳，实在是再合适不过。

嘉庆四年（1799 年），刘墉被封为太子少保。

同年年底，刘墉上书嘉庆，讲述漕运存在的种种弊端。运河各行省招募漕丁良莠不齐，致使漕丁大量盗取漕米，亏空严重的时候干脆放火烧船。更有甚者，有的漕丁盗取漕运船只及配件，导致很多状况良好的船只不堪使用。刘墉认为，各省招募漕丁，一定要从殷实良善之家选取，切不可选取来历不明的人做漕丁。嘉庆看了刘墉的奏折，批准了他的申请。

嘉庆六年（1801年），刘墉被任命为会典馆正总裁。

嘉庆七年（1802年），嘉庆帝到热河避暑。刘墉此时年事已高，不能随行，遂被嘉庆留在京城主持朝政。这是当年刘统勋的待遇。刘统勋任首席军机大臣的时候，乾隆到热河巡游，都是将刘统勋留在京城主持朝政。嘉庆能把这样的重任交给年迈的刘墉，充分说明了刘墉在嘉庆心中的地位。刘墉如果再年轻十多岁，定会被嘉庆援引尹继善七旬入值军机之例，让刘墉入值军机。

刘墉虽然年已八旬，但依旧精神矍铄，精力过人，尤其是双眸炯炯有神。刘墉头脑尤其清醒，对于政务非常娴熟，将日常朝政管理得井井有条，重大事务则命飞马报到热河，供嘉庆亲自裁决。

在刘墉的辅佐下，嘉庆对朝政的掌握愈加熟练。虽然比不上乾隆，但放在历朝历代，也算是中上水平。

乾隆苦心孤诣为嘉庆安排的福康安、孙士毅等辅臣，在乾隆生前就先后去世。最后实际辅佐嘉庆的，却是在乾隆生前一直不得志的刘墉老相国。

嘉庆九年（1804年）十二月二十四日，也是在一个寒冷的冬日，刘墉病逝于北京驴市胡同家中。三十一年前，刘统勋也是在京城的冬日里去世。在去世的前两天，八十五岁的刘墉还曾到南书房当值，为嘉庆帝参赞谋划朝政。刘统勋、刘墉父子，为朝廷奋斗到生命的最后一刻。

嘉庆得知刘墉去世，大为悲痛，追赠刘墉太子太保，谥号"文清"，入祀贤良祠，世受供奉。

纪晓岚

才子出河间

雍正二年（1724 年）六月，一个男婴在河间府献县（今河北省献县）出生，他就是清史上有名的文学家纪晓岚。

纪晓岚出身于书香门第，其父纪容舒为康熙五十二年（1713 年）恩科举人，历任四川、山东二司员外郎，刑部江苏郎中，云南姚安府知府，加三级授奉直大夫，晋封中宪大夫，累赠光禄大夫。纪容舒有如此地位，当然能为纪晓岚提供良好的学习条件。

纪容舒本人就是饱学之士，对学问颇有心得体会，又与当世大儒方苞、陈兆岑、戴亭等人交好。方苞是清朝"桐城派"古文流派的开山鼻祖，不但在文坛上有很大影响，也深受康熙帝赏识，特命方苞由民人改为八旗旗人，以布衣入值南书房，参与军国机密。纪容舒不但自己亲自教育纪晓岚，还请方苞等人指点纪晓岚学问精要。在这样优异的环境下，纪晓岚的学问当然进步很快。

让纪容舒老怀大慰的是，纪晓岚天资聪颖，堪称是难得的读书种子。纪晓岚不仅于四书五经过目不忘，还有余力学习其他历史、地理等被当时士林认为与科举关系没那么紧密，可以在中举以后学习的学问。但实际情况就是很多人花了太多的时间学习举业文章，半生心血都消耗在此。等真正中举的时候，已经没有心思和体力来打下史学等方面的学问根基。但是，康、雍、乾等历代清帝都非常重视总结历史经验教训，因此对中举的汉人士子文史素质要求极高。这就给真正的才子提供了难得的进身之阶。

经过十多年的苦学，纪晓岚在乾隆五年（1740 年）返回家乡，参加童子试，顺利过关，并取得"神童"的绰号。纪晓岚信心满满，更加努力学习，数年后参加了科试，进入河间郡庠就读，为乡试做准备。

不过遗憾的是，一路高歌猛进的神童纪晓岚这次没能顺利通过乡试。科举之路到了清代，已经日益逼仄，即使如于敏中、纪晓岚这样的大才子，科举之路也没有想象中那么顺利。纪晓岚要在科举之路上获得父亲期望的结果，还需要付出更多的努力。

经过数年苦读，纪晓岚又踏上了乡试之旅。乾隆十二年（1747 年），才华横溢的纪晓岚在乡试中所写文章让主考官阿克敦、刘统勋激赏不已。按照清朝的规矩，阿克敦也可以称为纪晓岚的老师。这段缘分在几十年以后，将决定纪晓岚在乾隆晚期的阵营归属。

阿克敦和刘统勋将纪晓岚列为乡试第一，纪晓岚顺利取得会试资格。不过遗憾的是，纪晓岚没能顺利通过会试，不得不铩羽而归。

纪晓岚的考运似乎不太好，他自己也意识到这一点，第一次会试过后就闭门苦读，以待将来。乾隆十九年（1754 年），纪晓岚再次应会试，中第二十二名。

乾隆的文学侍从

在随后的殿试环节，纪晓岚取二甲第四名，成为庶吉士。在翰林院学习几年后，纪晓岚顺利通过考试，成为翰林院编修，后又迁任左春坊左庶子，掌管记注、撰文等事，成为乾隆的文学侍从。

纪晓岚中举还是晚了几年。乾隆早年非常宠信科甲出身的汉族文士，于敏中、刘纶、梁国治等，皆由科甲而入阁拜相。但随着于敏中的去世，汉族首席军机大臣的强势让乾隆心有余悸，不愿再轻易提拔汉人为军机重臣。等到梁国治老去，军机处效率下降，乾隆这才提拔王杰、董诰进入军机处任军机大臣。王杰和董诰两位都是乾隆二十五年（1760 年）以后中举的，这就是说，纪晓岚中举的时间好巧不巧地卡在于敏中、刘纶、梁国治和王杰、董诰之间，成为被乾隆弃用的一代文宗。纪晓岚如果第一次会试就中举，有可能成为与梁国治、袁守侗在伯仲之间的军机重臣。由此可见乾隆晚年汉人军机大臣的凋零。

乾隆非常喜爱吟诗作文，对绘画也比较内行，因此不少文人苦练诗文、绘画和历史，以求得乾隆的喜爱而获得进身之阶。乾隆对侍奉自己吟诗作赋的文人也很关心，至少在乾隆三十年（1765 年）以前是如此。纪晓岚诗文出众，才思敏捷，深得乾隆的喜爱。

乾隆身边走出于敏中、梁国治等文学侍从出身的名臣，对纪晓岚也青睐有加，着力培养。乾隆二十年（1755 年）前后，八旗兵正值兵强马壮，将星如云。乾隆的想法是满人出将入相，主掌军机；汉人学士以文学经史进身，成为满洲军机大臣的助手，以弥补满洲军机大臣文化素养和历史眼光的不足。但随着一系列的变故，这套玩法玩脱了，刘统勋、于敏中走上了历史的前台，成为位高权重的首席军机大臣。

乾隆有个爱好，就是出巡的时候喜欢带着文人和画师，随时随地记下他即兴吟诵的诗篇，并让画师描绘皇帝出巡的壮观情形。于敏中就经常随乾隆出巡，一路上也大开眼界，为后来担任首辅积累了不少知识。乾隆二十一年（1756 年）秋，纪晓岚跟随乾隆到热河出巡，一路上为乾隆记录不少诗文。乾隆兴之所至，命纪晓岚担任大型丛书《热河志》的总纂官。该书共 120 卷，140 多万字，堪称记载清代热河地区风土人情的百科全书。通过参与编纂《热河志》，纪晓岚丰富的学识得以淋漓尽致地展现，并为他日后负责编纂《四库全书》打下坚实基础。

乾隆二十四年（1759 年），乾隆委派纪晓岚为山西乡试的主考官，纪晓岚迈出了仕途的第一步。此时纪晓岚已经 35 岁，和于敏中等人相比，入仕的岁数已经比较大，这也让乾隆在任用纪晓岚的时候有所顾虑，不像对于敏中、梁国治、孙士毅等人那么放手。

所以古往今来要入仕的，年龄是个宝。袁枚就是深知这一点，这才放弃了到乾隆身边当老翰林的机会。纪晓岚之所以科场不顺，可能与他知识体系过于庞杂有较大关系。一般来说，知识体系庞杂，就不容易做好较深刻的科研工作，但知识体系专精的也容易在事业的中晚期陷入瓶颈。纪晓岚虽然天赋甚高，但花费太多时间在"杂说"上，结果官做得不如于敏中、梁国治，学问也不如戴震、王念孙等人。

不过乾隆对于纪晓岚还是高看一眼，对他出众的文采和广博的知识面更是赞赏不已，愿意为他创造更多的机遇。很快，纪晓岚又担任了会试同考官、顺天乡试同考官等职务。

乾隆二十五年（1760 年），纪晓岚又被委派为国史馆总纂，之后又升任为侍读、左春坊左庶子等职。就在这一年，于敏中被派往军机处担任军机大臣，乾隆身边的优秀文人阵容大为削弱。

尽管军机处离皇帝寝宫很近。紫禁城的军机处就在养心殿不远处，圆明园的军机处离皇帝寝宫想必也不会太远，远了的话不利于皇帝及时召见军机大臣议论国事。于敏中到军机处当值，显然不能时时记录下皇帝的诗文，只能由梁国治等人记录。梁国治对这项业务又不如于敏中精熟，纪晓岚在旁边辅助梁国治，一同记下乾隆滔滔不绝的诗文，就是可以理解的了。这项工作显然会阻碍纪晓岚在仕途上的进步，但也给纪晓岚创造了日日陪伴君王的良机。纪晓岚虽然不像于敏中、梁国治那样担任过军机大臣，但一直活到八十多岁，深受乾隆、嘉庆两代君王的赏识和爱重，是几位翰林中跟随乾隆时间最长的一位。

流放伊犁

乾隆三十三年（1768年），可能是乾隆自己也感到让纪晓岚在自己身边的时间过长，影响到他个人的发展，纪晓岚被授予贵州都匀府知府一职，五品衔。纪晓岚此前日日伴随乾隆，乾隆对他的学问非常欣赏，特地赏他四品顶戴，仍然担任左庶子之职。当然，这个知府对于纪晓岚来说只是个挂名，他还是长期伴随乾隆左右，为乾隆做各种文字工作。没多久，乾隆又将纪晓岚升为侍读学士。

文字的世界总是枯燥。纪晓岚要想获得更大的成就，必须到更广阔的世界去经历一番。令人啼笑皆非的是，纪晓岚居然以一种黑色幽默的方式离开了乾隆。

原来纪晓岚知法犯法，被卷进了一桩大案之中。这个案子就是乾隆中期著名的贪腐案"两淮盐引案"。

食盐是人类维持生命体征的不可缺少的化合物，历史上为了争夺食盐产地，甚至爆发过战争。在中国古代，盐税一直是国家财政的重要收入来源，对维持朝廷财政收支有着重要意义。正因为如此，朝廷一般都搞食盐专卖，只有获得朝廷的许可，商家才能够获得食盐。为此，清廷专门颁发一种"盐引"，作为购买食盐的许可证。

清朝的盐业主要集中在两淮地区。两淮的盐驰名天下，杂质较少，深受民众喜爱。负责管理两淮盐业的盐运使，也叫盐政，手握向湖南、湖北、江西、安徽、河南和江苏六省盐商颁发盐引的权力，一向被清朝官场视为肥缺。

乾隆十年（1745 年），旗人吉庆担任两淮盐运使。吉庆生性贪婪，向盐商索求无度，弄到大量钱财。但是，盐商们再有钱，总要从食盐销售收入中来，不是吉庆可以无限透支的金山银山。考虑到这一点，本着开源节流的精神，吉庆就动起了歪脑筋。

吉庆上奏乾隆，以人口增加为由，请求乾隆允许多发行一些盐引，满足民众需求。乾隆对老百姓的事情一向都挺上心，这是他作为君王的优点，很痛快地批准了吉庆的奏请。

吉庆拿到了金牌令箭，马上开始大肆发行盐引，牟取暴利。不过吉庆的创造力可不止于此。运用他聪慧（但都用错地方）的头脑，吉庆开始向盐商预售下一年的盐引，规定每份盐引预收三两银子的"预提纲引"，伪称充作公用，却不上奏乾隆和中枢、不入档、不造册，就这么成了吉庆的小金库。

吉庆离任后，高恒、普福相继担任两淮盐运使。面对下一年盐引已经预售的现实，加上吉庆私设的小金库还有很多盈余可供高恒和普福支出，普福也就默认了吉庆的做法，萧规曹随了。具体做法就是承认吉庆所发出的预售盐引，然后通过继续发行预售盐引获利。

普福做事比较谨慎，这个锅他一直扛了十几年都没爆，然后就到了尤世拔手里。尤世拔生性贪婪，比吉庆和普福更急吼吼，一担任两淮盐运使就要盐商们孝敬。

众盐商告诉尤世拔，今年已经孝敬过了，您老人家只能等明年了。急切的尤世拔一听就产生了掀桌子的冲动，再看看普福的小金库没给自己留多少银子，不由得勃然大怒。

尤世拔意识到，经过吉庆和普福的折腾，两淮盐运使已经不是众人想象的大肥缺。吉庆和普福吃了后人饭，尤世拔不仅捞不到太多银子，还得帮他们兜下二十多年的糊涂账。凶狠而又贪婪的尤世拔哪里会做这种亏本生意？

尤世拔心一横，你不仁休怪我不义，干脆上奏乾隆，把"预提纲引"的事情挑明，点燃了这颗不定时炸弹。

对国库收支一向上心的乾隆看到尤世拔的奏折，不由得龙颜大怒。乾隆赶紧命内阁和户部翻阅历年文书，没有发现一丝一毫"预提纲引"的影子，当即意识到这笔巨款被吉庆和普福贪墨了。

乾隆当即命军机处下旨，将原任盐政的普福、高恒，盐运使卢见曾直接革职，解赴扬州交江苏巡抚彰宝等人审理，务必彻查此案。

彰宝等人不敢怠慢，加上他们也没有收到一分一厘的好处，自然不会留情。经过彰宝等人查明，二十多年来，盐商共向盐运衙门一共缴纳银两927万两，一分一厘都没有上报。此外，盐商们替吉庆、高恒、普福购办大量名贵器物，共花费白银576792两，帮高恒代买檀、梨器物，花费白银约86540两。共计需要追缴的白银，大约1014万两。值得一提的是，卢见曾也接受了盐商们的"孝敬"，折合银子16241两，不在这1014万两白银之内。

乾隆看到彰宝的奏折，不由得气得浑身发抖。这些官员胆子如此之大，居然敢藏匿这么巨额的款项！乾隆下旨，高恒、普福、卢见曾判绞监候，秋后行刑。

高恒是高贵妃弟弟，向来与傅恒交好。高恒被处绞，傅恒看了于心不忍，试着向乾隆求情，请求赦免高恒死罪。乾隆一口回绝，并冷冷地说："如果皇后弟弟犯了这样的罪，也会同样处死！"

傅恒正是孝贤皇后弟弟，听了这话后不由得吓得汗流浃背，再也不敢为高恒求半句情。

不过卢见曾后来经刘统勋查明案情，证明其接受盐商16000多两的"孝敬"，纯属盐商挟私诬陷，卢见曾的确是清白之身。不过在这个时候，卢见曾已经被处死。

纪晓岚和卢见曾是姻亲，纪晓岚的大女儿嫁给了卢见曾的孙子。纪晓岚对卢见曾的为人非常了解，知道他不是贪官。由于经常随侍乾隆左右，纪晓岚的消息非常灵通，很快就得知卢见曾即将被查处的消息。

这个时候纪晓岚犯了一个糊涂，私下里写了一封信给卢见曾。这封信里没有文字，空白的信纸里只夹了一点盐和茶叶。

纪晓岚的意思很明白，就是皇帝已经开始追查盐政事务，为避免泄露就取其谐音。卢见曾也是聪明人，一看就明白了纪晓岚的意思。卢见曾知道抄家在即，为了家人日后的生活，卢见曾很快就将部分家产转移，让前来抄家的人员大失所望。

负责稽核此案的正是大名鼎鼎的刘统勋。精明强干的刘统勋很快就发现了纪晓岚传书的蛛丝马迹，弄清楚了正是纪晓岚给卢见曾通风报信，才让卢见曾成功转移大部分家产。

刘统勋不敢怠慢。尽管纪晓岚算是他的学生，而且深得乾隆赏识，但这个重要情况刘统勋岂敢隐瞒？刘统勋将调查情况详详细细地写成报告，上奏乾隆。

乾隆看到刘统勋的报告，不由得勃然大怒。乾隆向来喜爱纪晓岚，对其文采激赏不已，很多事情也不避讳他。但让乾隆万万没有想到的是，纪晓岚居然敢给重案犯通风报信！

在古代，皇帝身边的人向宫外利益相关人等传递消息，历来都是重罪。秦汉时期管这种行为叫作"泄露禁中语"，处以夷三族的处罚。到了后来惩罚虽然没有这么严厉，但也是不折不扣的重罪。作为一名深谙传统帝王之术的君主，乾隆从来都不允许身边人干出这种事情。犯了大忌的纪晓岚，即将受到什么样的惩罚？

对于亲近的汉人文学士子，乾隆一向比较宽厚，即使问罪也掌握分寸，这与他对犯罪满洲大臣的严苛形成鲜明对比。当年许王猷在老石匠俞君弼的葬礼上搞出"九卿会葬"的把戏，有诅咒乾隆不得长寿之嫌，但只是被乾隆免去官职，放归乡里；于敏中勾结太监高云从偷窥乾隆的私人行政笔记，也不过是被夺去显爵，继续在军机处代理首席军机大臣辅政。对于纪晓岚，乾隆也不例外。

乾隆下旨，将纪晓岚发送新疆充军，即刻启程，不得有误。

乾隆对纪晓岚可谓仁至义尽。一般罪犯发配充军，都要抄没家产。据清朝制度，充军的费用都要犯人自己承担。一般犯人被抄没家财后，一路没有钱财打点各种关系，都吃尽苦头。纪晓岚家财虽不算十分丰饶，但支持他到新疆还是一点问题都没有。有了启动资金，纪晓岚在一路上可以少吃很多苦头。

纪晓岚一路风尘仆仆，跋山涉水向新疆进发。押解的差人们看到纪晓岚这阔绰的出手，自然明白乾隆对纪晓岚还有期许，说不定哪一天就会开复回京，自然对纪晓岚也是客客气气。经过几个月的跋涉，纪晓岚终于到了新疆。

纪晓岚在新疆的时间不长，只有两年多一点。在这段时间里，纪晓岚的足迹遍布了天山南北，对这片土地有了深刻的了解。多年来纪晓岚一直生活在皇宫大内，只是间或跟着乾隆巡游，生活积累不足。新疆的生活让纪晓岚眼界大开，真正认识到大千世界的多样性，为日后创作《阅微草堂笔记》打下了基础。

新疆归复清廷时间不久，只有十几年，可谓是事业初创。当时在新疆的满汉兵丁多为文化有限的武人，人才匮乏，尤其是纪晓岚这样的大才更是挂零。纪晓岚到了新疆，当地的官员当然不能浪费这样的人才，加上乾隆对他的圣眷未衰，官员们让纪晓岚担任印务章京之职，主要负责整理各种档案，撰写各种文书。这样一来，纪晓岚对于新疆就有了较为全面的认识和了解，这在当时的汉族官员中是很少见的。

醉翁之意不在酒，乾隆让纪晓岚到新疆两年时间，不排除有让纪晓岚熟悉熟悉新疆风土人情，回京后可以聊备顾问之意。眼见纪晓岚已经历练得差不多，乾隆身边也的确需要一位文采风流之士侍奉左右，于是决定赦免纪晓岚的罪过。

乾隆三十五年（1770 年），乾隆帝下旨赦免纪晓岚，命他回京任职。值得一提的是，就在这段时间，卢见曾的案子被刘统勋昭雪，这可能也让乾隆对纪晓岚的看法大为改善。

致命的缺陷

接到乾隆赦令，纪晓岚不由得百感交集，涕泪纵横。新疆两年多的生活，的确开拓了纪晓岚的眼界，锻炼了他的能力。或许在乾隆心目中，纪晓岚本来也可以像于敏中一样进入军机处，逐步培养成一代名相。对于乾隆来说，年龄也不是很大的问题，毕竟尹继善再度入值军机的时候，已经是七旬老翁！

乾隆对汉大臣尤其是有入值军机机会的汉大臣人品操守的要求，要远高于相应的满洲大臣。可以说，乾隆在这个方面是有"洁癖"的。纵观乾隆朝重要军机大臣，如刘统勋、于敏中、刘纶、梁国治、陈大受、王杰等，都是清廉刚正的形象，至少表面上是如此。纪晓岚不明智地卷入两淮盐务案，以致被发配充军，让他有了不可磨灭的人生污点，也让乾隆基本放弃了培养他进军机处的考虑。

不过，纪晓岚有一个在乾隆看来很坏的毛病，早就让乾隆认为他缺乏宰相之体，甚至只能做东方朔一类的文化弄臣。什么毛病？就是电视剧《铁齿铜牙纪晓岚》里一直吹捧的口才。此外还有外貌。

口齿伶俐当然是好事，伶俐的口齿配上敏捷的才思，当然更是好事，甚至可以打动君王。纪晓岚就是依靠敏捷的才思和伶俐的口齿，让乾隆对他刮目相看。但问题是一切好事都有个度，过了这个度就有反效果。纪晓岚正是如此。

据说某次乾隆召集大臣开会，纪晓岚资格不够，不能加入，只得摇着个扇子坐在门口。此时正值冬季，纪晓岚还摇着夏天的折扇，不由得令人侧目。

一个太监总管看到纪晓岚这个样子，就要出个对子让纪晓岚对，纪晓岚一口答应。太监总管缓缓说出上联：

小翰林，穿冬衣，持夏扇，一部春秋曾读否？

纪晓岚思考片刻，说出下联：

老总管，生南方，来北地，那个东西还在吗？

太监总管一听，顿时气得面如金纸，差点当场晕厥过去，被几个小太监连搀带扶拖走，只剩了在一旁笑盈盈的纪晓岚。

纪晓岚是逞了一时的口舌之快，但代价呢？乾隆正在里面开会，看到外面一片嘈杂，能不打听是什么原因吗？这个故事传到乾隆耳朵里，乾隆肯定认为古往今来，岂有大臣当众把"东西"挂在嘴边的？！实在是不成体统！

这种事情肯定不止一两起，乾隆对纪晓岚也算够宽容，没有太责备他。但纪晓岚还有一个硬伤，让乾隆不可能像对待于敏中、和珅一样对他，那就是纪晓岚外貌欠佳。

乾隆用人，喜欢用高大威猛的帅哥，傅恒、于敏中、和珅、福康安等皆是如此。纪晓岚个头应该不矮，但外貌实在不能和以上几位相比。据记载,纪晓岚相貌丑陋,至少称不上美男子,不能入乾隆的法眼。乾隆之所以一直留他在身边,完全是因为他出众的文学才华。

不过人是感情动物,乾隆也是如此。纪晓岚在身边侍奉有年,兢兢业业,也对军机处决策流程不陌生,乾隆总要为他谋个出路。正在乾隆为此犯愁的时候,纪晓岚卷进了大案,被乾隆远远打发到新疆,这个麻烦乾隆暂时就不用考虑了。

但现在纪晓岚就要回来了,乾隆就面临着一个如何安排他的问题。当然,戴罪之身刚刚获赦,按理连在御前行走的资格都没有。但乾隆实在是喜爱他的文采和急智,还是决定给纪晓岚一个机会。

乾隆三十六年(1771年)六月,纪晓岚返回京师。此时乾隆正在热河避暑,纪晓岚知道,一定要给皇帝一个良好的印象,这将直接决定自己未来的仕途。

纪晓岚算好乾隆回京的大概日期,早早地便到密云迎接御驾回銮。乾隆回銮的时候,远远望见纪晓岚正跪在御道边迎驾,不由得心中大为宽慰,暗自称许纪晓岚乖巧懂事,心中对纪晓岚的好感又多了一两分。

此时乾隆正迎来一次空前的盛事,远在伏尔加河下游游牧的原卫拉特蒙古四部之一——土尔扈特部不远万里,回归祖国,让乾隆龙心大悦。在乾隆看来,是自己的功勋和德行感动了上天,特赐远人来归,为乾隆盛世增光添彩。

对于乾隆来说,此等盛事,必须有千百才子颂诗作文,记录下这亘古少有的万千气象,才能够让历史永远记住乾隆盛世的辉煌。乾隆身边自然有不少才子,但始终觉得没有哪个能够稳胜纪晓岚。这段时间乾隆多次想起纪晓岚,希望纪晓岚能够为土尔扈特部的东归吟诗作赋。现在乾隆远远望见纪晓岚,不由得又惊又喜,立即命纪晓岚以土尔扈特部东归为题,吟诗一首。

纪晓岚听了乾隆御旨，胸有成竹，当即赋诗一首："醲化超三古，元功被八纮。圣朝能格远，绝域尽输诚……"文辞优美，感情真挚，让乾隆龙心大悦。

乾隆就是有这一点好处，对于身边诗文远远胜过自己的文人墨客，不但不妒火中烧，反而是大为激赏，然后赏官赏钱，稍作安排。甚至很多以文辞见长的文人，被他提拔成了各级大臣。即使身边的文人获罪，乾隆一般也网开一面，不随便把人往死里整。当然，这并不妨碍乾隆制造各种各样的文字狱，除了镇压来自民间的反抗意识，也有敲打身边众多文学士子之意。

满心欢喜的乾隆当即下旨，授予纪晓岚翰林院编修之职，重新随侍乾隆左右。

尽管纪晓岚顺利地重新回到了乾隆身边，但毕竟是以罪身重新回宫侍奉，一切都要重新开始。在古代，皇帝对于身边侍从之人的要求极高，必须是良家子出身，家世上不能够有一丝一毫污点，本人更不能有污点。纪晓岚为罪犯通风报信，证据确凿，按理说已经失去供奉大内特别是在翰林院这样清贵之地任职的资格，但乾隆还是毫不犹豫地重新收留了他。从这个角度来说，乾隆对他的恩情堪比山高海深。

主持编纂《四库全书》

乾隆三十八年（1773 年），军机大臣于敏中向乾隆奏请仿效《永乐大典》，修撰一部大型百科文化丛书，以彰显乾隆盛世的文治辉煌。乾隆正沉吟间，首席军机大臣刘统勋当即表示坚决反对。

　　刘统勋认为，金川战事正酣，全国资源都要优先保障金川战事的需要，而且四方未靖，随时都要应付境外势力趁金川战事之机发难，此时并非修撰大型丛书的好时机。当然，刘统勋也不便过于反对于敏中的这个提议，那样等于是否定乾隆的文治功绩。因此，刘统勋提议，等金川战事平息后，再组织人手编纂像《永乐大典》一样的大型丛书也为时不晚。

　　刘统勋伺候乾隆近四十年，深得乾隆敬重，对乾隆的心思更是了如指掌。刘统勋反对乾隆编纂大型丛书的想法，除了摆到桌面上的理由，还有一个不能说出口的理由，那就是刘统勋担心乾隆借编纂丛书之机，在全国范围内大搞文字狱，从而为大清文坛带来空前的灾难！

　　乾隆和于敏中一眼就看穿了刘统勋的心思，联手否决了刘统勋的提议。乾隆虽然喜欢搞文字狱，但和搞文字狱相比，乾隆认为编纂大型丛书彰显自己文治功绩更为重要。为了这个目的，乾隆甚至愿意在文字狱问题上稍作让步，将大量明朝著名文化遗民的著作收录进这部丛书，并不准备降罪于全国的献书人，哪怕他们献上有"问题"的书籍。当然，刘统勋毕竟是首席军机大臣，乾隆也不能让刘统勋过于难堪，于是好言安慰刘统勋，并任命刘统勋为这部大型丛书的总裁官，等于是把裁决文字狱的大权交到了刘统勋手里，以便让刘统勋安心，也用这种方式向天下臣民保证，不会借修书之机大搞文字狱。

　　乾隆、刘统勋和于敏中已经取得一致意见，下面就是如何推动这部大型丛书编纂的问题。乾隆对此项重大文化工程异常重视，部分原因也是出自对祖父康熙皇帝的追慕。康熙皇帝完成了《明史》的编纂工作，留下了千古令名。处处仿效康熙的乾隆当然也要推动类似的文化工程。但是，当年康熙是召集海内外名儒，一起完成《明史》的编纂工作，因此乾隆想推动的这部大型文化丛书的编纂，就需要一个得力人选来主持，并会同海内外文化名流共同完成。

乾隆对这个问题当然是心知肚明，但要挑选一个合适的总编纂官谈何容易！这个人选稍有不如意，极有可能让这部大型丛书的编纂半途而废甚至付之一炬，那乾隆沽名钓誉、直追康熙的心思就全落了空。届时还不知道有多少颗人头落地！就是乾隆自己，也不愿意看到这种情况发生。

正当乾隆为总编纂官的人选而愁肠百结的时候，刘统勋向乾隆推荐纪晓岚担任总编纂官。乾隆一听，不由得猛拍大腿，连连称赞。

对于刘统勋来讲，自己日理万机，辅政任务繁重，加上年事已高，实在没有多余的精力去具体指导这项巨大的文化工程。刘统勋需要一个满腹才华、学术扎实又信得过的人，来协助自己完成这项空前的伟业。同时，这个人还要人品过硬，抗压性强，特别要是乾隆非常信任的人。在编纂的过程一定会遇到大量让乾隆和清廷不爽的文字和书籍，这个人要有足够的良知、智慧和抗压能力，能够在乾隆面前说得上话，从而尽可能保存民间献上的古书。综合权衡下来，刘统勋觉得，这个人非自己的弟子、乾隆的宠臣纪晓岚莫属！

乾隆听了刘统勋的推荐，也不由得开心不已。刘统勋想的问题，乾隆也想到了。乾隆虽然喜欢搞文字狱，但这一次乾隆的确有认真编书、名垂青史的诚意，不打算借机搞文字狱。当然，让他感到不爽的书，乾隆还是不打算留的。

但乾隆想编纂一部前无古人的大型文化丛书名垂后世，将自己的大名永远镌刻在中华文化史上，这一点是真真切切的。对于文化的力量，乾隆十分明白，也十分仰慕。为此，乾隆决定不惜以全国之力，也要完成这一项大型文化工程，哪怕文字狱暂时放下，也在所不惜！事实上，在《四库全书》编纂最终完成后不久，乾隆就不再掀起大型文字狱，从孙嘉淦伪奏稿案开始的噩梦终于结束了。

为了这部大型丛书，乾隆也想找一个得力人选出任总编纂官。这个人不但要学识丰富，在士林中有广泛的名望，能够有效组织和带领天下最优秀的读书人工作，更重要的是和自己非常熟悉，能够心意相通，及时抓住自己内心的想法，而不至于因为不熟悉而畏畏缩缩，将一部本来能够名垂后世的文化巨著编成一部平庸之作。

当刘统勋向乾隆提出，由纪晓岚担任总编纂官的时候，乾隆立即明白，再没有比纪晓岚更合适的人选。纪晓岚不但符合乾隆心目中总编纂官的每一条要求，更重要的是，自从纪晓岚回到翰林院，乾隆就一直考虑如何为纪晓岚安排出路。毕竟纪晓岚不能老留在自己身边，总要想办法让他成为朝廷重臣。《四库全书》的编纂，恰恰提供了这样的机遇。在这一点上，乾隆是有情有义的。

乾隆三十七年（1772 年），乾隆帝降旨，购访民间遗书，为编纂《四库全书》做准备。乾隆反复强调，民间所献书籍如有问题，绝不会降罪于献书人和地方官员，鼓励民间大胆献书。在后来的岁月中，乾隆基本履行了他的承诺，很少因为书籍的"问题"直接降罪于献书人。这对乾隆来说，是很不容易的。

乾隆三十八年（1773 年）年初，纪晓岚被乾隆任命为《四库全书》的总编纂官，负责这部空前绝后的大型丛书的编纂工作。与纪晓岚一起被任命为《四库全书》总编纂官的，是刑部郎中陆锡熊。

纪晓岚深知，自己能够成为《四库全书》的总编纂官，主要是乾隆和刘统勋对于自己学识、才华的信任，特别是对于自己良知的信任。编纂《四库全书》，弄不好就会人头落地，但纪晓岚还是决心勇往直前，哪怕冒着杀头的风险，也要成功完成这项艰巨的文化工程，以报君恩和师恩！

群英荟萃的四库馆

为了更好地编纂《四库全书》，乾隆在翰林院开设了"四库全书馆"，简称"四库馆"，作为编纂《四库全书》的专门机构。乾隆任命大量皇亲国戚、国家重臣为《四库全书》的正副总裁，其中六阿哥永瑢、八阿哥永璇、十一阿哥永瑆、刘统勋、于敏中、舒赫德、阿桂、福隆安、英廉、和珅等被任命为正总裁，梁国治、王杰、董诰、刘墉、金简等被任命为副总裁。乾隆为了防止自己骤然去世，《四库全书》编纂难以为继，所以拉来这么多重臣贵胄为《四库全书》站台，确保此书能够最终编纂完成。耐人寻味的是，皇储、十五阿哥永琰并没有出现在这份名单中。

乾隆四十五年（1780年）五月，乾隆晚年宠臣孙士毅入四库馆，担任总编纂官一职。这么一来，《四库全书》就有了三个总编纂官：纪晓岚、陆锡熊和孙士毅。孙士毅后来进入军机处，还被赐爵一等公，在汉人中属于大大的异数。不过，孙士毅进入四库馆，意味着乾隆给纪晓岚等找了个"监军"，生怕纪晓岚等对一些有"问题"的书籍下手过轻，所以让孙士毅在旁监督。在《四库全书》初稿基本编纂成型后，孙士毅就被调出四库馆，去承担乾隆交给他的更为重要的事务，前后大约两年时间。

作为总编纂官，纪晓岚的担子是很重的，甚至他的作为直接决定了《四库全书》的成败。总编纂官首先在人员调度上负主要责任：纪晓岚管辖有360个官员，任编纂，负责研读、整理、校对、精审和收录全国各地送上来的古籍珍本秘本。这360位编纂下面，还有4300多人承担抄写、搬运的工作。四库馆整个团队加在一起，有4600多人。

要编纂这样一部皇皇巨著，需要大量超一流的人才。按照乾隆的意思，翰林院里有很多年轻俊秀，文采斐然，可以肩负起此重任。但纪晓岚指出，各地献上的珍稀文献和大内所储藏的各种秘本，里面存在着各种各样的问题和错误，将这些问题找出来并形成完善的本子，需要不凡的学术功力和积累。纪晓岚认为，大内诸位俊秀虽然才华横溢，但在学术积累方面还是存在着各种不足，这些不足会明显影响到整个《四库全书》的质量。为了解决这个问题，纪晓岚建议破格录用人才，将各地尤其是江南富于学术专长的硕儒调到四库馆担任编纂，助力《四库全书》的编纂工作。

乾隆看到纪晓岚的奏请，感觉很有道理，当即批准了纪晓岚的提议。乾隆非常清楚，天下岂有不亡之国？再辉煌的功业都有烟消云散的一天。届时人们要回顾大清乾隆时期的盛世风华，就只能够从《四库全书》中去追寻。想到这里，乾隆咬牙切齿，决心不惜血本，务必确保《四库全书》的质量和规模，不但为自己留下千古美名，更要为大清争一争正统地位！

有了乾隆的支持，纪晓岚开始放手招募人才。刘统勋马上上奏乾隆，举荐进士周永年、邵晋涵进入四库馆；裘曰修举荐进士余集、举人戴震进入四库馆；尚书王际华举荐举人杨昌霖进入四库馆协助编书。这五位学人被称为"五徵君"，后来都成为翰林。其中，戴震是东南硕儒，学问涉及天文、历算、地理、音韵、训诂等多个方面，可谓是硕果累累，进入四库馆后负责主持"经"部的编纂工作；邵晋涵是清代著名史学家，长于历代艺文志和目录之学，被公推为"史"部编纂工作的负责人；周永年擅长兵、农、天、算等学问，是"子"部编纂工作的负责人；纪晓岚自己博闻强识，擅长诗歌，被推为"集"部编纂工作的负责人。

一时间，四库馆集中了全国学界的精英，不仅确保了《四库全书》的质量，而且将大量宝贵知识从大内介绍到民间尤其是东南学界，有效地减轻了清廷文网对文化的损害，最大限度地保存了很多原来可能被付之一炬的珍贵典籍及其主要内容。

历尽艰辛编《四库》

乾隆三十八年（1773年）十一月十六日，东阁大学士、首席军机大臣刘统勋在紫禁城东华门外上朝途中去世，终年七十三岁。乾隆得知刘统勋去世，不由得放声大哭，哀痛不已。乾隆亲自到刘统勋家中祭奠，眼看堂堂的首席军机大臣府门楣窄小、家居简朴，不由得泪水涟涟，连声夸赞刘统勋为"真宰相"！得到乾隆"真宰相"夸奖的，整个乾隆朝不过刘统勋、陈宏谋二人而已。就连傅恒、阿桂、尹继善这样的满洲贤相，都没有得到这样的赞誉！

刘统勋的逝世，让《四库全书》的编纂少了一根强有力的支柱。刘统勋的支持，为《四库全书》减轻了很多来自乾隆本人的干扰，也为纪晓岚等人分担了大多数的政治责任，让纪晓岚等人能够不必太顾忌乾隆的态度，专心致志编纂丛书。现在刘统勋去世，这根定海神针一倒，所有的压力都要由纪晓岚独力来承担。

泪别了恩师刘统勋以后，纪晓岚收拾心情，继续《四库全书》编纂之旅。为了编纂《四库全书》，清廷从全国征收大量书籍，其中很多是古籍珍本秘本，可谓是汗牛充栋。这么多的书籍，有的放在大内，有的放在圆明园。据说圆明园有一大半的房子，都装满了乾隆从全国各地征集来的书籍。

这些书籍一送到大内或者圆明园，就被纪晓岚安排的人员进行甄别，甄别后按照经、史、子、集的分类，送往其所属的部门进行登记造册，然后入档妥善保存。很快，就会有专门的人员对这些书籍进行查阅，评定其价值，根据其价值来确定这本书是否有被收入《四库全书》的必要。为了防止出现遗漏，让珍贵的书籍被随便处理，这项工作分别由多人独立完成，确保不会出现沧海遗珠。

这些珍贵典籍被挑选出来以后，都要交给各部的主持人纪晓岚、戴震、邵晋涵和周永年，由这些主持人来决定由哪位纂修官进行处理。这个时候就要考虑具体纂修官的特长，以及他当时编纂的任务是否繁重。等纂修官确定以后，具体的珍贵典籍都要送交到他的手上。纂修官会查阅以往档案，确定这本书是不是孤本。如果是孤本的话，就进行专门的处理，看是否值得被收进《四库全书》，即使不值得收录，也会留下相应档案记录。如果以前已经有同样的书籍，只是版本不同，纂修官会将各个版本的书籍进行参照比较后，给出具体处理意见（一般分为应刊、应抄、应存或不存）。然后，再对这本图书进行内容校对和文字增删，追寻并记叙其版本源流，记下典籍要旨，并写成提要稿存档。由此可见，书籍的收录是相当科学的，即使用现代的眼光来看也能经得住起码的考验。

编纂《四库全书》，当然要参考前人相应的著作，最典型的就是《永乐大典》。经过三百多年的悠悠岁月，《永乐大典》正本已经丢失，就是剩下的副本也不知道放到哪里去了。纪晓岚为此非常着急，经过多番寻找，终于在翰林院的敬一亭里找到了《永乐大典》副本的几百卷残本。纪晓岚如获至宝，当即将这些珍贵书籍送到四库馆造册保存。

这批由纪晓岚发现的《永乐大典》，在《四库全书》的编纂中发挥了重要作用。纂修官们从《永乐大典》里找到大量社会上已经失传的书籍，对中华文化的延续具有重要意义。比如中国古代著名的数学著作《九章算术》，就是纂修官们从《永乐大典》里找到，并收入《四库全书》的。据统计，纂修官们一共从《永乐大典》里找到516种社会上已经找不到的书籍，其中 388 种被收录进《四库全书》，128 种列入总目存目。

为了增加《四库全书》的声色，乾隆慷慨地将大内秘藏的清朝早期翻译的大量西方科技著作交给四库馆，由纂修官们择其精要，收录进《四库全书》。这些著作都是康熙命西方传教士会同朝廷优秀学子翻译、精审，有的还只有满文本，受众某种程度上只有康熙一人。乾隆意识到提高全国士子科学素养的重要性，命四库馆臣将这些重要科学文献从满文翻译成汉文，收入《四库全书》或者从其他渠道颁行天下，让优秀士子有学习近代早期科学知识的机会。尽管这些知识在当时已经不算前沿，但为天下有志于此的士子提供了一条学习的坦途，为中国后来吸收更先进的科学文化知识打下了坚实的基础。

经过纪晓岚、乾隆、刘统勋、于敏中以及其他各位优秀的总编纂官、纂修官和各位具体书办人员的努力，《四库全书》的编纂工作不断地顺利向前推进，基本达到了乾隆的编纂预期，有的地方甚至大有超越。随着工作的顺利推进，整个四库馆都弥漫着激动和自豪的气氛，甚至连乾隆本人也时常因开心和激动而潸然泪下。

乾隆四十七年正月二十九日（1782 年 3 月 12 日），第一部《四库全书》缮写告成。整个丛书共计 7.9 万多卷，3.6 万余册，约 8 亿字，是人类历史上堪称空前的巨大文化工程。乾隆和纪晓岚等考虑到《四库全书》篇幅巨大，担心不适合印刷，因而七部都由手抄撰写。乾隆命人将《四库全书》中认为应该印刷的 138 本图书专门选择出来，编纂成《武英殿聚珍版丛书》，颁行天下。尚书金简在这套丛书刻印 4 种以后，建议将印刷方式由雕版改为木活字印刷，成功地降低了印刷成本，并取得更好的印刷效果。

《四库全书》的编纂，还对清代学术发展起到了极大的推动作用。《四库全书》的编纂，使得大量海内珍本秘本汇聚到四库馆，同时大量学术人才也进入四库馆任职，对清代学术的发展产生了非常正面的影响。地方优秀学术精英因而能够看到大量珍稀秘本，极大地开阔了眼界，升华了自身的学术境界，对清代学术尤其是以考据为特长的乾嘉汉学的发展起到了很大的推动作用。这些宝贵的知识从宫廷扩散到民间，对整个中华文化的保存和传播，有着极其重大的意义。

诚然，由于乾隆个人的价值观，大量优秀的文化典籍被禁毁。但要看到的是，参与编纂工作的纪晓岚、陆锡熊、戴震、邵晋涵和周永年等，都是名噪一时的文化大师，他们的人品和学术良心都无可置疑。特别是纪晓岚，为了保存尽可能多的典籍不惜冒着满门抄斩的风险与乾隆斗智斗勇，让大量典籍得以幸存。很多典籍即使被毁，也反映在以上诸位大师的私人著述中，这些典籍以另外一种方式在人间再生。

与和珅虚与委蛇

《四库全书》的编纂，让纪晓岚在整个朝廷的分量大增，军机处和内阁以降的重臣们再不能以普通戴罪翰林的眼光看待纪晓岚。随着身份和地位的提高，纪晓岚也身不由己地卷入错综复杂的朝廷各种纷争。

纪晓岚是刘统勋的弟子，刘统勋对于纪晓岚的文采一向非常激赏，也多次向乾隆大力推荐。刘统勋是乾隆的心腹爱臣，乾隆为刘统勋专门破了自己亲手制定的汉族大臣不得为首席军机大臣的规矩，他的话当然对乾隆会有很大影响。刘统勋去世以后，整天埋头于编纂《四库全书》的纪晓岚，肯定会多次让乾隆想起刘统勋，对纪晓岚又多了一两分宽容。

纪晓岚的另外一个恩师是阿克敦。阿克敦对纪晓岚的文采也赞不绝口，将其视为河间神童，青睐有加。阿克敦是朝廷重臣，虽然乾隆对他并不是十分信任，但对他的意见一向是非常重视。阿克敦对纪晓岚的接纳和喜爱，也让满蒙亲贵对纪晓岚颇为亲近。更重要的是，阿克敦的儿子阿桂是朝廷重臣，是乾隆朝最后一位首席军机大臣，朝野声望绝不在傅恒之下。阿桂本人也是学富五车，喜爱和读书人交往。纪晓岚是阿克敦的学生，甚至可以说是阿克敦最喜爱的学生，与阿桂在青年时候就开始交游，堪称故人。阿克敦去世的时候，阿桂正在乌里雅苏台办差，阿克敦的后事一开始是由纪晓岚等学生帮忙料理的，一直等到阿桂回京才将很多事务转交给阿桂。这么一来，纪晓岚与阿桂也结下了深厚的感情。阿桂当政以后，纪晓岚在政治上逐步倾向于阿桂，也是自然而然的了。

于敏中是刘统勋之后的首席军机大臣，也是乾隆朝第二位汉族首席军机大臣。强势的汉大臣让乾隆产生了危机感，在梁国治、袁守侗之后对培养刘统勋、刘纶一样的重臣颇感踟蹰。这一耽搁就是六七年，直到梁国治去世以后，王杰、董诰、孙士毅等的崛起，这一局面方才改变。于敏中是江南才子，对同为才子的纪晓岚印象不错。某种意义上说，纪晓岚就是于敏中在乾隆面前的替身，做了很多本来是于敏中该做的文字工作，这才让于敏中能够放心入值军机。正因为纪晓岚、梁国治等人的努力，于敏中才能够安心在军机处当值，否则乾隆肯定会让于敏中花费更多精力为自己整理诗文，于敏中最后能不能具备首相的能力和眼光，可就不好说了。因此，于敏中对纪晓岚，肯定是客客气气的。刘统勋去世之后，主持《四库全书》编纂的重任，就落到了于敏中的身上。于敏中当然更要哄着纪晓岚，让他能够全心全意地投入《四库全书》的编纂，作为自己在乾隆面前固宠争权的利器，也能够让自己的大名，永远和《四库全书》联系在一起。

于敏中去世以后，《四库全书》的负责人名义上是阿桂，但阿桂因为不是乾隆心腹，经常奉旨出京督师、治河，不能有太多精力放在《四库全书》的编纂上,《四库全书》的编纂和完善,就落到了梁国治与和珅身上。梁国治是清朝著名书法家,虽然书法成就不能与永瑆(乾隆十一阿哥)、翁方纲、刘墉、铁保等人相比,但梁国治的书法仍属于清朝第一方阵。梁国治才华横溢,乾隆为了确保《四库全书》的质量,也让梁国治多多关心《四库全书》的编纂与后期校订工作。这就给纪晓岚更多与梁国治接触的机会,并让他们保持了翰林院就开始的友情。梁国治在军机处的排名长期在和珅之上,无形中也为《四库全书》的编纂和最终成书提供了强有力的保护。

和珅是政界新星,深受乾隆宠爱,锋芒之利连阿桂都要退让三分。随着地位的步步升高,和珅被乾隆任命为《四库全书》的正总裁。虽然和珅在军机处的排名不如梁国治,但在四库馆的排名位于梁国治之上。乾隆这么做是有自己的小九九的。《四库全书》是一项前无古人的浩大文化工程,纪晓岚等人为之付出辛勤而又卓有成效的劳动,果实已经成熟甚至低垂枝头。在这种情况下,乾隆就将《四库全书》正总裁之位,作为一种古今罕见的奖赏,授予自己信任的重臣。聪明伶俐的和珅岂会不明白这个道理?

为了青史留名,和珅像乾隆一样,对于《四库全书》的编纂非常留心。为了让《四库全书》更加完备,和珅甚至上奏乾隆,请求乾隆允许将大内珍藏的一些顶级珍本送到四库馆进行抄录,择其精要录入《四库全书》。从这一点上来说,和珅对《四库全书》的编纂,还是有一定贡献的。

但是,和珅在《四库全书》的编纂过程中,发挥着另一层不可忽视的作用,那就是与孙士毅一起,成为《四库全书》编纂活动的"监军"。孙士毅在四库馆时间较短,而且主要发挥的是编纂作用,文人出身的他自然会秉承专业精神,不会横生枝节,蓄意将文字狱的一些东西带进编纂活动。和珅则不然。和珅曾经科举落第,年轻时候的他对于科甲功名也曾充满渴望和憧憬。满人若中三甲,将一下子提升自己家族在八旗中的地位,是能荫护家族数代人的荣耀。同时，科举及第还能够有效提升在汉族士人中的影响，从而被汉族官僚接纳，成为自己家族雄厚的政治资本，想想阿克敦就知道了。阿克敦的科举功名不仅让他成功笼络了一批汉族优秀士人，这些士人最后还成为阿桂的拥护者，是阿桂与和珅甚至乾隆周旋的主要依靠力量。和珅没有得到科举功名，还看到阿桂家族尽享科举红利，能不妒火中烧甚至抓狂吗？

因此，和珅这个正总裁，就和福隆安、舒赫德等正总裁不一样，是要实实在在管事的。和珅希望利用担任《四库全书》正总裁的机会，打压四库馆的翰林们，发泄自己在科场上的不得志和对阿桂的不满情绪。须知阿桂虽然不太过问《四库全书》的具体编纂活动，却是刘统勋之后《四库全书》和四库馆文人们最大的保护伞！

和珅对于阿桂和四库馆中科甲场上优胜者的不满情绪，肯定是要发泄出来，从而对《四库全书》的编纂产生影响。和珅对《四库全书》以及相关文化事业的影响，从彭元瑞事件就可见一二。

彭元瑞是乾隆中晚期文化重臣，博学多才，擅长史学、诗词、目录学和文物鉴定，才华不在于敏中之下。彭元瑞根据自己在大内多年鉴赏文物古玩的心得体会，先后编成《秘殿珠林》《石渠宝笈》《西清古鉴》《宁寿鉴古》《天禄琳琅书目》等图籍，这些在中国文物鉴定史上都有一席之地。乾隆晚年鉴于于敏中擅权的教训，不想过分提拔汉族文臣，但对彭元瑞的才华和学识是真心喜爱。彭元瑞先后历任礼、工、户、兵、吏五部尚书，是响当当的朝廷重臣。乾隆三十七年（1772 年），彭元瑞任四库全书副总纂，成为纪晓岚的副手，为《四库全书》的成书作出杰出贡献。没想到树大招风，彭元瑞的才华和受宠程度，招来了和珅的嫉妒。

《四库全书》编纂完成后，乾隆顾盼自雄，觉得自己的文化功绩不亚于历史上任何一位君王，不由得沾沾自喜。得意之余，乾隆觉得自己应该百尺竿头更进一步，再干一些青史留名的文化盛事。某日乾隆看到熹平石经（东汉熹平年间镌刻儒家典籍的石碑）的故事，不由得马上来了灵感。

乾隆五十六年（1791年）十一月，乾隆下旨，命彭元瑞等从《四库全书》中找出《十三经》的善本，将经文雕刻在石碑上，垂诸后世，以彰显乾隆本人文治的功德。这就是有名的《乾隆石经》。彭元瑞等接到圣旨，不敢怠慢，急命擅长书法的江南才子蒋衡用优美的楷体写出全部经文，并将其镌刻于石碑之上，呈送乾隆御览。

乾隆看到优美的石经，不由得大为满意，更加憧憬起自己的历史文化地位。就在这个时候，和珅跳了出来。

和珅上书乾隆，诬陷彭元瑞所审定的石经文字胡乱编造，尽改圣人原意，罪在不赦。更为狠毒的是，和珅污蔑彭元瑞在背后说"非天子不考文"，意思就是说乾隆不是真龙天子，搞这些文化事业不过是夷狄的沐猴而冠。这种诬告打在了乾隆的痛处，如果在乾隆早年，就会有一场滔天的文字大狱！

令人庆幸和佩服的是，晚年的乾隆反而表现出更多的宽容和清醒。乾隆怒斥和珅："书为御定，何得目为私书耶？"全力为彭元瑞辩护。由此可见，乾隆晚年已经有收山的心态，对于石经工程的大功告成极为满意，不想再横生枝节。

和珅碰了一鼻子灰，不由得恼羞成怒。和珅指使手下爪牙写成专书冒充自己作品，诬陷石经经文有种种问题，会干扰天下士子学习《十三经》，请求乾隆毁掉石经。

乾隆看了和珅的"大作"与奏折后，不由得龙颜大怒，将和珅臭骂一顿，命他不要再就此事饶舌不休。四库馆臣请求朝廷将石经颁行天下，结果却被气急败坏的和珅阻挠。卑劣的和珅还不罢休，命人将石经上被彭元瑞和其他四库馆臣考证出来的正确文字全部磨掉，替换上原来旧版所通行的错误文字，方才罢休。不消说，这后来又成了和珅的罪状之一。

彭元瑞贵为尚书，后来又担任协办大学士，地位类似于阿克敦，都因文字问题被和珅如此迫害，其他普通馆臣的遭遇更是可想而知。在和珅的淫威下，以纪晓岚为首的四库馆臣不得不战战兢兢，时常有朝不保夕之感。

这件事对彭元瑞本人也产生了很大影响。于敏中去世六七年后，随着梁国治的去世，乾隆对汉大臣的防范心理也在减弱，重新承认了汉大臣在中枢特别是军机处和内阁的重要地位。孙士毅、王杰、董诰等纷纷崛起，彭元瑞、刘墉、纪晓岚追随其后，汉大臣的势头甚至超过傅恒执政时期。加上这些大臣多与阿桂交好，对和珅形成了强大的压力。其中彭元瑞才华横溢，多才多艺，是难得的技术官僚，深得乾隆宠爱，前途无量，极有可能进入内阁甚至军机处。和珅以"非天子不考文"之语诬告彭元瑞，乾隆虽未怪罪，但心里不可能没有阴影。彭元瑞入阁拜相之事就此无限期搁置。和珅手段之狠毒，可见一斑。

这么多重臣成了《四库全书》正总裁，对纪晓岚形成了强大的压力。不过值得庆幸的是，福隆安、舒赫德等人自知文化素养不足以指导《四库全书》的编纂，而且乾隆对于文字错讹从不轻易放过，本着多一事不如少一事的原则，只管在自己职权范围内给《四库全书》的编纂活动开绿灯，基本不太过问具体的编纂活动。更何况还有阿桂为《四库全书》的编纂保驾护航，纪晓岚又是阿克敦弟子，一般人还真不敢拿纪晓岚怎么样，除了和珅。

纪晓岚当然知道和珅的厉害，更知道如果没有乾隆特别是阿桂的保护，和珅要捏死自己就像捏死一只蚂蚁。纪晓岚再牛，牛得过彭元瑞吗？彭元瑞才华横溢，一身清白，行政能力又强，还不是被和珅掐断了前程。而且和珅是《四库全书》正总裁，找自己的麻烦是职权所在，你还挑不出一点毛病。和珅自己文化素养就很高，搞起事情来，压根不是福隆安等人所能比拟的。

在这种情况下，纪晓岚只得对和珅俯首帖耳，逆来顺受，只求和珅不要过于干预《四库全书》的编纂活动。不过这显然是与虎谋皮。卑劣的和珅怎么会放过这个打击阿桂和他身后汉族官僚和文士们的机会！饶是纪晓岚如何低眉顺目，甚至帮和珅完成大量文字工作，以致被讥讽为"和珅文字走狗"，也是没啥效果。

在和珅的虎视眈眈下，四库馆臣，包括纪晓岚本人，都面临着空前的心理压力。馆臣们不得不严加防范，将古籍中很多文字进行篡改，以免遭到和珅残害。这就使得《四库全书》的学术价值大打折扣。如果是由傅恒担任《四库全书》的正总裁，馆臣们会有更多的自由空间，《四库全书》会更加璀璨夺目。

战战兢兢的"宠臣"

乾隆本人的态度更为关键。乾隆当然想借编纂《四库全书》的机会，对古籍来个大清理，销毁对清廷少数民族政权不满的内容，但这相比于彰显自身文治功绩来说是第二位的。和珅的所作所为，当然得到了乾隆的默许，但乾隆也绝不会允许和珅的肆意妄为毁了《四库全书》。因此在适当的时候，乾隆总要表现出对纪晓岚的恩宠，以让小人们知道适可而止。

某日纪晓岚在四库馆正忙得热火朝天，时值盛夏，纪晓岚干脆脱了衣服，光着上身校对书稿。突然太监来报，皇上已到四库馆外，让众馆臣准备迎驾。

纪晓岚一听大惊失色，这时候穿衣服已经来不及，光着身子见皇帝是

"君前失仪"，问个死罪都有可能，急得纪晓岚团团乱转。无奈之下，纪晓岚只得钻到桌肚里，让其他馆臣对乾隆说自己不在四库馆。

乾隆就是打听到纪晓岚在四库馆才过来找他的，一听说他不在，倒想看看纪晓岚到底想要什么花招。

乾隆大踏步走进四库馆，坐了一会儿后声称要回宫，却大大咧咧坐在四库馆正堂，命馆臣们正常说话办差，坐等纪晓岚冒泡。

桌肚里酷热难耐，饶是纪晓岚光着上身也吃不消。不过为保险起见，纪晓岚还是等了好一会，估计乾隆已经走远，这才从桌肚里探出头，问其他馆臣："老头子走了没？"

其他馆臣哪里敢接话，纪晓岚一抬头，看到乾隆正瞪大眼睛看着自己，不由得魂飞魄散。只见乾隆眼带寒光，面带愠怒，一字一句地问："纪晓岚，你为什么将朕称为老头子？今日不说出个子丑寅卯，一定重重治罪！"

纪晓岚连连叩头："皇上息怒，微臣罪该万死！微臣如此称呼皇上，是因为皇上万寿无疆，所以称'老'；皇上顶天立地，至高无上，世间再无第二人有皇上的地位，故称'头'；皇上是天子，天父和地母是皇上的父母，故称'子'。请皇上赐臣一死！"说罢连连叩头，都快叩出血来了。

乾隆一听此话，相当受用，再看到黑胖子光着上身、汗流浃背，连连叩头的滑稽场景，差点没笑出声，但又不好意思让周围大臣们看到，只好板着脸，一字一句地说："原来你称朕'老头子'，还是对君父的一片孝心。这次且饶你一条狗命，以后胆敢再犯，定不轻饶！"乾隆说完后，昂首挺胸地起驾回宫。

天下没有不透风的墙，此事很快就传到满朝文武皆知的地步。包括和珅在内的满朝文武掂量掂量，知道自己如果称皇帝为"老头子"，乾隆绝不会这么轻轻放过，弄不好直接赐死！由此可见纪晓岚得君心君宠的程度！这么一来，等于乾隆亲手给了纪晓岚一把尚方宝剑，和珅这些混虫也就不像以往那样敢肆无忌惮地找四库馆和纪晓岚的麻烦了。

纪晓岚明白，要想得到乾隆对于四库馆工作的支持，特别是让乾隆默许保存尽可能多的"违禁"典籍，就要撕下老脸装疯卖傻，在乾隆面前扮演一个弄臣的角色，让乾隆看到他就忍不住发笑，对他保存典籍的做法也就睁一只眼闭一只眼。无形之中，乾隆对于文字狱的态度也比以往大为缓和。

人在屋檐下，怎能不低头。纪晓岚在乾隆、和珅的压力下，也不得不参与销毁了大量典籍。比如钱谦益、屈大均、吕留良等人的著述，都被四库馆焚烧一空。其中钱谦益为明末清初江南一代文宗，中年虽然失节降清，晚年却致力于反清复明，并为此多次下狱，用行动和健康赎清了当初的罪孽和耻辱。钱谦益留下大量有价值的文稿，几乎被焚毁殆尽，最为可惜。

为了确保《四库全书》顺利编纂完成，保护四库馆臣们的人身安全，纪晓岚在乾隆、和珅面前摇尾乞怜，斯文扫地，甚至在相当程度上影响到了他本人的仕途。

某次，纪晓岚就南巡之事向乾隆进谏，甚至劝乾隆不要模仿隋炀帝下江南。乾隆非常不开心，出语讥讽："朕以你文学优长，故使领四库书，实不过以倡优蓄之，尔何妄谈国事！"这么一来，不仅纪晓岚比不上于敏中、梁国治，连彭元瑞都不如了，直接落了个"倡优"的下场。但是，在于敏中、梁国治和彭元瑞面前，乾隆是绝不会说出"倡优"两个字的。

究其原因，是纪晓岚早年侍奉乾隆的时候，言语和行为不检点，说出"那个东西还在吗"之类的话语，让乾隆对他产生了偏见。加上纪晓岚为了编纂《四库全书》，不得不装疯卖傻，向乾隆摇尾乞怜，意图多保存一些名家著作和典籍。这些有损人格的言行，包括"老头子"这样贬损乾隆本人的话语，当然会让乾隆认为纪晓岚缺乏大臣之体，只可"以倡优蓄之"。这是纪晓岚为了保存中华优秀典籍付出的惨重的个人代价。不过，乾隆内心还是对纪晓岚网开一面，视作心腹，换作其他大臣包括和珅，哪里敢用隋炀帝的例子对乾隆这样犯颜直谏。

但对于乾隆来说，虽然借编书之机焚毁大量书籍，但如果做得太过分，降低了《四库全书》的质量，也会影响到他的文治功绩，甚至影响到他的历史定位。因此乾隆在一定程度上也不得不放宽文网，让多数优秀典籍进入《四库全书》，甚至包括方以智这样以才学见长的反清志士的著作。纪晓岚专门写了《四库全书总目提要》，声称方以智学问在明人中数第一，还拉上六阿哥永瑢一起署名，进呈乾隆御览。

为了自己的千秋万代名，乾隆捏着鼻子，大笔一挥，同意了永瑢和纪晓岚对方以智的评价，并命纪晓岚等将方以智的重要著作认真校核，收入《四库全书》，从而保存了这位东方古代伟大物理学家的主要著作。这堪称纪晓岚对于中华文化和乾隆本人的大功。正是有纪晓岚、戴震等人的不懈努力，《四库全书》才成为中国古代历史上空前绝后的一部伟大著作。

编纂《四库全书》消耗了纪晓岚绝大部分精力，绵密的文网也让纪晓岚感到窒息。看到前贤留下的大量文字，纪晓岚也想给这个世界留下点什么，但看到四库馆被查禁的大量书籍，又颇感踟蹰，不知如何下笔。

撰写《阅微草堂笔记》

乾隆五十四年（1789 年），乾隆时期绵密的文网终于随着《四库全书》的编纂完成而有所放松，纪晓岚也觉得，是时候为这个世界留下自己的东西了。不过纪晓岚不打算撰写史学著作，他在编纂《四库全书》的时候看到太多史学著作被付之一炬。他也不打算撰写关于四书五经的著作，毕竟《四库全书》里有那么多优秀著作珠玉在前，要超越这些著作需要太多的精力，自己这个时候已经是六旬老翁，实在没有那个精力去做这样繁重的学术工作。纪晓岚灵机一动，不如模仿袁枚的《子不语》，撰写一部笔记小说。

清代是文人笔记小说繁盛的时期，出现《聊斋》《子不语》等优秀著作，在中国文化史上占据重要地位。二十世纪数论大师、普林斯顿大学教授志村五郎就非常喜欢《子不语》，对里面的故事信手拈来。纪晓岚和袁枚同为乾隆时期文化名人，一南一北交相辉映，彼此又有一定的交情，纪晓岚想模仿《子不语》写一部笔记小说，就是很自然的了。

《阅微草堂笔记》共24卷，包括《滦阳消夏录》（6卷）、《如是我闻》（4卷）、《槐西杂志》（4卷）、《姑妄听之》（4卷）和《滦阳续录》（6卷）。纪晓岚生活阅历丰富，特别是新疆两年充军的生活，让他对西北大地的民间故事有了深刻的了解。同时，纪晓岚儿时就喜欢各种"杂书"，甚至影响到他对于经学的掌握，对各种故事可谓是信手拈来。在奉旨编纂《四库全书》后，纪晓岚更有机会读到全国各地呈送上来的各种私人笔记小说，对这一文体和相应的故事更是烂熟于胸。因此，纪晓岚在创作条件上要比蒲松龄和袁枚优越太多。

纪晓岚写《阅微草堂笔记》主要目的是劝世，另外还有给世界留下自己的东西。从40多岁开始，纪晓岚全部的精力都用来编纂《四库全书》，等编纂完成的时候，纪晓岚已经是六旬老翁，还没有一部像样的著作。纪晓岚决定，利用自己丰富的学识和见闻，为后人描绘乾隆中晚期的世情。

为了避免麻烦，特别是不让乾隆不开心，纪晓岚煞费苦心，选择鬼狐精怪作为主角，借此逃脱当时一些人的指责和迫害。但在实际上，纪晓岚却以志怪故事为工具，重点写了清朝中前期很多社会情况，读来让人饶富兴味，也让有意找麻烦的人不知不觉地被它吸引，从而放弃了对纪晓岚的指责。

纪晓岚写了这么一个故事：有个士绅机缘巧合，与狐仙交了朋友。士绅一向乐善好客，经常大摆筵席，每次都请狐仙参加。

狐仙也很给面子，每次都来参加士绅的宴会，只是从不现身。大家伙儿吃饭的时候，只见狐仙的座位上酒菜也在不停地消失，但就是不见狐仙现身和大家互动。

不过狐仙也不是不近人情，虽然不见踪影，但很开心地和大家说笑，甚至愿意帮大家解决问题，颇具几分侠气。

时间一长，就有人想看看狐仙的庐山真面目。某日，一个客人喝高了，醉醺醺地要求狐仙现身给大伙瞧瞧。狐仙支支吾吾，客人不开心了："陪您喝酒这么多回，您也不现身跟大伙儿见见面，这不是瞧不起我们吗？您还把不把我们当朋友？"

狐仙长叹一声，说："相交者交以心，非交以貌也。夫人心叵测，险于山川，机阱万端，由斯隐伏。"

狐仙的意思很明白，大家交朋友交的是心，不是貌。人心叵测，比山川还险，机变更是万端。大家在一起喝酒，彼此嬉皮笑脸，你却看不透人心，不知道他第二天会不会对你捅刀。所以狐仙才选择隐身，是想和朋友们以心相交。

纪晓岚还用德州田白岩先生之口说出自己的感慨："这个狐仙很有阅历啊，说的话非常有道理！"

纪晓岚又讲了一个死读书的故事。沧州有个读书人叫刘羽冲，喜欢读书，非常仰慕古人所传的书本知识，实际上他的意见都是迂阔不可行的。有一次刘羽冲得到一部古代兵书，如饥似渴地攻读了好几年，认为自己读懂了，自诩可以带领十万大军。后来刘羽冲家乡闹土匪，刘羽冲按照兵书上的说法，练成一支乡勇去和土匪作战，结果被土匪打得全军覆没，刘羽冲狼狈地只身逃脱。

过了一段时间，刘羽冲又得到了一本古代的水利书籍，认真读了几年，觉得自己又成了水利专家。刘羽冲整天高谈阔论水利问题，还详细绘出治水图纸，扬言自己能让千里盐碱地成为沃土。刘羽冲将自己的"研究成果"献给州官，州官也觉得他是个人才，就交给他一个村子，让他负责这个村子的水利。

刘羽冲得到州官的支持，兴冲冲地放手大干，很快就挖好了沟渠。刘羽冲得意扬扬，就等着雨季一到，自己好大显身手。没想到大水一到，顺着沟渠灌满了整个村庄，村里的人要不是跑得快就都成了鱼。

刘羽冲从此丧失了信用，再也没有人听他的话。他每日在自家的庭院踱步，一边走一边叹息："古人岂欺我哉！"每天刘羽冲都念这六个字千百遍，很快就得了疾病去世了。

纪晓岚写下刘羽冲的故事，也是告诫世人，千万不能死读书，而是要将书本知识和实践结合起来，才能得到良好的效果。纪晓岚写这篇故事的时候，一定想起他的两个老师，水利专家刘统勋和阿克敦。这二位名臣熟读古代治水专著，又能结合实际，倾听一线治水官员与老河工们的意见，终于在治水上有了杰出的成就。

纪晓岚的目光绝不仅限于神话世界，也有对社会现实的批判，甚至冒了触怒乾隆的风险。纪晓岚写道，一个腐儒看到邻居魏三的儿子在井边玩耍，魏三的妻子则在旁边睡熟了。腐儒觉得魏三的小孩有可能掉到井里，非常危险，想去提醒魏三妻子。腐儒走上前去，突然又犹豫了。

原来这个时候，腐儒突然想起"男女大防""男女授受不亲"等古训，食古不化的他决定不叫醒魏三的妻子，直接到街上去找魏三。

腐儒在街上找了半天，终于带着魏三到井边，这时候，悲剧已经发生了：小孩果然失足掉进了井里，魏三的妻子还在一旁呼呼大睡……

纪晓岚感慨地说，读书是为了明理，明理是为了应用于实际，如果不能够应用于实际，反而产生了让魏三小孩落水那么大的危害，那读书有什么用？在这里，纪晓岚痛斥了那些只知道读死书，却不知道社会实践的假道学，需要有极大的勇气。须知清廷入关以来，大力提倡道学，康熙帝尤其对道学感兴趣，并鼓励天下士子学习泥古不化的道学。纪晓岚这么做，等于是和康熙的学问倾向打擂台，乾隆和嘉庆居然也没说什么。

《阅微草堂笔记》里这样的故事还有很多，据统计足足有 1196 个。当然，这么多的故事不可能都是精华，还是有不少封建糟粕。但纪晓岚的整体思想倾向无疑是健康的，更曲折地反映了当时社会的现实。因此，鲁迅先生对《阅微草堂笔记》评价极高："……测鬼神之情状，发人间之幽微，托狐鬼以抒己见者，隽思妙语，时足解颐，间杂考辨，亦有灼见。叙述复雍容淡雅，天趣盎然，故后来无人能夺其席，固非仅藉位高望重以传者矣。"并称赞他"生在乾隆间法纪最严的时代，竟敢借文章攻击社会上不通的礼法、荒谬的习俗，以当时的眼光看，真算得很有魄力的一个人"。

《阅微草堂笔记》创作的风声一经传出，就调动了书商们敏感的神经。书商们等不及纪晓岚写完全书，拿到多少就刻印多少，上市之后销售一空。其中，《滦阳消夏录》六卷（原分为三卷，后析为六卷）、《如是我闻》四卷、《姑妄听之》四卷、《滦阳续录》六卷在写好后，很快就被书商用各种手段弄到并出了各种单行版，销路上佳。不用说，这些单行本大多被和珅弄到，献给了乾隆皇帝，希望乾隆降罪于纪晓岚。乾隆看到这些小说，也不过付之一笑而已。

嘉庆五年（1800 年），全本《阅微草堂笔记》正式出版，并经过纪晓岚本人亲自校对，堪称这一文学杰作的最权威版本，也是后来众多版本的"母本"。

从该书问世到清末,《阅微草堂笔记》先后刊刻近二十次,风靡海内。值得一提的是,同治五年(1866 年),上海图书集成局出版了《阅微草堂笔记》的铅印本。进入民国以后,《阅微草堂笔记》先后有 30 多个版本,堪称奇迹。从中华人民共和国成立一直到 2012 年,《阅微草堂笔记》的出版次数有 70 余次,影响更是巨大。这种情况对于中国古代小说来说也是不多见的。

《阅微草堂笔记》的影响还跨越国界,日本、新加坡、韩国、法国、意大利、苏联、德国都出版过这本杰出的笔记小说,在全世界范围内都有相当的影响。

成为朝廷文化重臣

随着《四库全书》的编纂完成,纪晓岚在朝廷的威望也水涨船高,文学弄臣的形象大大淡化。乾隆对纪晓岚的功绩也很满意,授予他礼部尚书的职务,纪晓岚正式进入朝廷重臣的行列。

乾隆此时也进入暮年,开始为身后事做准备。乾隆五十一年(1786年),排名第二的军机大臣梁国治去世,让乾隆对自己的身后事更加有紧迫之感。乾隆也开始改变于敏中去世之后对汉族大臣的打压态度,让王杰、董诰进入军机处,其中董诰在嘉庆年间成为继于敏中之后的又一位汉族首席军机大臣。

王杰、董诰进入军机处后,很快就和阿桂走到了一起。梁国治去世之后,和珅成为排名第二的军机大臣,权势进一步膨胀。阿桂、王杰、董诰等人面对阴毒的和珅，不得不抱团取暖，特别是王杰曾经担任过鄂党领袖尹继善的幕僚，与同为鄂、张党余脉的阿桂有着天然的亲近感，走到一起也就不奇怪了。

纪晓岚在这样的朝局中，地位也十分尴尬。纪晓岚是乾隆宠臣，乾隆多次容忍纪晓岚有意无意的冒犯，对他始终包容，按理说纪晓岚应该坚决站在乾隆一边。和珅是乾隆的另一位宠臣，受宠程度远过于纪晓岚，如果纪晓岚靠近和珅，成为和珅的谋主，纪晓岚在仕途上会有更大的成就，入阁拜相很可能也就是乾隆的一句话。

但文人的良知让纪晓岚无法靠近和珅。在四库馆的生涯，让纪晓岚充分见识了和珅的狠毒，以及对文化的摧残。迫于和珅的压力，纪晓岚不得不销毁大量本来想保留的书籍，这给纪晓岚的精神世界留下永久的伤痕。为了挽回这个文化遗憾，纪晓岚将四库馆焚毁的书籍名称记录存档，这就是著名的《四库禁毁书目录》。所幸的是，后人根据这个目录，从民间搜集到不少抄本，将其中相当一部分书籍恢复，部分弥补了这个文化遗憾。

这件件桩桩的往事，让纪晓岚始终无法接纳和珅，而阿桂在《四库全书》编纂过程中为四库馆成员提供的保护，也让纪晓岚感念极深。更重要的是，阿桂父亲阿克敦是纪晓岚恩师，纪晓岚是属于阿克敦、阿桂门下的文士，甚至可以说是阿桂的兄弟辈。这层师生关系，在清朝官场上是极为重要的。

经过激烈的思想斗争，纪晓岚的天平还是慢慢地倒向了阿桂、王杰一边。纪晓岚的选择，当然不会被乾隆所喜，乾隆斥责"以倡优蓄之"，也就可以理解了。

纪晓岚内心也是非常挣扎和痛苦。乾隆对纪晓岚恩重如山，甚至为纪晓岚的个人学术倾向而多次放宽文网，一如乾隆对彭元瑞，纪晓岚也愿意粉身碎骨报答君恩。但和珅集团已经坐大，不但对阿桂、王杰等忠贞的大臣，对储君十五阿哥永琰更是形成了强大的威胁。

纪晓岚更明白的是，和珅集团虽然强大，却有一个很大的问题，就是缺乏学富五车、深谋远虑、深谙上层游戏规则的谋主。和珅、和琳、福长安等虽然在文韬武略上各擅胜场，但在谋略上还是不能和当年的张廷玉相比。自己如果主动靠过去，不但和珅会欣然接受，乾隆也极可能抬须微笑！但这一关，纪晓岚的良心让他跨不过去！

纪晓岚的选择虽然让乾隆不开心，但让永琰、阿桂、王杰等人长出一口气。纪晓岚老于宦海，对朝廷数十年风云变幻的局势谙熟于胸。和珅虽然行政能力出色，但很多地方真的不如纪晓岚经验丰富，谋略也不见得有多出色，否则和珅最后不会落得那样的下场。纪晓岚如果成为和珅的谋主，那对永琰的威胁就太大了。

面对这种错综复杂的形势，纪晓岚也心如乱麻，毕竟他不能让对自己有厚恩的乾隆过于失望，不能公开站到永琰和阿桂一边。纪晓岚花费大量精力创作《阅微草堂笔记》，其实也是向乾隆和阿桂等人表明无意参与朝堂纷争，只愿意躲进小楼成一统。乾隆和阿桂看了自然心中有数，也就不过分勉强他了，毕竟有他没他一样过年。

纪晓岚不知道的是，正是他这种选择，让乾隆对他有了基本的信任，在乾隆面前还是有起码的发言权，而永琰和阿桂对他也颇为放心。毕竟有富贵而不取，君子之道也，这样的君子一定会忠于两代君王！

乾隆晚年，纪晓岚的荣宠依然不减，甚至有更加提高的趋势。乾隆四十五年（1780年），乾隆第五次下江南，纪晓岚全程陪伴，记录下乾隆此次南巡的诸多事件。尽管不久后纪晓岚因为反对乾隆继续下江南而和乾隆发生不愉快，被乾隆痛斥为"以倡优蓄之"，但乾隆并没有太将此事放在心上。乾隆五十五年（1790年），乾隆过八十大寿，依然兴致勃勃地去承德避暑，点名纪晓岚随行。纪晓岚一生荣宠与避暑山庄关系甚大，乾隆也是用这种方式向天下臣民暗示，纪晓岚圣眷正隆，不减当年。

随着《四库全书》的最终定稿，大喜过望的乾隆一再给纪晓岚加官晋爵，以酬其劳。纪晓岚先后被任命为兵部侍郎、礼部尚书、国子监监事，并加太子太保。尽管不能和于敏中、陈宏谋等相比，但在汉族文官中已经是相当突出。毕竟纪晓岚曾经是戴罪之身，又没有在地方实际担任过主官的经历。

老年乾隆的心思

光阴荏苒，乾隆不知不觉已经成了八旬老人。这个甚至让乾隆自己都大为吃惊。乾隆感到自己功深德厚，才得上天如此眷顾，得享八旬高龄，毕竟在乾隆四十三年（1778 年）给多尔衮平反的时候，乾隆就已经在考虑身后之事！兴奋之余，乾隆又产生了新的烦恼。

乾隆即位不久就向天下臣民宣布，自己在位的时间绝对不会超过康熙在位的时间。如果能当六十年的皇帝，肯定会将皇位禅让给太子，不会超过康熙在位的时间，以表达对祖父康熙的孝道。乾隆说这话也是一个政治表态，毕竟他当时也没想到自己真的会当六十年皇帝。没想到随着时光的推移，当年一句半开玩笑的话居然就要成了真！

在继承人问题上，乾隆也有自己说不出来的郁闷，就是在自己的皇子中，居然没有一个酷肖自己或者康、雍二帝性格、堪为人主的！孝贤皇后生的几个嫡子都不幸早夭，给乾隆精神上很大的打击。皇长子永璜、皇三子永璋、皇五子永琪等都早逝，早早退出了备选储位的行列。皇六子永瑢多才多艺，工诗善画，和纪晓岚关系不错，曾与纪晓岚一起盛赞方以智的学问人品，但在乾隆五十五年（1790 年）去世。皇八子永璇举止轻浮，难孚众望，乾隆压根就没考虑他。皇十一子永瑆才华横溢，尤擅书法，被公认为和翁方纲、刘墉、铁保齐名的乾隆时期的四大书法家之一，但为人吝啬刻薄，也不适合当皇帝。选来选去，只剩下皇十五子永琰。

不过，在乾隆眼里，还有一个出人意料的选择，就是永璜次子、定郡王绵恩。

绵恩出生于乾隆十二年（1747 年），自幼聪明伶俐，深得乾隆喜爱。绵恩是乾隆的第二个孙子，他的出生和成长，让乾隆感受到了作为祖父的快乐。乾隆与康熙不同，康熙的子孙众多，对孙辈们的印象不是十分深刻，而乾隆子嗣不如康熙，对孙辈尤其是年长的孙子们关注就更多。据当时担任军机章京的著名史学家赵翼记载，乾隆某日在行宫无聊，命随行的儿孙们射箭。绵恩当时才七八岁，也拿着一张小弓前来参加。轮到绵恩射箭的时候，只见绵恩拿着一支小箭，张弓开射，一箭直中靶心！乾隆大喜，马上传命：如果绵恩再射中一次，就赏赐黄马褂一件。

绵恩听了皇祖父的御旨，马上就拿过一支小箭，仔细瞄准后再次张弓射出，又一次直中靶心！乾隆哈哈大笑，马上命人取过一件黄马褂，裹在绵恩身上，将裹着大人黄马褂的绵恩抱走了。乾隆此次对绵恩表达出的喜爱，在整个清代历史上都是不多见的。

绵恩长大后，出落得丰神俊朗，一表人才，弓马骑射、诗词歌赋无所不精，站在人面前让人睁不开眼睛。乾隆素来喜爱帅哥，看到自己的次孙是这么一个大帅哥，乾隆那是发自内心地喜爱。目眩神迷之余，乾隆甚至产生了越过诸位阿哥，将皇位直接传给绵恩的打算。

乾隆对绵恩有着非常复杂的感情。绵恩幼年聪明伶俐，让乾隆不由自主想到幼年备受康熙关爱的自己。这种情感上的投射，让乾隆对绵恩的感情更加深沉，加上绵恩父亲永璜的早逝，让乾隆对绵恩更多了几分舐犊之情。这一点上乾隆做得比康熙要好，乾隆对出身普通的阿哥们的歧视，比起皇太极、康熙来说，是要轻上许多的。永璜虽是长子，却是庶出，母亲一开始是宫女，后来才封的妃嫔。乾隆并没有因为这个就对永璜另眼相看，永璜的早逝，也让乾隆对绵恩更加疼爱。

但如此优秀的绵恩，也让乾隆时常想起另外一个人，就是在乾隆生命中投下长长阴影的弘皙。弘皙是康熙太子胤礽的嫡长子，乾隆嫡长子早夭，永璜是事实上的嫡长子，类似于胤礽的地位。含着金汤勺出生的绵恩，也常让乾隆不由自主地想起弘皙，两者何其相似耳！乾隆对于弘皙的复杂感情，也不由自主地投射到绵恩身上。

乾隆对于绵恩的喜爱，王公大臣们又不是傻子，全都看出来了。朝野上下都在思忖，认为皇储最有可能在永琰和绵恩当中产生，其中绵恩的希望甚至更大，更得君心。

王公大臣们并没有猜错。从情感天平上来说，乾隆要更倾向于文武兼备、英俊秀美的绵恩，而不是更加仁厚的永琰。但乾隆毕竟是天子，需要考虑的绝不仅仅是个人的喜好，更要为天下臣民的未来打算。乾隆自诩精明强干，宰制天下四五十年，民力实已殚矣！无论是满汉臣工还是天下万民，甚至乾隆本人，都希望新君能够以一颗仁柔之心抚慰天下，恩加万民。

在这个方面，永琰的条件要比绵恩更为出色。永琰生性仁厚，谦恭爱人，深得内外臣工爱戴。永琰饱读诗书，与汉人官僚关系颇佳，并且具有相当的行政能力。这一点对于永琰争取于敏中和阿桂的支持非常重要。此时的汉族官员已经具备相当强的实力，能够在储位问题上发挥关键性的作用，话语权与康熙时代不可同日而语。汉族官僚实力的增强，客观上也需要皇帝具备更强的行政能力，否则很容易被汉官们牵着鼻子走。对这个有疑虑的话，看看于敏中和王亶望就知道了。

绵恩在这一点上就没有什么优势了。绵恩生性淳朴良善，御下宽柔，甚至到了没有原则的地步。为了培养绵恩的政务能力，乾隆专门让绵恩去管部。没想到绵恩骑马射箭、诗词歌赋都在行，就是弄不通具体的政务流程。下面的官员和胥吏把文件送上来一通花言巧语，绵恩就连连点头，全盘照搬，让乾隆大失所望。这样的政务能力，显然不能胜任皇帝的角色。

据正史记载，乾隆曾经嘲笑明太祖朱元璋越过成祖朱棣，直接将皇位传给建文帝朱允炆，结果让天下遭受一起没有必要的灾难。很多人认为，乾隆是不想自打脸，所以选定了永琰作为继承人。这种说法当然有其道理，但对于乾隆来说，一切都可以根据实际情况而灵活变通。乾隆曾亲手制定汉人不得为首席军机大臣的规矩，但也是他自己破了这个规矩，让贤良的刘统勋担任了首席军机大臣。如果绵恩精明强干，谙熟政务，乾隆绝对不会因为自己的一句戏言就不让他当皇帝。毕竟让刘统勋当军机大臣，破的可是乾隆正式立的规矩！

乾隆真正担心的，可能是如果让绵恩当了皇帝，会出现清朝版的"大礼议"事件。绵恩生父永璜去世甚早，如果绵恩当了皇帝，很有可能仿效明朝的嘉靖皇帝追封生父兴献王为皇帝的先例，追封永璜为皇帝。这么一来，势必会抖出诸多宫廷秘闻，甚至影响到乾隆自身的政治形象和定位。权衡之下，乾隆不得不忍痛放弃让绵恩继位的打算。

更为重要的是，绵恩虽然优秀，但在年龄上实在不占据优势，他比永琰要足足大上十三岁！这就是说，乾隆如果将皇位禅让给绵恩，这个时候绵恩已经四十八周岁了！对于一个皇帝来说，这个年纪才继承皇位，确实年纪太大了一些。如果绵恩比嘉庆小十岁，乾隆很可能就愿意为绵恩冒一次险，将皇位传给绵恩。

经过多年的犹豫，乾隆终于在乾隆三十八年（1773 年）下定决心，秘密立十五阿哥永琰为皇太子。不过乾隆显然心有不甘，在当年的祭天大典上甚至这样向上苍祷告：

> "如其人贤，能承国家洪业，则祈佑以有成；若其不贤，亦愿潜夺其算，毋使他日贻误，予亦得另择元良。朕非不爱己子也，然以宗社大计，不得不如此。惟愿为天下得人，以继祖宗亿万年无疆之绪。"

乾隆在祷告中居然诅咒永琰：如其不贤，希望上天夺去永琰的寿命，这样他就可以另择元良。乾隆对于册立永琰为太子的不甘心，跃然纸上。此刻的乾隆显然已经有了口袋里的人选，不然不会如此胸有成竹。这个人选，显然就是绵恩。

不过，永琰的身体一直很好，让乾隆有些失望。随着时间的推移，乾隆的身体越发健硕，绵恩也由英俊少年，逐步变成成熟男人，所受圣眷无形中也有所减弱。乾隆只好按捺住那颗蠢蠢欲动的易储之心，全心全意培养永琰。

禅位大典

乾隆的这份心思，瞒得过众人，却瞒不过阿桂、和珅和纪晓岚。围绕着储位人选，重臣们开始各自打起了小九九。阿桂、王杰、董诰和纪晓岚当然希望永琰顺利继位，但和珅可就不一定了。阿桂、王杰等人与永琰关系甚佳，他们的正人君子作风，也让永琰心生敬意。同时，和珅是乾隆的看家奴才，乾隆允许阿桂、王杰、纪晓岚等与永琰交往，却不能允许和珅与永琰交往，否则乾隆的老底儿都要被永琰提前挖空。在这种情况下，和珅不得不为自己的未来做出一些打算。

　　和珅也不是孤家寡人。他的铁杆马仔福长安、和琳掌握了很大的权力，和琳又与福康安交好，无形中福康安也与和珅和老弟福长安形成了统一战线。和珅麾下集中了大量满洲官员，而阿桂麾下除了一些当年的同僚和老部下，就主要是汉族大臣了。和珅实力雄厚，福康安、和琳又远较阿桂年轻，掌握了相当的兵权。如果乾隆突然去世，和珅集团甚至有可能篡改遗诏，推绵恩或者十一阿哥永瑆继位，继续掌握大清的命脉！

　　作为一名杰出的君主，乾隆对朝廷局势当然洞若观火。和珅他是要用的，但乾隆绝不能允许和珅这个奴才翻了天。乾隆下旨，福康安担任云贵总督，和琳担任四川总督，将这两位清军名将送到西南。即使乾隆自己突然去世，福康安与和琳也对京中局势鞭长莫及，难以成为和珅篡权的后盾。当然，这也有保护他们的意味在内，永琰继位后将他们召回京城，也算有恩于福康安、和琳，这两位名将依旧可以在新朝发挥重要作用。哪怕永琰杀了和珅，想想阿里衮在哥哥讷亲被杀以后仍然忠心耿耿为自己效力，就知道和琳翻不起，也不敢翻起什么大浪。

　　做完了这些事情，乾隆意犹未尽，开始策划下一步的行动。乾隆自以为有辉煌的文治武功，但如果子孙不孝，为皇位束甲相攻，就会对自己的丰功伟业产生不利影响。思来想去，乾隆决定，将皇位内禅给十五阿哥永琰。

　　面对这些变故，特别是阿桂、和珅两大阵营相争，纪晓岚保持了小心翼翼的做法，尽量不给人看出自己内心的倾向。当然从情感上来说，纪晓岚肯定是倾向阿辉、王杰、刘墉一边的。与刘统勋和阿克敦的师生之情，纪晓岚至死也不会忘记！但乾隆待自己恩重如山，视若心腹，他是绝不会容许自己这样的人公开讨好永琰、阿桂的！和珅也是一样，没有讨好永琰的权利！

让纪晓岚更加担心的是，在编纂《四库全书》的时候，自己绞尽脑汁尽可能保存古籍，为此不惜与乾隆、和珅斗智斗勇。在自己一意的周旋、讨好甚至诌媚之下，乾隆，还有和珅，终于格外开恩，对自己保护古籍的做法睁一只眼闭一只眼。这些事虽说已经过去，但如果乾隆对自己不爽，再把这些旧事翻出来的话，那可就吃不了兜着走了。更可怕的是，如果真的是这样，势必还要祸及许多帮助自己保存古籍的文人学士，甚至还有可能让已经修好的《四库全书》被付之一炬！

正因为如此，纪晓岚虽然内心倾向于永琰、阿桂、刘墉等人，却不敢表现出来，只敢在暗中向阿桂等表示同情之意。但随后发生的一件大事，却表明了纪晓岚的真实态度。

公元1796年2月9日，农历正月初一，乾隆于太和殿将皇位禅让给皇十五子永琰，并改元"嘉庆"。

为了筹备好禅让大典，身为礼部尚书的纪晓岚忙前忙后，查阅各种古籍，终于制订出让乾隆满意的典礼仪式，并交予和珅等照此执行。

自从1194年宋光宗将皇位禅让给宋宁宗以来，中原王朝已经几百年没有举行禅让仪式。再说宋朝距离乾隆时期年代久远，典册早已散佚，哪里有现成的禅位典章制度给乾隆参考？这个差事的承担人，纪晓岚无论是出于身为礼部尚书的职责，还是当世学问大家的身份，都是责无旁贷的。

此情此景，都让人想起张煌言的一首诗：

上寿觞为合卺尊，
慈宁宫里烂盈门。
春官昨进新仪注，
大礼躬逢太后婚。

张煌言在这首诗里，吟诵了当时传说得沸沸扬扬的"太后下嫁"的传说，为孝庄太后下嫁多尔衮提供了当时的传闻资料，证明了此事即使不真，也是当时的传言。其中，"春官昨进新仪注"一句，形象地说明了"太后下嫁"给礼部带来的尴尬和不便。

纪晓岚虽说不会那么尴尬，工作量巨大是肯定的。内禅是几百年才一出的盛事，乾隆更是主动禅位，典礼当然要隆重庄严。但是，乾隆毕竟是主动禅位，权力并没有受到一丝一毫的削弱。如果典礼中的喜庆色彩过于明显，肯定会让乾隆不爽，事后会发生什么，也只有天知道了。

纪晓岚经过深思熟虑，加上四库馆旧部们的帮助，终于在庄严、隆重，又不过于喜庆的原则下，参照古代史书的记载，制订了让乾隆满意、让和珅无话可说的典礼。

人算不如天算，在典礼热热闹闹地举行后，最后一个环节是乾隆向嘉庆交玉玺。这是纪晓岚查阅古礼，又与乾隆本尊和阿桂、和珅、王杰等大员多次沟通，得到他们的首肯才拟定的。尤为重要的是，乾隆本人亲自认可了这个环节，作为禅让典礼的压轴戏和最高潮部分。而嘉庆在这些典礼制定的问题上几乎是没有任何发言权的。

典礼制订完毕后，乾隆下诏将典礼下发六部九卿，让文武百官按照典礼事先进行操演，务必不能出现一丝一毫的差错。文武百官当然按照皇上的旨意认真操演，哪怕是年事已高的官员也不敢有丝毫怠慢，唯恐在自己这里出现问题，坏了乾隆要当儒家圣君的如意算盘。大伙没想到的是，到了最后一哆嗦的时候，出了问题的恰恰是乾隆本人！

乾隆捧着玉玺，迟迟不交给跪在面前的嘉庆。嘉庆跪在那里尴尬异常，汗如雨下。纪晓岚眼见不妙，赶紧上前请示乾隆，以乾隆身体不适为借口，请求典礼暂停。这个要求理由很过硬，乾隆同意了这个请求，典礼于是暂时停止。

不怕死的刘墉站了出来。自从阿桂回京以后，刘墉的胆量大了许多，在很多事情上更加敢于发表不同意见。刘墉借这个机会，请求乾隆将玉玺交给嘉庆。

刘墉话说得也直接："陛下，自古至今，禅让都是要将玉玺交出来的。这是内禅，是您自己决定把皇位传给太子的。如果您不交玉玺的话，那皇上还回东宫做他的太子，您还是皇上。咱们这些人也散了，该干吗干吗去。"

纪晓岚也以礼部尚书的身份，劝说乾隆交出玉玺，免得为天下所笑。

如果说刘墉的话让乾隆反感，纪晓岚的话却让乾隆冷静下来。乾隆想想自己的一生，文治有《四库全书》的编纂，武功有空前的"十全武功"。如果再加上主动内禅，避免皇位传承中的意外，那真就成了儒家理想中的圣君了！思来想去，对名誉的渴求终于占了上风。乾隆恶狠狠地将玉玺往刘墉手里一塞，没好气地说："拿去！"

纪晓岚见状，连忙宣布典礼继续，并将流程改为由重臣刘墉跪受玉玺，将玉玺郑重地交给嘉庆。嘉庆如释重负地从刘墉手中接过玉玺，对刘墉、纪晓岚不由得感激万分。

这段小插曲，让不敢站队的纪晓岚站了队，也让乾隆对纪晓岚大为失望。不过，纪晓岚毕竟是在行礼部尚书的分内之事，乾隆也说不出什么。至于刘墉，可以说狠狠地得罪了乾隆，但乾隆在一年多以后还是将刘墉提拔为大学士，让刘墉正式入阁拜相，也算是还了老相国刘统勋一个人情。

内禅以后，乾隆到底还是老了。虽然太上皇看上去依旧康健，但他已经失去了吟风弄月的兴趣和能力。要知道太上皇酷爱吟诗，一生所作诗歌四万多首，相当于《全唐诗》所录的全部唐代诗歌总和！在这种情况下，纪晓岚、彭元瑞等人渐渐失宠，也就不奇怪了。

不过这对纪晓岚本人而言并不是什么坏事，而是大大的好事。乾隆内禅以后，特别是接到福康安、孙士毅等人的死讯后，为防不测，对权力越抓越紧。和珅等人利用这个机会，将大权紧紧抓在自己手里，甚至排挤了嘉庆本人。在这种情况下，纪晓岚被乾隆边缘化，反而让他在嘉庆那里大大得分。

刘墉、纪晓岚、彭元瑞等人虽然权力不大，但亲朋、门生、故旧遍布朝廷上下，影响力不容小视。如果仅仅依靠阿桂、王杰等人的力量，没有刘墉、纪晓岚等人的呼应，是很难对和珅等人形成有效制约的，特别是在阿桂去世、王杰、董诰被赶出军机处后尤其如此。阿桂去世以后，刘墉隐隐成为朝廷反对和珅势力的领袖，纪晓岚只能暗暗在一边给予支持。

随着时间的推移，乾隆的身体终于开始支撑不住。和珅对此大为惊恐，连忙让太医院给乾隆开出诸多补药，试图尽可能延长乾隆的生命。

和珅没有想到的是，乾隆毕竟已是近九旬老翁，过多进补，反而对乾隆的身体不利。嘉庆四年（1799 年）大年初一，乾隆服用了太医院进呈的补品"参莲饮"后，突然晕厥。和珅大惊，连忙组织太医院全力救治，可惜已无力回天。可怜到了这个时候，乾隆还在一心盼望举行自己的九旬大寿庆典。

正当皇宫因为乾隆晕厥而陷于一片混乱的时候，嘉庆开始了蓄谋已久的行动。看到太上皇已经确定陷于不治，嘉庆连忙命自己的八哥永璇为领侍卫内大臣，接管和珅掌控下的大内禁卫军；十一阿哥永瑆为军机大臣，接管军机处；乾隆长孙、定亲王绵恩任九门提督，掌握京师军权。刘墉、王杰、董诰等负责接管六部，弹压百僚，防止和珅党羽相互串联。在做好这一切后，嘉庆正式将和珅、福长安下狱治罪。

嘉庆下诏，命刘墉、王杰、董诰为主审官，负责审理和珅一案。这三位大臣德高望重，又素来与和珅不睦，自然是审理和珅案的最好人选。经过三位大臣的审理，和珅罪状昭明，嘉庆命百官给和珅议罪。

此时和珅余威尚在，百官仍有些噤若寒蝉，直隶总督胡季堂打了头炮。正月十六，直隶总督胡季堂议覆奏，将和珅痛骂一顿，请求按照谋反罪名，将和珅凌迟处死。

嘉庆看了胡季堂的回覆奏折，不由得大为满意。百官们看到此种情形，纷纷上奏赞同胡季堂的定罪奏折。嘉庆决定，按照胡季堂的回覆，判处和珅凌迟之刑！

关键时刻，刘墉挺身而出，为和珅请求圣恩。刘墉向嘉庆建言，和珅毕竟是先皇宠臣，判处他凌迟之刑，有伤乾隆体面。刘墉建议将和珅赐死，既能昭彰和珅罪恶，又能够不伤先皇和朝廷的体面。嘉庆批准了刘墉的请求。

在瑟瑟发抖的福长安面前，和珅在自家用御赐的三尺白绫自尽。

纪晓岚虽然没有足够的分量参与擒拿和珅，但他也协助刘墉等人稳定了六部局面，特别是在禅让大典上协助刘墉为嘉庆取得了玉玺，算是大大有功。嘉庆感念纪晓岚的功劳，也就不计较他与和珅曾经的交往，将纪晓岚当成元老看待。嘉庆明白，纪晓岚之所以多方讨好和珅，也是为了编纂《四库全书》！仁厚的嘉庆掌握权力后不久，就发出诏书，宣布从此之后，只有明书"反清复明"等字样的，才加以治罪，其他情形一概不问。许多乾隆时期被查禁的书籍，纷纷又重新刊刻行世。

嘉庆朝的元老

刘墉、纪晓岚毕竟年事已高，都已经是七八十岁的老人，只能够尊位以备顾问，再入值军机已经不合适了。嘉庆特地让刘墉入值南书房，作为自己的政治顾问。经过和珅十多年的专权，嘉庆对军机处颇有提防之意，也适当加强了南书房在国家政治生活中的地位。当然，南书房也只能作为君主的决策工具发挥作用，军机处机构完善、人员充足，具有完善的办事流程，这个地位南书房是代替不了的。

不过，南书房在君主个人的生活甚至政治生涯中始终都拥有一席之地，也能够辅佐皇帝优化决策流程。南书房让一些优秀的大臣能够有渠道参加国家大政，对军机处也产生一定的牵制作用。当慈安、慈禧太后垂帘听政以后，因为两位太后的女性身份，她们不能让优秀大臣进入南书房顾问，军机处失去制约，权力更加扩大，国家治理水平大大下降也就不奇怪了。

对于国家文化重臣纪晓岚，嘉庆极尽优容之能事。但纪晓岚毕竟与刘墉的情况不同。刘墉是国家重臣，多年来虽然未能入值军机，但行政经验异常丰富，政务流程娴熟，正可备大用。纪晓岚多年一直致力于文化事业，对政务并没有那么熟悉，曾经担任过兵部尚书，任上的政绩远不如王杰。也正因为此，纪晓岚没有啥威胁，而且优待他还可以得到宽容先朝老臣的美名，嘉庆何乐而不为？

纪晓岚已垂垂老矣。乾隆晚年，和珅极端受宠，后来又从云端跌到地狱，整个过程纪晓岚看得清清楚楚。虽然自己最多只能算乾隆宠臣，心腹那是谈不上的，但与和珅的密切关系还是让一些人窃窃私语。到了几十年后，昭梿还在《啸亭杂录》里声称纪晓岚为和珅的"文字走狗"。幸亏新君嘉庆，老友刘墉、朱珪等理解自己，这就够了。

闲来无事，纪晓岚就和刘墉、朱珪、王杰、徐绩等一起聚会，畅谈诗文和平生快事。朱珪进京后，与刘墉一起入值南书房，作为嘉庆的高级顾问。和珅伏法后，嘉庆对和珅在朝廷特别是军机处的潜在势力颇为忌惮，因此让刘墉、朱珪入值南书房，削弱军机处的影响。毕竟和珅担任军机大臣十九年，门生部下遍布朝廷上下，算起来是一支很可怕的力量！

酒酣耳热之际，纪晓岚、刘墉、朱珪、王杰、徐绩等人，对乾隆朝往事都唏嘘不已。这五位元老都是历史的亲历者，深知各种内幕，但在和珅当政的时候，连战功卓著的阿桂都不敢随便吐露心事，更何况这五位元老！提起各种往事，五老对当年的事情有了更深层次的理解，也感叹如果阿桂老相国仍在的话，定会是今日的座上嘉宾。

嘉庆对五老也倍加优容。虽然五老年事已高，但仍有可观的影响力，能够有效震慑和珅的旧部不敢蠢动。按照明清皇帝对大臣的猜忌，重臣聚会，历来是皇帝们不愿意看到的。正因为这五位老臣在擒和珅的过程中发挥了重要作用，而且向来拥戴嘉庆，嘉庆对他们的聚会也就睁一只眼闭一只眼。须知当年司马光只是在陪都洛阳组织"九老会"，参与者都是退休重臣。而纪晓岚、刘墉、朱珪、王杰和徐绩，都是妥妥的在朝重臣！

闲来无事，纪晓岚总是会想起在四库馆的日子。虽然《四库全书》因为乾隆与和珅的压力，被迫对很多书籍做了篡改，也焚毁了大量宝贵书籍，但纪晓岚等人竭尽全力，让这种损失都限制在可控范围内。纪晓岚之所以低三下四去奉承和珅，也是哀求和珅在古籍珍本的保护上放上一马。所幸《四库全书》经历重重磨难后终于顺利编成，还因此培养了大批学术人才，让"乾嘉汉学"成为世之显学，也算弥补了自己奉旨改书、焚书之过。纪晓岚更明白，很多被禁毁的书籍，手下编纂人员都偷偷做了大量笔录，甚至抄录全书，自己的处理方式是就当看不到而已。哪怕就是乾隆与和珅，对这些事情也只能是睁一只眼闭一只眼，除非是他们弄丢《永乐大典》等珍贵原本才会追查一二。

《四库全书》固然让许多珍贵的书籍被禁绝，但保存大量古籍的功劳也是很可观的。到了刘统勋执政的年代，《永乐大典》散佚的情况已经相当明显。尤为重要的是，很多珍贵古籍民间已经十不存一，都保存在《永乐大典》里！在这种情况下，四库馆臣们从《永乐大典》里将这些珍贵古籍复原，对于中国文化是极大的功劳。如果这个工作不在乾隆时期做的话，随着《永乐大典》的散佚，很多珍贵古籍将永远消失在历史的长河中。

纪晓岚的这些功绩，乾隆、嘉庆甚至和珅都看在眼里。乾隆虽然有时也恼恨纪晓岚千方百计保存"违禁"书籍，但随着《四库全书》编纂工作的顺利推进，乾隆也充分意识到《四库全书》对于保存和总结中华文化的贡献，认识到《四库全书》对于乾隆朝文治的重要性，甚至对于彰显清王朝合法性的意义，因此对纪晓岚大为宠幸和宽容。嘉庆更不用说。虽然嘉庆不打算让缺乏行政经验，又年事已高的纪晓岚入值军机，却是将他当作国家重臣来推崇的！

嘉庆十年（1805 年）正月，纪晓岚已经是八十一岁的老人。这个时候，嘉庆送给了纪晓岚一份厚重的寿礼，封纪晓岚为协办大学士。协办大学士相当于宋朝的参知政事，仅有两名，地位很尊贵。当年汪由敦就曾担任协办大学士，因为给张廷玉通风报信而被乾隆夺去协揆（清代对于协办大学士的称呼），而终身只能担任尚书。后来的肃顺也是协办大学士。由此可见，"协揆"对于清代官员来讲，也是可望而不可即的职位。

嘉庆的恩遇给了纪晓岚莫大的安慰。更让纪晓岚欣慰的是，嘉庆对《四库全书》的完善也十分重视。在嘉庆的支持下，《四库全书》进一步完善，后续的修缮、补写工作也十分顺利。更重要的是，嘉庆以开放的心态对待《四库全书》的收尾工作，不但继续征集《四库全书》在乾隆时期没有收录的书籍，更大幅放宽了标准，让新收录的书籍基本保存了原貌。对于天下的文人学士，嘉庆也更加宽容，无愧于"仁皇帝"的称号。

看到了这一切，纪晓岚心中也没有什么遗憾。纪晓岚的一生，虽然没能入值军机、正式拜相，但能够从事他更擅长的文化事业，特别是编纂《四库全书》，实在是他个人的幸运。

嘉庆十年（1805 年）二月，一代文宗纪晓岚于家中去世，留下《四库全书》和乾嘉汉学在身后传播。

英廉

和珅的贵人

和珅一辈子有两个贵人，一个是乾隆，另一个就是本篇主人公英廉。

英廉是内务府汉军镶黄旗人，姓冯，字计六。从名字可以看出来，英廉的出身特殊，与一般八旗汉军大有区别。

原来内务府作为清朝皇帝的私人服务部门，成员构成有很大特殊性。内务府有自己的八旗系统，与一般的八旗有很大区别。内务府的成员，自己编为八旗，不受正常八旗系统的管辖，称为"内务府八旗"，简称"内八旗"；外部正常的八旗，被称为"外八旗"。内八旗的正黄旗与外八旗的正黄旗，只是名称相同，人员和管理系统全无重叠之处。

特别有意思的是，内八旗中的"上三旗"与外八旗中的"上三旗"，旗色都不相同。外八旗中的"上三旗"，就是大家熟识的镶黄旗、正黄旗、正白旗。内务府属三旗，即内务府系统的"上三旗"，则包括正黄旗、正白旗和正蓝旗。其他内务府旗份，比如镶黄旗、正红旗、镶白旗、镶红旗和镶蓝旗，则服务于王府。

虽然内府八旗属于皇帝的家奴，各个方面都有一定的优势，但地位还是较普通八旗为低。康熙惩罚徐元梦的时候，就是剥夺了徐元梦的满洲正白旗旗籍，打入内府八旗充作包衣。直到二十多年后才将徐元梦放回正白旗原籍。

无独有偶，洪承畴在被俘投降的初期，也是被皇太极、多尔衮编入内务府充任包衣，一直到顺治八年（1651 年），洪承畴才被"抬旗"进入镶黄旗汉军。原因即在于洪承畴对于清廷堪称功勋累累，清廷为其除去包衣的奴隶身份，是酬劳其功的重要方式。

英廉是内务府包衣世家出身，因此与其他非内府出身的旗人相比，更多了几分"吏气"，器宇与傅恒、阿桂、兆惠、阿里衮等外府八旗出身的人不可同日而语。内务府的特殊环境，让这些内府旗人更加务实，相对也更加缺乏理想。这一点在英廉身上颇为突出。而英廉的这种个人气质，也将深深影响和珅，最终对大清朝的国运产生深刻影响。

英廉这种复杂的出身，兼具满汉双方特点，但又与纯粹的满人或者汉人有所区别。具体来说就是家族有一定的文化传承，能让英廉在内府圈子快速崛起，但内府务实甚至太过务实的文化氛围也会对英廉有影响。结果就是英廉的学问多偏重于"术"的方面，难以作为乾隆的文化知音，和徐元梦相比文化差距不可以道里计，也很难与汉族士大夫建立良好的私人关系。但作为乾隆宠臣，为乾隆办理各种差事，充任"能吏"，基本上是称职的。

出身内府的干吏

年轻的英廉也曾意气风发过。雍正十年（1732 年），英廉考中举人，担任笔帖式，后任内务府主事。

乾隆二年（1737 年），急需人才的乾隆命英廉赴江南学习河工。河工事关漕运大计，当时治河名臣多是汉人。河工需要大量财政投入，并且有权在一定情况下调动地方的人、财、物用于治河，事权相当重。乾隆在让刘统勋学习治河的同时，也希望在旗人内部培养治河名臣。英廉就是在同一时间段与刘统勋一起学习治河的。不久，英廉被补任淮安府外河同知。

如果英廉能够干好这份差事，或许会成为另一个刘统勋。但遗憾的是，英廉不是那块料。

或许是英廉暴露出治水能力堪忧，乾隆无意将他继续留在江南治水。但英廉作为内府包衣人，和乾隆总归是更贴心一点，还是放在身边比较好。江南民情水文情况复杂，稍有不慎就会出事，就连高斌这样的贵戚出身的大臣，治水上出了事都被乾隆严办。如果任由英廉留在江南，很有可能会因为治水不力受到惩办。英廉回到北方任职，也是可以理解的了。

乾隆六年（1741 年），英廉母亲去世，英廉不得不回家守孝。按照清代的规矩，旗人守孝只需百日，百日后即可向朝廷申请复职。有的时候，朝廷会给守孝期满的旗人新的职位。英廉守孝期满后，乾隆顺势将他留在了北方，担任直隶天津河捕同知，负责华北尤其是京津附近河流的治理。

乾隆十年（1745 年），已经在治水岗位上工作近十年的英廉被任命为大名府知府。

同在治水岗位上工作，又在相隔一两年时间内遇到丁忧守孝，刘统勋的崛起速度就要远远超过英廉。要知道刘统勋回乡守孝，时间是整整二十七个月，英廉守孝时间只是三个月有余！乾隆十年（1745 年），刘统勋已经是从一品的都察院左都御史，而英廉不过是个正五品的大名知府。二人发展程度，堪称云泥之别。

英廉在大名府任上多年，以行政才能受到上司的赏识。当时的直隶总督是陈大受，陈大受是乾隆宠臣，雍正十一年（1733 年）才成为进士。雍正驾崩以后，陈大受被乾隆赏识，两三年间就成为从二品的内阁学士、兼礼部侍郎，主浙江乡试。乾隆四年（1739 年），陈大受被任命为安徽巡抚，当年又转任江苏巡抚。这个时候，离陈大受成为进士才不过六年时间！其上升速度，堪与雍正年间的尹继善相比。

作为乾隆宠臣，陈大受当然知道内府出身的官员在乾隆心中的分量，因此对英廉也是照顾有加。乾隆十四年（1749年），乾隆下旨调查并禁止蒙古地区民众将土地出典给汉民的问题。事情出在直隶地盘，又涉及蒙古地区，一般汉员也无力调查，陈大受就将这个差事交给了英廉。

原来蒙古地区有大量可耕田亩，蒙古民众不懂如何耕作，就将这些田地典给外来汉民，自己靠租金过活。时间一长，大量汉民在蒙古地区扎根，影响到当地蒙古王公的利益，对清廷的统治也产生一定的影响。

蒙古问题事关清廷根本，乾隆当然不敢怠慢。大量汉民在蒙古地区屯垦，对清廷统治秩序的冲击和当地王公利益的影响，可想而知。但乾隆作为整个大清朝的君主，也要考虑到屯垦汉民的利益，只得对这个问题睁一只眼闭一只眼，时禁时弛。当然，具体的情况还是要查清楚。乾隆责令陈大受去清查民典蒙古地亩的情况，陈大受便选中了内府旗人出身的英廉。

陈大受果然没有看错人。英廉作为内府出身的官员，能够顺利协调各种关系，迫使一些利益相关方不敢过分嚣张，很快就查清了直隶蒙古地区的民典屯垦情况。陈大受接到英廉的报告，大为满意，上奏乾隆狠狠保举了英廉一番。从此英廉的干吏形象，就深深地扎进了乾隆心里。

仕途遇挫

陈大受担任直隶总督只是署理，直隶很快就迎来了新的总督，这就是担任直隶总督时间达二十年之久的方观承。清代督抚通常以直隶总督为首，两江总督为次，除了尹继善和高晋担任两江总督的时期以两江总督为尊。清帝在直督和江督人选的问题上也颇费心思，一般直督多用汉人，因为直隶是旗人大本营，整个直隶都是八旗庄田，用满人为直督，容易尾大不掉。在江督的人选上,则多用满人,以收监视和弹压之效,一直到曾国藩等人担任江督后才告一段落。

方观承出身于桐城方氏,其父、祖受文字狱的牵连流放黑龙江,方观承与其兄只得寄居南京清凉山寺,靠好心的僧人们接济为生。方观承稍长后到东北侍奉父、祖,机缘巧合结识了平郡王福彭。福彭赏识方观承的才华,将其作为密友和幕僚对待。

雍正十一年(1733年)七月,平郡王福彭任定边大将军,出征准噶尔,福彭决定让方观承担任随军记室。按照清朝制度,随军记室必须由朝廷任命,将领私人不得任命。福彭就请求大学士鄂尔泰上奏雍正,请求允许方观承担任自己的随军记室。

雍正得知这个情况,亲自召见了方观承,发现方观承学问渊博,文武兼资,心下十分喜欢。再问起方观承的身世,听后大为感慨,赏给方观承内阁中书的头衔,以此头衔出任福彭的随军记室。

福彭得胜归来后,雍正命方观承正式担任内阁中书之职。乾隆继位后,方观承更像是坐了火箭,一路升迁到直隶总督。

方观承精明强干,清廉正直,非常符合乾隆的口味,乾隆对其大加宠信。有了这样的背景,方观承当然不会太把其他人放在眼里,哪怕是有内府八旗背景的英廉。

乾隆十五年(1750年),英廉被擢升永定河道员,负责永定河的治理。永定河平时并没有太多水患的危险,但让方观承、英廉猝不及防的是,当年上游普降暴雨,永定河水泛滥成灾,大堤出现决口,严重影响到京城的安全。

方观承调查之下,发现此次永定河水暴涨,一是天灾,二是人祸。原来英廉治水不力,错误地用了治水方法,用临时的挡水建筑物拦截洪水,致使洪水冲毁大堤,居然还隐瞒不报!

　　方观承可不是陈大受。这事落到陈大受手上，陈大受肯定会打一通太极，再把此事压下去，性情刚直秉正的方观承可不会！方观承一纸奏折，狠狠弹劾了英廉一道，把情况写得清清楚楚。

　　乾隆接到方观承的弹劾奏折，不由得勃然大怒。方观承办事周详，清廉正直，一直让乾隆非常欣赏。乾隆深知，一般的大臣可能还会错误地弹劾英廉。以方观承的精干正直，他的弹劾一定不会错！尽管有袒护英廉之心，但乾隆还是决定听信方观承的弹劾。

　　乾隆当即下旨，将英廉逮捕查办。英廉被拘以后，当然不服，上书抗辩自己无罪。为了查清真相，更为了让英廉心服口服，方观承请求乾隆派遣大臣审理此案。

　　乾隆采纳了方观承的意见，决定派遣徐元梦之孙、工部尚书舒赫德审理此案。或许是出于对内府包衣人的偏见，舒赫德审理此案并未客气，而是在方观承的基础上进一步深入，认为不但方观承的调查全部属实，而且英廉不但申报不实，还未将淤沟事先预防，导致水灾贻害千里。舒赫德建议，关键地段的治水经费，应当由英廉自己补偿！

　　舒赫德不愧为徐元梦之孙，刚直耿介颇有乃祖之风。乾隆看了舒赫德的审判结果，也无话可说，只得以英廉到任永定河道员不到两月搪塞，下令将英廉降为笔帖式，发往高梁桥以西稻田厂效力，好歹逃过了补偿治水经费的惩罚。至于方观承，乾隆还是褒奖了一番，顺便夸赞方观承为政谨慎，都是受自己教育和影响的结果。

　　乾隆对内府包衣出身的英廉，到底还是有回护之情，但方观承、舒赫德并未买账，也让乾隆心下不快。不过乾隆到底是中国历史上数得上的英主，并未因此对方观承、舒赫德有所成见，反而是信重如前，也算谱写了一段君臣佳话。

　　案情算是查清了，英廉也受到应有的惩罚，但英廉闯的祸还需要有人去收拾。此时刘统勋、高斌两位治水名臣都在江南治水，乾隆无奈之下，只得派遣军机大臣汪由敦前去查勘灾情。没想到汪由敦居然很快找出治理永定河的合理方案，并亲自主持治理工程，花了六七个月的时间，终于将永定河治理成功。此后数十年时间，永定河再未发水患。

青云直上

英廉捅下如此娄子，让乾隆看清了英廉实在不是治水的料，也缺乏统领一方的封疆之才。不过，在办理具体的行政事务方面，英廉还是有两把刷子，那就让他在内务府继续当他的笔帖式，寻机慢慢复出好了！

乾隆十七年（1752 年），乾隆授英廉为内务府主事。后任户部员外郎、吏部郎中。

应该说这些岗位，都是英廉所能胜任甚至游刃有余的。乾隆为了让英廉复出，也是煞费苦心。为了堵住方观承、舒赫德的嘴，乾隆让英廉在内府系统任职。内府系统理论上来说是乾隆的私人服务机构，不属于任何朝廷部门管辖，方观承、舒赫德再正直、再公忠体国，也不能去干预皇帝的私人服务机构的用人，只能够干瞪眼。随后英廉积功出任户部员外郎和吏部郎中，也就不是方观承、舒赫德所能干预的了。

乾隆二十年（1755 年），英廉兼任佐领。

乾隆二十一年（1756 年），英廉调任户部银库郎中。

户部银库郎中不要看只是个正五品，但实权可谓巨大。坊间曾有戏言，一个银库郎中，给个皇帝也不换。银库郎中平时管理户部银库的出纳，各省解来官银，都要经过银库郎中的手才能入户部银库和造册入账。

这个位置太过紧要，所以清廷入关以来，银库郎中基本只用满人甚至内府包衣人，汉人那是老猫嗅咸鱼——休想啊休想。

非但如此，在同治年间阎进铭出任户部尚书前，户部实权汉尚书是极少的。汪由敦出任户部尚书的时候，由于他是军机大臣，满尚书当然要甘拜下风，但这种情况毕竟是少数。当然，清朝皇帝有时会让信得过的汉大学士管理户部，无论是户部满尚书还是汉尚书都要在管部大学士的领导下工作。户部升堂问政时，管部大学士坐在中间，满汉尚书分坐两侧。其余五部也是这么安排管部大学士和满汉尚书位置的。因此在清代，大学士都被称为"中堂"，取的就是管部时坐在六部大堂正中之意。

据坊间传言，担任三年的户部银库郎中，可以净赚白银二十万两！相比之下，一个大学士一年的官俸也只有白银一百八十两！银库郎中成为人人眼馋的肥缺，也就可以理解了。

在清朝大部分时间，银库库兵都是旗人，包括内府旗人，而汉人不能出任库兵。据记载，库兵在运送白银的时候，都要脱光全身衣服，才能够进入库房工作。工作完毕，出来都要搜身，才能够回家休息。为了偷盗银两，库兵就将白银塞进自己的肛门，将白银偷走。厉害一点的库兵，每次能偷走上百两的白银！

由于清代的官银很多都是铸成元宝形状，上圆下方，库兵携带不便，因此江西官银就大受欢迎。江西银锭都是铸成圆的，光洁无棱，人称"粉泼锭"。这些"粉泼锭"放在身体中，不会对身体造成伤害，因此大受库兵们的欢迎。

按理说江西银锭铸造成这种形状，非常有利于库兵盗窃，"粉泼锭"也因此成为库银丢失的最大宗，户部就应该行文江西，让江西解来官银改换其他不便于盗窃的形状。但户部已经形成互相包庇的庞大关系网，怎么会去做这种事情？加上户部胥吏只用旗人，很多岗位还是世代承袭，连福康安看到他们都退避三舍。清代户部管理长期混乱，也就可以理解了。

乾隆让英廉出任户部银库郎中，用意堪称良苦。一方面，乾隆需要这么一个心腹去看着户部尤其是银库，他也需要掌握户部一手情况，对户部上下人等形成震慑；另一方面，乾隆也意识到英廉内务府包衣的身份，让他和外八旗的"正身旗人"有着天然的隔阂。乾隆让英廉出任此职，就是让英廉在外八旗中形成庞大的人际网络，有利于英廉的进一步发展。毕竟英廉是他的家奴，与其他旗人官员相比关系就更近一层。

乾隆二十二年（1757年），英廉兼办九门提督衙门事，乾隆也有意识地给英廉创造机会，让英廉在京城旗人圈子能够有更多的历练。不久，英廉又调任户部郎中。

乾隆二十五年（1760年），英廉调任内务府正黄旗护军统领。按清制，上三旗护军统领负责皇宫宫门的守卫，是正二品的大员。乾隆让英廉担任内务府正黄旗护军统领，等于是将人身安全交到了英廉手上，由此可见英廉在他心中的分量。

乾隆二十六年（1761年）二月，乾隆命英廉担任江宁布政使，终于进入封疆大吏的行列。但英廉心中明白，自己并不是担任封疆大吏的料，因此上书乾隆，以父亲年老需要奉养为名，请求乾隆让他在京任职。

乾隆何其聪明，闻弦歌而知雅意，当即批准了英廉的请求。乾隆赐给英廉二品顶戴，让其在内务府任职。十一月，乾隆正式任命英廉为内务府大臣。

经过十多年的奋斗，英廉通过内府系统，终于又登上了仕途的高峰。这十年间，英廉谨小慎微，兢兢业业，深得乾隆欢心。在京城的旗人圈子里，英廉也逐步站稳了脚跟，京城里的满汉大员，看到英廉都客客气气，再不敢以英廉内府包衣甚至汉人出身来看轻他。

乾隆二十七年（1762年）三月，英廉署任户部左侍郎，兼管三库事务。"三库"隶属户部，分别为银库、缎疋库、颜料库。这么一来，乾隆等于是将户部的实权，悉数送到了英廉的手上。当年九月，英廉实授户部左侍郎。

觅得"佳婿"

乾隆二十七年（1762年），和珅进入咸安宫官学读书，命运的巨大齿轮，从这一刻开始转动，将会对大清的命运，产生巨大的影响。

和珅是旗人破落户出身，天性聪颖，出口成章，于经史子集过目不忘，是旗人子弟中难得的俊逸之才。和珅的才名，甚至让在京城旗人圈有深厚人脉的著名江南诗人袁枚都大为欣赏，盛赞和珅、和琳兄弟的才情。袁枚是乾隆朝中期的大才子，江南文坛领袖人物之一。他的赞许，为和珅兄弟的前途更增一抹亮色。

和珅虽然才情不凡，但由于家道中落，对于出人头地有着强烈的渴望。为了达到这个愿望，他将不择手段！

英廉有个心思：虽然十多年来顺风顺水，名利双收，但家庭生活并不幸福。英廉儿子早夭，只留下一女给英廉抚养。饱尝丧子之痛的英廉，将所有的父爱都倾注在孙女身上。

随着时间的流逝，孙女也一天天长大，变成了一个亭亭玉立的少女。英廉看到美丽的孙女，在老怀大慰的同时，更希望为孙女找到一个优秀的年轻人做乘龙快婿，自己也会将这半生积累的资源，倾注在这个乘龙快婿身上。

英廉起了这个心思后，就开始大肆活动，希望在京城的旗人贵族家庭找到理想的乘龙快婿。但冯家身份特殊，既是内府包衣出身，又是汉人，京城旗人贵族平常喝喝酒，称个兄道个弟，那都没有问题。如果真的要结亲，那些旗人贵族就开始"今天天气真好，哈哈哈"了。英廉试过十多次，每次都碰了一鼻子灰。

痛定思痛的英廉回家总结经验，终于明白在京城上层旗人圈子觅得佳婿的道路不通，决定退而求其次。结亲，肯定要找旗人，冯家身份在这里，内府法度就禁止冯家与汉人结亲，但绝不能找普通旗人！英廉也不愿意找内府旗人，这个就有点头大。

英廉一拍脑袋瓜：找不到上层旗人家庭，可以去找旗人破落户中的俊秀啊！大清入关已经有百年，大量昔日的旗人高门败落，但这些家庭都有底蕴，朝廷又让这些家庭的优秀子弟在咸安宫官学就学。这里的俊彦们，就是自己乘龙快婿的上佳人选！

英廉觉得自己真是太聪明了。事不宜迟，英廉决定立即到咸安宫官学去打听，看看官学里有哪些优秀子弟。虽然自己的内府旗人身份，让自己不能榜下捉婿，但咸安宫的子弟们，只要自己稍加提携，前程不比进士们差！

英廉稍加打听，就瞄上了和珅。此时的和珅也正在为前途发愁：虽然自己是旗人不假，但乾隆用人的一大爱好就是喜好世家子弟，对于满洲人来说尤其如此。乾隆的诸多旗人大臣，比如讷亲、傅恒、尹继善、阿桂、阿里衮、兆惠等，都是出身于旗人世家，富贵数代，门第赫赫。相比之下，和珅的出身就要砢碜许多。和珅明白，如果不得贵人提携，自己的一辈子也就那么回事了。

当英廉向和珅递出橄榄枝的时候，和珅不由得大喜过望：英廉是内大臣，虽然出身是内府包衣，但权位已经不是一般旗人家庭所能想象的了。对自己可能的提携，当然是不用说。更重要的是，英廉是深得乾隆信任和欢心的内府包衣人，如果自己能够成为冯家的乘龙快婿，就意味着自己攀上了乾隆这棵大树，享受内府包衣人的好处，却又不需要承受"正身旗人"对内府包衣人的白眼。岂不美哉？

看到和珅那张因为激动泛红而显得更加俊美的脸，英廉不由得感慨万千：此子学问、能力，都胜上老夫数倍！实在是满洲人里难得的俊彦！英廉明白，乾隆一直有心提携自己，但自己在学问、军功上都有硬伤，让乾隆也颇为失望。皇帝已经年近六旬，对内府老奴才们也更加眷顾。和珅这样的良材美质，与自己又攀上了关系，皇帝肯定会把他当成真正的包衣和贴心小棉袄，让他成为升级版的英廉！

英廉果然没有看错乾隆的心思。当乾隆第一次见到和珅的时候，就被和珅的外貌和学问吸引。当乾隆知道和珅是英廉的孙女婿之后，对和珅更是青睐有加。英廉是如何把和珅送到乾隆身边，和珅与英廉孙女又是如何结亲，具体过程可以参见本书第一卷《和珅》篇。

除了喜好世家子弟，乾隆也喜欢用身边人入值军机、入主六部，为自己分忧解难。于敏中、梁国治等以大内词臣的身份进入军机，先后成为国家重臣，就是明证。包衣中如果有人才，乾隆也会不吝提拔。只可惜内府数十年间并没有出现能够出将入相的人才，而且内府八旗缺乏军事传统，走阿桂、兆惠、阿里衮的军功路线，那叫一个此路不通。走尹继善、徐元梦的文化世家路线，也是不容易，视野和工作性质决定的。现在天上掉下个和珅，除了不善军事，哪个方面都是旗人里的顶尖，又因为与英廉结亲成了半个包衣，乾隆怎么能够不开心？毕竟在这段时间，于敏中的强势，乾隆也感觉到了。乾隆明白，于敏中、阿桂、梁国治等虽然侍奉自己数十年，但论亲近程度，再多的于敏中、阿桂和梁国治都比不上英廉与和珅！

英廉也下了大功夫，对和珅苦加调教。和珅聪明伶俐，对英廉的指点一下子就豁然开朗，每每还能举一反三，让英廉大加赞叹。英廉看着和珅，仿佛看到了自己年轻时候的模样，有的时候甚至会背着和珅，偷偷抹上一把老泪。

不过，命运赠送的礼物，早就在暗地里标好了价格。和珅通过英廉获得乾隆的欢心，又向英廉学到大量官场智慧与行政才能，起点要比于敏中等人高得多。但是，英廉身上那股内府包衣人的精明、势利、狡狯、庸劣、贪婪，和珅也学了个十成十。内府文化，都是以聚敛为能事。即使到了晚清，都有"树小房新画不古，此人必是内务府"等说法，形象地说明了内府官员的聚敛风气。这些坏东西坏风气，让和珅在仕途起步的时候，就开始不知不觉地堕落。

勉力当差

话分两头。当和珅在咸安宫官学苦读，并结识英廉的时候，英廉也开始了自己一言难尽的新的宦海生涯。乾隆二十八年（1763年），英廉父亲去世，英廉再次丁忧百日。丁忧期满，乾隆命英廉负责勘定顺天府和宣化、永平、遵化等地的旗地，核定租金数额。这种事情是英廉的强项，英廉自然办得顺风顺水，让乾隆大为满意，并于第二年让英廉会同钱汝诚办理相关善后事宜。

乾隆三十年（1765年），乾隆命英廉兼署钱法堂事，英廉又得到了管理全国钱币铸造的大权。

乾隆到底还是眷顾老奴才，这种大权也只有放在老奴才手里，乾隆才能心里安稳。从这个时候起，乾隆晚年让和珅掌握全国财政大权，已经露出了端倪。

乾隆三十三年（1768 年），英廉又监管崇文门税务和武英殿事务。

崇文门税关是清代京师税收总机关，其长官称"崇文门监督"，手里捏着整个京师的钱袋子。崇文门税关成立于明弘治六年（1493 年），负责征收北京九门进出货物的商税，是明清时期尤其是清代全国最大的税关，乾隆时期每年税收三四十万两白银。即使到了北洋政府时期，崇文门税关仍然是炙手可热的肥差，其收入直接由总统府把持。

乾隆二十七年（1762 年），乾隆下旨，由户部会同内务府一起对崇文门税关进行联合管理。明眼人都看得出，户部参与管理其实就是个幌子，真正的实权在内务府。

崇文门税关设正、副监督各一人，由皇帝从满族王公大臣中选派，任期一年，隔一年可以再任，不得连任。监督下设正、副总办委员各一人，堂委二人，帮办委员二人。

崇文门税关每年都会将大量银两解到内务府，皇帝的内帑，也由此变得充实。甚至太监们的年终分红也要靠崇文门税关。宫中的老太监们说"内臣盼殊恩，年终崇文门"，就是说每到年底的时候，崇文门税关会送来一笔银子，太监们的年终奖金，也就从这笔银子里走账。

崇文门税关如此重要，英廉能够担任这个职务，足见乾隆对他的重视。英廉也从这个职务中捞到大量钱财。更重要的是，英廉也由此充分了解到崇文门税关的运作内幕，并且形成了扎实的关系网，最后把这些资源一股脑打包给了和珅。

更重要的是，乾隆让英廉兼管武英殿事务，已经开始将他作为国家重臣培养。

武英殿位于西华门内、熙和门西，于明代永乐年间建成，是明清时期大内著名建筑。明朝迁都北京后，武英殿是帝王斋居、召见大臣的场所，后改在文华殿举行此类活动。李自成进入北京后，就在武英殿举行了即皇帝位大典。清廷入关后，多尔衮曾将武英殿作为自己的理政之所。顺治进入北京后，武英殿就成为皇帝便殿，皇帝经常在此举行小型朝贺、赏赐、祭祀等仪典，是皇帝与臣子进行私人交往的场所。

到了康熙时期，武英殿被康熙作为大内刻印书籍的场所，掌管刊印装潢书籍之事，由亲王大臣总理，下设监造、主事、笔帖式、总裁、总纂、纂修、协修等30余人，人员由皇帝和翰林院进行选拔。

学界公认，清代武英殿刻本的古籍校对精良，文字刻印精美，保留了大量古籍珍本，是中国古代不可多得的版本学文化瑰宝。主持武英殿书籍刊刻工作的，基本是一时文化名臣。

英廉能够兼管武英殿事务，说明乾隆内心对他的认可。其实论文化修养，英廉比不上尹继善；论武功，也不能与阿桂、阿里衮等相比；论封疆一方的行政才能，英廉也不能与方观承、永贵相比。乾隆倚重的，是他的吏才，特别是大量需要过人精力和耐心的琐碎事务，又比较紧要的，都让英廉去做。相应地，乾隆也要给英廉补偿，让英廉兼管武英殿事务，就是为了让英廉在仕途上更进一步，培养他成为国家重臣。

乾隆三十四年（1769年），傅恒率京旗劲旅出征缅甸，乾隆命英廉与尚书托庸等管理护送出征诸事宜。这些事宜需要办理后勤，打理诸多杂务，为傅恒大军解决诸多后顾之忧，正好是内务府中官员的特长。英廉的表现显然让乾隆大为满意。当年十二月，乾隆任命英廉为经筵讲官。

按清制，经筵讲官只有翰林出身的满汉官员才能够充任。英廉肚中虽有墨水，但到底不能和翰林院诸位翰林相比，出任这个职务显然不能服众。不要说诸多汉人官员不服，就是尹继善、永贵等人也有想法。不过此时尹继善已来日无多，永贵则是旗人中难得的干吏。日后永贵找了和珅不少麻烦，间接地打了英廉的脸。

就在这几年，英廉遇到一件糟心事，被乾隆降官一级。原来雄县遭灾，乾隆下旨开仓放粮赈济灾民，却发现雄县粮仓已经没有多少存粮。乾隆命裘曰修及英廉调查，结果发现雄县知县胡锡瑛私自盗卖仓谷，导致雄县没有能力赈济灾民。

案情调查清楚了，裘曰修和英廉觉得多一事不如少一事，给胡锡瑛定的罪名也是不疼不痒，就上奏了乾隆，请求乾隆批准。

乾隆看到裘曰修和英廉等人的奏折，怒不可遏。在乾隆看来，私卖公仓存粮，属于动摇国本的行为，岂可宽纵？乾隆当即发下严厉谕旨，怒斥裘曰修、英廉等人。裘曰修、英廉都受到了处分，连带直隶总督周元理也遭到惩处。

英廉虽然受到处分，但心知自己仍然圣眷未衰，更欢喜的是和珅终于被乾隆关注，冯家的乘龙快婿终于开始扬帆起航。只不过英廉没有想到的是，和珅带给内府冯氏的，除了短暂的辉煌，还有长久的沉寂。

乾隆三十八年（1773 年）三月，乾隆命英廉担任《四库全书》副总裁。要知道显贵如梁国治，也不过只是《四库全书》的副总裁！英廉虽肚内墨水无多，但明眼人都看出，他很有可能成为协办大学士，甚至有可能成为内阁大学士。只不过事态的发展，最后出乎所有人的意料。

当年四月，乾隆命英廉署任步军统领。这个职务就是在坊间如雷贯耳的"九门提督"。九门提督手握满、蒙、汉军八旗步兵和京师绿营的马步兵，京城能够合法调动的兵力尽在其手。当年九门提督隆科多助雍正夺嫡，扬言一呼可集二万兵至。也正因为有了这个实力，雍正才顺利压制"八爷党"可能的反弹，成为新君。乾隆将这个至关重要的位置交给英廉，由此可见对英廉的信任。

不知道是不是沾了和珅的光，英廉这段时间可谓是好事不断。乾隆三十八年（1773 年）九月，乾隆嘉奖英廉办理傅恒出征诸事宜得当，将其官升一级。这个时候不仅傅恒已经去世多年，尹继善也已去世，就连刘统勋离去世也只剩两个月。协助乾隆打造盛世的大佬们接连离开人世，英廉的上升空间被进一步打开。

没隔几日，英廉被任命为刑部尚书，兼办户部侍郎、正黄旗满洲都统事务，正式跻身于朝廷中枢重臣行列。十月，英廉又被任命为议政大臣，赏紫禁城骑马。

议政大臣在清初曾很有权力，议政王大臣会议作出的决定，连皇帝都很难更改。正因为如此，自从康熙以来，皇帝们都拼命削弱议政王大臣会议的权力，连带议政大臣也成了个空头衔。到了乾隆五十七年（1792年），议政大臣这个头衔终于被乾隆废除。但在此之前，议政大臣还是被乾隆赏给一些喜欢的旗人官员，增加他们的位势，为他们下一步的发展打下基础。

军机大臣战和珅

乾隆三十八年（1773年）十一月十六日，功勋赫赫的首席军机大臣刘统勋去世，朝局发生剧烈变动。时值金川鏖战，乾隆仓促之下，只得命文华殿大学士于敏中担任首席军机大臣。军机处进入于敏中时代。

刘统勋的去世，标志着乾隆中前期将星如云、文臣如雨的时代基本结束，军机处落入了于敏中的手中。在于敏中、舒赫德、福隆安、阿思哈、袁守侗、梁国治等六位军机大臣中，也只有于敏中具备长期在中枢辅政的经历。很多政务离开于敏中，其他大臣很难玩得转。时间一长，大政就落入了于敏中手里。

乾隆也很无奈。金川之战过于惨烈，温福战死，阿桂和丰升额长期在金川作战，大量政务需要于敏中打理，乾隆只得眼睁睁地看着于敏中大肆抓权，却不能拿他怎么样。

这么一来，朝中趋炎附势之辈纷纷奔走于于敏中门下，于敏中的权势进一步加强。向来善于趋炎附势的英廉虽然手握和珅这张王牌，但出于本性，也向于敏中暗送秋波。于敏中自是接受了英廉这一番好意。

乾隆三十九年（1774 年），于敏中勾结文字太监高云从偷窥《道府记载》（乾隆的私人政务笔记）案发。具体过程读者可以查阅本书第一卷《于敏中》篇。事后，高云从被判凌迟，于敏中险被罢官。考虑到军机处众人资历较浅，经验匮乏，激烈的金川战事离不开于敏中的运筹帷幄，乾隆饶过了于敏中，让他戴罪留任。左都御史观保、侍郎申保、倪承宽、吴坛等于敏中的党羽，也都遭到惩办。

让乾隆寒心的是，于敏中偷窥《道府记载》之事闹得满朝皆知，却很长时间都没有人向他汇报，包括自己的老奴才英廉。

事发之后，乾隆问英廉是否知晓此事，英廉居然理直气壮地说不知道，让乾隆大为震怒。乾隆深知，英廉一向八面玲珑，长袖善舞，朝堂之事很少有能瞒过他的耳目的。英廉说不知道，这不是明摆着欺君吗？不过乾隆也明白，英廉如果说自己知道，知情不报，更是欺君！

乾隆这才发现，于敏中已经成长为权力怪兽，居然有将自己架空的趋势！于敏中不但精于政务，在军机处一手遮天，而且麾下有众汉官拥簇。更重要的是，于敏中是鄂党第二代领袖史贻直的"外孙"，他的嗣父于枋是史贻直的女婿，顺势就接收了鄂党的残余人马。鄂党血脉经史贻直、尹继善两代领袖保全，终于传到了于敏中手里。这么一来，于敏中在满汉官员中都享有很高威望，连英廉都不敢在于敏中面前放肆。甚至说于敏中一句小话都不敢！

乾隆一肚子邪火，都发在了英廉身上。乾隆当即下旨，切责英廉颟顸糊涂，不知忠君，实在可恶！在将英廉臭骂一顿后，乾隆下令将英廉免职，从宽留任，赶出京城办差，数月后才将英廉召回京城。

如果说乾隆可能考虑过让英廉入值军机，那么一来至少在短期内放弃了这个想法。乾隆需要一枚有力的棋子，钳制于敏中势力的不断扩张。这枚棋子就是英廉的孙女婿——和珅。

乾隆想起傅恒，不由得感伤万分：如果此时傅恒还在，中枢有傅恒坐镇，何至于受于敏中的挟制？！一战金川的时候，张廷玉还没有这么强势地抓过权！当年张廷玉没有做到的事，于敏中全做到了。

满怀感伤的乾隆急于要找到第二个傅恒，和珅适时进入了他的视野。乾隆意识到，清缅战争以来，一系列变故打乱了他所有的人事安排，大量功臣宿将战死沙场。自己已经年近古稀，要做好太平天子，就需要一个足够年轻的人填补傅恒留下的空白，为自己分忧。除了和珅，还有谁能担此重任？

到了这个时候，和珅的上升速度，就比当年的傅恒还要夸张。傅恒好歹还是世家出身，花了五年时间才进入军机处。和珅从被乾隆注意到算起，仅仅花了四年时间就进入军机处，实在是不可思议！要知道傅恒不但出身于满洲著名世家，姐姐还是乾隆皇后！

不可思议吧？如果考虑到刘统勋去世后朝廷人才凋零，加上于敏中以鄂党、张党领袖的身份擅权，让乾隆大为狼狈，一切就都好理解了。乾隆需要这么一个年轻人，从于敏中手中夺回大政，并确保大权不再旁落！

看到自己的"佳婿"如此受乾隆赏识，英廉在开心之余，也隐隐地有些嫉妒：老夫辛劳半生，也没有能够获得如此的机遇，人生真是不公平啊！这种复杂的心态，让英廉很难再愿意去好好当差，特别是当得罪人的差，更引起了乾隆的不满。

乾隆四十年（1775年），商人义和泰向内务府请求延期交付银两，内务府居然就接受了义和泰的呈状。本来此事可以人不知鬼不觉地就这么过去，没想到对内府收支异常认真的乾隆很快就发现此事。乾隆大怒，召来内府诸大臣责问此事，问到底是谁收下义和泰的呈状。内大臣英廉、金简都说不知道，唯有老实的迈拉逊回答是六阿哥收下的呈状。乾隆大骂英廉、金简为尊者讳，让刑部议二人的罪过。刑部议的罪名呈送到乾隆面前后，乾隆大笔一挥，赦免了二人的罪过，命二人仍然留任内大臣。

英廉、金简二人都是乾隆晚年宠臣，帮乾隆做了很多重要而又零碎的差事，乾隆对二人相当倚重。但这件事情也让乾隆清醒地认识到，英廉和金简在关键的时候不可能为自己挺身而出，内心对二人遂开始疏远。

乾隆四十一年（1776 年），英廉署任户部尚书，兼署任协办大学士。经过半生的蹉跎，英廉终于成为国家重臣，超过了当年的老冤家方观承。英廉的心里，也会闪过阵阵快意。

当年三月，和珅以户部左侍郎的本官进入军机处，成为军机大臣。

和珅地位的快速上升，不仅让于敏中感到威胁，也让福隆安、永贵等满洲勋贵、官僚不满。一时间，和珅已经暗地里成为众矢之的。乾隆如此快速提拔和珅，却让和珅成为众人的眼中钉肉中刺，真是"爱之适足以害之"。

此时金川之战已经基本结束，阿桂即将率师凯旋。乾隆在付出重大代价后，终于看到了金川之战的胜利。为了金川之战，乾隆不仅付出 7000 万两白银的军费，而且搭上两个大学士（刘统勋、温福）。更重要的是，乾隆为了金川之战，不得不在政治上对于敏中让步，温福的去世又让阿桂成为当仁不让的满洲头号重臣。乾隆虽然获胜，政治上早已是内伤缠身。

于敏中也非常清楚，随着金川大军的凯旋，金川军官团势必会成为军机处的重要组成部分，自己的权力会被大大稀释。于敏中自己当年就是乘着平准军官团进入军机处的东风而入值军机的，那一次兆惠、富德、阿里衮、于敏中一起进入了军机处。往事历历在目，于敏中怎能不为之心惊？

果然不出于敏中所料，当年四月，凯旋的阿桂带着丰升额、福康安一起进入了军机处。军机处一时充斥满洲大员，于敏中的权力果然被大大稀释。

狡诈的于敏中很快就找到了办法。让乾隆始料未及的是，金川军官团很快就与和珅产生了矛盾。乾隆仿效当年的做法，将阿桂、丰升额、福康安弄进了军机处。乾隆还不过瘾，为了进一步削弱于敏中的权力，也将永贵弄进了军机处。永贵是老资格满洲干吏，清正廉洁，进入军机处后地位崇高，与阿桂并称军机处"二贵"。

阿桂、丰升额、福康安、永贵等人，要么是出身世家，要么是战功赫赫，要么是资历很老，怎么会把一个攀附包衣汉人家族的普通旗人和珅放在眼里？这些新贵对和珅的排挤打击，就在情理之中了。当然，乾隆本人并不这么想！乾隆认为，当年以兆惠为代表的平准军官团能容得了于敏中，今天金川军官团就能容得了和珅！

只可惜金川军官团和永贵不这么想。于敏中是状元，也是江南才子、天子门生，进入军机处的时候已经在乾隆身边二十多年，兆惠等人见了他，自然生出几分尊敬。彼时满人入关日久，对江南才子那是艳羡得紧。但和珅又算个什么东西？前几年，和珅不过是乾隆身边一个打杂的奴才，又没有建立啥功勋，凭什么让经过血与火考验的金川军官团认可甚至低头？

于敏中巧妙地利用了阿桂、永贵、丰升额等人的这种心态，积极向阿桂递出橄榄枝。于敏中是鄂党领袖，麾下一众汉官又是张党余脉。阿桂父亲阿克敦和张廷玉是生死之交，阿桂本人更在第一次金川之战中跟着鄂党大将张广泗和讷亲作对，结果被乾隆严惩，二十年间一直不太得志。幸亏阿桂是福将，多次在战场上大难不死，最后终于成为清军头号将领。不过，乾隆始终没有忘记阿桂曾是鄂党外围，阿桂自己也没有忘记。

昔日的鄂党外围见到今日的鄂党首领，自然生出几分亲近。于敏中又早早想到了这层关系，在阿桂担任定西将军主持征讨金川的时候，就全力支持阿桂，人、财、物无不竭力满足金川战场的需求，这才成全了阿桂的空前武功。

回望来时路，阿桂自己也感慨不已。阿桂明白，自己成为清军头号大将，威震三军，本来就不是乾隆的规划，这个位置在乾隆心中是属于明瑞或者阿里衮甚至是温福的！阿桂和于敏中一样，都有随时被乾隆抛弃的惶恐。这种惶恐，加上二人之间存在的历史渊源，让他们走到了一起。

于、桂联手，造成了乾隆时期最为失控的军机处。金川军官团对和珅的鄙视，加上于敏中、永贵等人对和珅的嫉妒，让和珅遭到围殴，差点断送政治生涯。具体情况可以参见本书第一卷《和珅》篇和第二卷《阿桂》篇。

乾隆坐不住了。丰升额、永贵等人如此围殴和珅，明摆着是在给自己难堪。恼羞成怒的乾隆亲自出手，严厉惩办了永贵，差点拿下了永贵的人头。军机处衮衮诸公看到乾隆这个态度，这才暂时放弃了对和珅的追杀。不久，在金川战场上立下赫赫战功的丰升额去世，和珅前进的道路上少了一块大石头。

看着"爱婿"和珅被军机处众大臣围殴，英廉心里当然舍不得。不过英廉知道，这个问题没有自己说话的份儿。于敏中、阿桂、永贵、丰升额甚至梁国治，哪个都不是他姓冯的能得罪的。英廉只得焦虑地看着和珅，希望日益憔悴的他能够闯过这一关。

不过看看老主子乾隆的眼神，英廉的心开始平静下来。这种眼神，英廉再熟悉不过了。当年英廉遭到方观承的弹劾狼狈丢官，乾隆也是用这样的眼神看他，果然不久后自己就官运亨通，一直做到了方观承可望而不可即的协办大学士。

英廉敏锐地发现，乾隆把对自己的信任，移情到了和珅的身上。这让英廉放心，但又让英廉生出一丝嫉妒。这个时候，英廉突然明白了为什么永贵会对和珅有那样的敌意。

不过英廉也明白，和珅的路太顺，只要后果可控，吃点亏不算啥。对于和珅的成长，反而是有利的，能够让和珅知道世道的艰难。不过，和珅毕竟得罪的是于敏中、阿桂、丰升额、永贵等人，这让英廉的心突然一沉：这么多大佬挡在前面，和珅未来的路注定不平坦。

老来荣景

乾隆四十一年（1776年）十一月，英廉在忐忑的心情中迎来了自己的七十大寿。和珅遇到如此困难，英廉也感到丢面子，操办寿宴都觉得没有心情。

让英廉喜出望外的是，乾隆居然让人给自己送来一幅寿匾，上书"斗南介景"四个大字。要知道，能得到乾隆亲书寿匾的，非元老重臣不可！英廉望着乾隆御赐的寿匾，不由得老泪纵横：这是乾隆对内府冯氏的有力支持，告诉文武百官，冯氏家族仍然圣眷未衰！果然，文武百官们看到这块寿匾，知道英廉，特别是和珅，在皇帝心中仍有很重的分量，纷纷上门给英廉贺寿。英廉过了一个快快活活的七十大寿。

乾隆四十二年（1777年）三月，英廉署任步军统领，又充纂修《日下旧闻考》总裁。《日下旧闻考》是清代著名的关于北京史地的巨著，至今仍有不朽的价值。

明末清初，著名文学家朱彝尊曾经撰有《日下旧闻》，共四十二卷。"日下"语出《世说新语》，意思是京城，朱彝尊由此用"日下"这个词指代北京。

明朝灭亡以后，朱彝尊寓居北京，对北京风土人情日渐熟悉。时间一长，朱彝尊决定撰写一本关于北京史地和风土人情的书籍。相传朱彝尊每天在北京"天桥酒楼"上起稿，常常和食客们讨论京城的风土人情，记载了大量当时的趣闻，最后成书于曝书亭。这本书是历史上第一本系统描写北京历史、地理和文化的书籍，而且考据翔实，言之有物，实在是不可多得的佳作。也正因为此，这本书一经创作，就引起了朝野的极大关注，最后也是在朝野上下的鼎力支持下得以顺利完成。

《日下旧闻》总共分为 13 门，依次为：星土、世纪、形胜、宫室、城市、郊坰、京畿、侨治、边障、户版、风俗、物产、杂缀，共 42 卷，对整个北京的情况做了详细的描述。此书完成后，很快就传入大内，被清帝视若珍宝。

乾隆非常喜爱《日下旧闻》，时常翻阅此书。但对内城情况和八旗掌故非常熟悉的乾隆发现，《日下旧闻》对很多皇城内部的情况并没有太多记载，这就让乾隆起了要给这部巨著进行修订的心思。乾隆三十八年（1773 年），乾隆命于敏中负责对《日下旧闻》进行修订，希望将这本书修订成一部皇皇巨著。于敏中受命后，召集窦光鼐、朱筠等，开始了这个重大文化工程。

让乾隆和于敏中本人都意想不到的是，当年年底，首席军机大臣刘统勋去世，于敏中继任首席军机大臣。在这种情况下，于敏中不得不把主要精力放在辅政上，《日下旧闻》的修订工作就不得不放到一边。缺了重臣主持的《日下旧闻》修订工作，自然也就放缓了。

金川战事紧急，乾隆连《四库全书》的编纂都不太顾得上，更不用说

《日下旧闻》的修订工作了。金川战事胜利结束后，乾隆终于又想起了《日下旧闻》的修订工作。

不过到了这个时候，于敏中的地位已经是高不可攀，就不太适合主持《日下旧闻》的修订工作了。但《日下旧闻》这部书在乾隆心中的地位又非常重要，多年来在朝野饱学之士的辛勤工作下，也积累了许多成果，只是需要再加一把劲儿。乾隆开始思考，应该再找一位重臣，负责《日下旧闻》的修订工作。饶有深意的是，当年《日下旧闻》的修订工作是由军机处的二把手于敏中负责。今天负责这项工作的重臣，前途一定无量！

这个道理大臣们也都想明白了，一双双红色的眼睛盯上了这个差事。这个时候，就要看乾隆的态度了。不过大臣们也猜测：于情，《日下旧闻》的修订工作应该由同是内廷翰林、词臣出身，文采风流的梁国治主持；于理，应该仿效于敏中以次席军机大臣的身份主持《日下旧闻》的修订工作的先例，让文武双全，又熟悉京城各种见闻掌故的次席军机大臣阿桂主持。想到了这些，满朝文武对主持《日下旧闻》的修订工作就开始意兴阑珊，毕竟大家都知道，和谁争，也不能和阿桂、梁国治争。

让满朝文武跌碎一地眼镜的是，乾隆居然让英廉来主持这项重大文化工程！这项安排也向大家传递出复杂的政治信号：英廉在乾隆心中仍有很重的分量，甚至仿永贵先例入值军机也是很有可能！

英廉接到负责编纂完善《日下旧闻》的任务，也是大为吃惊，不过很快就明白了乾隆的苦心。英廉不由得老泪纵横，深深感念乾隆对老奴才的关怀，也决心做好这项文化工程，为老主子争光，封住于敏中、阿桂、梁国治那帮人的嘴！

英廉肚子里虽然没有多少墨水，但运作资源、组织运筹是他的特长。英廉主持《日下旧闻》的增订补缀工作后，立即调度资源和人手，申请了新的经费，编纂速度明显加快。

　　英廉长期供职于内府，对皇城的营建情况可谓是谙熟于胸。同时，英廉还能够顺利查阅到很多大内的档案，这个的确为编纂完善《日下旧闻》提供了很多便利。英廉的加入，为耽搁已久的《日下旧闻》的修订补缀注入了活水，很多大内秘藏的资料都被送到编纂人员手里，全书更显完善。

　　经过包括英廉在内的诸多编纂人员的努力，《日下旧闻》的修订补缀工作终于完成。英廉将完成的文稿送到乾隆面前，乾隆龙心大悦，赐名《日下旧闻考》，成为中华历史上的文化经典。相较于《日下旧闻》，《日下旧闻考》新增"国朝宫室"20卷、"京城总记"2卷、"皇城"4卷、"国朝苑囿"14卷，篇幅大为增加。

　　值得一提的是，《日下旧闻考》将《日下旧闻》中的"城市"门专门分出12卷"官署"，为后来的人们考证清代中期北京各个衙门所在地，提供了宝贵的资料。此外，"郊坰"由6卷增为20卷，"京畿"由原10卷增为30卷，原书"侨治"门被删去。

　　《日下旧闻考》参阅古籍近2000种，很多古籍今天已经看不到了，保存了许多弥足珍贵的资料。此外，该书又保存了大量内府档案所记载的材料，很多档案资料也已散失，或者在圆明园里被英法联军付之一炬，今天只能在《日下旧闻考》里看到这些档案所保存的信息。从这个角度来说，《日下旧闻考》的学术和文化价值是巨大的。

　　乾隆五十二年（1787年），《日下旧闻考》由武英殿最终刊刻完成。不过到了这个时候，英廉已经去世好几年了。

　　乾隆四十二年（1777年）五月，英廉出任翰林院掌院学士、《四库全书》馆总裁，并正式担任协办大学士。

　　乾隆这下子玩大发了。《四库全书》正总裁只有16位，不但有永瑢等皇子，还有刘统勋、于敏中、阿桂、福隆安等重臣。后来长期担任次席军机大臣，并在有生之年稳稳压住和珅的梁国治才只是《四库全书》的副总裁！这么一来，朝野又开始猜想：英廉很有可能进入军机处当值，成为军机大臣，说不定还会弄一个内阁大学士干干，成为货真价实的宰相！

乾隆这么做也有深层次的考虑：和珅虽然能干，但毕竟出身不高，资历太浅，很难服众。早早地让和珅进入军机处，实际上是把和珅架在了火上烤。相比之下，英廉再怎么庸碌，毕竟资历摆在那里，出任军机大臣的话，连于敏中都会支持。乾隆经过认真考量，加上为了保护和珅，决定先提拔英廉，伺机再从英廉、和珅二人中选一个担任军机大臣。

不过乾隆也清楚，英廉虽然可能比和珅更适合担任军机大臣，但毕竟年事已高，军机处急需新鲜血液补充，英廉这方面条件差了些。乾隆看看这一对"翁"婿，一时半会儿没了主意。

当年十月，英廉调任户部尚书，仍兼管刑部事务。不过对和珅利好的是，就在这个月，在金川之战中立下大功的丰升额去世，扫清了挡在和珅面前的一块大石头。

丰升额是阿里衮之子，康熙辅政四大臣遏必隆的后人，出身十分高贵。有了这样的出身，丰升额连阿桂都不是很放在眼里，更何况是入赘于包衣之门的落魄旗人和珅！丰升额百般看不上和珅，就是可以理解的了。

更重要的是，丰升额的这种情绪，被于敏中和阿桂利用，对和珅尤为不利。如果没有和珅快速崛起，丰升额与阿桂的关系肯定十分微妙，毕竟丰升额的伯父讷亲，可以说间接死在了阿桂之手。但现在冒出个和珅，就吸引了丰升额的火力。阿桂也利用金川战场上的交情，极力笼络丰升额。丰升额也明白现在不是找阿桂算账的好时机，就暂时接受了阿桂的"好意"。这么一来，和珅反而成为于敏中、阿桂、丰升额、永贵之间的"黏合剂"。

丰升额的去世，让整个中枢政局变得简化许多。阿桂、和珅都少了强有力的对手，梁国治的权位也得以巩固。如果丰升额身体康健，压制住梁国治与和珅那是绰绰有余，甚至有可能会冲击到阿桂的地位。丰升额的去世对于众人来说是幸运，对乾隆本人来说却是不幸。现在他手上强有力的王牌，已经是越来越少。

对于英廉来说，丰升额的去世，让他进入军机处的可能再一次降低。如果丰升额身体不出问题，和珅的上升势头会减缓，英廉则更有可能代替永贵成为军机大臣。事实上，最后进入军机处的是傅恒的另一个儿子福长安。即使是乾隆本人，对于军机大臣们的老迈也有看法了！

英廉对这一切当然是心知肚明。不过人都老了，再争这些，只会给和珅增添麻烦。想到这里，英廉的心反而坦然：毕竟和珅能够撑起冯家门户，自己也算对得起早逝的儿子和冯家的祖先了！

再送和珅一程

英廉虽然成了协办大学士、户部尚书，但内务府的差事还兼着。冯家在内府经营数代，堪称树大根深。此时的英廉，已经将内务府看成了冯家的势力范围，并将很多资源向和珅手上转移。英廉相信，内务府将会成为和珅的权力根据地，让缺乏根基的和珅有自己强有力的根基与后盾！

老谋深算的英廉认为，要让内务府充分发挥和珅权力基地的作用，就要在内务府选拔一批人才，成为和珅的爪牙。为了实现这个隐秘的目标，英廉决定玩个大的。

英廉上书乾隆，请求仿吏部之例，对内务府的笔帖式严加考核。按照吏部的规矩，官员每三年考核一次，考核的结果往往作为其升迁罢黜的依据。英廉向乾隆请求，内务府的笔帖式也应该三年考核一次，根据考核结果决定笔帖式们的升迁与否。

乾隆大笔一挥，同意了英廉的奏请。这么一来，英廉与和珅在内务府的权力大增。以往笔帖式们没有考核，根据其家世和在内府的人脉就可以升迁，内务府大臣们很多时候都对一些家世雄厚的笔帖式们奈何不得。这么一来，笔帖式们的升迁，都攥在英廉、和珅手里，笔帖式们能不乖乖听命吗？

笔帖式们不少都是家资雄厚，家境优越，英廉玩了这么一手，内府笔帖式们就被英廉打包成了一个政治集团，集体登上了和珅的战车。和珅在乾隆晚年能够在内务府一手遮天，将乾隆内帑直通自家账房，与英廉的这个奏请有极大关系。

乾隆四十四年（1779 年），英廉署任直隶总督，终于做到了当年方观承的位置。

应该说到了这个时候，能够阻挡和珅的绊脚石，比如丰升额、永贵，都已经被一一搬开。就连他们的后台老板于敏中，也已经奄奄一息。这一年，于敏中的病情开始加重，虽然还挂着首席军机大臣的职务，但实权已经渐渐落到了阿桂手里。

阿桂的政治手腕和于敏中相比，显然不是一个数量级的。对于和珅的上升，阿桂也没有太好的办法。不过到了这个时候，乾隆反而开始犹豫：这么快地提拔和珅，对他来说，到底是福还是祸？

乾隆四十四年（1779 年）十二月，于敏中健康状况急剧恶化。听到于敏中病重，乾隆便带着和珅上门探望。于敏中看到和珅，心中百感交集。乾隆离开于府后，于敏中没过几天就进入弥留状态。十二月初八，权倾朝野堪称清代汉臣巅峰的于敏中去世。

乾隆四十五年（1780 年），云贵总督李侍尧贪腐案发，乾隆命和珅赴云南查办李侍尧案。和珅不辱君命，顺利查清李侍尧的罪行，向乾隆汇报。乾隆大笔一挥，将李侍尧判为斩监候。不久，特旨授予李侍尧三品顶戴、孔雀翎，赴甘肃帮办军务。

和珅在查处李侍尧一案中表现出的能力，让乾隆甚为满意。乾隆想让和珅担任云贵总督，替大清镇守边疆，顺便进一步锤炼和珅的军政能力。

乾隆这么想，显然是为了和珅考虑。父母之爱子，则为之计深远，乾隆也想为和珅计深远。和珅毕竟根基浅薄，上升速度过快，引发旗人贵族和汉人文官的妒忌和敌视，日子一直不是很好过。此时的乾隆已经是七旬老人，自感来日无多，也希望让和珅远离中枢风波，到地方任职。等新君继位，再让新君将和珅召回京城。

但和珅不这样想！和珅根基浅薄，如果到地方上任职，很可能两三年就泯于众督抚之间。届时不要说新君，就是乾隆自己也未必想得起还有和珅这号人物。和珅与英廉遂开始积极奔走，希望乾隆收回让和珅担任云贵总督的想法。

在这个问题上，显然和珅的看法更为正确。乾隆经过英廉的几番恳求，也想明白了和珅与福康安等人不同，没有显赫的出身，更不像张廷玉、于敏中那样有众多门生故旧，下去了就很难上得来，便同意了和珅、英廉的请求，让和珅继续回京当差。

这一年，乾隆赐予英廉、和珅一个旷世恩典：将自己最钟爱的十公主赐婚给和珅与冯氏之子丰绅殷德。此时的十公主和丰绅殷德都是儿童，就在懵懂之中被大人们确定了婚姻大事。

英廉接到皇上恩旨后，不由得泪流满面：自从大清朝建立以来，何曾有过公主下嫁包衣之家的先例？！而且是皇帝最宠爱的公主！更何况乾隆是与和珅结成了儿女亲家，自己比和珅长两个辈分，那皇上和自己的亲戚关系应该怎么算？

英廉不敢再往下想。再往下想的话，就是大逆不道了。英廉明白，从此之后，自己更应该谨小慎微，不能有丝毫狂妄言行，否则很容易被人抓住小辫子往死里整。英廉甚至想明白了，只有自己早死，才能够化解皇帝在辈分上的尴尬！想到这里，英廉的满腔英雄气都开始慢慢泄了。

英廉没有想错，皇帝赐婚和珅，确实给自己带来很多尴尬。但此时的乾隆，已经被对和珅的宠爱冲昏了头脑，甚至不顾八旗世家的看法。八旗世家素来注重门第，都以和包衣世家结亲为耻。现在乾隆玩了这么一出，将公主许配给一个汉人包衣的赘婿，你让八旗世家怎么想？虽然和珅还保留了自家的姓氏，但在八旗圈子里看来，和珅其实与赘婿也差不多了！

显然，乾隆对和珅极为满意，甚至认为和珅是自己多年来一直寻找的第二个傅恒！这才不管不顾，采用结亲的下策，提高和珅在八旗圈子里的地位。不过这么一来，只会让和珅更加遭人嫉恨，八旗世家们会更加对和珅有看法。后来和珅被嘉庆轻易除掉，整个八旗圈子反应冷淡，几乎没有人为和珅鸣冤叫屈，堪可玩味。

乾隆四十五年（1780年）注定是英廉攀上巅峰的一年。当年三月，英廉被授予东阁大学士，正式进入宰相的行列。让汉族官僚大为光火的是，英廉此次拜相，占的是于敏中留下的名额！当然，乾隆没好意思直接授予英廉文华殿大学士，而是给了较低的东阁大学士。但刘统勋生前，即使担任了首席军机大臣，也不过是东阁大学士！

更让满汉官员们难以接受的是，英廉此次担任大学士，占的是汉缺！按照清朝制度，"三殿三阁"大学士数量，总共不过六名，满汉均占一半。大学士地位崇高，整个清代，大学士数量才不过187名！由此可见大学士的稀缺程度。尽管军机处成立以后，内阁权力大幅缩水，但大学士的崇高名号，却因为军机处的成立而更加难得。因为位高权重的军机大臣们，都要弄一顶大学士的头衔，才无愧于宰相之号！而按照惯例，军机处同时拥有"三殿三阁"大学士名号的，通常不超过军机大臣数量的一半。

让满族官员感到情理不通的是，英廉明明是内府包衣出身，却被乾隆列为汉军旗，并且借口汉军旗属于汉人，因此将大学士的汉缺授予英廉。这么一来，不是将内八旗和外八旗混为一谈了吗？

乾隆在这个问题上的心态，非常值得玩味。这里就牵涉到清史上一个著名的话题，就是汉军出旗。

早在努尔哈赤时代，早期满洲八旗就有 16 个全部由投附的汉人组成的牛录。皇太极时期，投降的明军士兵越来越多，带来了一系列管理上的问题。为了尽可能发挥这些人的作用，皇太极将他们单独编旗管理，号称"八旗汉军"。

清军入关以后，八旗汉军南征北战，不仅弥补了清廷兵力不足的缺陷，而且在行政管理上发挥了极大的优势。入关之初，满洲将帅多不通汉文，难以胜任基本的地方行政管理工作。在这个时候，汉军人才就大显身手，担任了各级地方行政管理工作。顺治年间的各地督抚共计 116 人，其中汉人占比高达 66%！

清朝统治稳定下来以后，八旗汉军仍然发挥了重要作用。但在这个时候，汉军旗人们也被深深卷入政治斗争。突出表现在"九龙夺嫡"时期，相当多的汉军旗人依附"八爷党"，让雍正非常头疼和愤怒。

雍正夺嫡成功以后，看着身边有拥立之功的两位大臣年羹尧和隆科多，都是汉军旗人出身。年羹尧和隆科多的乱政，让雍正对于汉军旗人的观感更差，动辄大骂"汉军习气"。从这个时候起，汉军旗人的前途已经注定并不美妙。

乾隆别的地方都和父亲反着来，唯独在对待汉军问题上和父亲高度一致。早在乾隆七年（1742 年），乾隆就下发谕旨，半是鼓励半是强制地让各地入关后投附的八旗汉军出旗。到了乾隆中期，逼迫汉军出旗的力度进一步加大，大量汉军出旗为民。经过这一番折腾，八旗所耗钱粮大大降低，但大量人才离开八旗，让八旗的力量大幅降低。

八旗汉军在清廷中发挥的作用，与元代的"色目人"类似。八旗汉军允文允武，所担任的角色更是远超元代的色目人。清廷搞出这么大的出旗动作，其实是亲痛仇快的自剪羽翼的行为。清廷在乾隆朝以后面对重重困难，左支右绌，最后不得不重用曾国藩等汉人收拾局面，与汉军大量出旗后八旗实力空虚和人才紧缺有很大关系。

到了这个时候，乾隆忽有所悟：汉军大量出旗，其实是削弱自己实力的愚蠢行为！为了补救一二，急切之间，居然让内府旗人英廉冒充八旗汉军，去侵夺本属汉人的权益，接替于敏中的汉缺担任东阁大学士。用这种方法，去维系其余汉军已经摇摇欲坠的人心。

到了这个地步，清廷用来维系整个统治机器的资源已经越来越吃紧。让英廉冒充八旗汉军担任汉大学士的行为，更是让英廉大大得罪了汉族官员，无形当中替英廉、和珅拉了很多仇恨。嘉庆、阿桂利用这一点，牢牢地将汉官集团绑在了自己的战车上。

乾隆四十五年（1780年），内府冯氏趋于鼎盛。英廉、和珅二人相继拜相，势力之大让朝野侧目。但就在这个时候，内府冯氏衰落的种子已经埋下，将在二十年后开花结果，让这个不可一世的家族灰飞烟灭！

但是这一切，英廉已经看不到了。对他本人来说，这无疑是幸事。英廉在内府经营一生，留下丰厚的人脉，这一切都打包给了和珅。

内务府无疑是和珅强有力的根据地。但英廉在将和珅带到青云之路的同时，也将贪鄙、短视、狠辣、欺上瞒下等典型的内府风格，传给了和珅，而和珅也学得十成十，甚至远远超过英廉。这就为乾隆朝最后十年的政治基调埋下了伏笔。

和珅虽然走的是科举路线，但科场并不顺利。如果和珅能够像尹继善一样科举及第，或许会走上另外一条道路，很可能也会像尹继善一样将圣人之训放在心中，诸事皆有底线。但随着英廉的出现，和珅彻底走上了一条不归路。

乾隆专宠和珅，除了想再找一个年轻版的傅恒，还有一个因素是对内府系统人才的宠幸和重视。金川彻底平定以后，乾隆逐渐产生暮气，振作之心远不如前，但依旧保留着英雄天子的基本素质。福康安平定廓尔喀之战，如果没有乾隆掌舵，依靠嘉庆恐怕很难解决。但是，这并不能掩盖乾隆宠幸和珅给朝廷带来的负面效应。

英雄亦有柔软处！乾隆四十五年（1780年）的时候，乾隆已经是古稀老人，对内府包衣们的眷顾，要远远胜于年轻时期。这个时候百般偏袒和珅，甚至为和珅弹压百官，也是可以理解的了。英廉晚年连获殊遇，和珅直上青云，都是乾隆眷恋内府包衣心态的体现。

乾隆四十一年（1776年）四月，功勋卓著的阿桂进入军机处。此时的大清，四海能用武的地方基本平定，文治逐步成为国家政治的主旋律。乾隆如果能够重用阿桂和他身后的文官集团，将会对国家产生很大的正面影响。但由于种种复杂原因，乾隆选择了更为亲近和贴心的内府系统，让和珅主持国政，就对大清的命运产生很不利的影响。而这一切的始作俑者，让内府系统作为强大政治力量登上大清舞台的，正是英廉。

不过，此时的英廉已经接近油尽灯枯，入值军机的梦想也逐步随风而逝。英廉开始冷静下来，一心一意替和珅铺路，甚至有时连自己的差事都不太上心。乾隆四十六年（1781年）正月，英廉署任户部尚书及步军统领事，并于当年十一月署任直隶总督。

英廉已经署任过一次直隶总督，对直隶的情况堪称了如指掌。英廉也愿意在自己的耄耋残年，为乾隆多做一些事情，让乾隆感觉到和珅和内府力量的重要。英廉上书乾隆，称直隶大州大县历年来积累了很多钱粮亏空，一旦有紧急情况，直隶不能有效应变，会动摇大清的根基。英廉建议，以四年为期，责成直隶各州县认真弥补亏空，以济缓急。

乾隆收到英廉的上书，大为满意，认为英廉一片公忠体国之心，着实可嘉，大大夸奖了英廉一番，并命新任总督郑大进会同军机大臣核办。

英廉通过这个举动，在乾隆面前狠狠露了一次脸，也为和珅争得了很多良好的印象分。此时的和珅，贪鄙嘴脸尚未完全暴露，英廉请求充实直隶府库的奏请，对和珅起到了政治化妆的作用。

英廉到底已经年老，精力不济，对所办的一些细碎差事也开始出错，不过都得到了乾隆的赦免。乾隆四十七年（1782年），因审问甘肃镇迪道巴彦岱受贿罪附和，部议革职，下诏宽免；四月，以恭祀雩坛祝版笔画模糊，下部议革任，命免其革任，降级仍注册。

乾隆知道英廉已经年老，因此对其多加优容。乾隆四十七年（1782年）三月，英廉受命署任步军统领，当然协助英廉主事的是和珅。八月，英廉加太子太保。十月，英廉复署任直隶总督。

英廉此次署任直隶总督，恰逢直隶遇到灾荒。到了这个时候，英廉在去年建议充实直隶府库的远见卓识就得到了验证。英廉在大力组织救灾的同时，向乾隆请求用天津北仓所截存的漕米九万余石，补充直隶各仓储谷，得到乾隆的采纳。这么一来，直隶各州县府库大大充实，有效地维护了清王朝的统治。

乾隆四十八年（1783年）正月，英廉再次上奏，请求乾隆豁免直隶民众未能缴纳的耗羡三万余两白银。乾隆看到英廉的奏折，大笔一挥，批准了英廉的奏请。英廉也算为直隶民众办了一件好事。

长期的辛劳和算计摧残了英廉的健康。乾隆四十八年（1783年）七月，英廉病情加剧，难以胜任直隶总督、步军统领的工作，遂上书乾隆请求退休，回京治病。乾隆看到英廉的奏折，不由得生出许多怜悯，于是批准了英廉的请求。

　　为了表示对英廉的优容，乾隆特地批准英廉以大学士身份，回到京师养病，算是带职休养。不过这并没有缓解英廉的病情。

　　回京后，英廉的病情急剧加重。和珅与妻子冯氏重金聘请四方名医，为英廉治病，不过并没有什么效果。八月，英廉去世，留下和珅与冯氏悲痛欲绝，不能自已。

　　乾隆听到英廉的死讯，不由得悲从中来，遂命散秩大臣带侍卫十人前往祭奠，赐银五千两，办理英廉的后事。乾隆后又下旨，英廉谥"文肃"，入祀贤良祠，世世代代享受后人的祭祀与怀念。